MENSONGES DE FAMILLE

SEBASTIAN

SAM ARGENT

MENSONGES DE FAMILLE

SEBASTIAN

SAM ARGENT

Publié par
DREAMSPINNER PRESS

5032 Capital Circle SW, Suite 2, PMB# 279, Tallahassee, FL 32305-7886 USA
www.dreamspinnerpress.com

Mensonges de famille: Sebastian
Copyright de l'édition française © 2016 Dreamspinner Press.
Titre original : Family of Lies: Sebastian
© 2015 Sam Argent.
Première édition : mars 2015
Traduit de l'anglais par Lily Karey.

Illustration de la couverture :
© 2015 Anne Cain.
annecain.art@gmail.com
Les éléments de la couverture ne sont utilisés qu'à des fins d'illustration et toute personne qui y est représentée est un modèle

Édition e-book en français : 978-1-63477-825-1
Édition imprimée en français : 978-1-63477-824-4
Première édition française : juillet 2016
v 1.0

Édité aux Etats-Unis d'Amérique.

Liste des personnages

FAMILLE ROYALE :
Le Roi Harris et la Reine Anne
Enfant : le Prince Turren
Cousin de Roi Harris : Lord Frederick Pasley
Frère du Roi Harris : L'ancien Roi Alchone qui vit en exil.
Ils ont tous des pouvoirs magiques.

GARDES ROYAUX :
Le Capitaine Pembrost
Le Lieutenant Adams
Le Sergent Hooper
Le Sergent Vendrix
Le Sergent Bradley
Le Sergent Thimbly
Sonny

DIFFÉRENTS MAGICIENS :
Margaret
Lord Harold Bast
Trey Ausher (également aubergiste)

CLIENTS DE LA LIBRAIRIE D'HAROLD :
Mr Jenkins
Mme Crane

RIVAUX—Tous formés à la magie, avec Lord Orwell, par Maître Uvel
Trenton Keyes
Dalia
Féroas

NOTABLES DE LARNLYON :
Earl Grenwish
Lord Ulani
Lord Piadas : Ambassadeur d'Anerith, présent en ce moment à Larnlyon à cause du vol de l'amulette.

PAYS :
Larnlyon:
Gouverné par le Roi Harris et la Reine Anne.
Capitale : Trellium

AUTRES VILLES :
Cern—Abrite la Rangée des Magiciens, où vivent James, Ellie et Lord Trey Ausher.

Bruwen—Où vivent Kevin, Luke, Margaret, et Harold

Anerith

Ancien roi : Le Roi Orsen

Jesaro:

Pays anarchique où réside la Confrérie des Assassins.

Territoires Saints :

Pays où toute magie est bannie.

PROLOGUE

— Tu veux jouer ?

Sebastian regarda l'épée en bois puis le prince héritier fou qui la tenait.

— Vous m'avez vu assis ici avec un livre et vous avez décidé que cela signifiait que je voulais jouer avec vous, bande d'idiots ?

— Oui, répondit le Prince Turren avec la confiance d'un garçon qui avait besoin de plus de corrections.

— Sebastian, cesse de te comporter comme un abruti et fais semblant d'être un enfant cinq minutes ! cria son bon à rien de frère, Démétrius.

Amusant comme il n'avait pas eu le temps de les surveiller jusqu'à ce que le roi leur rende visite.

Sebastian jeta un œil à ses deux autres frères, souriant, leurs propres épées à la main et de vieux manteaux de Père noués autour de leurs cous.

— Je vais passer mon tour.

Il rouvrit son livre et se replongea dans des contes évoquant de véritables héros.

Le prince lui arracha le livre et le tint hors de sa portée.

— Je t'ordonne de te joindre à nous et d'ôter ta cape. Alors, je te le rendrai.

Sebastian sauta de son tabouret.

— Donc notre prochain roi est un voleur. Désolé, je n'ai pas foi en la parole des voleurs. Rendez-le-moi.

Turren pointa son épée de bois sur la poitrine de Sebastian.

— Fais preuve de respect, bandit. Je serai assis sur le trône un jour.

Sebastian soupira.

— Il ne vous aura pas fallu longtemps pour mêler votre père à cela.

— Le Roi, pour toi.

Turren déplaça la pointe de son épée sur l'extrémité de sa capuche.

— Je pardonnerai ton impudence si tu l'abaisses. La porter en ma présence est une offense.

— Une offense, hein ?

Sebastian saisit l'épée en bois et la poussa aussi fort qu'il le put, frappant le prince avec la poignée. Il bondit sur le livre, mais, même avec le nez en sang, Turren le gardait hors de portée.

— Tu veux ce maudit livre ? Le voici !

Le livre vola dans les airs en direction de la cheminée. Les bûches s'embrasèrent de flammes bleues, l'incinérant à une vitesse surnaturelle.

— Qui a dit que vous pouviez utiliser la magie, gamin ? cria Démétrius.

1

Non ! Sebastian fit un pas vers l'âtre, mais c'était inutile. Il avait disparu. Comme s'il avait à nouveau cinq ans, il entendit ses grands-parents lire à tour de rôle chaque poème avant le coucher. Les voix démesurées qu'ils utilisaient pour chaque histoire et les grands gestes qu'ils faisaient durant chaque bataille. *Disparu. Tout cela par la faute d'un riche prince, égoïste et pourri gâté, qui n'acceptait pas un non comme réponse.*

Une main hésitante lui toucha l'épaule.

— Je suis désolé. J'ai perdu mon calme et…

Sebastian le plaqua au sol.

— Je m'en fiche, salaud !

Ses poings frappèrent le nez toujours en sang du prince puis cognèrent le torse royal quand le connard se protégea le visage.

Démétrius sauta sur ses pieds, regardant son frère enragé puis les escaliers menant au second étage.

— Au diable tout cela. Je ne vais pas rester dans les parages pour me faire hurler dessus. Que quelqu'un l'arrête si le prince s'évanouit.

Il leva les yeux vers ses jeunes frères et monta les escaliers en courant.

— Sebastian ! cria sa sœur, mais celui-ci ne s'arrêtait pas.

Des bras le soulevèrent dans les airs alors qu'il balançait toujours ses poings, les larmes l'aveuglant.

— Calme-toi, mon garçon, lui dit une voix sévère à l'oreille.

— Capitaine, je jure que Sebastian n'a jamais fait cela.

Ophélia berçait le visage de son frère sous sa capuche. Elle répéta son prénom jusqu'à ce que ses bras cessent de bouger.

— C'était à moi, murmura-t-il.

Le regard aveugle d'Ophélia se tourna vers la cheminée.

— Je sais.

Le prince s'assit, du sang et de la morve coulant toujours sur son visage.

— C'était ma faute, Pembrost. S'il vous plaît, ne le punissez pas.

— Cela ne dépend pas de moi, Votre Altesse. Comment a commencé cette dispute ?

Avant que le prince ne puisse répondre, la porte menant à la salle de séjour s'ouvrit et Lord Orwell sortit en riant, le roi à ses côtés.

Sebastian poussa le Capitaine Pembrost et se précipita hors de la maison.

LORD ORWELL attisa les flammes avec un tisonnier.

— De tous les livres inutiles de cette maison, il fallait que vous brûliez celui-ci. Pas l'un de ces romans policiers bas de gamme…

Il agita le tisonnier en direction de sa bibliothèque.

— L'une de ces romances ou un de ces récits. Vous avez brûlé le plus cher de tout ce maudit lot. Et maintenant, mon garçon se trouve Dieu sait où puisqu'il chérissait cette fichue chose plus que la vie.

Vous ne me maudissez que parce que mon père n'est pas là.

Turren regarda le Capitaine Pembrost, qui avait soigné son nez et ses ecchymoses, car il pensait que le prince ne devait pas paraître aussi indigne que son comportement.

— Peut-être reviendra-t-il quand il aura faim.

Lord Orwell renifla.

— Ce gamin borné ne se montrera pas avant au moins une journée.

Il secoua la tête.

— Toutes ces supplications pour que je ne vende pas cette maudite chose et elle finit détruite. Je m'attends à un généreux versement, je vais avoir besoin de bon vin pour noyer les jérémiades de ce garçon.

— Le roi paie ses dettes, dit le Capitaine. Et vous vous acquitterez des vôtres en cherchant Sebastian s'il ne revient pas au matin, ajouta-t-il à l'intention de Turren.

— En parlant de fils pleurnicheur, où est Démétrius ? demanda Lord Orwell.

Ophélia pointa le plafond.

— Je l'ai entendu sortir par la fenêtre quand je descendais.

— Devons-nous également le chercher s'il ne rentre pas ? demanda le Capitaine Pembrost.

— Ne gaspillez pas les effectifs.

Lord Orwell jeta son tisonnier au sol.

— Il s'est perfectionné dans l'art de la fuite, il a probablement trouvé un passage sur un bateau à présent. Au moins, Sebastian reste sur nos terres.

— Une grande partie de la faute incombe à notre prince, mais au vu de la liberté que vous accordez à vos enfants, je me demande si leur comportement ne déteint pas sur lui.

Lord Orwell croisa les bras.

— Ma progéniture n'est pas parfaite, mais ils ne sont pas assez honteux pour brûler le savoir. Il est regrettable que notre prince ne possède pas l'intelligence du roi ou l'honneur de la reine.

Turren baissa la tête et ferma les yeux. *Mère sera déçue de moi quand elle entendra ce que j'ai fait.*

— Cela suffit, mon Seigneur. Le Prince Turren réparera cela, je le jure.

— Le prince prouvera sa sincérité au matin, promit Lord Orwell.

COMME PRÉVU, Sebastian ne réapparut pas au matin, Turren espéra qu'un malheur ne lui était pas arrivé. *S'il était tombé dans un ravin et n'avait eu personne pour chercher de l'aide, ce serait de ma faute.* Plusieurs cavaliers arrivèrent du château et étalèrent une carte entre eux.

— Nous aurions dû le chercher la nuit dernière, dit le Capitaine Pembrost tandis qu'il ajustait ses gants en cuir.

— Bien sûr, fouiller une forêt magique la nuit, où un petit garçon peut facilement se cacher. La lumière du jour joue en notre faveur.

Lord Orwell ferma son manteau.

— Et je ne veux pas être tenu pour responsable si l'un de vos soldats se faisait manger.

Soupirant, il posa sa main sur son ventre.

— L'inquiétude m'a affamé, pourtant il m'a été impossible de manger un repas complet.

Turren fronça les sourcils.

— Je vous ai vu avaler trois portions d'œufs ce matin.

— La disparition de mon fils vous a visiblement embrouillé, car je n'en ai pris que deux. Peut-être que le garçon devrait rester à la maison avec ma fille.

— Je n'ai pas besoin de sa mémoire, seulement de sa présence pour faire les choses bien.

Je suis juste là.

— Je vais accompagner le capitaine, car je connais mon devoir et je suis dans mon tort.

Turren s'inclina, la révérence que lui adressa Lord Orwell parvint à être à la hauteur appropriée tout en étant dédaigneuse.

— Cherchez à la limite de mes terres, je chercherai plus près de la maison au cas où mon garçon retrouverait ses esprits.

— Entendu, Lord Orwell.

Le Capitaine Pembrost posa sa main sur l'épaule de Turren.

— Venez, mon Prince.

Afin que personne ne l'accuse de se dérober à son devoir, Turren fut le premier à monter à cheval, attendant impatiemment que les gardes royaux le suivent.

— Notre but est de retrouver le garçon, cela n'arrivera pas si nous sommes trop empressés et commettons des erreurs. S'il vous plaît, calmez-vous, lui conseilla le Capitaine Pembrost.

— Je suis extrêmement calme.

Turren dut immobiliser son cheval qui tournait en rond.

— Il fait toujours cela.

— Hum.

Le Capitaine Pembrost leva un bras et indiqua la direction de la Forêt d'Argent.

— Restez proche, ne vous égarez pas. J'ai l'intention de revenir avec le plus grand nombre possible d'entre vous.

Il s'avança, suivi de l'équipe de recherche.

Turren obéit aux ordres du capitaine, mais rien autour de lui ne semblait différent d'une forêt normale. Des arbres, toujours des arbres, un cerf stoppé par un buisson, un lapin, un buisson avalant un cerf comme un biscuit. Il cligna des yeux et se tourna pour regarder l'espace vide où les feuilles flottaient dans l'air.

— Faites attention à ce qu'il y a devant vous ! cria le Capitaine Pembrost et Turren fit brusquement volte-face.

Par tous les dieux, Sebastian a couru seul dans cette forêt ? Turren frissonna. *Nous le retrouverons et le ramènerons en sécurité chez lui.* Des plantes grimpantes ondulaient le long des arbres et les chevaux se rapprochèrent les uns des autres. Pembrost sortit une torche de sa selle et une lueur magique rouge flamboya à son extrémité. Il la balaya d'un côté à l'autre, ce qui fit reculer les plantes. *Et si Sebastian avait été mangé ? Il y a tellement de plantes dangereuses, ce n'est qu'un enfant. Je n'aurais jamais été méchant avec lui si j'avais su qu'il s'enfuirait. Je voulais seulement qu'il me regarde.* Turren parcourut des yeux le sol et les buissons environnants encore et encore, espérant apercevoir le tissu de la cape du jeune garçon. *Je t'en prie, sois en vie.*

SEBASTIAN RETOURNA le lapin et ajouta plus de sel. *Au moins, j'avais quelques épices dans mes poches.* Il maintint sa petite assiette de légumes sous son plat principal, ce qui permit au jus de lapin de tomber dessus. *Du jus de fruit serait bien, mais je suis trop paresseux après avoir chassé et dépouillé ma nourriture.* Une plante grimpante se faufila à ses côtés et toucha la viande qui cuisait.

— Va te chercher ton propre dîner !

La plante tapota le torse de Sebastian, mais il la repoussa.

— Je t'ai vue manger un oiseau un peu plus tôt alors, ne fais pas semblant d'être affamée. Maudit glouton, murmura-t-il.

La plante s'éloigna, mais dès que Sebastian se pencha pour surveiller à nouveau son repas, elle le frappa à l'arrière de la tête et disparut trop rapidement pour qu'il lui rende son coup.

— Tu sais quoi ? J'allais te donner les os, mais puisque c'est comme cela, je les donnerai à ce puits attrapeur.

Les arbres bruissèrent en réponse et Sebastian leur tira la langue. Il mit la main dans la poche de sa cape, mais celle-ci se referma sur du vide pour la troisième fois de la journée. *Quand vais-je me souvenir que mon livre a disparu à cause de ce stupide prince ?*

Au lieu de s'appesantir sur l'incident, il saisit le lapin avec des pinces et le posa sur une assiette plus grande. *C'est très aimable de la part de la garde royale de laisser son matériel pendouiller d'un cheval sans surveillance.* La viande se détacha de l'os et il en enfourna un gros bout dans sa bouche. *Si je n'étais pas ici, car mon imbécile de père avait invité le roi ainsi que sa progéniture, ce serait un charmant dîner.* Il mangea jusqu'à ce qu'il ne reste que des déchets et le sommeil le prit. Cela avait été un long trajet jusqu'au lac et le stress ne lui faisait aucune faveur. Ses yeux se fermèrent. Quand il les ouvrit à nouveau, son assiette avait été nettoyée.

— Goinfre.

ILS TIRAIENT tous aussi fort que possible, mais l'énorme fleur refusait de laisser partir le soldat.

Le Capitaine Pembrost était presque complètement plié en arrière tandis que lui et la majorité de leur troupe de recherche tiraient les pieds du soldat capturé. Centimètre par centimètre, l'humain couvert de substance gluante fut extrait de la fleur.

— Ne lâchez pas prise ! cria-t-il.

Le soldat fut enfin libre et ses camarades tombèrent au sol dans un pop sonore. Le Capitaine Pembrost leva son épée et piqua la fleur jusqu'à ce qu'elle se replie sur elle-même en une boule jaune inoffensive, comme elle leur était apparue quand ils l'avaient croisée.

Sebastian est mort et c'est de ma faute. Un jeune garçon ne peut pas s'en sortir indemne sur ce terrain. Je l'ai poussé à s'enfuir et il est mort. Turren frotta son nez mouillé sur sa manche et évita de regarder les autres. *Ils savent aussi probablement que c'est de ma faute. Je ne mérite pas de gouverner. Je devrais aller en prison pour ce que j'ai fait. Nous n'avons pas de prison pour enfants, mais Père devrait y réfléchir. Je serai courageux et ferai face à mon châtiment. Peut-être que dix ou quinze ans conviendraient.*

— Personne ne sent une odeur de lapin ?

Turren cligna des yeux.

— Quoi ?

Le Capitaine Pembrost reniflait l'air.

— Je la sens aussi. Je pense que nous sommes près du Lac d'Argent. Si j'étais effrayé, ce serait un bon endroit où aller.

Il monta sur son cheval et cria :

— Tout le monde en selle.

Le soldat visqueux s'y reprit à deux fois avant de grimper sur la sienne.

Pembrost adressa un signe de tête à l'homme et avança.

Les monstres végétaux ne cuisinent pas. Ayant retrouvé un peu d'espoir, Turren fit accélérer son cheval et rattrapa Pembrost. Le Capitaine tenta de le faire retourner vers l'arrière, mais il secoua la tête.

— S'il est blessé ou en danger, je l'aiderai.

— Bien, cependant courez si je vous l'ordonne.

6

Par l'enfer, aucune chance.

— Oui, Capitaine.

Pembrost peut guérir la plupart des blessures, mais je ne sais pas pour les amputations. S'il manque un membre à Sebastian, je dirai à Père de lui donner suffisamment d'argent pour vivre comme un homme normal.

Davantage de plantes les attaquèrent alors qu'ils chevauchaient vers le lac. Tout semblait aussi calme qu'au moment où ils étaient entrés dans la forêt, comme si elle se reposait. Le Capitaine écarta de longues branches qui leur barraient la route et une clairière s'ouvrit devant eux. La lumière scintillait sur le lac le plus pâle que Turren eût jamais vu. Ses eaux étaient presque blanches et, allongé sur un paquet de draps, se trouvait Sebastian. Il portait toujours sa cape, si bien que Turren ne pouvait dire si le garçon était intact. Le Capitaine fit signe aux autres de s'arrêter tandis qu'il progressait plus avant. Sebastian s'éveilla et leva ses mains au-dessus de sa tête dans un long bâillement.

— Que faites-vous ici, imbéciles ?

La mâchoire de Turren se décrocha. *Il est sain et sauf. Toute cette inquiétude parce qu'il était parti depuis des heures et c'est la première chose qui sort de sa bouche ingrate ?* Il descendit de cheval et marcha aux côtés de Pembrost.

— Nous sommes ici, car tu t'es bêtement enfui. Tu aurais pu te faire tuer ! Nous aurions pu nous faire tuer !

Sebastian se redressa.

— La dernière partie est vraie, mais la précédente est impossible : je suis un Orwell.

Une plante similaire à celles qui avaient tenté à de nombreuses reprises de les désarçonner se glissa à côté de Sebastian, qui la caressa comme un chien.

— Vous pouvez rentrer et dire à mon père que je vais bien. Je ne sais pas ce qui lui a pris de vous envoyer à ma recherche.

Il se rallongea et les ignora.

— Je suis désolé, Monsieur, mais vous rentrez avec nous.

Sebastian regarda le capitaine ainsi que les gardes qui se tenaient derrière lui. Puis ses yeux se posèrent sur Turren. Lui adressant le même regard dédaigneux que Lord Orwell, Sebastian se leva et épousseta son manteau. Il démantela son foyer et rassembla ses possessions.

— Hé, c'est mon matériel ! s'exclama le soldat couvert de bave. Je pensais que mon sac s'était défait.

— C'est vrai, dit Sebastian. Je l'ai trouvé par terre et comme je ne savais pas à qui il appartenait, je m'en suis servi.

Une démangeaison se développa derrière l'oreille de Turren.

— Tu mens, tu l'as volé.

— Son Altesse ne devrait pas lancer d'accusations sans fondement, spécialement quand ses mœurs sont en cause.

Sebastian se dirigea vers le soldat et lui donna son sac.

Turren s'avança vers Sebastian.

— Je dois assumer la responsabilité de mes actions, tout comme toi. Tu t'es enfui et maintenant, tu mens. Tu m'as traité de voleur plus tôt quand il est évident que tu en es un aussi.

Il frappa le côté de la capuche de Sebastian.

— Quel genre d'honnête personne porte une capuche même quand le temps est clair ?

Sebastian ne dit rien.

— J'ai dit, quel genre de…

Turren empoigna la capuche. Elle se déplaça et il eut un aperçu des yeux verts clairs qui brillaient comme des péridots. Une paume claqua son abdomen. Tombant au sol, Turren chercha douloureusement de l'air et attendit que le capitaine prenne sa défense. Il n'y eut aucun mouvement. *Très bien, je réglerai cela par moi-même.* Il se releva lentement et le visage encapuchonné de Sebastian suivit chaque mouvement.

— Je n'apprécie pas d'être touché par des imbéciles. Refaites-le et je vous remettrai à terre.

Des semaines à jouer chez les Orwell et il me regarde enfin. Je peux faire ce qui est honorable, même s'il ne le mérite pas. Turren s'inclina.

— Je suis désolé d'avoir perdu mon calme et… pour le livre, murmura-t-il. Je peux en trouver une autre copie.

Sebastian se mit à rire.

— Je n'y crois pas une seconde. Pas même votre argent ne pourrait me procurer une autre première édition des poèmes de Sigmuend Altraius. Et dans l'éventualité peu probable que vous réussissiez, dites-moi, je vous prie, comment vous pourriez remplacer un livre imprégné de l'odeur du parfum de ma grand-mère et du tabac de mon grand-père ? Comment pourriez-vous remplacer un livre qui m'a été lu par les deux personnes qui m'aimaient plus que mes parents ? S'il vous plaît, expliquez-moi comment vous pourriez instiller ces souvenirs dans un autre livre quand tous les deux sont morts.

Turren se mordit l'intérieur de la bouche, car il ne pouvait donner de réponse appropriée.

— C'est bien ce que je pensais. Toute tentative de remplacement est une farce, nous allons donc nous en tenir à l'argent. Mon père attend certainement une restitution pécuniaire dès mon retour. Une pleine bourse d'or fera l'affaire.

— Une pleine bourse ! C'est un vol ! cria Turren.

— Non, crétin, c'est le prix du livre. Peut-être que lorsque vous déciderez à nouveau de brûler le savoir, vous trouverez quelque chose de moins cher.

— Je ne le referai plus.

— Pas à moi, c'est certain.

Sebastian se dirigea vers le capitaine.

8

— Je n'ai pas de cheval.

Pembrost se poussa afin que Sebastian grimpe derrière lui et il exhorta l'animal à avancer. Le Prince Turren suivit, ce fut la dernière fois qu'il vit Sebastian.

I

DEUX MOIS sans mes ivrognes de frères. Sebastian fourra le dernier livre dans son sac. *Deux mois sans être réveillé par l'un d'entre eux cherchant les latrines.* Il sangla le sac et le balança sur son épaule quand un coup sur sa porte ouverte interrompit l'ultime inspection de sa chambre rangée.

— Ils ont déjà commencé à se disputer au sujet de qui sera forcé de jouer mon gardien en ton absence, annonça Ophélia en levant les yeux au ciel. Tout ce qu'ils ont à faire est de s'asseoir avec moi quand je vais dehors et paraître menaçants. Suis-je une telle corvée ? demanda-t-elle en se laissant tomber sur le lit de Sebastian.

Excepté toi. Toi, tu me manqueras.

— Non, ils sont juste fainéants. Es-tu sûre que je peux te laisser avec ces idiots ?

— Comment se fait-il que le plus responsable de notre couvée s'avère être le plus jeune ?

— La crainte de devenir comme l'un d'eux me garde dans le droit chemin. Si Démétrius ou Pratchett te cause du souci, menace-les d'appeler Diana par miroir.

Ophélia sourit, ses dents d'un blanc plus brillant que ses yeux de devins.

— Je ferai mieux encore : je les menacerai d'envoyer la chercher s'ils manquent à leurs obligations.

Sebastian se pencha et embrassa la joue de sa sœur.

— Je t'aime, tu es trop saine pour cette famille, dit-il en la serrant dans ses bras pour lui dire au revoir.

— Je t'aime aussi. Souviens-toi, pas d'aventures ou d'exploits.

Sebastian éclata de rire.

— Pas même si l'on me payait pour le faire.

Il attrapa son manteau plié sur une chaise et quitta la pièce.

Au bas des escaliers, le reste de la fratrie Orwell qui vivait encore à la maison l'attendait. Sebastian tenta de passer devant eux, mais Démétrius lui bloqua le passage. *Un rappel que la raison pour laquelle je pars n'est pas mauvaise, je suppose.*

— Tu ne peux pas partir durant deux mois. Tu es supposé veiller sur Ophélia, se plaignit Démétrius.

— C'est une femme adulte et elle sait comment rester loin des ennuis. Ce n'est pas un travail ardu. Séparément, vous êtes tous sans espoir, mais ensemble, vous devriez former un demeuré capable d'une telle tâche basique.

Sebastian déplia sa cape et posa son bras en travers du tissu.

— Pourquoi me mets-tu dans le même sac qu'eux ? demanda Kraven, le troisième plus jeune de la fratrie avec des cheveux noirs comme Démétrius. Je suis venu te dire au revoir.

— Pardon. J'avais oublié que tu étais moins crétin depuis que tu avais mûri. Au revoir, Kraven.

Sebastian se tourna vers leur frère, Pratchett, qui se tenait les bras croisés.

— As-tu aussi développé de bonnes manières ?

— Pour gaspiller ce que l'un des plus jeunes obtient ? Grands dieux non. Je suis ici pour te dire que tu es un bâtard égoïste. Tu sais que Père va me traîner avec lui au marché, je ne pourrai pas l'empêcher de dépenser tout notre argent, dit Pratchett.

— Pourquoi serais-je censé me sentir désolé pour toi ?

— Parce que, contrairement à Père, nous préférons remplir nos ventres de nourriture, pas de vin, lui dit Pratchett.

Sebastian vit l'inquiétude se propager sur les trois visages de ses frères, songeant tous probablement aux fois précédentes où leur père les avait laissés sans nourriture.

— Il y a des pièces cachées près du panier à linge.

Kraven siffla.

— Voilà une façon d'empêcher Mère et Père de les trouver.

Les yeux de Pratchett et Démétrius s'illuminèrent d'intentions peu honorables, ce qui fit sourire Sebastian.

— Quelles que soient les idées illicites que vous avez envers cet argent, je vous suggère de vous en débarrasser, j'ai emprunté cet argent à James.

Pratchett et Démétrius déglutirent.

— Ne ressens-tu aucune honte à mendier de l'argent à notre frère ? demanda Démétrius.

— Aucune. J'ai besoin d'une motivation pour m'assurer qu'il dure et je doute que l'un d'entre vous soit assez stupide pour le contrarier.

— Tu es un bâtard, grogna Démétrius.

— Par ailleurs, si quelque chose devait mal se passer, vous pourriez recevoir la visite de notre sœur préférée.

Leurs mâchoires se décrochèrent d'horreur et Sebastian fut en mesure de passer devant eux d'un coup d'épaule et de franchir la porte.

SEBASTIAN FIXA le Lac d'Argent qu'il visitait avant chaque voyage. C'était la seule terre que son grand-père n'avait pas morcelée pour rembourser ses dettes de jeu. Sebastian avait depuis longtemps oublié quel acte héroïque avait accompli le premier Orwell pour se voir offrir cette portion magique de la forêt, mais le roi tenait parole et les laissait régner dessus en paix. Il se pencha et sentit les fleurs turquoise dont les épines pouvaient arrêter un cœur humain. Soupirant, il remonta sa capuche sur sa tête, scellant le sortilège vestimentaire. Puis, il sortit une paire de gants en cuir enchanté de sa poche latérale et les enfila. Il se cacha derrière un arbre quand des branches se brisant perturbèrent le silence. Des hennissements terrifiés accompagnèrent un cheval sautant dans la clairière, son cavalier pendu à la selle. Le corps s'agita et atterrit devant la cachette de Sebastian.

Cela n'augure rien de bon.

L'amas ensanglanté ne bougeait pas, alors Sebastian contourna prudemment l'arbre. Il fit de petits pas jusqu'à ce qu'il soit à portée de main. Il leva son pied et mit un petit coup dans l'épaule de l'homme, ce qui le fit gémir. Sebastian se pencha en avant. *Merde, il est en vie.* Il ôta une partie du manteau de l'homme, révélant une chemise trempée de sang et un torse en dessous qui se soulevait à peine.

— C'est inopportun de votre part de tomber sur nos terres. J'imagine que je devrais stopper le saignement.

Davantage de bruissements dans les arbres interrompirent ses plans. Un homme traversa le buisson en brandissant une épée et Sebastian sut qu'il n'allait pas entendre raison. Il se releva.

— Bon après-midi, sire. Belle journée, n'est-ce pas ?

— Oui, je vais tuer deux hommes aujourd'hui.

— N'est-ce pas aller trop vite en besogne alors que vous n'avez même pas achevé votre première victime ?

— Vous savez, je voulais simplement vous trancher la gorge, mais à présent, je me satisferai d'une blessure à l'abdomen.

L'homme à l'épée se rapprocha, Sebastian recula.

— Ne pouvez-vous pas être un tueur raisonnable et accepter un pot-de-vin ?

— Pas avec le patron que j'ai, c'est une insulte à mon éthique de travail.

— Si je vous implorais ? Je n'ai que dix-neuf ans.

Sebastian déglutit alors que l'homme était presque sur lui, trop de végétation bloquait sa retraite.

— Si cela vous fait vous sentir mieux, mais je vous tuerai quand même. Restez tranquille et je glisserai mon épée dans votre cœur, proprement et facilement, promit l'assassin tout en se jetant en avant.

Sebastian se tourna et leva sa main gauche, enfonçant son couteau sous la mâchoire de l'homme.

— Vous n'auriez pas dû pénétrer illégalement sur la terre des Orwell.

Il extirpa la lame et regarda le visage incrédule de l'homme chuter dans la mort. Du sang glissa sur la cape enchantée de Sebastian comme si elle était faite de verre. Il se tourna vers l'homme inconscient.

— Vous feriez mieux de valoir une récompense.

Il se dirigea vers le bord du lac et vida sa gourde sur le sol avant de la plonger dans l'eau, lui permettant de se remplir. Les arbres tremblaient et se balançaient, bien qu'il n'y ait pas de vent.

— Chut. C'est une urgence et non, je ne vous laisserai pas le manger.

Sebastian revint vers le cavalier blessé. Il enleva les feuilles et la saleté de son visage ensanglanté et lui ouvrit la bouche. Il n'y eut aucune réponse de l'homme, mais Sebastian pressa l'embout entre les lèvres de l'étranger. Quelques instants plus tard, il recracha l'eau et Sebastian retint ses bras.

— Qui êtes-vous ?

— Tur…, répondit l'homme avant de perdre connaissance.

Sebastian fronça les sourcils. Ses paupières s'étaient brièvement ouvertes pour révéler un regard bleu foncé familier. Il l'éclaboussa de plus d'eau afin de nettoyer la saleté et s'assit sur ses talons quand il reconnut le Prince Héritier de Larnlyon.

— Merde !

Il se releva et commença à faire les cent pas.

— Nous avons une réputation à tenir et vous décidez de mourir sur nos terres ? Tu vois, Sebastian. Voilà ce que tu obtiens à jouer aux héros.

Il s'arrêta et s'assit à nouveau aux côtés du prince.

— Vous n'allez pas mourir, misérable fils de…

Il jura tandis qu'il utilisait sa magie pour stopper le saignement et réparer ce qu'il pouvait.

SEBASTIAN MONTA le cheval du prince, son bagage indésirable appuyé sur son dos, les mains nouées autour de sa taille. Le peu de magie que Turren put supporter fut suffisant pour refermer ses blessures durant le trajet. Davantage et il mourrait de faiblesse. Le Prince Turren avait oscillé entre réveil et évanouissement tout au long de ce supplice, mais ne bougeait plus depuis que Sebastian avait pansé sa dernière plaie. Son environnement était flou, mais Sebastian continua. *Si nous rencontrons un autre assassin, nous sommes morts.* Ils allaient passer les portes de la ville, il devait laisser le prince aux mains des autorités sans être mêlé aux affaires royales. La politique était une activité malsaine, il était la dernière personne qui avait besoin d'être vue avec un membre de la famille royale blessé. La pluie battante qui tombait à présent n'aidait pas non plus sa situation.

Puisque la plupart des tavernes se vidaient, il devait s'en débarrasser rapidement. Il plissa les yeux vers les enseignes illuminées de magie jusqu'à ce qu'il repère un nom dont avait parlé Margaret en se remémorant ses beaux jours. Sebastian dénoua les poignets du Prince Turren et le fit glisser du cheval. Il redressa son corps qui s'affaissait. Il guida l'animal en direction de l'entrée en face de la taverne, mais Turren vacilla de nouveau.

— Maudit sois-tu !

Sebastian le stabilisa puis le baissa prudemment. *Le fait que je transporte tant de livres est la seule raison pour laquelle je ne te hais pas, balourd.* La tête du prince se balança dans son cou, mais la pluie ruisselant sur son visage glissait sur la cape de Sebastian. Il enroula un bras autour de sa taille et se traîna vers la taverne.

La lueur magique s'éclaira quand ils entrèrent, mais il n'y avait personne en vue.

— J'arrive dans une minute ! annonça une voix à l'étage.

— J'ai trouvé un homme ivre mort à l'extérieur et son cheval errant à côté de lui, cria-t-il d'une voix forte. J'ai des affaires à régler, je le laisse ici.

Il cala le prince sur une chaise, la tête posée sur la table, son manteau bien fermé. Il se faufila à l'extérieur au moment où il entendait des bruits de pas dans les escaliers.

SEBASTIAN SORTIT de la ville sans aucun poursuivant sur ses talons. À une lieue des portes, une vague de magie balaya dans toutes les directions. Sa démarche ne faiblit pas, il faisait confiance à ses vêtements enchantés pour altérer sa présence. Sebastian sourit. *Bientôt, la pluie laverait toutes traces de l'homme qui a abandonné un prince héritier blessé dans une taverne.*

II

Lord Harold Bast fronça les sourcils à la vue des nombreux courriers sur son bureau.

— Pourquoi tout le monde pense-t-il que je sais qui est ce mystérieux mage ?

Sebastian ajouta les chiffres des factures et ignora son ami. Un papier chiffonné rebondit sur sa tête, ce qui lui fit lever les yeux.

— Bien sûr, tu ne sais rien au sujet de cet étrange homme capé aux capacités de guérison à Larnlyon ?

Harold ôta ses lunettes et se frotta le front.

— Que suis-je supposé dire au roi ? Il exige un rapport complet par miroir dans la matinée.

— Tu devrais dire au roi de compter sur son Mage de Cour au lieu de te demander de faire son sale boulot. Par ailleurs, il semblerait, d'après ce que t'a dit le Capitaine Pembrost, qu'il n'ait pas grand-chose.

Comme si j'allais laisser l'un d'eux me trouver.

— Je dois songer à quelque chose de plus diplomatique si nous voulons que le roi cherche ailleurs.

Harold agita sa main dans les airs quand Sebastian ouvrit la bouche.

— Je ne suis pas idiot ! Une taverne ? Et si le prince avait été dépossédé ou s'était retrouvé sous la pluie ?

— Les rumeurs disent que le prince a été trouvé dans une taverne tenue par l'un des amis de Margaret, ancien Garde de la Ville. J'ai entendu dire qu'il était aussi en sécurité qu'un nouveau-né entre ses mains jusqu'à ce que les gardes du château arrivent.

— Combien de temps as-tu l'intention de me mentir obstinément ?

— Jusqu'à ce que tu prouves le contraire.

Harold lui jeta un regard noir et un autre morceau de papier vola dans les airs. Il s'arrêta à mi-chemin entre leurs bureaux, se déplia, se lissa et remonta le long du bras d'Harold pour lui gifler le visage. Harold l'arracha, ses yeux marron clair s'embrasant, quand la sonnette de la porte accueillit un autre client.

— Lord Bast ? Ne faisait-il pas sombre ici l'espace d'un instant ? demanda Mr Jenkins alors qu'il passait devant les étagères en boitillant jusqu'au bureau où Sebastian et Harold étaient assis.

— Non, il fait plus clair que jamais.

15

En bon homme d'affaires, Harold adressa un sourire rayonnant au vieil homme et lui serra la main.

— J'ai votre commande.

Il prit deux livres liés par une ficelle dans une pile de paquets similaires sur son bureau. Davantage de salutations et de pièces furent échangées, puis ils furent à nouveau seuls.

— Je vais donner une réponse plausible au Roi Harris, mais je t'en prie, envisage de révéler la vérité. Avoir sauvé le Prince Turren pourrait mettre ta vie en danger.

— Il n'y a aucun témoin autre que le propriétaire de la taverne entendant une voix d'homme.

Sebastian se racla la gorge.

— De ce que j'ai entendu.

— Au moins, apprends à mieux mentir.

HAROLD PASSA la tête dans la chambre d'amis où Sebastian était en train de répertorier des piles de livres s'élevant jusqu'au plafond.

— Cadeaux, dit-il joyeusement tandis que Sebastian s'époussetait.

Ce dernier tendit la main et Harold lui donna une liasse de papiers. Feuilletant les pages, il vit plusieurs feuillets dépeignant un homme avec une cape. La plupart des visages étaient laissés en blanc, mais quelques-uns portaient les traits d'un monstre frappé par la lumière.

— Ridicule.

Le texte à côté de ces illustrations grotesques attira son regard et il plissa les yeux pour le lire. Soit il était un géant de plus de deux mètres, soit il atteignait à peine un mètre. En bas de la pile, il y eut une image qui ressemblait étrangement à sa silhouette.

— Je pensais bien que celle-ci retiendrait ton attention. Celles aux visages de démons circulent plus vite à travers la ville, mais cette image m'inquiète, car elle est issue du château. Lord Pasley l'a dessinée lui-même, déclara Harold avec sérieux.

— Je dois demander à Ophélia de renforcer les sortilèges sur mes capes s'il a été en mesure d'avoir une vision si nette de moi depuis l'intérieur de la taverne. Tant que cela ne parvient pas jusqu'à mon père, cela devrait aller.

— Je te remercie d'avoir finalement été honnête. Qu'en est-il du Prince Turren ? Était-il réveillé assez longtemps pour bien te regarder ?

Sebastian haussa les épaules.

— Il était inconscient la plupart du temps, je doute qu'il se souvienne de quelque chose.

— TE SOUVIENS-TU de quelque chose ? demanda à nouveau un Lord Pasley exaspéré.

— Je me souviens que ce n'était pas l'homme qui m'a poignardé, répondit le Prince Turren.

— Ce qui ne nous dit pas s'il est votre sauveur ou un conspirateur, dit le Capitaine Pembrost sans lever les yeux de son livre.

— Nous devons le retrouver. Il m'a fallu quatre sorts pour faire une seule image, dit Lord Pasley.

Le Prince Turren eut un sourire narquois.

— Es-tu certain que ce soit au sujet de mon agression et non pas que tu veux retrouver le magicien qui t'a surpassé ?

— Je suis ton médecin traitant, il est donc en mon pouvoir de te forcer à boire d'ignobles tonifiants durant ta convalescence, menaça Lord Pasley.

— Je vais bien. Mon beau sauveur m'a très bien guéri. Je suis seulement épuisé.

Le Capitaine Pembrost reposa son livre.

— Comment savez-vous qu'il est beau ?

Turren fronça les sourcils.

— Je le présume. C'est ce qui arrive dans les contes de fées. Tous les princes et les princesses ont de séduisants sauveurs.

— Lord Pasley, laissez-nous, je vous prie, exigea le Capitaine.

Lord Pasley se leva.

— Très bien, cependant je veux les mêmes réponses.

Il se dirigea vers la porte.

— Et il ne m'a pas surpassé, ajouta-t-il avant de la refermer derrière lui.

Le Capitaine Pembrost adressa un regard noir à sa mission.

— Il est de ma responsabilité de trouver vos assaillants et Lord Pasley a raison, cet homme pourrait nous mener à eux. De quoi vous souvenez-vous que vous ne partagez pas ?

Les doigts de Turren s'entrelacèrent et se posèrent sur sa poitrine.

— Je ne mens pas. Je n'ai jamais vu son visage, mais je crois me souvenir de sa voix.

— Poursuivez.

— Elle était étrange. Pas rauque ou prononcée, cependant elle m'a laissé une impression.

— Était-elle magique ? demanda Pembrost, inquiet qu'ils aient manqué un sortilège jeté sur leur prince.

— Non, ma réaction était… naturelle.

Turren évita les yeux du capitaine.

— Ah.

— J'étais surpris que mon corps soit capable de répondre, mais j'imagine que c'était parce que la voix était si fa…

— Fa ? demanda le capitaine quand Turren s'interrompit.

— Fascinante, termina Turren.

— C'est amusant, pendant un instant j'ai pensé que vous alliez dire *familière*.

Le Capitaine Pembrost tapota son livre fermé.

17

— Non, je voulais vraiment dire fascinante, assura le prince.

Il bâilla et étira les bras.

— Je suis désolé, mais je suis trop fatigué pour poursuivre. Cela vous dérangerait-il de revenir plus tard?

Turren bâilla une seconde fois.

— Je vous laisse vous reposer pour le moment. Dormez bien.

— Qu'a-t-il dit? demanda Lord Pasley quand Pembrost pénétra dans le couloir.

— Rien d'utile pour vous, mais ce qu'il a dit ravive mes souvenirs.

— Je m'attendais à entendre plus que cela, dit Lord Pasley. Vous êtes trop indulgent avec lui.

— Êtes-vous sûr que l'homme qui l'a sauvé est responsable du sort de guérison?

Le Capitaine leva les mains quand Lord Pasley haleta à la tirade.

— Peu importe, je suis certain que vous êtes sûr, ce qui complique encore plus les choses.

— Pardon?

— Je jure de vous avoir bientôt le nom du magicien, soyez patient, promit le capitaine.

— Je vais suivre vos agaçants conseils pour le moment si vous tenez parole.

— Et maintenant, qui remet en question l'honneur de qui, Frederick?

Le Capitaine Pembrost sourit à son ami.

— J'ai les meilleures raisons de douter de vous. Par ailleurs, dit Frederick en se penchant plus près, seule une partie de l'épuisement de Turren est feinte et c'est ce qui me préoccupe. Il est le fils de mon cousin alors, je sais qu'il se surmènera en dépit de mes avertissements de se reposer. Je lui ferai plus de tests quand il se réveillera.

Pembrost posa sa main sur l'épaule de Frederick.

— Vous voyez, vous êtes meilleur que le beau sauveur.

— Je n'en ai jamais douté, Capitaine. Maintenant, allez gagner votre pain.

Pembrost s'inclina.

— Bien sûr, mon Seigneur.

— Père veut te voir, l'accueillit Ophélia quand il franchit le seuil.

Sebastian regarda derrière elle, soupira et se retourna. Ou tenta de le faire, car une grosse paluche l'arrêta.

— Ce n'est pas le chemin de sa chambre, dit une voix profonde dans son dos.

— Oh, et Kevin est venu nous rendre visite.

Ophélia sourit innocemment quand Sebastian se tourna en direction de la prise ferme.

18

— Pourquoi joues-tu au fils prévenant ? demanda Sebastian.

Kevin leva son autre main et révéla le dessin du visage sombre et couvert de Sebastian.

— Je ne vois pas de ressembl… urrrrgh.

Ses mots se brouillèrent quand Kevin le secoua rudement.

— D'accord, peut-être que c'est un peu plus clair.

Kevin le relâcha et il se frotta l'épaule.

— Qui d'autre le sait ?

— Seulement Ophélia et Père.

Sebastian rabattit sa capuche.

— Je pensais qu'il aurait personnellement envoyé un message au roi pour lui dire que j'étais le responsable.

Kevin fronça les sourcils.

— Non. Il m'a traîné de force avant que quiconque puisse écouter et m'a dit de fermer ma bouche.

— Ah, donc ce n'est pas par devoir, mais par curiosité sur les motivations de Père, devina Sebastian.

Kevin haussa les épaules.

— Quoi qu'il en soit…

Il attrapa le coude de son frère, le soulevant pratiquement de terre.

— Je ne le saurai pas tant que tu ne l'auras pas vu.

Sebastian monta les escaliers en direction de la chambre de ses parents, mais aucun de ses autres frères et sœurs n'était là.

— Où sont-ils tous ?

— Les garçons étaient trop pénibles, j'ai demandé à Diana de venir. Elle les a emmenés ramasser des herbes, ce qui m'a accordé un après-midi de paix, dit Ophélia derrière eux.

Kevin frappa une fois et ouvrit la porte.

Lord Orwell enleva rapidement la carte et le pendule qui se trouvaient sur la table et sur ses genoux.

— Il est inutile de frapper si tu n'attends pas que je réponde !

Il fourra les objets dans sa poche et passa ses doigts sur son crâne dégarni en sueur.

— Je ne savais pas que vous aviez encore suffisamment de pouvoirs pour prédire l'avenir, dit Kevin.

— Ce ne sont pas tes affaires. Vous pouvez partir tous les deux. Je désire parler à un seul égoïste issu de mes reins.

Lord Orwell les congédia avec impatience.

— Vous avez assez de pouvoir pour prédire l'avenir, mais pas suffisamment pour contrôler magiquement trois personnes.

Des yeux blancs et verts se tournèrent vers Kevin.

— Je n'ai pas donné mon accord pour une lutte sans merci, marmonna Sebastian.

— Moi non plus, lui chuchota Ophélia.

— Comment osez-vous provoquer un père tentant de protéger son plus jeune fils !

Lord Orwell jeta un regard noir à Sebastian.

— Les agresseurs du Prince Turren ont-ils été appréhendés ? Qui sait s'ils n'exerceront pas de représailles contre toi s'ils découvrent ton identité.

— Pourquoi avez-vous insisté pour que, je cache la vérité à Mère ? demanda Kevin.

— Elle serait aveuglée par la possibilité d'évoluer à la cour. Elle ne comprendrait pas le danger, insista-t-il. Est-ce tout, fils et fille ingrats ?

— Oui, dit Sebastian avant que son frère puisse prendre la parole.

Kevin croisa les bras.

— Pour l'instant.

Il tourna les talons, mais fut stoppé à mi-chemin quand Lord Orwell se racla la gorge.

— Je vous ordonne à tous les deux de conserver le silence, ce qui inclut, de ne pas courir le dire à votre sœur Diana.

— Tu aurais dû l'entendre, Diana. Père mentait comme un arracheur de dents, cependant je ne sais à quel propos.

Ophélia s'assit sur son lit près de Diana.

— Nous devons voir le sort sur sa carte, dit Sebastian.

Diana leva les yeux au ciel.

— De toute évidence. Mais si nous découvrons quoi ou qui il tentait de localiser, cela nous dira-t-il ce que nous avons besoin de savoir sans sa coopération ?

— Qu'en est-il d'un sortilège de vérité ? demanda Kevin, faisant passer un sac de dattes de main en main.

— Ironiquement, les sortilèges de vérité sont des mensonges. Ils indiquent à l'esprit que vous voulez tout révéler quand vous n'en avez vraiment pas envie, alors il devrait être immunisé, expliqua Diana.

Sebastian regarda en direction de la porte.

— Ils sont drôlement calmes.

Diana leva une nouvelle fois les yeux au ciel.

— Une petite promenade dans la nature et ils ont râlé tout le temps. Ces bastions d'endurance ne poseront pas une jambe hors du lit avant le souper.

— J'ai dû soigner Pratchett de sa maladie galopante. Il avait atteint le orange au moment où ils sont rentrés, dit Ophélia.

— Ça lui apprendra à être un tel imbécile, dit Kevin. Quel est notre plan ?

— Nous droguons les autres et trouvons la carte avant que Mère ne rentre à la maison, annonça Diana.

— S'il vous plaît, n'allons pas trop loin. Nous serons ceux qui nettoieront les dégâts si tu fais cela, l'avertit Sebastian.

— J'utiliserai un sédatif léger. Je garde mes plus mauvaises mixtures pour notre sœur aînée, Alice.

Diana lissa ses cheveux prématurément striés de gris. Ils étaient épinglés en un chignon et tendaient sa peau, lui faisant un visage belliciste encore plus féroce.

— J'avoue apprécier le fait que les herbes ramassées par les garçons rempliront leurs bols ce soir.

Elle balança ses jambes et siffla gaiement en quittant la pièce.

Sebastian secoua la tête.

— Personne n'est sain d'esprit dans cette famille.

Kevin renifla.

— Elle peut être effrayante, mais elle a toujours peur de Mère....

Sa chaise se renversa sans avertissement tandis que Diana revenait dans la chambre.

Elle arracha sa charlotte de la commode d'Ophélia et la noua sur son chignon.

— Je l'avais oubliée, dit-elle en jetant un regard dédaigneux à Kevin étendu au sol. Je vous verrai au dîner.

Kevin se releva et se frotta le genou.

— Tu l'as également insultée, pourquoi seulement moi?

— Je pense qu'elle a pris la déclaration de Sebastian comme un compliment, supposa Ophélia.

Lord Orwell et Kraven attaquaient leur deuxième bol de soupe. Sebastian se pencha vers Diana.

— Es-tu sûre de toi? demanda-t-il en lançant un regard significatif aux deux gloutons.

— Je suis sûre qu'ils ressemblent à des porcs, répondit Diana quand Démétrius les regarda suspicieusement. Ils peuvent manger quatre bols, ils iront bien, murmura-t-elle quand il se détourna.

— Si tu le dis, ajouta Ophélia à la gauche de Diana.

— Vous vous entendez bien cet après-midi. De quoi parlez-vous? demanda Kraven.

— Diana manque d'herbe de fermentation et demandait si nous savions s'il en poussait dans les bois, répondit Sebastian.

— Tu as dit non, n'est-ce pas? Parce que rien ne pousse si tard dans la saison.

Kraven sourit d'un air nerveux.

— Tu veux dire cette chose bleue gluante avec des fleurs rouges et jaunes? répliqua Pratchett.

Diana lui adressa un sourire rayonnant.

— Je ne le savais pas. Merci de me l'avoir dit. Nous pourrons refaire un tour demain.

Sebastian secoua la tête de dépit et continua de manger son bol de ragoût de poisson, avec un peu de chance non drogué.

Quand la tête de Démétrius commença à dodeliner et se redresser brusquement, Sebastian bâilla et prétendit qu'il s'endormait lui aussi. Il posa la tête sur son bras et observa les autres tomber les uns après les autres. Quand les ronflements de son père emplirent la cuisine, il releva la tête. Ophélia, Kevin et Diana clignèrent des yeux, surveillant les autres comme il l'avait fait puis ils sautèrent sur leurs pieds. Sebastian chercha la carte dans les poches de leur père, tapotant ses flancs pour faire bonne mesure.

— Il ne l'a pas sur lui.

Ophélia chuchota et une lueur pourpre apparut autour de la porte.

— Mère ne pourra pas entrer, je pense.

Elle fronça le nez.

— Du moins, cela la retardera.

— Ne perdons pas de temps, dit Kevin en ouvrant à nouveau la voie vers l'étage.

— Ne touche pas à la porte ! avertit Ophélia alors qu'il tendait la main vers la poignée.

— Est-ce que ce salaud l'a piégée ? demanda Kevin.

— Oui.

Diana passa devant lui et étendit sa main sur le bois.

— Un sortilège muet amplifié par un morceau d'écorce de Nule de l'autre côté. C'est un problème. Cela va me prendre du temps pour le désactiver.

— Merveilleux, dit Sebastian, prétendant ne pas sentir le sort de protection. Il est aussi paranoïaque que nous.

— Ce connard, grogna Diana en abaissant les mains. Il provient d'un foutu livre. J'ai besoin de plus de fournitures dans mon sac.

Elle descendit les escaliers en trombe.

— Vous avez changé d'avis ? leur demanda Ophélia.

— Je veux plus que jamais savoir ce qu'il y a sur cette carte, affirma Kevin.

Ils n'eurent pas longtemps à attendre le retour de Diana, mais des heures passèrent alors qu'elle trafiquait les sorts. Leur sœur regarda par-dessus son épaule en direction des escaliers.

— Ces herbes durent de cinq à sept heures. Pourquoi vérifies-tu si personne ne monte ? demanda Sebastian.

— Père pourrait avoir une meilleure résistance que les autres.

Le regard de Diana se déplaça à nouveau vers les escaliers.

— Combien de fois l'as-tu drogué ? demanda-t-il tout en regardant par-dessus sa propre épaule.

Kevin se pencha en avant, son ombre bloquant la lumière magique d'Ophélia.

— Nous as-tu déjà drogués ?

Sebastian garda la bouche fermée, car il voulait entendre la réponse à la deuxième question.

— Noooon, dit Diana. Cesse de me bloquer la lumière où nous serons ici toute la nuit.

— Tu mens...

Kevin s'interrompit alors que la porte s'ouvrait en grinçant.

— Diana est une sale gosse, dit Ophélia en souriant. Nous pouvons en parler.

— Je ne t'ai jamais droguée, Ophélia.

— Alors je n'ai rien dit.

Elle entra dans la chambre bras dessus bras dessous avec Diana, laissant Sebastian et Kevin derrière, secouant tous les deux la tête.

— Je n'ai pas entendu de démenti pour nous, rouspéta Kevin.

— Je n'en attendais pas.

Sebastian entra dans la chambre de ses parents et ouvrit quelques boites et tiroirs que les autres n'avaient pas inspectés.

— Jette-t-il quelque chose ? murmura-t-il après avoir trouvé une peau de gremlin séchée sous un étalage de bijoux.

Il frotta ses doigts pleins d'écailles effritées sur son pantalon.

— Beurk.

— La ferme. Tu n'es pas celui qui fouille les sous-vêtements de Mère, siffla Diana.

— Je l'ai trouvée, annonça Ophélia en faisant pendre un sac de velours noué d'un fil d'or à ses doigts.

Kevin tendit la main, mais elle le tint hors de portée.

— Nous avons besoin d'une clé.

— Merde ! cria Diana. Quelque chose m'a mordu.

Elle pointa sa baguette vers le tiroir, mais Sebastian lui attrapa la main.

— Il sera difficile de prétendre que nous ne sommes jamais venus si tu tuais la créature qui protège les affaires de Mère.

Diana libéra sa main et ferma le tiroir d'un coup de pied.

— Bien. Ophélia, peux-tu sentir où est la clé ?

— Elle est en bas. Je pense que Père l'a.

— Génial, donc nous sommes censés descendre et le fouiller alors qu'il est susceptible de se réveiller d'une minute à l'autre ? demanda Kevin. Je vais me coucher.

— Cesse d'être lâche. Sebastian, appela Diana en se tournant vers lui.

Ce dernier sentit une tâche pénible venir dans sa direction, il se précipita à la porte. Une prise ferme sur son épaule le stoppa.

— Wow, wow, wow, d'accord, je vais descendre, dit-il et, Kevin le relâcha.

— Kevin et moi l'aiderons, dit Ophélia.

— Pourquoi nous deux ? demanda Kevin.

— Parce que je fais la plus grande partie du travail, répliqua Diana.

Quand ils se faufilèrent dans la salle à manger, le reste des Orwell avaient toujours le visage contre la table, ou dans leurs bols. Sebastian réajusta la tête de Kraven afin qu'il ne se noie pas.

Kevin fouilla les poches de leur père et les trouva vides.

— Devons-nous le déshabiller ?

— Non ! siffla Sebastian, sachant qu'il finirait par faire le sale boulot. Ophélia ?

— Je cherche, je cherche, répondit-elle alors qu'elle examinait leur père de la tête aux pieds.

— Ophélia, cela ne devrait pas te prendre autant de temps, cesse de jouer les curieuses, ordonna Diana.

— Très bien, vérifie sous sa langue.

— Sebastian est le plus jeune.

Kevin recula.

— Tu ne peux pas prendre toutes tes décisions en te basant sur qui est le plus jeune, remarqua Sebastian, qui se tenait maintenant seul puisque sa fratrie avait reculé.

— Cela a marché pendant des années et tu es un homme recherché. Considère que c'est ton châtiment, dit Kevin.

— Et si la clé était ensorcelée ?

— Elle ne l'est pas, promit Ophélia.

Sebastian carra les épaules, déterminé à en finir aussi vite que possible. Il inclina la tête de leur père et appuya ses doigts sur ses lèvres couvertes de bave.

— J'ouvrirai le sac, dit-il en collant ses doigts sous une langue visqueuse et trouvant une boule de fil mouillée.

— Marché conclu.

La bouche de Diana se tordit.

— Et je ne t'ennuierai pas de tout mon séjour.

— Aucune curiosité au monde ne m'aurait poussé à faire ce que tu viens de faire, dit Kevin.

— Dépêche-toi !

Ophélia rassembla ses jupons et courut dans les escaliers.

SEBASTIAN ACCROCHA le fil au travers du lien du sac et une ouverture apparut. Quand il passa sa main dedans, elle disparut dans l'obscurité. Il dut alors plonger son bras encore plus profondément. Ses ongles identifièrent des tasses d'argent et des chandeliers, de la soie, des bijoux taillés, des perles et quelque chose qui se froissa comme du papier.

— Ah ah !

Il sortit un rouleau de parchemin. Ils l'étalèrent sur le bureau et Sebastian dénoua le ruban qui le retenait.

— Montre-moi, dis-moi, mon ami, les secrets du péché de ton maître, dit Diana au-dessus de la carte et une ligne rouge apparut, partant du royaume voisin, Anerith, à Trellium, la capitale de Larnlyon.

— Suivait-il le prince ? demanda Kevin.

— Non, répondit Ophélia. Il suivait quelqu'un d'autre. Quelqu'un qui a emprunté le même chemin que le prince.

Elle indiqua les parties de la ligne rouge qui zigzaguaient du Lac d'Argent à la taverne où avait été trouvé le prince.

— Père sait qui a attaqué Turren, dit Sebastian. Ophélia, brise la magie.

— Quoi ? Nous pouvons en apprendre plus.

— Brise-la avant qu'il ou elle te sente, l'avertit Sebastian.

— Qu'est-ce que…, commença Ophélia, mais elle se dépêcha de rouler la carte. Mince, c'était moins une. Diana, as-tu senti cela ?

— Oui. Pas étonnant que Père ne voulait pas que nous y touchions. Ce fauteur de troubles était suffisamment puissant pour s'accrocher à Ophélia à cette distance.

Diana se tourna vers Sebastian.

— Comment as-tu pu le savoir alors que tu n'as pas de magie ?

— Père n'a pas tenu la carte très longtemps, il a dû craindre d'être pris. Il se fichait que *nous* découvrions son secret.

— C'est un bon point, dit Diana.

Elle posa sa paume sur le visage de Sebastian et ferma les yeux.

— Pas de magie, Diana, juste des spéculations. Peut-être devrais-tu vérifier Kevin.

— Arrêtez, tous les deux, descendons avant que les autres ne se réveillent.

Kevin passa entre eux et se dirigea dans le couloir.

Diana fusilla Sebastian du regard et suivit Kevin.

Sebastian tint le sac ouvert et Ophélia y laissa tomber la carte, le ruban à nouveau attaché.

— Tu pousses ta chance, dit-elle en remettant le sac dans sa cachette.

Sebastian haussa les épaules et ils fermèrent la porte derrière eux. Diana chuchota contre celle-ci, réassemblant le sortilège de protection et ils rejoignirent leur famille dans leur parodie de sommeil.

III

SEBASTIAN SE réveilla avec sa cuillère serrée entre ses doigts. Il leva les yeux, le reste de sa famille, groggy, revenait à elle – y compris les trois frères et sœurs impliqués dans le complot. *Je ne peux même pas faire semblant d'être surpris qu'elle nous ait tous drogués.*

Kevin tourna la tête en direction de Diana, mais s'arrêta à mi-chemin. Au lieu de cela, il se tourna vers Kraven.

— T'es-tu lavé les mains avant de manipuler notre nourriture ?

— Quoi ? demanda Kraven, un morceau d'oignon tombant de sa joue.

— Les herbes que tu as coupées pour notre dîner. De toute évidence, Pratchett et toi les avez contaminées, dit Diana.

— Nous nous sommes lavé plusieurs fois les mains, tu...

Pratchett s'interrompit et se lécha les lèvres.

— Je, quoi ? demanda Diana.

— Père, nous nous sommes lavé les mains, insista Kraven.

— C'était une simple erreur, Kraven, et nous avions besoin de repos.

Lord Orwell se leva et s'étira.

— Votre mère sera bientôt rentrée. Nettoyez la table et la vaisselle. Je vais me coucher.

Leur père quitta la pièce et Ophélia soupira.

— Il sait que ce n'est pas les garçons.

— Qu'est-ce que vous complotez ? demanda Démétrius.

— Ce ne sont pas tes affaires, répondit Diana en fixant le plafond. Je parie qu'il est monté vérifier son sac.

— Quel sac ? demanda Kraven. Je savais que je m'étais lavé les mains !

— La ferme.

Kevin couvrit la bouche de son frère.

Lorsque le bruit étranglé s'évanouit, Kevin le relâcha. Il tourna des yeux chagrinés vers Sebastian.

— Mais j'ai été gentil avec toi.

— J'ai dit de blâmer Pratchett, pas Kraven.

Kevin haussa les sourcils.

— Ils se ressemblent tous pour moi.

Pratchett ramassa son assiette et alla dans la cuisine d'un pas lourd.

— J'espère que vous rôtirez tous dans la fosse du dragon.

— DEMETRIUS, POURQUOI souris-tu ?

Sebastian trouva son frère dans le salon, souriant, les jambes calées sur un tabouret.

— Désolé, mais tu as oublié ta place et conspiré avec l'ennemi.

Démétrius ferma les yeux et fredonna.

— Imbécile, bougonna Sebastian.

Il entra dans la cuisine et découvrit sa mère, regardant la photo du monstrueux homme à la cape.

— Quelle image inconvenante ! Comment cela a-t-il pu se passer ?

Lady Orwell leva l'avis de recherche.

— L'imagination fertile d'un villageois ?

— Et celle-ci ?

Lady Orwell lui montra l'image précise.

Sebastian leva les yeux vers ceux du même vert, de sa mère qui brillaient d'agacement. Il serra sa main en poing sans se détourner du regard sévère.

— Père, le sait.

Il regarda sa lèvre bouger alors qu'elle se mordait l'intérieur de la joue.

— Si vous criez après moi, Père le saura et je m'enfuirai avant que vous lui parliez.

Les yeux de sa mère s'étrécirent, mais Sebastian sut que ce n'était pas suffisant.

— Et il sait qui a tenté d'assassiner le prince.

— Oh, merde !

Lady Orwell se retourna et sortit précipitamment de la cuisine.

Sebastian se retrouva choqué, car sa mère jurait rarement. Voyant là une chance de s'échapper, il passa en courant devant son frère qui fronça les sourcils. En chemin vers sa chambre, il frappa à la porte d'Ophélia. Quand il entra en trombe dans sa propre chambre, il attrapa un oreiller, arracha le tissu et se précipita vers son tiroir. Il fourra la taie d'oreiller de vêtements et de livres. Ophélia se tenait à la porte, ses yeux blancs emplis de confusion. Sebastian l'écrasa entre ses bras.

— Je dois y aller. Père va tout raconter à Mère, je t'aime.

Il la dépassa, mais elle saisit son bras.

— Père a posé des scellés sur les portes avant et arrière ce matin.

— Évidemment.

Il étreignit à nouveau sa sœur et alla à sa fenêtre. Il la déverrouilla et posa son sac de fortune sur le toit avant d'y grimper.

— Au revoir, dit-il tandis qu'il refermait la fenêtre derrière lui.

À mi-hauteur de la gouttière, sa botte se colla au métal.

— Fils de…

Il tira de toutes ses forces, mais les défenses de la maison avaient été activées. Il agrippa la gouttière et se baissa afin que sa botte se trouve au niveau de ses yeux. Il s'accrocha d'une main et se servit de l'autre pour la délacer. Puis, enroulant ses bras autour du métal, il sortit son pied. Enfin libre, il se laissa tomber au sol et commença à courir.

— COMMENT EST-CE arrivé, sire Orwell ? demanda le cordonnier quand Sebastian entra en boitillant dans sa boutique.

— Une mésaventure maladroite dont je suis trop embarrassé pour vous en parler, mon bon monsieur. Avez-vous des chaussures à ma pointure ?

Il s'était cogné les orteils sur de nombreux rochers, il ne voulait pas davantage de blessures.

— Vous savez, sire Orwell, tout le monde possède un pied soit trop grand, soit trop petit, mais les vôtres sont parfaits. J'ai une paire à votre taille, ne vous inquiétez pas.

Le cordonnier se retira dans l'arrière-boutique et Sebastian soupira, souhaitant que l'homme ait utilisé un autre mot pour décrire ses pieds.

QUELQU'UN ME suit. Une nouvelle fois, Sebastian prit un tournant et vit le même homme vêtu de brun du coin de l'œil. Alors qu'il passait les portes de Renan, une ville autrefois prospère grâce au travail du bois, il saisit son poignard et plongea derrière un buisson. La silhouette capée regarda d'un côté et de l'autre puis continua sur le chemin qu'avait emprunté Sebastian. Une fois l'étranger hors de vue, il retourna en direction des portes. Il se fondit dans le flot de personnes extérieures et chercha son ombre toutes les deux minutes. Au début, il ne vit aucun signe, mais la cape brune réapparut. *Mon stupide père devait avoir raison. Si je me fais tuer, je les maudirai, lui et le prince.*

Il ne voulait pas attirer l'attention des Gardes de la ville alors il se mêla à la foule. Il tourna dans des rues, des allées, se frayant un chemin vers les ateliers de menuiserie abandonnés. Une nouvelle fois à droite puis, il s'adossa à une porte. Il leva une main et une plante cachée sous les pavés grandit. *Arrête-le !* pensa-t-il fortement, l'envoyant sur la route attendre l'étranger. Lorsque des bruits de pas légers se rapprochèrent, la plante fit trébucher son poursuivant. Sebastian sortit de sa cachette et enroula son bras autour du cou de l'homme, appuyant son couteau contre sa gorge.

— Pourquoi me suivez-vous ?

— Pourquoi m'avez-vous abandonné dans une taverne ?

Sebastian baissa son couteau et retourna l'homme. Devant lui se tenait le Prince Turren, ses cheveux noirs dégoulinants. Il regarda à la hâte les alentours puis éloigna le prince de lui.

— Désolé, Votre Altesse, je vous ai pris pour un brigand. Passez une bonne soirée.

Il rengaina son couteau et jeta un œil dans l'allée pour voir s'il y avait des témoins. *Personne, semblerait-il*, soupira Sebastian. *Cet idiot n'a pas encore attiré l'attention sur moi.* Il s'apprêtait à partir quand Turren se précipita devant lui.

— Attendez! Je vous ordonne d'attendre! Laissez-moi au moins vous remercier.

— Je ne sais pas de quoi vous parlez. Son Altesse est-elle souffrante?

— Excusez moi? Vous êtes Sebastian Orwell.

Le Prince Turren tendit la main vers le coude de Sebastian, mais il échappa à sa prise.

— Votre cape est plus étrange que dans mon souvenir.

— Comme je vous l'ai dit, vous faites erreur. J'ai entendu parler des Orwell, vous pourrez les trouver dans la forêt du roi.

Sebastian baissa la tête et feinta à droite, mais Turren bondit sur son chemin.

— Je peux vous amener à la garde de la ville et leur ordonner d'ôter votre capuche.

Lassé de l'insistance de Turren, Sebastian poussa sa paume dans le nez royal. Le prince bougea sa tête à temps, mais il avait à présent assez de place pour fuir. Il sprinta hors de l'allée et continua de courir jusqu'à ce que Renan soit une ombre à l'horizon.

SEBASTIAN SORTIT à nouveau sa longue-vue et repéra la cape brune. *Je pourrais pleurer. Je pourrais véritablement pleurer.* De fausses pistes en chemins de chasse non utilisés, et le prince était toujours sur sa trace. Sebastian abandonna et construisit un petit feu dans les bois. Il déballa un poisson des feuilles ensorcelées qui conservaient sa fraîcheur et l'embrocha pour son dîner. Pendant que son dîner grillait, il fouilla son sac à la recherche d'une assiette et patienta. Rien ne bougea dans les arbres jusqu'à ce qu'il ne reste qu'un squelette de son repas.

Turren se tenait de l'autre côté des flammes et se léchait les lèvres.

— Serait-ce trop…

— Oui, le coupa Sebastian sans lever les yeux vers lui.

— Je voulais seulement savoir si vous en aviez davantage.

Le Prince Turren s'assit sur l'herbe en face de lui.

— Il devrait être acceptable que je m'asseye.

Sebastian sortit une couverture de son sac.

— Vous avez hérité de ce droit.

— Vous ne me traitez pas comme tel.

— Vous obtiendrez tout mon soi-disant respect quand votre père sera mort et que vous deviendrez roi.

Turren fronça les sourcils.

— Pouvons-nous ne pas parler de la mort de mon père ? Cela porte malheur.

— Évidemment, vous êtes du genre superstitieux, remarqua Sebastian. Je vais dormir. Restez de votre côté du feu.

— Pourquoi m'avez-vous sauvé ?

— Je ne l'ai pas fait.

Turren grogna, légèrement incrédule.

— Peut-être que votre sauveur capé n'a pas aimé l'idée de laisser quelqu'un d'innocent mourir.

— Peut-être est-il quelqu'un de gentil.

Sebastian ricana.

— Allez dormir, et ne ronflez pas.

— QUE VEUX-TU dire par mon fils est parti ? demanda le Roi Harris.

— Il s'est enfui, Votre Majesté. Il a laissé un message disant qu'il devait régler une dette, expliqua Lord Pasley.

— Capitaine Pembrost ! hurla le Roi Harris.

— Également disparu. Quand je lui ai dit pour le Prince Turren, il a souri et répondu 'je vais chasser deux lapins'.

— Il sait mieux que personne où est allé Turren. Envoie une escouade pour les suivre.

Le Roi Harris secoua la tête.

— Combien de temps mon fils peut-il rester sur ses pieds avec du poison dans l'organisme ?

Lord Pasley haussa les épaules.

— Aisément un jour ou deux, s'il ne repousse pas ses limites.

Le Roi Harris soupira.

— Les chances qu'il ne le fasse pas sont très minces.

SEBASTIAN JETA un œil sur l'espace vide de l'autre côté du feu éteint. *Peut-être que le prince obstiné a-t-il compris l'allusion ?* De doux ronflements derrière son oreille mirent fin à son espoir. Sebastian se retourna, Turren dormait paisiblement, plus près de là où il s'était retiré pour la nuit. Sebastian fit tambouriner ses doigts sur sa couverture. *Je souhaiterais que vous cessiez de me mettre dans des positions embarrassantes.* Renonçant à l'impulsion d'obstruer les narines du prince, il se leva prudemment et chercha son sac. Il l'aperçut de l'autre côté de Turren, son ouverture serrée entre les doigts de cet homme frustrant. *Ce serait bien fait pour lui si je lui déversais mon outre sur le visage.* Au lieu de cela, il se pencha et tira doucement sur la taie d'oreiller. La main de Turren traîna dans la poussière, ses doigts finissant par s'ouvrir. Sebastian leva son sac et puis une gorge se racla.

30

— Tout ce que tu avais à faire était de demander.

Sebastian fronça les sourcils vers le prince à présent réveillé.

— Je ne devrais pas avoir à demander mes affaires.

Turren s'étira et bâilla.

— C'était une précaution au cas où tu aurais tenté de partir avant mon réveil.

— Comment aurais-je pu laisser un charmeur comme vous ?

Sebastian arracha son sac et commença à marcher.

— Où allons-nous ?

— Je vais voir mon frère, dit Sebastian.

— L'aîné des Orwell ? Il y a des années que je ne l'ai pas vu. Il nous a pourchassés, Pratchett et moi, durant des heures, raconta Turren en souriant. J'étais un sale gosse alors, mais ce sont des souvenirs plaisants.

— Vous êtes toujours un sale gosse, dit Sebastian dans sa barbe.

— C'est vrai, mais je prends de meilleures décisions.

Sebastian s'arrêta et se retourna.

— Vous baguenaudez après un homme que vous n'avez pas vu depuis votre enfance. Vous voyagez sans aucun garde après une récente tentative d'assassinat. Expliquez-moi en quoi vous ne prenez pas de mauvaises décisions.

Turren redressa ses épaules.

— Mon but quand je suis arrivé à la maison était de partir à ta recherche. À présent, je suis en ta compagnie depuis une journée. J'approche de mes objectifs plus rapidement que prévu, donc je suis assez satisfait de mes décisions.

Sebastian croisa les bras.

— Quels objectifs ?

— Il est dans mon intérêt de ne pas encore les révéler, dit le prince.

— À quel point votre magie est-elle puissante ?

Turren cilla.

— Ce fut un rapide changement de sujet.

— Vos assaillants vous ont probablement pris par surprise, mais maintenant, vous êtes conscient du danger et vous pouvez vous protéger mieux qu'avant, c'est exact ? demanda Sebastian.

— Je ne serai pas à nouveau une proie facile. Je ne comprends toujours pas où tu veux en venir.

— Nulle part.

Sebastian fit à nouveau face à la route et commença à marcher d'un bon pas.

Turren lui attrapa l'épaule.

— Que mijotes-tu ?

Sebastian fusilla du regard la main qui n'aurait pas dû pouvoir se poser sur lui.

— Je vois. Vous tenez de votre mère.

Il la repoussa et continua de marcher.

— Vous avez vos motivations, j'ai les miennes.

— *Vous testez la patience de mon cousin, Capitaine.*

Le Capitaine Pembrost tenait son amulette tout en buvant de l'autre main.

— *Je suis sur la trace du prince. De ce que je vois, il va bien et voyage en compagnie d'un autre homme*, envoya-t-il mentalement au mage.

— *Vous croyez que c'est notre sauveur*, renvoya le Mage de la Cour.

— *Je ne pense pas qu'il soit coupable de l'agression, mais il sait probablement quelque chose. Sinon pourquoi s'enfuirait-il ?*

— *Votre imprécision me donne des envies de malédictions.*

— *Je suis désolé, Frederick, mais l'homme que je suspecte est le fils d'un seigneur agaçant. Il me faut des preuves solides avant de porter des accusations. Transmettez mes hommages au roi et ne me contactez pas durant un certain temps.*

Le Capitaine Pembrost relâcha son amulette et regarda le groupe de pisteurs se faisant passer pour des marchands de blé. *Et si je ne peux pas attraper le sauveur, peut-être pourrai-je attraper les assassins tentant un autre coup.*

Lord Pasley soupira tandis que son cousin le foudroyait du regard.

— Il est sur la piste de Turren, il a un plan.

Le Roi Harris se pencha en arrière et se massa les tempes.

— Pourquoi les personnes qui me sont les plus proches ne peuvent-elles pas agir comme si elles obéissaient à mes ordres ?

Lord Pasley se racla la gorge.

— D'accord, tu es obéissant, mais seulement, car tu n'as pas mon travail.

Lord Pasley haussa les épaules.

— J'avoue que ne pas être l'héritier me rend beaucoup plus coopératif qu'un magicien lambda.

— Connard, tu es censé nier et dire que tu es mon loyal serviteur.

Le Roi Harris soupira.

— Aucun de vous ne fait ce qu'il est supposé faire.

— La Reine Anne ?

— Elle a rompu le contact il y a des heures. Je n'ai aucune idée d'où elle se trouve.

Lord Pasley fronça les sourcils.

— Je me demande si elle ne pensait pas la même chose que Pembrost.

— Ce qui serait bien si l'un d'eux décidait de partager leur réflexion avec moi !

Le Roi fit claquer son poing sur son accoudoir.

— Où est l'escouade que tu as envoyée après Pembrost ?

— Suffisamment près pour savoir qu'il est à l'extérieur de Bruwen, mais assez éloigné pour ne pas le perdre de vue. Je pense.

Le Roi Harris le congédia de la main.

IV

SEBASTIAN CALCULA la distance la plus proche du poste de garde de la ville et se demanda s'il pourrait y abandonner le prince. Il se souvenait des blessures de Turren et savait qu'il lui restait peu d'énergie à cause des multiples guérisons. *Si mes calculs sont exacts, Turren renoncera à me suivre au bâtiment de la garde.* Content de son nouveau plan, il jeta un œil au chiot zélé soufflant derrière lui.

Turren sourit.

— Tu n'as pas à t'inquiéter pour moi, je vais bien, affirma-t-il, de la sueur coulant sur son front.

— Si vous le dites, Votre Altesse.

Sebastian secoua la tête et marcha plus vite.

— JE ME sens un peu… fatigué, souffla Turren une heure plus tard. Est-ce que cela te dérange si nous nous reposions un moment ?

— Vous me ralentissez, dit Sebastian, mais il s'arrêta.

Sa destination de livraison était encore à près de cinq kilomètres.

— J'ai du poisson. En voulez-vous ?

Turren sourit.

— Oui, s'il te plaît. Je n'ai pas pris grand-chose, car il fallait que je te rattrape.

— Ce qui pourrait être résolu si vous rentriez chez vous.

Sebastian fouilla dans son sac et s'assit.

— Il me fallait une chance de te donner mon cadeau.

Sebastian fronça les sourcils.

— Quel cadeau ?

Turren se laissa tomber à côté de lui.

— Un objet que j'ai été chercher en Anerith.

— S'il vous plaît, ne me dites pas que vous avez récupéré des objets de valeur dans ce pays déchiré par la guerre ?

— Hé, murmura le prince. Je savais que ton opinion sur moi était faible la dernière fois que nous nous sommes rencontrés, mais je suis devenu un homme honnête en grandissant.

— Vous étiez ami avec Pratchett, je vous ai considéré comme une cause perdue.

33

— Tu étais une grande influence aussi.

— J'en doute. Allez-vous me dire ce que vous avez ou allez-vous continuer à tourner autour de la question ?

Turren soupira.

— J'espérais rendre cet instant mémorable.

Sebastian poussa un soupir.

— Allez, impressionnez-moi.

Turren fouilla dans son sac et en sortit un objet rectangulaire enveloppé dans un linge marron.

Sebastian ne put s'empêcher de s'approcher alors que Turren lui tendait le cadeau.

— Me ferais-tu l'honneur ?

Sebastian avait eu l'intention de se moquer de l'homme, mais ce ne pouvait être qu'un livre sous le tissu et il ne put cacher son enthousiasme. Il prit le paquet.

— Ce n'est sûrement rien de trop rare, dit-il tandis qu'il le déballait, révélant des lettres d'or brodées sur le cuir rouge.

Il était à peine usé et en meilleur état que son vieux livre.

— Je ne sais pas ce que je dois penser du fait qu'une grande partie de l'or du peuple est dépensé en cadeaux.

Turren se mit à rire.

— J'apprécie ton inquiétude financière, mais c'était un présent.

— Un présent qui vaut une petite fortune ? Qu'avez-vous fait pour le mériter ? demanda Sebastian, mais il ne rendit pas le livre.

— J'ai parlé de toi et de ce que j'avais fait à une vieille femme. Elle m'a dit que je ne pouvais pas te rendre tes souvenirs, mais que je pouvais t'offrir les siens. Elle n'a pas ménagé ses efforts pour le cacher durant l'épuration et elle n'a pas d'enfant pour l'apprécier.

— Je vais vous accorder du mérite. Peu de personnes sont capables de parler de leurs méfaits quand ils ont pleinement compris l'insensibilité de leurs actions, dit Sebastian en riant. Je ne sais pas si en grandissant vous êtes devenu encore plus fou ou un homme intelligent.

— Les fous ne donnent pas de livres.

— Cela ne fait toujours pas de vous un homme intelligent, mais je dois cesser de vous sous-estimer.

— Honnêtement, j'espère que tu ne le feras pas. Te surprendre pourrait être ma seule chance, dit Turren tandis qu'il se penchait en avant.

Sa tête glissa de l'épaule de Sebastian et il tomba au sol.

Sebastian lui mit un petit coup dans le dos.

— Je vous montre un peu de gentillesse et vous poussez votre chance. Levez-vous.

Turren ne bougea pas et Sebastian jeta un regard noir à son bagage indésirable.

— Suis-je censé vérifier que vous allez bien ? Si vous croyez qu'une ruse me forcera à vous toucher, vous faites erreur.

Sebastian leva les yeux au ciel.

— Très bien, je vais jouer le jeu, mais vous allez me devoir une pièce pour cela.

Toujours aucune réponse. Il retourna le prince et vit la sueur briller sur son visage.

— Turren ?

Il toucha son front, il était brûlant.

Bien plus chaud que s'il était simplement fatigué d'une longue marche après une blessure.

— Que se passe-t-il ? Turren ?

Sebastian le secoua pour le faire revenir à lui.

Turren sourit faiblement.

— Frederick n'est pas parvenu à enlever tout le poison.

— Poison ? chuchota Sebastian. Imbécile ! Pourquoi n'as-tu pas parlé d'un détail d'une telle importance ?

— Je savais que tu essaierais de me laisser derrière. Je ne voulais pas te donner une raison de le faire plus tôt.

Les yeux de Turren se fermèrent et ils ne se rouvrirent plus.

Sebastian posa ses mains sur le torse de Turren et sentit le poison traverser son corps. Là où ses mains touchaient sa peau, quelque chose de sombre en lui attirait sa magie, il recula.

— Tu as dû attraper quelque chose de particulièrement mauvais.

Il inventoria mentalement les fournitures d'Harold et échoua à trouver quoi que ce soit pour combattre le poison. *Si Lord Pasley avait soigné le prince, le seul remède possible était sûrement au château.* Il ferma les yeux. *Et merde !*

— Si j'avais su que tu prévoyais de commettre un suicide par entêtement, je t'aurais laissé mourir.

HEUREUSEMENT, LE prince avait assez d'argent dans ses poches pour se payer un cheval. Sebastian ne pouvait pas porter ce balourd et Turren ne survivrait pas s'il le laissait seul. Comme la malédiction dans son sang drainait sa force, il lui transféra une partie de son énergie. *Dieu seul sait ce que vont me faire les gardes. Je suis l'homme qui a trouvé le prince blessé, deux fois.* La cape couvrant le prince de la tête aux pieds lui apporta la paix durant le voyage. *Personne ne me traitera d'assassin jusqu'à ce que j'atteigne la capitale.* La pluie tombait dans les feuilles, empirant la situation. Sebastian serra les dents. *Je ne sais pas ce que j'ai fait pour irriter les dieux, mais j'aurais aimé que quelqu'un d'autre mérite leur colère.*

Alors qu'ils franchissaient les portes de Trellium, Sebastian ne put trouver une manière de déposer le prince sans que personne le voie. L'état de Turren

35

rendait une autre taverne hors de question. Quand il approcha du château, il s'attira de nombreux regards des marchands qui affluaient en ville durant la journée. Il contourna la ligne de visiteurs et chevaucha jusqu'aux gardes. Ils levèrent les mains pour l'arrêter, mais aucun d'eux ne vint vers lui.

— Peu importe combien vous vous croyez important, vous devez faire la queue, comme tout le monde, dit le garde.

— Je préférerais ne pas être ici, mais votre prince est un peu dans une situation d'urgence.

Sebastian pointa son pouce vers l'homme assoupi contre son dos. Le garde fronça les sourcils et se servit de son pique pour soulever la capuche du prince. Plusieurs personnes retinrent leur souffle tandis que le beau visage de Turren était révélé et Sebastian fut entouré. Les portes de la ville se refermèrent tandis que les gardes tiraient Sebastian du cheval. Mis en joue par de nombreuses arbalètes, il resta immobile.

— Je ne suis pas sûr qu'il se souvienne de moi, mais veuillez informer le Capitaine Pembrost que mon nom est Sebastian Orwell.

— Si tu le dis mon garçon, mais s'il ne le fait pas, tu auras des ennuis, dit le garde qui empoignait son bras droit.

Sa main s'éloigna et il dégaina son épée.

— Enlève ta capuche.

— Ce n'est pas un sort, c'est ma cape et non, je ne l'enlèverai pas.

— Vous êtes adulte et pourtant plus difficile que jamais. Bonjour Sebastian.

Le Capitaine Pembrost, qui se tenait en haut des marches en armure complète, se hâta aux côtés de Sebastian.

— Relâchez-le.

Le Capitaine tendit la main et Sebastian la serra.

— Que s'est-il passé?

— Il est venu me trouver alors même que ses blessures n'étaient pas guéries. Je ne l'ai pas cherché, jura Sebastian.

— Malheureusement, je vous crois. Hum, murmura le capitaine.

— Quoi?

Le Capitaine Pembrost posa sa main sur l'abdomen de Turren.

— Le prince a reçu davantage de guérison. Avez-vous été arrêté par un guérisseur avant de venir ici?

— Non, répondit-il. Je l'ai trouvé exactement dans cet état.

Un homme les poussa et il reconnut la robe du Mage de la Cour. Lord Pasley frappa les mains de Pembrost et toucha les blessures du prince.

— Le constat du Capitaine Pembrost est correct. Quel est votre nom, mon garçon?

— Sebastian Orwell et je ne pratique pas la magie.

— C'est mon autre lapin, dit Pembrost.

Lord Pasley fronça les sourcils.

36

— Orwell ?

Un flot d'hommes et de femmes en uniformes sortit du château et en son centre, plus grand et plus large que son fils, se trouvait le Roi Harris. *Merde !*

— Je dois y aller, Capitaine. Lord Bast m'attend.

— Harold respectera la raison de votre retard, dit le roi.

Il se tourna vers le capitaine.

— Retenez-le jusqu'au réveil de Turren, qu'il raconte son histoire.

Le Roi Harris souleva son fils du cheval et Pasley l'aida à le transporter jusqu'à l'infirmerie, laissant Sebastian seul avec le capitaine et un groupe de gardes.

— J'aurais dû me mêler de mes affaires.

Le Capitaine Pembrost haussa les épaules.

— Faire ce qui est juste a ses conséquences, mais vous êtes dans le pétrin à cause de l'incident de la taverne. Vous et moi devons discuter.

— Je n'ai fait que trouver le prince et le ramener ici comme il est de mon devoir, lui fit remarquer Sebastian.

— Hum hum, marmonna le capitaine. Je vous installerai dans la caserne ce soir. Vous serez entouré de gardes sans être prisonnier. Vous serez aussi protégé contre ceux qui pourraient penser que vous êtes impliqué dans la mauvaise santé du prince.

— Je sauve la vie d'un homme, et voilà que je fais face à des accusions de conspiration… J'aurais mieux fait de rester à la maison ! Quand le prince se réveillera, remerciez-le de m'avoir mis dans cette situation.

Le Capitaine Pembrost sourit.

— Seule votre supercherie est responsable de cela, chuchota-t-il afin que les autres gardes ne l'entendent pas.

V

Les yeux de Sebastian s'ouvrirent paresseusement sur les lits de camp et les meubles de rangement qui tapissaient les murs du sol au plafond. De la cuisine à la vapeur, ayant l'air plus appétissante que les rations militaires, était posée sur une table voisine. Les entretiens s'étaient succédé depuis que les gardes l'avaient forcé à pénétrer dans le château. Parfois, le roi observait tandis que Pembrost posait des questions jusqu'à ce que la nuit se transforme en matin. Sebastian sourit. En dépit de leurs efforts, sa langue n'avait pas fourché de son histoire originale. Il mangea rapidement les biscuits et les saucisses afin d'avoir de l'énergie pour une évasion. Des gardes étaient postés à sa porte, mais ceux de la nuit dernière n'étaient pas des mages. Il ouvrit la porte pour voir si sa malchance résistait encore, mais les gardes étaient partis. *La belle au bois dormant s'est finalement réveillée.* Regardant des deux côtés, il pénétra dans le couloir et ferma la porte derrière lui. Il tourna à l'angle, mais le Capitaine Pembrost s'y tenait les bras croisés.

— Une pause latrines ? demanda-t-il.

— Où irais-je d'autre ?

— Voir le prince avec moi.

— Des exigences inutiles de si bon matin. Qu'est-ce que j'y gagne ?

— Nous oublions l'incident de la taverne et appelons ça un simple malentendu.

— Ce qui signifie que je serai payé pour avoir sauvé la vie du prince deux fois ?

— Peut-être.

Sebastian imita les bras croisés du capitaine.

— Les peut-être sont pour les prévisions météo et les escrocs.

— Un expert sur ce dernier point, n'est-ce pas ?

— M'insulter augmente mon prix, dit Sebastian.

— Très bien ! Vous serez récompensé pour avoir sauvé le prince à deux reprises, mais vous devez vous montrer aimable, négocia le Capitaine Pembrost.

— Tout dépend si vous me rendez mon livre.

Sebastian tendit la main et patienta.

Le Capitaine Pembrost sourit.

— Je l'ai accidentellement laissé dans la chambre du prince.

Connard. Sebastian serra la main du capitaine.

— Allons-y, montrez-moi le chemin jusqu'au chiot zélé.

— Et ne l'insultez pas, dit le capitaine avant de tourner les talons et de le conduire à l'épine dans le cul qui était responsable de la ruine de sa semaine paisible.

UN LONG bandage était enroulé autour de l'abdomen nu de Turren, mais il parvint quand même à sourire. Sebastian leva les yeux au ciel. *Pas d'insulte, cependant je suis tenté.* Le silence dans la pièce devint embarrassant quand aucun des hommes ne prit la parole. Le roi prit une inspiration pour le briser, mais Turren se racla la gorge.

— Vous me voyez toujours dans mes pires moments, sire Orwell. Merci de m'avoir sauvé la vie.

Celui-ci haussa les épaules.

— Votre mort aurait été gênante pour le pays, et définitivement pour ma famille si vous étiez mort en ma compagnie.

Le Roi Harris crachota, mais le Prince Turren rit si fort qu'il se plia en deux de douleur. Il retomba sur les oreillers et lui sourit faiblement.

— Je suis stupéfait comme rien ne vous intimide. Je ne vous ai jamais demandé comment se portait votre famille.

— Bien plus prospère qu'elle ne le pense ou ne le mérite, répondit Sebastian.

Le prince bâilla et secoua la tête.

— Dors maintenant, fils. Frederick pourra poursuivre son travail dès que tu auras recouvré plus de force, lui conseilla le roi.

— Je peux rester éveillé plus longtemps. J'aime parler avec Sebastian, dit Turren, mais un autre bâillement maintint sa bouche ouverte.

— Il suffit. Repose-toi. Sebastian sera là quand tu te réveilleras, promit le Roi Harris en adressant à Sebastian un regard sévère.

Les paupières du prince papillonnèrent alors que Sebastian se tenait bien sagement près de la porte. Quand la respiration de Turren s'apaisa, le roi se retourna et leur fit signe de le suivre. Il marcha dans le couloir jusqu'à ce qu'ils soient hors de portée d'oreille de Turren.

— Avez-vous abandonné mon fils dans une taverne ?

Sebastian croisa les bras et étudia les deux hommes plus âgés.

— Oui, et c'est parce que je savais que cette situation arriverait.

— Celui qui a blessé mon fils aurait pu l'attaquer à nouveau à cause de votre imprudence ! chuchota le roi avec férocité.

— Dans un établissement dirigé par un ancien garde de la ville ? Il était autant en sécurité qu'avec vos gardes royaux.

— Avez-vous vu les assaillants du prince ? demanda le Capitaine Pembrost.

— Non, seulement le prince traverser les bois de notre propriété.

— Sommes-nous supposés croire en votre parole maintenant, alors que vous nous avez menti si longtemps ?

— À deux reprises, j'ai sauvé sa vie quand l'ignorer aurait été plus pratique et à deux reprises, je vous ai rendu votre petit prince avec sa bourse intacte, exception faite des dépenses nécessaires. Je ne suis pas un chevalier, mais je suis certainement intègre, dit Sebastian.

— Si vous ressembliez à vos frères et sœurs, j'aurais davantage confiance en ma capacité à déterminer quelle part de vérité il y a dans vos propos, mais il y a quelque chose de votre père en vous.

Le Roi Harris secoua la tête.

— J'envie presque votre habileté à déformer la vérité.

Sebastian se raidit à l'insulte, bien qu'il mente.

— Nous n'avons rien en commun si ce n'est une lueur d'intelligence.

— Je suis désolé d'apprendre cela puisqu'il est en chemin. Votre père a envoyé un mot indiquant que votre famille arrivera demain matin. Il est de mon devoir de veiller à ce que le sujet responsable du sauvetage de mon fils rentre chez lui sain et sauf. Turren a été pris en embuscade et n'a aucune idée de l'identité des hommes qui l'ont attaqué. Nous serions plus tranquilles si vous acceptiez notre hospitalité et partiez en plus grand nombre avec votre famille.

— Et si je n'acceptais pas ?

Sebastian entendit le Capitaine Pembrost grogner derrière lui, mais il ne céda pas.

— Alors, je présumerais qu'un jeune homme si rationnel prenant une décision si hâtive est trop fatigué pour voyager ou se confronterait au même poison que mon fils. Je dois faire en sorte que mon cousin s'occupe de vous sans tarder.

D'une poigne forte, le Roi Harris repoussa Sebastian qui tomba contre Lord Pasley, qui s'était tranquillement faufilé derrière lui.

— Ce n'est pas nécessaire, Votre Majesté. Le prince est toujours blessé, Lord Pasley devrait rester à son chevet, insista Sebastian, tout en souhaitant pouvoir frapper le Mage de la Cour sans réprimande.

— Il est trop faible pour supporter davantage de guérison ce soir, et comme nous le savons tous les deux, nous devons discuter.

Pasley attrapa le poignet de Sebastian et l'entraîna loin d'un Roi Harris et de son petit sourire narquois et d'un Capitaine Pembrost qui secouait la tête. Sebastian surprit le 'Beaucoup trop fier' murmuré par le capitaine, mais se concentra pour rester sur ses pieds tandis qu'il était tiré contre sa volonté.

— Qu'en est-il de mon livre ?

— Quand je vous aurai interrogé.

J'ESPÈRE QUE vous avez fini par vous fatiguer. Quatre heures que Sebastian était coincé dans le bureau de Frederick tandis que des sorts étaient lancés contre l'illusion de sa cape.

Lord Pasley jeta les mains en l'air et jura.

40

— Pour une famille sans beaucoup de magie, vous avez en votre possession l'un des objets enchantés les plus puissants que je n'ai jamais vus. Êtes-vous bossu pour user de telles extrémités afin de dissimuler votre visage ? Même vos gants sont enchantés !

— Peut-être aurais-je dû mentionner que ces objets étaient des présents de ma sœur Ophélia.

Sebastian regarda les yeux noisette de Lord Pasley s'étrécir et il sourit sous sa capuche.

— Ai-je oublié de vous le dire ? demanda-t-il, innocemment.

— Les blessures du prince ne se sont pas guéries seules. Votre sœur a créé vos vêtements, mais la guérison est votre magie !

— Peut-être, ou peut-être que le prince a pratiqué la magie quand je ne regardais pas.

— Pourquoi cachez-vous votre pouvoir ?

Parce que mes frères et sœurs sont des idiots qui m'enquiquineraient pour des sorts à longueur de journée.

— En quoi est-ce important pour vous ? Le prince est sain et sauf et je n'aurai plus affaire à vous quand je partirai. Par ailleurs, il vous en coûte chaque heure où je suis sous votre garde.

Sebastian croisa ses mains sur ses genoux.

— Que voulez-vous dire ?

— Eh bien, mon père insiste sur le fait que je dois être un meilleur fils et rien de moins que deux bourses d'or comme récompense le satisferont.

Les yeux de Lord Pasley s'écarquillèrent sous le choc.

— Évidemment, je pense qu'un paiement pour mes actions est vénal et j'ai l'intention de demander à mon père de ne pas être trop avide, mais peut-être devrais-je demander trois bourses à la place. On peut compter sur mon père pour exagérer mes bonnes actions au point où j'aurais sauvé le prince d'une centaine de bandits, et je trouve mon confinement pénible.

— Vous êtes trop jeune pour être si grincheux.

Lord Pasley croisa les bras.

— Et en ce qui concerne le Prince Turren ? Il est inquiet, à juste titre, que vous soyez parti quand il se réveillera et comme vous l'avez si justement dit, le pays repose sur sa santé.

— Le meilleur compromis que je puisse offrir est de revenir rendre visite au prince avant de partir. S'il est réveillé, je discuterai avec cet imbécile borné.

Sebastian leva la main pour contrecarrer le mage dans la défense de son prince.

— Et à la condition que vous ne dispensiez pas d'histoires ridicules sur moi et ma famille pratiquant la magie.

Les sourcils broussailleux de Lord Pasley quittèrent le V de colère pour atteindre ses cheveux couleur sable, d'ahurissement.

41

— Je verrai ce que le roi a à en dire. Mais je veux votre parole que vous ne tenterez pas de partir sans permission.

— Elle est à vous… jusqu'à ce qu'il soit trop tard à mon goût.

Lord Pasley secoua la tête de la même manière que le Capitaine Pembrost et murmura :

— Je plains mon cousin.

Et il ferma la porte derrière lui.

— Qu'est-ce censé vouloir dire ?

— Je ne peux pas croire qu'Anne et vous les ayez rattrapés, mais que vous ne soyez pas intervenus, dit le Roi Harris. Et s'il n'avait pas ramené Turren en sécurité ?

— Sa Majesté avait confiance que Turren savait ce qu'il faisait et cela nous a donné la chance de rebrousser chemin et d'attraper une paire de poursuivants du prince, répondit le Capitaine Pembrost.

— L'un d'entre eux a-t-il parlé ? demanda le roi.

— Jusqu'à présent, ils en savent très peu, intervint Frederick. Anne a amené les mercenaires à parler, mais elle pense que nous en découvrirons plus sur qui les a engagés. Elle fouille là où ils ont décroché ce travail. Turren semble heureux du résultat.

Le roi soupira.

— Vous auriez pu me dire que Turren avait des desseins romantiques envers Sebastian. Je ne vois pas cette quête tourner en sa faveur.

— Qu'il y parvienne ou non, ce sera une source d'apprentissage pour lui, d'une manière ou d'une autre.

— Je ne sais pas quoi faire de Sebastian. Qu'as-tu appris de ce garçon ?

— Il est étrange. Je n'ai entendu aucune allusion sur quiconque, hormis Ophélia et Diana, possédant la magie parmi les enfants Orwell, dit Frederick. C'est également une partie du marché. Nous le laissons partir à ses conditions et nous gardons le silence sur ses pouvoirs.

— Je ne l'ai toujours pas vu sans sa capuche, dit le Roi Harris d'un air exaspéré. Quelle est votre opinion, Pembrost ? Il a demandé après vous quand il est arrivé aux portes.

Pembrost haussa les épaules.

— Il est grincheux, secret et arrogant. Honnête vis-à-vis d'une faute quand cela lui convient et possède peu de patience. Sacrément bon dans un combat, loyal envers sa famille, cependant il ne s'abaisse pas à leur niveau. Il est celui qui s'occupe principalement de sa sœur aveugle, Ophélia, et il a les yeux de la couleur du péridot.

Le Roi Harris et Frederick le regardèrent, abasourdis.

— J'ai gardé un œil sur ce garçon, car l'intérêt du prince n'a jamais faibli.

Deux paires de sourcils étaient toujours haussées.

— Avez-vous vu son visage ? demanda le Roi Harris.

— Non, la partie sur les yeux péridots est ce dont le prince n'a cessé de parler après que Sebastian l'ait frappé. Je ne crois pas que sa cape contenait un enchantement aussi fort à cette époque qu'elle l'a maintenant, alors le prince a été en mesure de jeter un œil.

— Il a frappé Turren ? demanda Frederick, incrédule.

— À l'encontre de mon meilleur jugement, je l'ai autorisé à traîner avec les enfants Orwell. C'étaient des petites brutes et Turren n'était pas mieux. Il a pris la décision mal avisée de se joindre à eux pour s'amuser cruellement aux dépens de Sebastian, expliqua le Roi Harris.

— Il était toujours en train de lire, seul, et les enfants pensaient qu'il était une cible facile. Sebastian leur a montré que ce n'est jamais une bonne idée de déranger les plus calmes, ajouta le Capitaine Pembrost.

— Qui tombe amoureux après avoir été battu ? demanda Frederick.

— Je soupçonne le prince d'être tombé amoureux de lui avant tout ce bazar, mais Sebastian a eu un plus grand impact en le faisant se sentir honteux pour la première fois, expliqua le Capitaine. Ce n'est pas si déraisonnable.

— Mais Sebastian ne retourne pas les sentiments du prince. Alors pourquoi avez-vous l'intention de le pousser à voir Turren ? demanda Frederick.

— Parce que le prince n'avait aucune chance étant enfant, mais j'ai foi en l'homme qu'il est devenu, dit fièrement le capitaine.

— Que penses-tu de la réussite de Turren, Harris ?

— En dépit de mon pouvoir, je n'ai aucune autorité sur qui mon fils aime. J'aurais souhaité qu'il choisisse un objectif plus facile, mais j'apprécie le cran de Sebastian.

Frederick jeta les bras en l'air.

— Vous êtes fous tous les deux.

— TU PARS ?

Bon sang, je parais si implorant. Le Prince Turren se relaxait sur ses oreillers à la lumière tamisée des bougies tout en tentant de paraître détendu.

— Oui.

Cette voix rauque lui envoyait toujours des frissons dans le dos, mais le ton plus profond qui s'y était développé les fit descendre un peu plus bas.

— Tu devrais dormir. Tu n'as aucune raison de me voir.

J'ai toutes les raisons du monde de te voir.

— Que tu dis, répondit-il.

Sebastian se rapprocha du lit.

— Pourquoi me veux-tu ici ?

Le sexe est une mauvaise réponse et très peu réaliste dans mon état.

— Quel prix dois-je payer afin de voir ton visage ? demanda-t-il à la place.

— Je n'ai pas encore décidé, que ce soit sur le prix ou si tu devais le payer. Tu es un homme étrange d'être attiré par quelqu'un dont tu n'as jamais vu le visage, dit Sebastian.

Les joues de Turren devinrent rouges.

— Ce n'est pas juste. Je n'ai pas encore fait d'avances convenables.

— Je n'essaye pas d'être juste.

— Si je me révèle à toi, seras-tu d'accord pour me laisser voir ton visage ? demanda Turren.

— Nous avons déjà discuté des promesses impossibles, Votre Altesse.

— Seriez-vous d'accord ou pas, sire Orwell ?

— Non.

Sebastian se tenait devant lui, plus implacable que jamais.

Turren soupira.

— Pas même comme la requête d'un homme blessé ?

Sebastian secoua la tête.

— Tu ne m'as jamais dit ce que tu pensais de mon présent, ou peut-être que je ne m'en souviens pas.

Sebastian extirpa soigneusement l'onéreux livre de sa cape.

— Je te remercie de m'avoir donné ce que tu devais. Notre royaume pourrait ne pas être condamné après tout.

— Si je parviens à trouver le bon mari, je suis certain de réussir en tant que dirigeant, murmura Turren tout en tendant la main vers celles de Sebastian.

Il sentit ses muscles se crisper, mais ses doigts ne se dérobèrent pas, alors il les caressa jusqu'à ce qu'ils se détendent.

— Je ne forcerai pas l'issue, peu importe ce que tu penses de moi, promit-il.

— Mon opinion te concernant n'a jamais été si basse, dit Sebastian sans bouger ses mains. Je n'ai réellement aucune idée de ce que tu vois en moi. T'apprendre le sens commun dans ton enfance ne devrait pas avoir laissé une si grande impression. Je ne suis pas une personne plaisante.

— Harold Bast, l'un des mages qui a été envisagés pour une nomination à la cour t'appelle son ami. Penses-tu que je devrais également mépriser son opinion de toi ? Tu as peu de tact, mais tu fais ce qui est juste quand il le faut. C'est tout ce que je demande de la plupart des hommes, confia Turren.

— Dommage que tu demandes plus de moi.

— N'est-il pas normal d'avoir des attentes plus élevées des hommes anormaux ?

Sebastian prit le verre d'eau du plateau-repas de Turren.

— Je suis offensé de t'entendre prononcer ce mot, dit Sebastian avant de prendre une gorgée. Tu m'as suivi comme un petit chiot et je suis celui censé être anormal ?

Turren le fixa.

— La tasse disparaît dans ta capuche.

— Ma sœur ne fait pas de travail bâclé.

Alors que la tasse disparaissait à nouveau dans la capuche, Turren se demanda si tout ce qui y entrait avait le même effet. Il déglutit difficilement et se plia dans une quinte de toux, serrant son ventre sous la douleur. Sebastian fronça les sourcils, mais lui versa un autre verre.

— Qu'est-ce qui a provoqué cela ? demanda Sebastian.

— Rien, répondit Turren avant d'avaler rapidement son eau.

— Je ne devrais peut-être pas être ici.

— Je vais bien. Je dois simplement surveiller mes pensées tant que je suis encore souffrant.

— Quelles pensées ?

— Rien qui t'intéresserait, répondit Turren.

— Aussi bavard que tu puisses être, à présent tu joues les effarouchés.

Turren reposa la tasse.

— Je suis prudent.

Sebastian le regarda d'un air suspicieux et fronça les sourcils au renflement que Turren tentait de cacher sous les draps.

— C'est drôle, j'ai le sentiment que tes pensées pourraient grandement m'intéresser. Par quelle volonté des dieux peux-tu avoir cette réaction dans ton état ? demanda Sebastian en pointant l'entrejambe de Turren.

Ce dernier lui jeta un regard noir.

— Puisque tu ne respecteras pas ma dignité, je vais te dire exactement ce que mon esprit s'est imaginé. Je pensais que ce serait très intéressant de regarder mon sexe disparaître dans ta gorge pendant nos ébats.

— Comment comptes-tu faire de ce fantasme une réalité ? demanda Sebastian.

— Un travail acharné et de la détermination.

— Tout cela pour le fils d'un lord déshonoré ? Prévois-tu de me courtiser ?

— Oui et oui, dit Turren. Je découvrirai quelle malédiction diffame ton corps, je te libérerai, peu importe jusqu'où je dois voyager pour te guérir. C'est le seul moyen afin que je puisse gagner ton amour et te montrer combien tu comptes pour moi.

Sebastian se mit à rire.

— Tu penses que ton amour peut changer mon visage et me donner une vie sans ces capes ? Je suis désolé de vous apprendre, Votre Altesse, que vous êtes un petit con arrogant. Il n'y a aucun remède pour mon visage, je ressemblerai toujours à cela, indépendamment de tes tentatives pour me libérer de ce visage horrible que tu as imaginé. Sachant cela, crois-tu honnêtement que lorsque je l'enlèverai, tu pourras être heureux avec moi ?

Turren fixa Sebastian pensivement.

— Si tu me faisais confiance pour voir sous ta capuche, je serais le plus heureux des hommes. Si tu me faisais confiance à ce point, cela signifierait que tu me retournes mes sentiments.

Il sourit timidement.

— Peu importe le peu d'estime que tu as peur eux.

SEBASTIAN DÉVISAGEA le prince et souhaita qu'ils se soient vus au fil des ans. Il aurait pu observer ses progrès et ne pas être aveuglé par cette idiote confession. Il lui était plus facile de rejeter les habituels sympathisants qui espéraient qu'il puisse vivre un jour à visage découvert. Mais le prince était un étranger qui n'avait aucun droit de souhaiter pour lui des choses qu'il ne pourrait pas avoir. L'intention de Sebastian avait plutôt été de laisser tomber le prince sans ambiguïté, mais après les divagations de Turren, il songea : *Je vais le tourmenter*. Turren avait le visage baissé alors qu'il marmonnait ses sentiments, Sebastian se pencha lentement afin qu'il ne le remarque pas. Inclinant la tête pour prendre les lèvres ignorantes du prince, il l'embrassa brièvement.

Turren cligna des yeux tout en touchant ses lèvres. Il regarda ses doigts puis leva le regard vers Sebastian.

— As-tu…

Il se redressa.

— Non, ce n'est pas juste !

— Je te demande pardon ?

— Je n'étais pas préparé. Embrasse-moi à nouveau !

Sebastian leva les yeux au ciel. *Si tu veux souffrir davantage, alors qui suis-je pour m'y opposer, Votre Altesse ?*

— Une seule fois, précisa-t-il tout en se penchant une nouvelle fois et permettant à ses lèvres de s'attarder sur la peau humidifiée par la langue de Turren.

La main du prince resta sur le lit, mais il lécha les lèvres de Sebastian tandis qu'ils continuaient à s'embrasser. Bien qu'inexpérimenté, il savait ce que le prince demandait. Levant à nouveau les yeux au ciel, il ouvrit la bouche et lui autorisa l'entrée. Une langue très chaude toucha ses dents puis pénétra dans sa bouche. Il était surprenant de sentir la chair d'une autre personne de cette façon, mais Turren n'était pas vigoureux et Sebastian détendu. La langue de Turren s'enfonça plus profondément et, après avoir goûté autant que possible, elle se concentra sur la sienne jusqu'à ce que Sebastian réponde. Quand ce dernier recula afin de pouvoir respirer, Turren le relâcha docilement. Ils avaient tous les deux de la bave sur la bouche et Sebastian se lécha les lèvres.

Turren déglutit.

— Est-ce que cela signifie que tu vas prendre ma déclaration de te faire la cour au sérieux ?

Sebastian fixa le visage plein d'espoir, mêlé d'un peu de fierté. *Il doit soupçonner que c'était mon premier vrai baiser. Ce qui ne rend que plus facile de tomber amoureux de lui.* Sebastian sourit et répondit :

— Non.

Un coup fut frappé à la porte et avant que Turren ne puisse répondre, le Capitaine Pembrost passa sa tête dans l'entrebâillement.

— Frederick vous fait dire de ne pas vous fatiguer, Votre Altesse.

Turren regarda avec impuissance Sebastian se diriger vers la porte.

— J'ai rempli ma part du marché, je peux donc partir maintenant, n'est-ce pas ? demanda Sebastian au Capitaine.

— Oui, cependant un groupe de soldats vous escortera pour rentrer. Que vais-je dire à vos parents quand ils arriveront et découvriront que leur fils est déjà parti ?

— Après avoir sauvé le prince blessé, j'ai décidé de méditer sur le rôle de la vie et de la mort dans l'équilibre du monde. Je voyagerai pour trouver l'illumination ou aussi longtemps qu'il le faudra à Père pour se calmer, car je ne voudrais pas vous plumer de trois bourses.

Sebastian agita les mains en l'air comme l'un des intellectuels qui remplissaient la maison de son père quand il voulait gaspiller de l'argent.

— Mais si vous attrapez Ophélia seule, dites-lui que je fais l'acquisition d'un livre de Brumen, que je paierai avec l'une des bourses que je m'attends à avoir en main.

— Une admirable utilisation du temps, sire Orwell. Je suis désolé de ne pas pouvoir vous accompagner dans votre voyage, dit Turren avec regrets.

— Je n'ai pas envie d'être trop proche de la mort, de sorte que votre absence est dans mon intérêt. Bonne nuit, Votre Altesse.

Sebastian s'inclina légèrement, car le Capitaine Pembrost était présent.

Le beau visage du prince se froissa d'inquiétude.

— Êtes-vous certain que vous ne pouvez attendre que votre famille arrive ?

— J'ai quelques visites qui ont été mises en pause quand je vous ai sauvé. Je dois reprendre la route.

— Me rendrez-vous visite quand vous en aurez l'occasion ?

— J'y songerai.

Sebastian tourna le dos à Turren et s'avança en direction du capitaine qui lui tenait la porte ouverte.

— Bonne nuit, Sebastian, chuchota Turren et Sebastian ferma la porte.

Il regarda le froncement de sourcils du capitaine.

— Je n'ai pas dit non.

— À peine. Je vais vous emmener chercher vos affaires si vous voulez toujours partir ce soir.

— Je n'ai pas changé d'avis et j'attends du roi qu'il tienne sa parole sur les termes de notre arrangement, dit-il.

— Est-ce tout, sire Orwell ?

— Non. Je ne sais pas pourquoi vous insistez pour une escorte. Qui que ce soit, il voulait la mort du prince et ils avaient disparu depuis longtemps quand je l'ai trouvé.

— Tout de même, j'aime protéger les futurs biens du roi, lui dit le capitaine avec un sourire narquois.

— Que voulez-vous dire par futurs biens ? demanda Sebastian alors qu'il atteignait la caserne et rassemblait ses possessions. Le fait que le prince ait des sentiments pour moi ne signifie pas que je me marierai avec lui.

— Je n'ai pas dit ça.

Sebastian se tourna dans la direction du Capitaine Pembrost et le fixa du regard.

Ce dernier haussa les épaules.

— D'accord, j'y ai fait allusion, mais vous ne pouvez pas me blâmer de tenter d'aider mon prince. Il pourrait faire bien pire.

VI

— Êtes-vous un lord? l'interrogea pour la troisième fois le Lieutenant Adams.

Le Capitaine Pembrost a un fâcheux sens de l'humour. Le garde auquel avait été confronté Sebastian au château et qui menait l'escorte indésirable de six hommes.

— Non.

— Vous êtes important, mais pas autant que cela, sinon il aurait envoyé un lieutenant différent avec vous. Je pense que c'est une punition à la fois pour vous, mais aussi pour moi. Vous l'agacez, mais il vous apprécie. Vous êtes un homme étrange, sire Orwell.

Sebastian haussa les épaules.

— Vous étiez plus bavard au château. Bien sûr, je voulais vous tirer dessus à cause de cela, mais c'était quand je pensais que vous aviez agressé notre prince. Je ne m'attaque à un homme que si je pense qu'il est un tueur ou un traître. Vous n'êtes ni l'un ni l'autre alors, allons-y et discutons, l'encouragea Adam.

Si je ne chérissais pas la vie, j'aurais drogué ces satanés petits pains avec de la poudre de sommeil afin de pouvoir chevaucher en paix, songea Sebastian. Même le bruit de six paires de sabots trottant au pas avec son cheval lui tapait sur les nerfs.

— Permission de parler, Lieutenant? demanda une femme soldat derrière Sebastian.

— Permission accordée, répondit Adams.

— Vous n'êtes pas de la région, Monsieur, alors vous n'avez probablement jamais entendu parler de la famille Orwell. Ce sont un tas de charlatans qui se prétendent magiciens et qui ne peuvent épouser que des personnages monstrueux.

Sebastian garda le silence, car c'était principalement vrai. Troll, incube, ondine. Il n'y avait pas beaucoup de créatures que ses frères et sœurs n'avaient pas épousées, merci au sang Fey de sa mère. Les enfants Orwell ne pouvaient se marier qu'avec soit un puissant magicien avec une durée de vie prolongée, soit avec d'autres humains de sang-mêlé afin qu'ils ne survivent pas à leurs conjoints par les siècles.

— Vous êtes un homme étrange, sire Orwell. La plupart des hommes prendraient les armes après une telle insulte, mais vous, pas même un battement de cils… je crois.

Le lieutenant Adam plissa les yeux vers le corps encapé de Sebastian.

Ce dernier haussa les épaules.

49

— Ma famille peut se défendre seule.

— Qu'en est-il de votre manteau ? demanda le lieutenant en pointant un doigt vers lui. Il y a beaucoup de magie dans cette chose.

— Je l'ai acheté à une diseuse de bonne aventure.

— Mentez-vous ? demanda Adams.

— Probablement, répondit Sebastian et Adams renonça à lui parler.

Ils atteignirent Bruwen avant les premières lueurs et le luxueux canapé d'Harold l'appela. Sebastian lança un regard noir aux soldats. *Se trouver un endroit pour dormir était leur problème.*

Le Lieutenant Adams mena la tête jusqu'à ce que les petites routes commencent à sinuer de la rue principale.

— Où allons-nous, jeune Seigneur ?

— Quand nous aurons passé trois rues de plus sur la gauche, nous prendrons celle de droite juste après.

— Qui allons-nous voir ? Pourquoi ne pas partir au matin ? demanda le Lieutenant Adams, bavardant de nouveau, maintenant que Sebastian avait confirmé que leur destination était proche.

— Un bouquiniste, répondit Sebastian.

Le Lieutenant Adams le regarda avec agacement.

— Ne pouvez-vous jamais donner une réponse convenable à quoi que ce soit ?

— Non.

Sebastian sourit sous sa cape et le lieutenant grimaça.

La plupart des boutiques étaient sombres et seuls quelques lampadaires brillaient si tard dans la nuit. Mais même sans lumière, Sebastian reconnut l'enseigne avec un crayon gravé en l'un de ses coins.

— Il y a une étable derrière où nous pouvons attacher nos chevaux, annonça-t-il tandis qu'il quittait la route.

Les soldats le suivirent dans la grange bien entretenue qui était toujours fournie en nourriture et en eau.

— Le roi paye pour ces provisions, alors ne soyez pas timides.

Ils se dirigèrent vers la devanture et Sebastian frappa à la porte. Plusieurs minutes s'écoulèrent sans que personne vienne. Sebastian soupira. *Je pourrais utiliser la magie sans frapper si j'étais seul. Ou peut-être puis-je faire un petit quelque chose.* Il se représenta la plante posée sur le bureau d'Harold et l'imagina grandir en plante grimpante pour venir tordre le nez de l'homme. Un glapissement surpris put être entendu de l'intérieur de la maison et Adams se pencha plus près.

La porte s'ouvrit et illumina Harold, debout avec ses lunettes pendant de son visage.

— Il est sacrément tard. J'avais un encrier près de ma main, je l'ai presque renversé dans mon sommeil, se plaignit-il tandis qu'il s'écartait de la porte afin que les soldats puissent entrer.

En dépit de l'heure tardive, Harold était tout habillé. Un court gilet beige par-dessus une chemise marron, coincée dans un pantalon noir, il semblait prêt à ouvrir. Sebastian ne pouvait pas lui en vouloir. Le mage avait souvent la visite de clients importants durant toutes heures du jour. C'était surprenant que le véritable pouvoir de cet homme ne lui soit jamais monté à la tête. Harold étreignit chaleureusement Sebastian.

— Je t'attendais il y a des jours, mais Frederick m'a parlé de tes ennuis. Je commençais à croire que tu aimais être un héros.

— Sa mort aurait été un inconvénient…

Sebastian ignora le grognement de colère du Lieutenant Adams alors que lui et ses hommes dépassaient les piles de livres qui encombraient l'entrée. Ils pénétrèrent dans la boutique où des étagères montaient du sol au plafond, Sebastian ne put les blâmer de tendre le cou et de les fixer bouche bée.

Harold carra les épaules avec fierté.

— J'en ai beaucoup, n'est-ce pas? Eh oui, bien que tu puisses avoir des raisons de ne pas porter de sentiments de sympathie envers le Prince Turren, j'apprécie que tu lui aies sauvé la vie. Le pays est en paix et un bouleversement dans la succession conduirait à la guerre.

— Il se peut que je ressente un peu de sympathie pour lui à présent.

Sebastian passa ses doigts sur son flanc, où le livre avait élu domicile dans la poche de sa cape.

— Pourrais-tu développer?

— Il m'a donné plus que de l'or après que je lui aie sauvé la vie.

Sebastian mit la main dans sa cape et tendit son trésor à l'un des rares hommes qui comprenaient sa valeur.

Harold inspira profondément tandis que les soldats rôdaient à proximité.

— Une première édition.

Ses yeux se plissèrent en assimilant l'escorte militaire.

— Ils sont une précaution inutile. Je ne veux pas te distraire, mais l'as-tu?

— Dans mon bureau, à l'étage, dit Harold en lui rendant le livre et menant la procession dans sa maison.

Contrairement au rez-de-chaussée faiblement éclairé, les locaux d'habitation étaient baignés de lumière magique jaune suspendue à chaque coin.

— Je ne dormais pas depuis longtemps quand vous êtes arrivés.

— Il n'est pas juste un fichu bouquiniste. Il est celui qui n'a pas été retenu en tant que Mage de la Cour, siffla Adams tandis qu'Harold les guidait dans le couloir qui se terminait par un escalier.

— L'est-il? demanda Sebastian. Je pensais que c'était un magicien excentrique avec trop de temps libre.

— Par l'enfer, il n'y a aucune chance que vous pensiez cela!

— Je vous en prie, ne lui en tenez pas rigueur. Sebastian aime à sous-estimer les faits, dit Harold en entrant dans la pièce.

Il passa derrière son bureau, ouvrit un tiroir et en retira un livre en cuir bleu avec des pages en feuilles d'or.

Sebastian tendit la pièce dont ils avaient parlé par le miroir et Harold referma la main dessus.

— Je suis tenté de demander combien de pièces te persuaderaient de te séparer du livre sous ta cape.

Harold se frotta le menton.

— Messieurs et dames, j'apprécie que vous vous soyez occupés de mon ami, mais pourrions-nous avoir du temps seuls ? demanda-t-il aux soldats.

Le Lieutenant Adams le salua gracieusement.

— Je vous fais confiance, mon Seigneur, en tant qu'homme que le Roi Harris considère comme étant digne de servir à sa gauche.

Adams carra les épaules et ordonna à ses subordonnés de quitter la pièce.

Quand la porte se referma derrière eux, et que Sebastian ne put détecter personne dans l'escalier, il fit face à Harold.

— L'argent a disparu dès que ta main a couvert la mienne. Est-il sûr de présumer que tu l'as remis dans ma bourse ?

— Considère cela comme un cadeau au Prince Consort.

Un sourire se répandit lentement sur son visage.

— Je pensais que les mages devaient avoir un siècle avant de commencer à perdre l'esprit.

— Mon esprit se porte bien, jeune homme, tu serais idiot de ne pas savoir ce que ce livre représente.

— Le Prince Turren a tenu une promesse, c'est tout, dit Sebastian.

— Que dirais-tu d'un homme qui a passé sept ans à chercher un livre qu'il a détruit pour le donner à l'homme qui l'a brutalisé étant enfant ? Maintenant, supposons qu'il s'est porté volontaire pour se rendre dans un pays en guerre afin de trouver ce livre ?

Les bras de Sebastian restèrent croisés.

— Le Roi Harris l'y a envoyé…

— Le Roi Harris avait l'intention d'envoyer le Capitaine Pembrost, mais Turren a insisté pour y aller à sa place. Je croyais que c'était une manière imprudente de tenter d'être un héros jusqu'à ce que le mot nous arrive que Turren aidait réellement en Anerith. Et maintenant, tu me montres ce livre.

Harold releva le menton de Sebastian.

— Anerith est le seul endroit où aurait survécu une copie. J'admire le prince. Il est plus entêté que toi.

— Peu importe ce que souhaite le prince.

Sebastian éloigna sa tête de la main d'Harold, regrettant qu'Ophélia ait modifié le sortilège pour la famille et les amis proches.

— Et enfin, dernier élément de preuve, dit Harold en pointant la porte derrière laquelle émanaient les bruits des soldats se déplaçant dans la boutique. Quelqu'un d'important croit que le Prince Turren pourrait obtenir ce qu'il veut.

— Cela a été une longue nuit, Lord Bast, j'ai besoin d'un endroit afin que se reposent les soldats. As-tu des lits disponibles ?

Harold pencha la tête sur le côté.

— D'habitude, tu aurais dit que même l'opinion du roi ne comptait pas, mais il y a quelque chose en toi qui me rend suspicieux.

— Mage, tu es une aussi grande commère que le Capitaine Pembrost.

— Oh, un autre homme qui pense que le Prince Turren a une chance équitable. Je pourrais te lancer un sort afin de révéler tes véritables sentiments.

— Harold, ai-je besoin de te rappeler que ces magnifiques étagères que tu as sculptées avec soin sont faites de bois ? demanda Sebastian d'une voix douce.

Il leva son doigt et une feuille germa sur l'étagère la plus proche.

— Ne menace pas mes beautés ! J'ai deux pièces dont les sols ne sont pas entièrement recouverts de livres et une que j'éviterais si tu as le sommeil agité. Quelques clients se sont plaints d'être ensevelis, céda Harold afin que ses étagères restent en sécurité. Tu sais où sont les couvertures, et la boite de biscuits sur mon bureau contient la seule nourriture que j'ai sous la main. Margaret sera là dans la matinée pour m'apporter le petit-déjeuner, mais je lui enverrai un message pour qu'elle en fasse davantage. Que tu paieras.

Harold leva la main pour faire taire les protestations de Sebastian.

— Nous discuterons du reste dans la matinée.

Couvertures en main, il montra la première pièce à trois soldats et la seconde aux autres.

— Je ne pense pas que l'une ou l'autre des chambres puisse accueillir quatre personnes.

Le regard d'Adams voyagea d'une bibliothèque à l'autre. Hooper jeta sa couverture au sol, près d'une petite table et un jeune soldat avec des cheveux blonds ébouriffés, installa sa paillasse près de la fenêtre.

— Prenez-vous la troisième chambre ?

— Pas après avoir passé plus de deux heures à libérer le cousin d'Harold, car ce dernier ne voulait pas utiliser la magie sur ses livres, se remémora Sebastian. Il y a un canapé dans la boutique. Il est très agréable et confortable.

Il ne put s'empêcher de rire en voyant le visage outré d'Adams.

— Vous êtes un homme grincheux, mais votre rire est charmant. Faites le plus souvent. Par ailleurs, que faisiez-vous avec Lord Bast…

Sebastian lui ferma la porte au nez avant qu'Adams ne puisse finir sa question.

VII

Sebastian était habitué au système complexe de rangement de livres d'Harold. Il avait donc préparé les commandes de la matinée selon le cahier qu'il avait retiré de sous l'oreiller du mage. *Je ne te laisse dormir que parce que je te suis reconnaissant pour l'hébergement.* Il n'eut pas besoin de réveiller les soldats, car deux d'entre eux étaient encore debout et alertèrent les autres quand il se leva.

Adams trouva la théière et les servit tous les sept.

— Il n'y a pas de nourriture ici, se plaignit le lieutenant.

— Margaret s'arrête quand Harold ouvre sa porte. Elle ne vient jamais trop tôt, car il ne dort pas autant qu'il le devrait.

Sebastian lui tendit une liste de ventes.

— Associez ces livres à leurs acheteurs et faites-les envelopper dans ces tissus par le Sergent Hooper.

Les soldats obéirent et il leur montra comment attacher soigneusement les rubans. *Pas mal*, pensa-t-il quand il vit leurs premiers paquets. Que ce soit en déplaçant les livres d'une table à une autre ou pour en installer des nouveaux en vitrine, ils exécutèrent rapidement leurs tâches.

— Je pense qu'Harold vous engagerait si vous décidiez de quitter le service de Sa Majesté.

— Nous étions en Anerith avec le Prince Turren. Des livres de droit et d'anciennes formes de législation étaient pourchassés et la bibliothèque principale du pays était en ruine ; au moins, toute leur histoire n'a pas été brûlée, dit le Sergent Hooper tout en éloignant une pile de livres de la porte et la posant sur celle à trier de Sebastian.

— En parlant de livres, Monsieur, dit Adams alors qu'il balayait, gardant ses bras près du corps afin que la poussière ne recouvre pas les livres. Pendant deux ans, nous avons cherché ce livre. Le prince a parlé avec des historiens et des libraires durant ses pauses et ils lui ont parlé d'autres livres perdus. C'est devenu notre mission, non seulement de retrouver les livres qui avaient été brûlés, mais aussi les copies de la constitution d'Anerith avant la guerre. L'homme qu'ils ont assis sur le trône aujourd'hui a manqué de sangloter quand le prince les lui a présentés. À ce moment-là, nous n'étions pas que des voisins bien intentionnés en quête de gloire royale. Nous avons gagné leur respect, ce qui a rendu notre travail plus facile dans une situation tendue.

Les mains de Sebastian s'immobilisèrent alors qu'il écoutait. *Je n'ai pas dit à cet imbécile de se donner autant de mal pour moi.*

Adams se gratta la tête.

— J'aimerais savoir pourquoi votre livre, qui a déclenché tout cela, était si important. Puisque nous assurons votre protection, Monsieur, je pense que nous méritons une réponse franche.

Sebastian soupira. *Très bien, je vais être courtois.*

— J'avais une copie originale quand j'étais enfant. Pour des raisons indépendantes de ma volonté, elle a été détruite et le prince s'est senti responsable.

Il leva une main quand le lieutenant ouvrit la bouche pour l'interrompre.

— Les autres fois, j'avoue que j'étais évasif, mais les transgressions passées doivent être discutées finement, surtout quand elles impliquent un homme amené à devenir roi. Trouvez-vous à redire à ma logique, Lieutenant ?

Le Lieutenant Adams secoua la tête.

— Cela a du sens pour moi, Monsieur.

— Maintenant, si cela ne vous dérange pas, il y a trop de travail pour bavarder.

Sebastian indiqua les fenêtres.

— Elles ont besoin d'un nettoyage.

— Sergent Vendrix ! cria le Lieutenant Adams.

— Oui Monsieur !

Le grand soldat avec un halo de cheveux blonds déboula dans la pièce à la recherche de chiffons et de solution nettoyante.

Sebastian se dirigea vers la porte et l'ouvrit, se servant des clés qu'il avait empruntées sur le bureau d'Harold.

— Il est temps d'ouvrir.

Adams soupira.

— S'il vous plaît, Monsieur, ne prenez aucun risque avec votre sécurité. L'un d'entre nous aurait dû la déverrouiller.

Sebastian regarda le soldat par-dessus son épaule.

— Le seul vrai danger est que je me coupe avec du papier.

— Comment êtes-vous censé vendre des livres avec votre cape ? demanda Vendrix.

Adams se racla la gorge.

— Vendrix, vous vous souvenez des ordres ?

— Il nous a été dit de ne pas poser de questions sur son… état, répondit diplomatiquement le Sergent Vendrix.

État ? Par tous les dieux, je ne suis pas malade.

— J'ai aidé de nombreuses fois à la boutique, les gens de la ville y sont habitués.

Sans surprise, la clochette tinta avec le premier client, Mr Jenkins. L'homme fit un signe de tête à la silhouette capée de Sebastian et prêta davantage attention

55

aux soldats, qui bien qu'étant habillés en civil, trahissaient facilement leur vrai métier, avec leurs armes à la ceinture et leur posture raide. Mr Jenkins se pencha à l'oreille de Sebastian et chuchota :

— Lord Pasley est-il présent ?

— Non, murmura en retour Sebastian, bien que chaque mot erre aisément jusqu'aux soldats. Ils m'escortent à cause de récents problèmes. J'ai imprudemment pris des risques et quelqu'un pourrait vouloir s'en prendre à moi.

— Vous êtes censé être un homme qui déteste les aventures. Ne devenez pas trop audacieux. Aucun de nous ne veut vous voir finir comme votre frère Richard, l'avertit Mr Jenkins.

— Ce fut une unique lubie. Cela ne se reproduira pas.

— Attendez un instant, êtes-vous le jeune homme qui a sauvé le prince ?

Mr Jenkins attrapa le bras de Sebastian et Adams se rapprocha.

— Coupable, même si mon nom n'a pas été répandu. J'espère que vous le garderez pour vous.

— Vous en demandez trop ! Ma femme aimerait entendre que vous avez fait quelque chose d'un peu plus vivant que d'habitude.

Jenkins jeta un nouveau regard aux soldats.

— Mais si le roi vous met sous surveillance, c'est que la menace doit être sérieuse. Très bien, je garderai le secret.

Sebastian ôta la main de Jenkins de son bras et la plaça dans sa paume.

— Je vous remercie, dit-il en la lui serrant.

— Uniquement parce que vous êtes gentil et parlez à un vieil homme.

Jenkins accepta le livre que Sebastian lui tendit et déposa deux lourdes pièces dans sa main.

— Prenez soin de vous, dit-il sur le chemin de la porte.

Il s'arrêta et pointa les soldats du doigt.

— Et prenez soin de lui. Il est grincheux, mais il en vaut la peine.

Adams observa le départ de l'homme.

— Donc, vous êtes gentil avec les gens de cette ville ?

Sebastian haussa les épaules.

— Je me tiens bien à proximité des livres.

Avant qu'Adams ne puisse ajouter quelque chose, la cloche au-dessus de la porte sonna une nouvelle fois et une odeur de porc frit et de douceurs arriva au nez de Sebastian.

— Margaret, tu es une déesse, dit ce dernier avant de se détourner du lieutenant. Tu m'as apporté des brioches à la cannelle.

— J'ai apporté des brioches à la cannelle à partager entre vous, le corrigea-t-elle.

— Harold dort encore et il est plus enrobé que la dernière fois que je l'ai vu. Il serait cruel de lui donner encore plus de sucre.

— Je ne dors pas.

Harold descendait les marches dans une tenue identique à celle qu'il portait la veille, sa veste boutonnée en place.

— Et je fais le même poids que j'ai toujours fait. Cesse d'essayer de me voler mes petits pains.

Margaret sourit.

— Il a raison, Sebastian. Tu ne devrais pas voler ce que je possède déjà.

Sebastian gémit.

— Il est trop tôt pour visualiser n'importe quelle partie du corps d'Harold.

— Tu es bien grognon ce matin.

— Il est agacé parce que je l'ai taquiné.

Harold soulagea Margaret de son panier de nourriture, le posa sur son bureau et se détacha précautionneusement un petit pain.

Margaret fronça les sourcils.

— Tu le taquines tout le temps. Pourquoi se hérisse-t-il maintenant ?

— Je te le dirai en privé.

— Je suis là.

Sebastian attrapa l'une des brioches dans le panier et la fourra sous sa capuche. Les soldats le dévisagèrent, attendant probablement de voir si elle réapparaitrait. *Un simple tour et les gens ressentent le besoin de regarder.* Le pain beurré à la cannelle emplit sa bouche et il soupira. *Que faire d'autre ? Il ne sert à rien d'essayer d'être sérieux tout le temps lorsque je porte ces capes enchantées.*

Margaret leva les yeux au ciel.

— Harold, fais passer la nourriture avant qu'il ne fasse disparaître tout le panier.

Les soldats affamés l'entourèrent rapidement et le panier fut bientôt vide. Il le secoua, mais pas même une miette solitaire ne roula.

— J'ai d'autres friandises à te servir, alors souris, dit Margaret.

— Comment savez-vous qu'il ne le fait pas, mademoiselle ? demanda Adams.

— Vous n'avez pas besoin de voir un visage pour savoir ce que ressent une personne. Sebastian est facile à lire. Par exemple, ses épaules sont affaissées comme si son chiot avait été volé, expliqua Margaret en riant tout en récupérant son panier. Gardez ce jeune homme nourri, lisez-lui un livre et il est plus expressif qu'il en a l'air.

Le Lieutenant Adams sortit un morceau de papier de sa poche et nota ce conseil avec un crayon posé sur le bureau d'Harold. Des gribouillis gris clair apparurent sur son poignet. RAMENER LE GARÇON À LA MAISON, NOURRIR AMÉLIA QUAND JE RENTRERAI ET FAIRE UNE POTION POUR PÈRE.

Harold toussa.

— Désolé, je suis terriblement étourdi. Cela disparaîtra dans une heure ou deux.

— Il n'y a aucune raison de vous excuser. Si j'oubliais à nouveau la nourriture d'Amelia, elle muerait probablement encore dans mon petit-déjeuner, expliqua le lieutenant en adressant un sourire à Sebastian. Je parie que vous mourrez d'envie de savoir qui elle est.

— Une diabolique mangouste des mers, supposa Sebastian.

— Monsieur-je-sais-tout, marmonna Adams.

— Je les utilise pour entretenir le jardin. Sebastian savait ce qu'elle était quand vous avez mentionné la mue.

Margaret glissa son bras sous le coude de Sebastian.

— N'est-ce pas, petit tricheur ?

— Oh, voilà comment s'appellent ces petites créatures. Je ne le savais pas, dit-il.

— C'est drôle, je me souviens que tu suppliais Margaret de te laisser en ramener une chez toi chaque jour, mais elle ne voulait pas, car tes frères et sœurs l'auraient tuée en moins d'une semaine, dit Harold.

— Et tu as essayé d'en faire sortir une en douce sous ta cape, dit Margaret en secouant la tête. Depuis ce jour, je dois garder un œil sur toi.

Sebastian leva les yeux au ciel sous sa capuche. Voilà que ses deux amis se liguaient contre lui.

— J'espère que vous vous marierez bientôt tous les deux. L'amour dans l'air printanier est beaucoup trop à supporter pour mon cœur cynique.

— J'avais l'intention de te donner davantage de nourriture, mais je vais peut-être changer d'avis.

— Ce n'est pas nécessaire, Madame, intervint le Sergent Hooper. Nous pouvons diviser sa part entre nous au lieu de laisser tout le groupe souffrir.

Ses cinq frères d'armes acquiescèrent d'un signe de tête.

— Vous oubliez la règle numéro un, Sergent, dit Sebastian. Garder le jeune homme nourri.

Ils se querellèrent jusqu'à ce que d'autres clients entrent et puisque les soldats avaient fait de l'excellent travail en aidant Harold, Sebastian les laissa et attira Margaret sur le côté.

— Y a-t-il des nouvelles d'Ophélia ?

— Ce matin, par le miroir. Elle dit que tes parents se comportent comme tu le craignais. Ils sont arrivés au château dans des calèches que ton père avait louées. Ils se déplacent comme s'ils étaient propriétaires des lieux, disant que le roi leur est redevable, car tu as sauvé la vie de son fils. Le roi leur laisse un peu de liberté, car il ne veut pas paraître ingrat. Ophélia dit qu'il souriait comme un démon quand il leur a dit que tu avais quitté le château.

— Comment ont-ils reçu la nouvelle ? demanda Sebastian, se demandant jusqu'à quel point ses parents auraient joué le drame.

— Selon Ophélia, la bouche de ta mère s'est ouverte et refermée comme un poisson tandis que ton père a dû être escorté pour palpitations cardiaques.

Sebastian leva les yeux au ciel.

— Palpitations, mon œil. La seule chose dont souffre Père est d'entendre de mauvaises nouvelles après s'être empiffré de mets onéreux.

— Quand le Capitaine Pembrost leur a expliqué ta recherche d'éveil spirituel, ta mère a demandé à être excusée de la salle du trône. Dès que les portes se sont refermées sur elle, elle a commencé à aboyer des ordres afin que tu sois retrouvé et ramené.

Sebastian soupira.

— Je ne suis pas surpris. Nous devrions nous préparer à ce que l'un des membres de ma famille se montre.

Un tapage éclata à l'avant de la boutique et Sebastian et Margaret se retournèrent pour en connaître la raison. En bas, Kevin, son frère, était physiquement maîtrisé par les soldats.

Kevin le foudroya du regard.

— Nos parents m'ont envoyé récupérer le fou qui a fait la fine bouche devant la bienveillance du roi afin de s'entourer de magiciens de seconde zone et de livres, dit-il en pointant Harold du doigt.

— Mon garçon, la position de Mage de la Cour m'a été offerte avant que le roi ne fasse appel à son cousin, alors je te suggère de surveiller tes paroles.

Harold s'assit à son bureau qu'il avait quitté pour voir qui faisait toute une histoire.

— Eh bien ? demanda Kevin, toujours retenu par les soldats.

— Eh bien quoi ? demanda Sebastian en rejoignant les autres.

— Rappelle tes chiens.

Kevin jeta un regard noir à Hooper et Bradley, un soldat qui avait à peine parlé durant leur temps passé ensemble, et qui lui maintenait les bras derrière le dos.

— Tu devrais t'occuper de tes propres problèmes mentaux avant de me traiter d'idiot. Ce sont des gardes royaux, l'on pourrait supposer qu'ils ne rendent des comptes qu'au roi ou à la reine.

Sebastian agita la main en l'air de manière hautaine.

— Je ne peux rien y faire. Harold, as-tu besoin de plus de bordereaux de vente ? demanda-t-il en ignorant son frère et rejoignant son ami à son bureau.

— Sergent Vendrix, Sergent Bradley, relâchez-le, ordonna le Lieutenant Adams.

Margaret leur donna de l'espace alors que Kevin s'avançait vers son petit frère fugueur, mais ce dernier l'ignora et fouilla dans les étagères.

Kevin tapa du pied pour obtenir l'attention de son frère.

— Je devais faire des livraisons et prendre autant de commandes que possible pour notre forge avant que l'hiver s'installe. Au lieu de cela, Mère ne me laissera pas revenir à la maison avant que tu retournes au château.

— Tu es adulte et marié. Elle ne peut pas te menacer de grand-chose.

Sebastian choisit un livre avec un fil rouge brodé dans la couverture, comme un ruban enveloppant un cadeau, quand il repéra Mme Crane marchant en boitant en direction de la boutique.

— La maison d'Alice est en train d'être rénovée. Elle a besoin d'un endroit où rester pendant quelques *semaines*, annonça Kevin.

Sebastian tressaillit à la pensée d'être en compagnie d'Alice si longtemps.

— D'accord, il y a quelque chose dont elle peut te menacer. Ne peux-tu pas l'imposer à James ?

— James est marié à une magicienne. Je pense qu'elle a une certaine clairvoyance, car ils sont toujours en voyage quand un membre encombrant de la famille veut leur rendre visite, dit Kevin.

— Attends, si je retourne au château, elle ne restera pas avec toi ou James, elle restera avec nous ?

Sebastian secoua la tête.

— Tu as perdu l'argumentation.

— Il y a toujours Rebecca, l'amadoua Kevin.

— Alice ne resterait jamais dans une petite maison. C'est toi ou nous. Félicitations, je ne reviendrai jamais. Excuse-moi.

Il ouvrit la porte en grand avant même que Mme Crane ne bouge la main.

— Sebastian, tu es un ange. On dirait Kevin. Je ne te vois jamais dans notre petit coin. Qu'est-ce qui t'amène ici ?

Mme Crane se dandina dans la boutique, Sebastian la conduisit jusqu'au bureau d'Harold.

Celui-ci se leva et l'étreignit doucement.

— Mère l'a envoyé me chercher ou sinon vous ne l'auriez pas vu.

Sebastian adressa un regard noir à son frère, qui ne nia pas.

— Le Roi Harris l'a invité à rester au château pour avoir sauvé le Prince Turren et avant que celui-ci ne soit sorti de son lit, Sebastian est parti au milieu de la nuit, sachant très bien que Père et Mère étaient en chemin.

Mme Crane leva lentement la tête pour regarder le visage caché de Sebastian.

— Est-ce exact, jeune homme ?

— Je me suis arrêté voir le Prince Turren quand je suis parti. Il était réveillé et sur la voie de la guérison grâce au puissant pouvoir de Lord Pasley. Je n'avais aucune raison de rester et…

Sebastian balaya la pièce de la main afin d'englober les soldats.

— J'ai accepté un peu de l'hospitalité du roi. Ils m'escortent au cas où je serais pris pour cible, mais je ne cours aucun réel danger. Suis-je dispensé de votre colère ?

Mme Crane tourna la tête comme une grue.

— Il y a quelque chose d'étrange dans ton histoire, mais j'ai du travail à faire. Tu es à l'abri de mon enquête… pour l'instant.

Harold tendit son livre à Mme Crane, qui fouilla dans sa bourse et en retira une pièce d'or.

— Qu'avez-vous acheté? Harold n'arnaque pas ses clients, mais il a sûrement été généreux sur le prix, demanda Sebastian en regardant la pièce tomber dans la main de son ami.

— Un livre que je n'ai pas vu depuis mon enfance et qui ne te concerne pas.

Comme Mme Crane souriait, Sebastian ne prit pas ombrage de ses paroles.

— Elle a pris l'un des livres les plus difficiles à trouver et qui, en fait, n'a rien à voir avec la magie, s'esclaffa Harold. Ne t'inquiète pas, Sebastian, ton livre est toujours le plus cher.

Mme Crane pinça les lèvres dans l'effort de ravaler sa curiosité.

— Vous ne me montrez pas le vôtre, je ne vous montre pas le mien, dit Sebastian alors qu'il raccompagnait Mme Crane à la porte.

Kevin croisait les bras quand il revint.

— Tu dépenses l'argent de la récompense dans des livres? Pourquoi ne l'as-tu pas mis de côté pour quand tu partiras de la maison? Ou deviendras-tu une sangsue comme les autres?

— La façon dont je dépense mon argent n'est aucunement tes affaires. Pourquoi es-tu encore là?

— J'aime vivre une vie paisible avec mon mari, déclara son frère. Nous ne sommes pas riches, mais nous nous en sortons très bien sans avoir notre maison envahie par cette vipère et sa progéniture.

— Votre sœur est-elle vraiment si mauvaise? J'ai une sœur, je ne l'aime pas beaucoup, mais elle est ma famille, les interrompit Adams.

— Oui, Lieutenant Adams, selon les normes Orwell, elle est aussi mauvaise. Elle est la seule qui tente d'être comme leur mère et qui y parvient, renchérit Harold.

— Je ne suis pas souvent d'accord avec Lord Bast, mais il a raison. Maintenant, revenons à nos affaires. Je ne peux pas te jeter en travers de mes épaules et ramener de force tes fesses désolées?

Kevin jeta un œil au Sergent Hooper, qui caressait l'arc à ses côtés.

— Et je ne peux pas te faire revenir à la raison?

— Non.

Kevin balança les mains en l'air.

— Très bien, cependant si tu te fais tuer par des assassins, ce sera ta faute!

Il sortit de la boutique et Sebastian continua d'aider Harold jusque tard dans l'après-midi.

VIII

Margaret étreignit fougueusement Sebastian.

— Où te diriges-tu maintenant?

— Cern. On m'a commandé un sachet d'herbes, et je peux me faire un peu d'argent au festival.

Sebastian détailla son itinéraire de voyage et montra le plus grand sac attaché à son cheval.

— Je vais aussi vendre quelques livres pour Harold. Il est trop occupé pour faire le voyage lui-même depuis que le guérisseur a pris des congés.

— Je ne me plains pas, mais combien de temps allez-vous voyager? demanda Adams.

— Je n'ai que deux étapes de plus.

Sebastian fouilla dans son sac de nourriture et sourit en trouvant des biscuits saupoudrés de cannelle.

— Margaret, tu es la seule qui m'aime.

Attachant ses sacs à son cheval, le soldat numéro quatre, dont Sebastian ne connaissait pas le nom, lui lança un regard interrogateur de sous ses boucles sombres qui frisaient dans la brume matinale.

— Le reste de votre famille est-il comme votre frère?

— Son tempérament tombe en plein milieu comparé à mes autres frères et sœurs. Pour sa défense, la pensée d'être coincé avec Alice le rend plus chafouin que d'habitude. Dans le lot, je n'ai qu'un frère et une sœur gentils. *Deux frères gentils autrefois. Je dois partir avant de devenir encore plus sentimental.*

— Nous devrions y aller si nous voulons arriver à l'auberge de mon frère à une heure décente.

— Veux-tu une épée supplémentaire pour le voyage? demanda Margaret.

Sebastian secoua la tête.

— Je ne cours pas de véritable danger, il n'y a aucune raison de perdre ton temps.

Harold prit la main de Sebastian alors que les autres montaient sur leurs chevaux.

— Ne te fais pas trop rare et fais attention à toi.

— Je ferai de mon mieux, mais jusqu'à maintenant, ma chance est effroyable.

Il regarda dans la direction de Margaret.

— Peu importe combien je peux être ronchon, je n'attends rien avec plus d'impatience que ton mariage l'année prochaine.

Il se mit en selle et Margaret lui fit un clin d'œil.

— Je savais bien que je t'engraissais pour une bonne raison, répondit-elle.

— N'es-tu pas en âge de te marier maintenant ? demanda doucement Harold.

— Je suis assez vieux pour me marier, mais trop jeune pour m'en soucier, plaisanta Sebastian, mais Harold agrippa son bras.

— Tu laisses rarement une personne s'approcher suffisamment pour même décider si elle peut véritablement t'aimer. N'as-tu pas envisagé que, peut-être, tu portes ces capes depuis trop longtemps ?

Harold toucha le vêtement, mais à la différence d'il y a quelques années, quand il l'avait vu pour la première fois, ses doigts ne firent pas glisser le tissu.

— Le Prince Turren appartient à la lignée de deux puissants mages, il correspond parfaitement au sang Fey qui coule dans tes veines.

— Harold, le fait que le prince vivra aussi longtemps que moi ne signifie pas que je sois prêt.

— Peux-tu au moins essayer ? plaida Harold, mais Margaret enleva gentiment sa main.

— Dans les deux cas, c'est sa décision, peut-être a-t-il besoin de plus de temps.

Elle prit le visage de Sebastian en coupe.

— Je pense que c'est une bonne idée que tu ailles à Cern. James pourrait avoir de bons conseils pour toi.

— Tu agis comme si j'avais peur de l'amour, l'accusa-t-il.

— Je pense que c'est le cas, mais je ne peux pas te blâmer. As-tu songé à ce que cela signifierait si une personne aussi accablée que toi trouvait l'amour ? demanda-t-elle.

Pourquoi mêle-t-elle Ophélia à tout cela ?

— Je ne crois pas que ma situation l'affecte, répondit Sebastian. Elle est toujours à la maison et court toujours le risque de se faire enlever si elle s'aventurait sans protection. Comment pourrait-elle rencontrer quelqu'un ?

La seule personne en dehors de la famille à qui elle parle est Lord Pasley quand il surveille les scellés sur notre propriété. Sebastian cilla. *Petit connard odieux. Il est aussi sournois que ce maudit prince.*

— Pourquoi Ophélia ne me l'a-t-elle pas dit ?

— Pour la même raison que toi. Elle n'admettra pas ses sentiments, car elle a peur. Je n'essaye pas de faire pression sur toi, mais si tu étais heureux, elle aurait aussi une chance de l'être, dit Margaret en caressant les naseaux du cheval.

— Je pense que tu attendais qu'il soit trop tard pour me confirmer le nom en privé pour me le dire, se lamenta-t-il.

— Je ne le nie pas.

— Je t'aime à mon corps défendant, même si tu conspires contre moi avec Harold.

Sebastian serra sa main et leur fit ses adieux à elle et à Harold.

— Peut-être devriez-vous reconsidérer la convocation de votre mère, cria le Lieutenant Adams par-dessus la pluie qui trempait tout le monde, hormis Sebastian dans sa cape enchantée.

— Vous pratiquez la magie, dit Sebastian d'un ton dédaigneux.

— Les sortilèges de protection contre les intempéries qui agissent directement sur le corps peuvent interférer avec la perception d'attaques. La sécurité du colis est prioritaire sur notre confort, expliqua le Sergent Bradley alors que sa tête étincelait de gouttes d'eau.

Lui et la seconde femme soldat du groupe les protégeaient avec des sorts depuis le début du voyage, ce qui épuisait la majeure partie de leur énergie. Sebastian savait combien il était difficile de tenir tout un groupe sous sortilège, alors il ne les dérangeait pas. L'homme devait avoir retrouvé la force de parler avec le repos qu'ils avaient obtenu chez Harold.

— Thimbly et vous tenez le coup ? demanda le Lieutenant Adams en regardant les deux soldats détachés à l'arrière.

— Nous allons mieux depuis que nous avons mangé les petits pains à la cannelle, Monsieur, répondit la seconde femme – ses cheveux bruns lui arrivant au menton gouttaient sur sa peau mouchetée de taches de rousseur. Votre amie est talentueuse, sire Orwell. Habituellement, les aliments enchantés pour rester chaud ont un drôle de goût, mais là, j'aurais pensé qu'ils sortaient directement du four.

Ils avaient fait une pause sous une rangée d'arbres et s'étaient partagé le reste des friandises fumantes avant que la pluie se transforme en averse.

— Margaret est un génie quand il s'agit de mélanger nourriture et magie, mais elle est aussi Garde de la Ville de Bruwen.

Sebastian toucha le côté de son vêtement où étaient cachées les lames qu'elle lui avait données au solstice d'hiver.

— Dommage que je ne sois pas assez stupide pour rivaliser avec Lord Bast pour son affection, dit Adams avec regret.

— Je ne vois pas pourquoi vous laissez cela vous arrêter. Vivre comme une grenouille un moment fait des merveilles pour la peau.

— Je ne vais pas contrarier un puissant mage pour votre bon plaisir. Je vois les portes de Cern, avertit Adams, en regardant les piétons et les cavaliers les rejoindre sur la route en direction de la ville animée.

La foule rentrait pour la nuit avant que les portes ne se ferment et Sebastian reçut quelques regards curieux alors qu'ils entraient dans la cité.

Les gardes avançaient deux par deux, regroupés autour de lui. La foule s'élargit. *Aussi à l'aise qu'un fichu petit pois.*

— C'est la première rue à droite puis, la deuxième auberge sur la gauche.

— Allons-nous dans une autre librairie demain ? demanda le Sergent Hooper.

— Oui, et nous y resterons deux jours.

Sebastian fit ralentir son cheval quand l'auberge peinte en un bleu ciel subtil, parmi ses cousines rouge et vert forêt, fut en vue. Il fit tourner son cheval en direction des écuries, les autres soldats le suivant.

Ils les laissèrent aux soins de la palefrenière et se dirigèrent vers le devant de l'auberge.

— Comment est la nourriture ? demanda Vendrix en se frottant le ventre.

— Elle est bonne, elle ne vous tuera pas, répondit Sebastian.

Une femme blonde avec une broche d'aubergiste ouvrit la porte, et Sebastian sourit aux visages dévastés des soldats.

Les mains sur les hanches, la petite aubergiste se tenait sur le pas de la porte, une cuillère ruisselante à la main.

— Est-ce la façon dont tu parles de ma cuisine quand je ne suis pas là ?

Ses yeux bleu clair tentaient d'être sévères, mais les rides autour de ses lèvres la trahissaient. Ellie se précipita dans les bras de Sebastian et l'étreignit solidement.

Il recula quand il sentit un petit renflement.

— Neveu ou nièce ?

— Je ne veux pas le savoir, alors j'ai demandé à Ophélia de ne rien dire, répondit sa belle-sœur tout en lui saisissant la main et le tirant à l'intérieur.

Les soldats les suivirent de près alors qu'ils traversaient le couloir menant à une cuisine ouverte et une salle à manger principale. Des fleurs jaunes décoraient le papier peint, donnant une touche de luminosité au milieu des tables et du sol en bois sombre. Les aromes provenant de la cuisine firent gronder l'estomac de Sebastian.

— Quand je disais *bonne*, je voulais dire *fantastique*.

— C'est ça, essaye de te moquer de ma nourriture quand les odeurs te narguent.

Ellie les conduisit à une table et leur fit signe de s'asseoir.

— C'est une foule plus grande que ce que j'ai l'habitude de voir avec toi, Bastian. James voulait te voir aussitôt que tu passais la porte, mais tu es trempé et tu as besoin de nourriture chaude dans le ventre.

Elle courut dans les cuisines, laissant un groupe de soldats confus dans son sillage.

— Je croyais que vous aviez dit qu'Ophélia était la seule sœur gentille que vous aviez, dit le Lieutenant Adams.

— Une seule sœur de sang, Ellie est ma belle-sœur.

— De sages paroles alors que je dois descendre pour te voir, dit une voix profonde de derrière sa chaise.

Sebastian n'avait pas vu son frère aîné se faufiler derrière lui, mais il finit par remarquer la position en alerte des soldats. Il se leva et fit face au géant musclé dont les traits étaient trop stricts pour être appelés beaux. Des yeux gris le scrutaient sous des lunettes.

— La paternité imminente te va bien, nota Sebastian

James serra son frère dans ses bras avec moins de pression qu'Ellie, mais le tint aussi longtemps. C'était la plus longue étreinte que James lui ait donnée et il se demanda si c'était une habitude apprise de sa femme.

— C'est vrai. Qu'est-ce qui t'amène ici ?

James attrapa une chaise à une autre table et s'inséra entre Sebastian et Vendrix.

— J'ai eu des problèmes à la maison. Je te raconterai le reste quand nous aurons mangé, répondit Sebastian en s'asseyant alors qu'Ellie et un serveur arrivaient avec des plateaux de nourriture et du vin.

— Et tes amis ?

Le regard de James passa d'un soldat à l'autre.

— Une partie du problème.

— Vous êtes celui qui est un problème, murmura le Lieutenant Adams alors qu'il tendait la main avec empressement vers la purée et les tranches de jambon.

Sebastian l'ignora et remplit son assiette.

— Finis de manger et retrouve-moi dans la bibliothèque à l'étage. Elle est vide à cette heure.

James se leva et remit sa chaise à sa place d'origine.

Le Lieutenant Adams arrêta Sebastian avant que ce dernier ne rentre dans la pièce.

— Protocole. Vous devez attendre pendant que je fouille la pièce.

— Bien.

Sebastian attendit pendant que le lieutenant et le Sergent Hooper cherchaient des assassins.

Cela ne prit pas longtemps avant qu'ils ne ressortent avec une expression amusée sur le visage.

— C'est sécurisé, dit le sergent. Mais vous n'allez pas être content.

Fronçant les sourcils, Sebastian passa devant eux et jeta un œil à l'intérieur. James et Kevin étaient assis devant un plateau de jeu, contemplant leurs prochains mouvements. *J'aurais dû prétendre que Kevin était un étranger et les laisser le battre un peu.*

— Quelle charmante surprise !

— J'ai dû oublier de mentionner que Kevin était arrivé quelques heures avant toi.

James ne prit pas la peine de lever les yeux du jeu.

Kevin sourit tandis que James déplaçait une pièce en danger.

66

— Puisque tu évites la maison et le château, il était logique que tu te diriges dans cette direction. J'ai aussi supposé que bien que tu sois un connard impoli, tu ne serais pas grossier au point de contourner notre frère aîné.

Kevin attrapa un pion.

— J'aurais dû jouer contre toi au lieu de James, il joue comme un enfant.

Sebastian se tourna vers les soldats entassés dans l'embrasure de la porte.

— Je suis désolé, mais j'aimerais parler à mes frères en privé.

Il ferma la porte au visage d'Adams et la verrouilla.

— Une demi-heure ! Je n'aime pas vous laisser seul dans un bâtiment bondé, cria le lieutenant derrière la porte.

— Et de l'espace, si cela ne vous dérange pas !

Sebastian attendit que les bruits de pas disparaissent et retira sa capuche. Ses frères continuèrent à fixer le jeu, mais les yeux de Kevin errèrent brièvement sur son visage.

— As-tu décidé de célébrer un mariage ? demanda ce dernier en prenant une autre pièce de James.

— Pourquoi diable tout le monde me demande-t-il cela ?

— Parce que tu dois faire plus de ta vie qu'acheter des livres et t'occuper d'Ophélia. Ta réputation sera ruinée si tu continues d'aider Père dans ses affaires, mais tu peux t'en sortir en trouvant un bon mari.

Sebastian jeta un coup d'œil au plateau. Kevin ne prêtait pas attention et n'avait pas vu que les deux sacrifices de James le mettaient dans une meilleure position stratégique.

— Je n'ai aucune envie d'être assassiné ou vendu comme esclave, alors je ne cherche pas d'époux.

Sebastian frissonna au souvenir du visage horrifié d'Ophélia alors qu'elle regardait son avenir. Il tira une chaise d'une autre table de jeu, la glissa derrière James, s'assit et se servit de sa cape comme d'un oreiller.

— J'ai décidé de mettre mon or de côté jusqu'à ce qu'on prenne soin d'Ophélia correctement, puis j'ouvrirai ma propre librairie.

— Combien de temps cela prendra-t-il ? Pourquoi ne laisses-tu pas Père et Mère s'en occuper comme ils sont censés le faire ?

Kevin déplaça une autre pièce et fronça les sourcils en voyant le piège dans lequel il était tombé.

— Bâtard sournois.

James soupira.

— Je suis désolé, Sebastian. Je ne peux pas prendre Ophélia dans une auberge où il y a tellement de gens. Elle serait en danger, de plus elle déteste la foule.

— Elle ne t'en a jamais blâmé, il est inutile de renoncer à ta vie alors que tu es bon à cela.

67

Quand ils ne discutaient pas de sa vie amoureuse, il était relaxant de s'asseoir avec ses frères. *À la maison, tout ce qu'il faut est un jeu de cartes pour nous transformer en bêtes.*

— Et tu as un bébé en route. Il ou elle va te tenir occupé.

— Tu vas rester croupir à la maison ? demanda Kevin.

— Peut-être pas pour longtemps. Est-ce que l'un d'entre vous savait qu'Ophélia était amoureuse de quelqu'un ?

Les têtes de Kevin et James se tournèrent brusquement dans sa direction.

— Qui est-il et depuis combien de temps ? demanda James, brisant le silence choqué.

— Je n'ai pas la réponse à ces deux questions. Margaret me l'a dit. Je ne pense pas que cette personne soit une menace ou elle se serait occupée elle-même du problème, dit Sebastian.

Pardonne-moi, Ophélia, mais je dois me débarrasser d'eux sans leur dire qui je soupçonne.

James passa sa main dans ses cheveux.

— Tu joues au héros et Ophélia vit une mystérieuse romance. Y a-t-il d'autres surprises ?

— J'ai peiné à convaincre Kraven de ne pas s'enfuir.

— Argh !

Kevin balaya les pièces du plateau.

— J'en ai assez et pas parce que tu m'as sorti ces manigances de nulle part, James. Comment diable suis-je supposé réfléchir quand tu me déposes cela entre les mains ?

James rassembla les pièces et les rangea dans une boite en bois.

— Je crie à la faute, menteur.

— Je suis venu pour te demander ton aide, James. Et puisque tu veux toi aussi mettre ton nez dans mes affaires, Kevin, ton temps ne serait-il pas mieux utilisé à aider quelqu'un qui le souhaite ?

James croisa les bras, mais fit un signe de tête pour qu'il continue.

— Il a rencontré une serveuse et veut se marier avec elle. Malheureusement, il a stupidement prêté majorité de son argent à Mère, donc il n'a pas beaucoup à offrir à une épouse.

— Comment est-elle ? demanda Kevin.

— Elle a l'air gentil et a une tête décente sur les épaules.

— Rien d'étrange à son propos ? demanda James.

Sebastian soupira

— Il y a du gobelin dans sa lignée alors sa durée de vie correspond à la nôtre. À part cela, elle est parfaitement normale.

— Mère le sabotera et Père trouvera un moyen d'offenser ses parents, promit Kevin.

68

— Je sais, lança Sebastian d'une voix plus haute pour imiter leur mère. Tu peux épouser un roturier, mais par tous les dieux, pas une personne barbante.

— Je parlerai aux parents de la fille en secret et Kevin et moi réunirons l'argent pour le mariage. Ellie est désespérément romantique comme moi, elle n'aura pas besoin de beaucoup de persuasion pour qu'il soit fait ici, offrit James.

— Que ferons-nous avec toi quand nous nous serons occupés d'eux ? demanda Kevin, refusant de laisser tomber le sujet.

— Parlez à vos amis de ma librairie quand je l'ouvrirai, répondit Sebastian en lui adressant un clin d'œil.

— Autre sujet, pourquoi laisserais-tu Père devenir fou furieux au château sans aucun frère ou sœur digne de confiance pour lui tenir la main ? demanda James.

— Harold ne peut pas tenir son stand au festival cette année alors j'ai décidé de l'aider. Je veux avoir l'expérience et les bénéfices, je n'aurai ni l'un ni l'autre si je suis celui qui contrôle toujours Père, dit Sebastian.

— Il aurait pu être maîtrisable si tu avais attendu au château.

James fronça les sourcils en jetant un regard à Sebastian.

— Et cette affaire avec le prince ne causera que davantage de rumeurs. Je n'aime pas que tu aies à voyager avec des gardes à partir de maintenant.

— C'est juste une précaution.

Sebastian se leva et remit sa cape en place.

— J'ai aussi besoin de couchages pour les soldats. Ils ont l'argent du roi, ils peuvent s'offrir toutes les chambres disponibles que tu as.

— Il y en a quatre de libres à l'étage à l'extrémité opposée. C'est le plus proche où je peux les mettre avec toi, dit James.

Sebastian haussa les épaules et remit sa capuche.

— Ça ne me dérange pas. Je doute de risquer de m'arracher un ongle.

— Je me réserve le droit de dire « Je te l'avais bien dit » en premier, lança Kevin en se levant en même temps que James.

Si ce n'était la différence de taille, ils auraient pu passer pour des jumeaux.

— Cesse de me vouloir du mal, Kevin. Père et Mère font leur part en ce moment même. Je suis épuisé, alors si cela ne vous dérange pas, je vais me coucher.

Sebastian ouvrit la porte pour ses frères, les suivit hors de la pièce et leva les yeux au ciel quand les soldats les rejoignirent rapidement.

— J'ai l'impression que mes impôts disparaissent dans le trou des dépenses inutiles.

Il fronça les sourcils quand il aperçut ses sacs pendant au bras d'Adams.

— Pourquoi tenez-vous mes affaires ?

— Parce que nous allons dans la même chambre, dit Adams.

— Je n'ai pas besoin d'un colocataire.

— C'est pour votre sécurité. Je sais qu'il n'y a pas eu d'attaques, mais pourquoi tenter le sort ?

— Et il n'y en aura pas. Je veux dormir et je ne pourrai pas si vous planez au-dessus de moi, grogna Sebastian.

— C'est mon travail de m'assurer que rien ne vous arrive. Déshabillez-vous et allez dormir comme d'habitude, vous ne remarquerez même pas que... Oh, s'interrompit le lieutenant. Vous enlevez votre cape quand vous êtes seul.

— Conclusion astucieuse, Lieutenant. À présent, laissez-moi ou je sors par la fenêtre pendant votre sommeil.

— Très bien. La chambre est à vous, mais si vous voyez quelque chose qui cloche, criez, exigea Adams.

— Entendu.

Le Lieutenant Adams obéit et le suivit à sa chambre sans y entrer. Sebastian verrouilla la porte et jeta sa cape. Étirant les nœuds du voyage, il se déshabilla et contourna la baignoire pleine et fumante de la chambre. Il soupira et frappa la surface de l'eau. *Une réelle intimité. Pas de gardes, ni de frères et sœurs et toute l'eau chaude dont j'ai envie.* Il entra dans la baignoire, immergeant lentement chaque partie de son corps jusqu'à ce que l'eau atteigne ses narines. Retenant son souffle, il plongea et l'eau afflua par-dessus sa tête. Immobile, ses souvenirs au loin, il ferma les yeux et écouta les vibrations de l'eau. Quand elles s'estompèrent, il balança les bras pour en créer d'autres. Il ne ressentait aucune urgence à prendre une autre inspiration. *Ce ne sont pas les années supplémentaires, mais toutes ces petites choses qui rendaient le fait de n'être qu'en partie humain agréable*, pensa-t-il. Pendant une heure, il ne remonta pas à la surface, et seule la porte s'ouvrant perturba son bain. *Je resterai sous l'eau jusqu'à ce que qui que ce soit comprenne l'allusion et s'en aille.*

Mais les bruits de pas semblaient plus proches qu'ils ne l'auraient dû pour préserver l'intimité et il ne savait pas qui était dans la pièce. Tout comme il avait senti les petits mouvements dans la baignoire, il se concentra sur les pieds, écoutant chaque vibration dans ses orteils accompagnant les pas de l'intrus. Plus proche. Encore plus proche. Sebastian jaillit de l'eau et tacla l'intrus. Les deux hommes tombèrent et un poignard heurta le sol. Sebastian arracha sa cape et une épée de son fourreau.

— Ne faites pas ça, chuchota l'assassin, ses mots étouffés par le foulard noué sous ses yeux.

Sebastian leva les yeux de l'arbalète visant son cœur.

L'assassin secoua la tête.

— Non.

Sebastian cessa de bouger.

— Que suis-je supposé faire ?

— Je ne... Ils ont dit que vous étiez affreux. Vous n'êtes pas...

L'assassin déglutit et tenta de regarder partout dans la chambre à part Sebastian, mais ses yeux furent de nouveau attirés vers lui.

— Comment peut-on être si beau ?

— Ce n'est pas une question à laquelle je peux répondre par terre.

— Non, vous restez !

L'arbalète trembla, Sebastian n'avait pas envie d'être tué accidentellement par un fou.

— Si je lui dis à quoi vous ressemblez, il m'ordonnera de ne pas le faire.

L'assassin était si épris du visage de Sebastian qu'il n'entendit pas la porte s'ouvrir. Kevin se faufila dans la pièce, son couteau levé.

— Vous devriez le dire à votre patron. Je suis sûr qu'il comprendra, dit Sebastian en gardant une voix calme.

Le fait que l'assassin piquait une crise ne reniait pas ses véritables motivations.

— Mais je vous en supplie, épargnez-moi.

— Je ne peux pas…

Kevin enfonça son couteau sous le menton du tueur et tira d'un coup sec. Il essuya la lame sur son mouchoir.

— Cela devait être fait. On ne sait pas quand le choc se serait estompé.

— Je n'ai rien dit.

— Hormis la culpabilité inscrite sur ton visage, dit Kevin en secouant la tête. Tu as un cœur aussi tendre que celui de Kraven.

Il attrapa les vêtements que Sebastian avait jetés sur une chaise et les lui lança.

— Habille-toi. Les gardes du roi ont abattu les autres, dit-il en fermant la porte, mais elle se rouvrit.

Kevin leva son couteau, mais l'abaissa quand James passa la tête dans la pièce.

Celui-ci fit entrer le reste de son corps et se tint contre la porte.

— Bonne stratégie. Te battre nu pour que le méchant soit trop occupé à regarder ton corps au lieu de te tuer.

James gonfla les joues.

— Je m'attendais à te trouver mort.

— Non pas grâce à ces soldats inutiles, répondit Kevin.

— Tu te plaindras plus tard. Pouvez-vous s'il vous plaît regarder ailleurs ? pria Sebastian.

James et Kevin fermèrent les yeux afin de pouvoir garder leurs positions barrant la porte brisée.

— Sire Orwell ! cria un lieutenant paniqué à travers la porte.

— Je vais bien, mais je m'habille alors, attendez une foutue minute !

— S'il est toujours grincheux, c'est que ça doit aller, dit la voix du Sergent Hooper en les rejoignant.

Ses vêtements enfin enfilés, Sebastian jeta un rapide coup d'œil avant de balancer la cape sur ses épaules et de l'attacher. Il rabattit la capuche et fit un signe de tête à James et Kevin.

Ce dernier écarta son dos de la porte et fut poussé en avant quand les soldats se ruèrent pour atteindre leur assignation.

— Doigts, orteils, le compte est bon. Sire Orwell ? demanda Adams.

— Je suis sain et sauf, répondit-il.

Le Lieutenant Adams sonda la pièce et fronça les sourcils en voyant l'assassin étendu dans le sang et l'eau qui avait débordé de la baignoire.

— Je suis désolé de ne pas être venu à votre aide. Ceux qui ont attaqué l'auberge ont utilisé un sort puissant pour empêcher quiconque d'entrer dans cette pièce sauf eux. Les choses auraient pu être pires si Maîtresse Ellie n'avait pas mis des sortilèges en place autour de l'auberge, ou que votre sœur médium ne nous avait pas envoyé un avertissement.

— Les soldats ont été repoussés de ta chambre, mais les protections d'Ellie sont imprégnées de sang. La magie envoyée par un étranger n'aurait pas pu affecter l'un d'entre nous, dit James.

Davantage de soldats arrivèrent et il fit un pas de côté pour les laisser entrer.

— Nous n'avons pas pu en capturer un seul vivant. Ils étaient tous magiciens et ont dû être abattus avec les flèches quand nous les avons vus jeter un sort particulièrement mauvais, rapporta le Sergent Bradley.

— Nous sommes sacrément chanceux que les autres assaillants soient tombés dans le piège de ce magicien, ajouta le Sergent Hooper.

— Quel magicien ? demanda le Lieutenant Adams.

— Celui-ci.

Ellie passa la porte encombrée avec un homme beaucoup plus maigre, mais plus grand que James. Ses cheveux noirs étaient élégamment coupés en boucles courtes et il portait une robe rouge avec une longue ouverture courant jusqu'à son nombril.

L'homme sourit à la pièce bondée et s'inclina profondément.

— Trey Ausher, à votre service.

— Il y avait d'autres assassins à l'arrière de l'auberge. Transportant tellement d'armes qu'ils ont déclenché le piège qu'il avait posé pour les brigands et les voleurs. Ils étaient dix et tous pratiquaient la magie, expliqua Ellie en repoussant une mèche blonde derrière son oreille. Les choses auraient pu ne pas tourner en notre faveur si ces hommes étaient entrés chez nous.

— Sont-ils en vie ? demanda Adams.

Trey secoua la tête.

— Ce n'est pas un sortilège létal, mais quand ils se sont réveillés, ils ont commencé à convulser. Ils sont tous morts en moins d'une minute l'écume à la bouche, et en hurlant d'agonie.

— C'est de la folie.

Le lieutenant indiqua le corps.

— Bradley, Hooper, débarrassez-moi de ça pendant que je fais mon rapport au roi.

Ses soldats charrièrent le corps par les bras et les jambes, Trey et Ellie les suivirent, fermant la porte derrière eux. Le Lieutenant sortit un miroir rond de son manteau et psalmodia jusqu'à ce que l'image du roi apparaisse.

Sebastian observa les visages déterminés autour de lui. *Voilà ce que j'ai provoqué en ne me mêlant pas de mes affaires et en devenant trop à l'aise avec mes gardes. J'aurais dû les abandonner il y a longtemps.*

— Vous ne pratiquez pas la magie, alors pourquoi envoyer autant d'assassin après un seul homme ? C'est excessif même si vous avez six gardes du corps, dit Sonny, un autre garde royal.

— Ils ont probablement fait des recherches sur l'endroit, suggéra James.

— Je ne vois aucune école de magie ou de camp d'entraînement de mercenaires sur la carte.

— Rien d'aussi spectaculaire, mais l'ensemble des auberges de cette rue est connu comme le Rangée des Magiciens. Chaque propriétaire est un puissant mage, y compris Ellie, dit James en souriant largement. Notre petit aura un sacré punch aussi.

— Nous partons, les interrompit Sebastian.

— Nous n'allons pas partir au milieu de la nuit quand une autre embuscade pourrait être en préparation. Passer la nuit dans un endroit appelé la Rangée des Magiciens semble plus sain.

Le Lieutenant Adams lui tendit le miroir.

— Pour vous.

Sebastian foudroya le miroir du regard. *Si je le laissais tomber accidentellement, je n'aurais pas à parler au roi. Ellie en a sûrement un autre dont ils peuvent se servir, cela ne fera pas de différence.* Sebastian prit le miroir, mais au lieu du visage du roi, les yeux saphir emplis d'inquiétude du Prince Turren rencontrèrent les siens.

— Je t'ordonne de faire ce que te dit le Lieutenant Adams ou tu seras ramené de force au château.

J'aurais dû le faire tomber.

— Non.

Derrière lui, James soupira bruyamment et Kevin secoua la tête.

— Nous nous rendrons dans une des auberges à proximité si nous ne pouvons pas voyager, mais j'aurai le dernier mot. Refuse et je sème mes gardiens au mépris du danger, avertit Sebastian.

Le Prince Turren leva les yeux au ciel au lieu de se mettre en colère.

— Pourquoi ne peux-tu pas au moins faire semblant de respecter mon autorité, Bastian ?

— Parce que me donner un surnom affectueux ne fait pas de moi l'un de tes lèche-bottes ?

— Vrai, mais pourquoi ne pas revenir au château ?

— Je dois répondre de mes responsabilités envers le loyal serviteur du roi, Lord Bast.

Turren sourit.

— Durant le temps de Père avec le lieutenant, je me suis servi du miroir pour contacter Harold. Il a dit que manquer une année au festival n'est pas important si cela signifie que tu es en sûreté.

Avant que Sebastian puisse trouver une seconde excuse, Turren l'interrompit :

— Et j'ai parlé avec Diana. Elle dit que les herbes peuvent être trouvées ici. Pour tout te dire, Lord Pasley va aider Ophélia à en ramasser demain matin.

— Petit con efficace, n'est-ce pas ?

— Je me dois de l'être dans les situations hostiles.

— Sebastian, siffla James. C'est quand même le prince et tu es entouré de plusieurs témoins.

Sebastian grinça des dents.

— Le prince a choisi d'être trop familier, je fais la même chose. N'est-ce pas, Votre Altesse ?

— Oui, répondit Turren. Mais je préfère plutôt quand tu outrepasses les limites physiques que verbales. Beaucoup plus satisfaisant.

La prochaine fois, Sebastian, laisse le gentil assassin embrocher ce connard arrogant. Sebastian jeta le miroir au Lieutenant.

— Nous partirons pour le château dans la matinée.

Il leva la main devant la bouche de Kevin avant qu'il ne l'ouvre.

— Un seul mot et je dis à Pratchett où tu caches ton argent.

— En quoi est-ce différent que tu passes la nuit chez les voisins au lieu de chez nous ? demanda Ellie. Nous connaissons l'ampleur de la menace à présent et pouvons nous tenir prêts en conséquence. Seul deux d'entre vous sont des magiciens. Il est absurde de me laisser derrière.

Sebastian avança vers sa belle-sœur et posa sa main sur le léger renflement de son ventre.

— Ceci fait la différence, Ellie. Il est plus sûr que nous partions et que tu restes ici.

Trey apparut à côté d'Ellie, se frottant les mains avec empressement.

— Je suis impatient de doubler mes poches avec l'or du roi.

Il arrêta de bouger ses mains et fronça les sourcils en direction des soldats.

— Ils payent, n'est-ce pas ? Je ne vais pas offrir gratuitement mes services en tant que descendant du Premier Chevalier.

Ellie leva les yeux au ciel.

— Bien sûr qu'ils payent, mais ne les surchargez pas.

Trey se redressa et montra du doigt la broche d'aubergiste qui pendait à son cou.

— Juste parce que je ne sers pas la nourriture aussi bien que vous, ne signifie pas que je vole mes clients. Par ailleurs, la rumeur que j'héberge la royauté se répandra au matin…

Le Lieutenant Adams se racla à la gorge à l'exagération.

— Du moins des hommes tenus en haute estime par la royauté, et je m'attends à la tripotée habituelle de fouineurs à la recherche d'histoire à ramener chez eux. Je pourrais même leur faire un rabais, babilla Trey en suivant joyeusement Sebastian, qui se cramponnait à ses affaires. Je pourrais vous faciliter la tâche, comme une faveur à un jeune garçon que je n'ai pas vu depuis longtemps.

Les sacs de Sebastian flottèrent hors de sa portée dans le couloir.

— C'était inutile, Lord Ausher. J'ai des livres de valeur dans ces sacs, dit Sebastian.

— Comme si je pouvais vous oublier, vous et vos précieux livres. Ils atterriront en douceur sur le lit de votre chambre au deuxième étage, annonça fièrement Trey. Une grande famille est partie ce matin, de ce fait, le second étage est libre pour tous vos gardes du corps.

— Cette prévenance me remplit de joie.

Dormir une autre nuit dans cette maudite cape.

— Ne soyez pas ingrat, ils font leur travail, dit Trey.

— Qu'est-il arrivé aux corps ? demanda Sebastian.

— La Garde de la Ville les surveille, dit le Sergent Thimbly derrière eux alors qu'ils descendaient les marches, ses cheveux courts rebondissant sur ses joues. Nous ne pouvons pas les emporter avec nous ou passer du temps à les identifier pour le moment. Aux premières lueurs, nous serons partis de cet endroit.

— Je suis désolé, murmura Sebastian.

Le Sergent Hooper agrippa son épaule quand ils atteignirent la porte d'entrée.

— Ce n'est pas votre faute. Vous étiez entêté, mais aucun de nous ne s'attendait à une attaque d'une telle agressivité.

— Ce soir complique les choses, dit le lieutenant Adams qui fermait la marche.

La famille de Sebastian attendait déjà à la porte ainsi que d'autres soldats.

Ellie l'étreignit fermement.

— Tu écouteras tout ce que te disent ces gentils soldats à partir de maintenant, Bastian, tu m'entends ? Dans le cas contraire, je te transforme en poulet et te mets dans une cage.

Elle fit courir ses mains dans les cheveux de Sebastian sous sa capuche.

— Ne t'avise pas de te faire tuer, ordonna-t-elle tout en le serrant une nouvelle fois dans ses bras.

Sebastian embrassa le haut de sa tête.

— Je suis désolé de t'inquiéter, je ferai ce qu'ils demandent… si cela semble raisonnable.

Il esquiva ses mains et suivit le Sergent Vendrix.

Ses sacs attendaient sagement sur le lit, mais il en inspecta tout de même le contenu. Le Lieutenant Adams, le Sergent Hooper et le Sergent Bradley entrèrent derrière lui et Sebastian soupira.

Le Lieutenant Adams le fusilla du regard.

— Pas de *si*, de *et* ou de, *mais*. Nous sommes colocataires et vous feriez mieux de ne pas ronfler.

Il jeta ses affaires sur une chaise vide et s'écarta du chemin quand des domestiques apportèrent des lits supplémentaires. Quand ils partirent, il arpenta la pièce puis s'adressa aux soldats.

— Hooper, vous dormirez près de la porte. Bradley, vous garderez la fenêtre.

Sebastian souleva ses jambes pour grimper sur le lit, mais le lieutenant l'arrêta.

— Désolé, mais je joue le rôle du leurre cette nuit, j'ai besoin du lit.

— Où vais-je dormir ?

— Sous le lit. Si une autre attaque se produit, vous serez hors de vue.

— Fantastique, grommela Sebastian tout en tirant des couvertures sous le lit.

C'était spacieux là-dessous et la jupe de lit le dissimulait à la vue.

— Je me plaindrai et je vous traiterai de tous les noms quand je me serai reposé, promit-il.

— Bonne nuit, dit le Lieutenant Adams à tout le monde alors qu'il s'installait sous les couvertures afin que sa tête ne dépasse pas.

IX

SEBASTIAN FUT réveillé en sursaut entouré d'obscurité au lieu du jaune apaisant de l'auberge de son frère. Il cligna des yeux quelques instants avant de se remémorer l'assassin choqué par sa nudité. *Il y en aura encore plus après leur échec.* Cette pensée le réveilla complètement, mais pas encore assez pour lui rappeler où il avait dormi. Sa tête cogna les ressorts métalliques du lit, il jura tout en se glissant hors de sa place, frappant un Sergent Hooper ronflant, qui avait roulé sur le côté durant la nuit.

— Ormf, marmonna-t-elle alors qu'ils tentaient de se dégager.

La tête de Bradley surgit du côté de la fenêtre près du lit et bâilla sans se couvrir la bouche.

— Quelle heure est-il ?

— L'heure de se lever et de se mettre en route, déclara le Lieutenant Adams tout en étirant ses bras au-dessus de sa tête. Quelle belle journée, ajouta-t-il, et le reste des occupants de la pièce froncèrent les sourcils.

Sebastian se leva et tituba jusqu'à la porte. Le Sergent Hooper l'attrapa avant qu'il ne puisse l'ouvrir, prenant sa place. Elle tourna lentement la poignée, la tira et fouilla le couloir.

Les yeux rouges et vitreux du Sergent Vendrix les fixaient de la chaise juste devant la porte.

— Rien de mon côté, Monsieur, dit-il au Lieutenant Adams quand l'homme apparut dans son champ de vision trouble.

— Bien. Maintenant debout et allons-y. Nous devons manger puis, en selle.

Adams attendit que Vendrix repousse sa chaise sur le côté afin qu'ils puissent se diriger vers la salle commune.

— Vous avez une sale tête, les accueillit Trey. Je suis content que mes clients ne vous aient pas vus ou ils penseraient que mes matelas sont des planches de bois. À part le Lieutenant Adams. Vous, Monsieur, vous avez l'air d'avoir pleinement apprécié mon hospitalité.

Le Lieutenant Adams s'esclaffa.

— J'ai toujours l'air au mieux de ma forme.

— Ça aide que vous ayez dormi dans un lit alors que j'ai dormi par terre, grogna Sebastian. Pardonnez-moi, j'ai oublié l'insulte : insupportable rat militaire.

— Il y a des promesses que vous n'avez pas besoin de tenir, dit Adams. Maintenant…

Il se frotta les mains comme Trey l'avait fait la nuit d'avant.

— Quelle nourriture avons-nous sous la main, aubergiste ?

L'HUMEUR DE Sebastian s'était améliorée au moment où il avait rempli une seconde assiette de fruits frais et de tranches de bacon. Il rompit un autre morceau de pain et le tartina de beurre.

— Bon choix pour un homme qui sait qu'il ne peut pas surpasser la cuisine de ma sœur.

Le plateau de bacon s'éleva dans les airs et commença à s'éloigner.

— Vous êtes aussi bon cuisinier qu'Ellie et votre auberge est magnifique, le complimenta Sebastian alors que les soldats attrapaient le plateau.

Le Lieutenant Adams pointa sa fourchette dans sa direction.

— Ne soyez pas grossier, eut-il le culot de dire, la bouche toujours pleine de nourriture.

Sonny attacha ses cheveux en arrière quand son assiette fut vide.

— Je vais vérifier les chevaux.

— Je m'occupe des rations de nourriture.

Le Sergent Thimbly repoussa son assiette et partit à son tour.

Deux voix féminines pénétrèrent dans l'auberge et Sebastian grimaça quand il reconnut la deuxième. Il repoussa son assiette et essaya de s'éclipser, mais une chaise vide tomba, le faisant trébucher. Le Lieutenant Adams sauta sur ses pieds, mais Trey posa la main sur son bras.

— Ce n'est pas un assassin, juste un autre Orwell grincheux.

Le sourire de Trey s'élargit quand Ellie, belle comme le jour, entra dans la pièce bras dessus bras dessous avec Diana.

— C'était déplacé, Diana, dit Sebastian en se relevant.

— Lord Bast m'a réveillée au milieu de la nuit, me demandant d'escorter mon frère chez lui. Je n'ai pas beaucoup dormi et maintenant, je dois aller au château où Mère va me rebattre les oreilles au sujet de trouver une femme. C'était justifié.

La voix de Diana correspondait presque à celle rauque de Sebastian.

James enlaça leur sœur.

— De la visite supplémentaire ne me dérange pas.

— Je retire mes paroles précédentes au sujet de Lord Bast. Il est le seul ami fiable de Sebastian.

Kevin remplaça James et Diana fut presque nez à nez avec lui.

— Le cheval de Diana reste ici, il ne ralentira pas le voyage, je vous en fournirai un frais de nos étables.

Ellie soupira alors qu'elle regardait son beau-frère et sa belle-sœur.

— Je déteste être laissée pour compte. S'il vous plaît, faites attention, tous.

78

Elle enroula ses bras autour de chaque membre de sa famille et les soldats y eurent droit également.

— Aucune expérience de bataille, Mademoiselle Orwell? demanda le Lieutenant Adams à Diana alors qu'elle balançait sa jambe par-dessus le cheval.

— Aucune, répondit Diana.

— Alors pourquoi Lord Bast vous a-t-il envoyée, si je peux me permettre?

— Parce qu'elle est une apothicaire émérite qui se sert de son savoir pour augmenter ses pouvoirs pour le bon… comme pour le mauvais, dit Kevin de façon inquiétante.

— Sergent Hooper! cria le Lieutenant Adams, espérant qu'elle connaîtrait plus de ragots.

— Je n'en sais pas plus sur la magie, mais elle est douée avec les poisons. Un groupe de bandits a pillé sa boutique une fois et la tenait à la pointe de leurs couteaux. Les trois hommes ont été retrouvés le lendemain matin, du sang coulant de chaque orifice, et je veux dire par là chacun d'entre eux, frissonna le Sergent Hooper.

— Les tuer aurait provoqué la colère de la Garde de la Ville, alors ils sont toujours en vie, annonça Diana, toutes dents dehors, dans ce qu'Adams supposa être un sourire et elle frappa son cheval pour avancer.

— Je vous l'ai dit, Ophélia est la gentille, rappela Sebastian au garde royal quand il amena son cheval près de lui.

— Rien que des ennuis, murmura le lieutenant pour lui-même.

Sebastian fut une fois de plus entouré par les gardes du château alors que lui et sa troupe atteignaient les portes extérieures de Trellium. Cette fois, c'était une garde d'honneur au lieu des soldats frénétiques, inquiets au sujet de leur prince. D'ailleurs, Turren chevauchait en tête et mit pied à terre quand la procession arriva à eux. Il s'avança jusqu'au cheval de Sebastian et tendit son bras pour lui offrir son aide. Sebastian l'aurait ignoré s'il n'avait pas repéré un halo de cheveux dorés parfaitement amassés sur la tête de sa mère. Sachant qu'il ferait face à sa colère plus tard, il décida de se faciliter les choses et accepta le geste. Le Prince Turren enroula son autre bras autour de sa taille, le soulevant dans les airs. Sebastian se raidit, mais resta silencieux, souhaitant pouvoir dire publiquement au prince sa façon de penser.

— Merci d'être si prévenant, Votre Altesse.

Sebastian posa ses doigts sur son poignet et enfonça son pouce dans la douce partie inférieure.

Le sourire du prince se flétrit sur les bords, mais il serra les dents malgré la douleur.

— Tu sembles aller bien.

— J'ai connu mieux.

Sebastian jeta un regard à sa mère, qui lui fit violemment signe de garder l'attention du prince. Il la congédia et se tourna vers ses frères.

— Je veux décompresser et dormir. Vous deux, gérez Mère.

La femme en question essayait de se frayer un chemin, son père la suivant de près.

— J'ai quelque chose à faire tout à coup, annonça James en tournant son cheval dans la foule qui observait le spectacle.

— Hé James !

Kevin tenta d'imiter son frère, mais fut bloqué.

— Diana ?

Il regarda autour de lui, mais leur sœur s'était déjà enfuie.

— Sebastian !

La douce voix musicale paraissait préoccupée, mais les yeux de sa mère étaient aussi durs que les pierres précieuses auxquelles ils ressemblaient.

— Conduis-moi à une chambre avec baignoire par une route où je ne passe pas par elle et je ne frapperai pas tes bijoux de famille royaux pour ce que tu viens de faire, chuchota Sebastian à l'oreille du prince.

Le Prince Turren acquiesça.

— Je vais m'assurer que tu puisses prendre un bain aussi vite que possible.

Sebastian haussa un sourcil.

— C'est vrai ?

— Mon intérêt n'est pas répugnant, je t'aiderai.

Le visage du prince se mit à rougir.

— Bien sûr, je ne suis pas intéressé par ta nudité.

— Cette déclaration était convaincante, Votre Altesse.

Sebastian secoua la tête, se demandant ce qu'il allait faire de son royal admirateur avec son entremetteuse de mère dans les parages.

— C'EST UNE baignoire.

Le Lieutenant Adams avait envie d'un bain, même s'il n'était pas aussi enthousiaste au sujet d'une baignoire, songea-t-il en observant Sebastian se pencher au-dessus de l'eau fumante, bavant pratiquement sur l'énorme réceptacle. Ses yeux se posèrent sur le prince, qui salivait sur autre chose dans la pièce. Chaque fois que Sebastian se penchait, le Prince Turren retenait sa respiration et le lieutenant prétendait ne pas le remarquer. Il espérait que Sebastian ne révélerait pas à quel point il avait été direct à Bruwen, car Adam avait cruellement sous-estimé son importance.

— Des bulles.

La voix de Sebastian contenait une note rare de bonheur enfantin alors qu'il éclaboussait la couverture savonneuse recouvrant l'eau. Il leva la main à son visage et souffla sur la mousse qui y était amassée. Sebastian se mit à rire, mais s'arrêta quand il remarqua le Prince Turren se lécher les lèvres.

— Dehors ! ordonna-t-il sans songer à qui appartenait la résidence où il logeait. Tous les deux, que je puisse me déshabiller.

— Tu es sûr que tu n'as pas besoin d'aide ? demanda Turren alors qu'il le traînait hors de la pièce.

— Certain, assura-t-il, continuant de pousser.

Le Lieutenant Adams grimaça, se sentant désolé pour le prince, mais permit qu'ils soient reconduits à la porte.

— Et si tu étais toujours en danger ? demanda Turren.

— Si des assassins violent le château, tu seras leur première cible. Je n'ai rien à craindre.

Sebastian ouvrit la porte, s'inclina devant le prince et les poussa dans le couloir.

— C'était…

Le Lieutenant fut expulsé avec Turren avant qu'il ne puisse exprimer son indignation.

— … déplacé, finit-il de façon peu convaincante tandis que Sebastian fermait la porte.

Le Prince Turren haussa les épaules.

— J'ai le temps de le travailler au corps, dit-il avant d'éclater de rire quand le lieutenant le dévisagea d'un air incrédule. Je ne m'attends pas à l'attraper de sitôt. Mais gagner l'accès à sa chambre est un bon début.

Le Lieutenant Adams regarda la chambre de Sebastian, puis à nouveau le Prince Turren, s'interrogeant sur lequel des deux était le plus cinglé. Sebastian méritait bien les avances déterminées du prince, décida-t-il en retournant à son poste au château.

Le Capitaine Pembrost s'écarta de l'angle du mur, observant le départ du Lieutenant Adams.

— Gagner l'accès à sa chambre est un bon début, mais cessez d'être si empressé, dit-il dans l'espace vide.

X

— Le prince a soulevé une excellente idée. Tu aimes les livres poussiéreux.

Cynthia Orwell sourit à son fils dans la salle à manger personnelle du roi, tout en découpant délicatement sa caille dans l'assiette en or brillant à la lueur des bougies.

Sebastian fit de son mieux pour ne pas fusiller sa mère du regard, elle l'ennuyait déjà après seulement quelques bouchées. Elle avait méprisé sa fascination pour les livres, souhaitant qu'il emploie son temps à des choses plus précieuses. Kevin et James dispersaient la nourriture dans leurs assiettes, y touchant à peine, les petits morceaux de Démétrius imitaient le chipotage de leur mère et la fourchette d'Ophélia frappait l'assiette plus fort que nécessaire aux paroles de leur mère. Le regard de Pratchett fouillait la table à la recherche d'épouses ou d'époux potentiels tandis que l'assiette de Kraven était plus remplie que celles de ses quatre frères aînés. Sebastian repoussa la voix de sa mère et songea comme il était injuste que Diana se soit excusée de ce dîner tortueux, clamant qu'il était de son devoir de recueillir des informations sur les herbes auprès des autres praticiens de son domaine. Il savait que c'était des conneries, elle voulait juste éviter cet embarrassant silence. Il ne l'en blâmait pas.

Le roi entretenait la conversation, mais les Orwell n'étaient d'aucune aide. Le Capitaine Pembrost regardait James et Kevin ruminer à leur bout de table. Lady Orwell jacassait de sujets insignifiants, mais suggéra de nombreuses fois que Sebastian apprécierait la compagnie du prince puisqu'il était un homme d'un tel courage. Sebastian ignora chacune de ses tentatives, la façade de sa mère commençait à craquer. *Ma famille est le comble d'un dîner théâtral.*

— Aider ton père à traduire les textes Anerithiens pourrait prendre des semaines. Tu ne penses pas, Sebastian ? demanda Cynthia en souriant chaleureusement à son fils.

Sebastian ne leva pas les yeux de sa courge rôtie.

— Je peux gaspiller une semaine de mon temps, au mieux. Je pourrais demander l'aide d'Harold pour terminer plus vite.

— Le prince est habile pour les langues et il est aussi un mage puissant.

Le sourire forcé de Cynthia ne détenait plus aucune chaleur pour lui.

— Très puissant, mais beaucoup trop occupé pour perdre son précieux temps. Veux-tu me passer les petits pains, James, s'il te plaît ? demanda-t-il comme s'ils dînaient chez eux.

James cacha son sourire derrière une serviette et les lui passa.

— Turren vient juste d'être blessé et pour sa sécurité, il restera à Trellium. Je ne vois pas en quoi il serait trop occupé pour aider. C'est une importante mission diplomatique, alors son précieux temps est loin d'être gâché, dit le roi en souriant à Sebastian et ce dernier stoppa sa fourchette à quelques centimètres de sa bouche.

Il déglutit et le visage de sa mère s'illumina comme une étoile. *Non, pas lui aussi.* Il jeta un œil autour de la table et vit Kevin, James et Ophélia baisser le nez dans leurs assiettes. *Très bien, ne m'aidez pas. Je vais dire au roi où il peut se coller –*

— Retrouver des livres perdus est admirable, mais cela ne semble-t-il pas sans intérêt quand mon fils a sauvé la vie du prince ? demanda Lord Orwell, les yeux rouges de boisson.

Lady Orwell le frappa sous la table, mais il continua, ne se souciant clairement pas de mettre en danger ses projets matrimoniaux.

— Lord Pasley n'est-il pas débordé en ce moment ? Ne devrait-il pas régner sur ses terres et permettre à quelqu'un d'autre de détenir le titre de Mage de la Cour ?

— Et qui avez-vous à l'esprit pour ce poste, Lord Orwell ? demanda le roi comme s'il ne connaissait pas la réponse.

— J'ai plusieurs héritiers qui entretiennent la maison Orwell, alors les terres ont une protection amplement suffisante en mon absence. Ce n'est pas vraiment une question de capacité magique quand vous y pensez. Quand était la dernière fois qu'un puissant mage a réellement tenu ce rang ou celui de – Ah ! glapit-il quand le vin du gobelet de sa femme tomba sur ses genoux.

— Pardonnez-moi, mon cher, c'était un accident. Je vais immédiatement réparer mon erreur !

Cynthia agrippa le bras de son mari et le tira hors de son siège avec peu d'effort.

— Je n'avais pas fini !

Lord Orwell tenta de gagner du terrain sur le sol de marbre, mais sa femme ne montra aucune pitié.

La vue de Sebastian se focalisa sur le plafond, contemplant combien de temps il faudrait pour que la nouvelle que le mécontent Lord Orwell avait presque publiquement insulté la Reine, et un ancien Premier Chevalier se répande.

— D'autres questions concernant la raison pour laquelle j'évite de sortir avec eux en public ? chuchota-t-il à ses frères et sœurs.

— Aucune, répondit Kevin. Je me croyais insensibilisé aux emportements de Père, mais c'était embarrassant, même pour moi.

Kraven regarda solennellement son assiette pleine.

— Je ne me marierai jamais.

— Promets de prendre le nom de famille de ta femme et peut-être qu'elle t'acceptera, suggéra James dans un murmure afin que Démétrius et Pratchett ne puissent pas entendre.

— Tu n'as pas à faire quelque chose d'aussi drastique, dit Ophélia alors que ses yeux laiteux prenaient une teinte légèrement bleutée.

— Vraiment, Ophélia ? demanda-t-il avec un sourire tremblant.

— Oui, alors ne t'inquiète pas au sujet de Père et Mère se ridiculisant. Bastian, pouvons-nous parler quand tu auras un moment ?

Les yeux vides d'Ophélia se tournèrent vers son plus jeune frère.

— Fais-moi appeler quand tu auras fini de manger. J'ai perdu l'appétit, répondit-il.

SEBASTIAN FRAPPA doucement à la porte d'Ophélia. Elle s'ouvrit et sa sœur, vêtue de son noir habituel, recula pour le laisser entrer. Le lit à baldaquin était richement décoré de lavande et le bois était d'un profond rouge cerise.

— Tu as de la chance que Mère n'ait pas mis le nez dans tes affaires.

Les pieds de Sebastian glissaient sur les sols fraîchement cirés.

— Si elle voyait cela, elle te ferait probablement changer de chambre.

Sebastian caressa le motif à volutes autour des fenêtres et trouva des Feys délicatement sculptées entre les rabats.

— Un point en sa faveur, murmura-t-il.

— S'il te plaît, souviens-toi que ta chambre est plus grande que la mienne, dit Ophélia.

— Je peux éviter le sujet en prétendant que le roi est à blâmer.

— Il abordera cette question un autre jour. Jusqu'à présent, je ne prévoyais pas de dommages dans l'avenir de Kraven, mais les actions de Père t'affecteront plus que les autres.

Ophélia tendit la main, cherchant le lit, et s'assit gracieusement sur le bord. Elle tapota la surface douce afin que Sebastian la rejoigne. Il s'assit et elle posa sa tête sur son épaule.

— Ma vision est floue, mais j'ai vu des ennuis. Je vois deux hommes se battre avec toi, mais je ne peux pas voir leurs visages ou le résultat.

— S'il te plaît, pas un autre duel ! gémit Sebastian.

— La vision est apparue plus sombre. Je pense que tu dois conserver un œil sur Père.

— J'ai compris cela tout seul ce soir. Pourquoi ne peut-il pas être heureux avec ce qu'il a ? Il vit dans une superbe maison, un peu rustique sur les bords, mais qui serait en meilleur état s'il dépensait son argent à bon escient.

Sebastian se laissa tomber sur le dos et se frotta les tempes.

— Je suis désolée que ton voyage annuel ait été interrompu. Je sais que nos frères pensent que tu es fou de rejeter les aises du roi, mais je sais aussi combien il est important pour toi de passer du temps loin de nous.

Elle le fit taire quand il tenta de protester.

— Tu nous aimes, y compris nos parents, plus que tu ne l'admettras, mais tu as trop de responsabilités. Tu es épuisé à la fin de l'année. Aussi, tu rends visite à Harold dès que Père et Mère sont forcés de s'occuper de moi quand les gens remarquent leur négligence.

Ophélia posa deux doigts sur les lèvres de son frère quand il essaya à nouveau de bouger.

— Tu as besoin d'espace et cette année, moi aussi.

— Parce que tu contactes Lord Pasley à travers les miroirs, dit Sebastian, sachant qu'il avait raison.

— Oui, je ne voulais pas que l'un de mes casse-pieds de frères et sœurs s'en mêle. Je dois rester à la maison pour ma sécurité, mais pas parce que je suis impuissante. Je souhaiterais qu'aucun de vous ne me traite en tant que tel, avoua Ophélia.

Sebastian se redressa, surpris de la douleur dans ses paroles.

— Nous ne pensions pas à mal. C'est seulement les choses horribles qu'ils font aux devins, comme leur retirer les yeux. Je ne suis pas en colère que tu parles avec Lord Pasley.

Ophélia haussa un sourcil, son regard laiteux semblant se concentrer sur lui.

— Tu es une prophétesse. Je suis en colère, car tu as gardé le secret.

— Vas-tu parler de nous au Prince Turren ?

— C'est un pétrin totalement différent et difficilement un secret à cause de cet idiot impertinent.

— Et tu n'es pas tenté le moins du monde de poursuivre plus qu'un baiser ?

Sebastian regarda sa sœur, et, en dépit du manque de couleur, ses yeux brillaient d'espoir. Il ne savait pas si c'était pour lui ou pour elle, mais il n'avait pas le cœur de lui dire le même mensonge qu'il racontait aux autres.

— Si, un peu, murmura-t-il. Je voulais rester dans le déni encore quelques semaines de plus, puis, te le dire.

— Voilà pourquoi nous nous entendons si bien. Nous avons tous les deux les mêmes stratégies, gloussa Ophélia, et Sebastian enroula ses bras autour de son cou, comme il le faisait quand il était un petit garçon.

— Pourquoi penserais-je que tu es impuissante ? Tu es la personne la plus forte que je connaisse ; je suis celui qui a toujours besoin de toi.

Sebastian la serra un peu plus fort au moment où un coup sec ébranla la porte.

— Entre, Diana, l'appela-t-elle.

Diana passa la tête par la porte.

— Le prince te cherche, Mère hurle toujours après Père dans leur chambre, et devinez qui vient d'arriver avec quatre démons se faisant passer pour des humains ?

Ophélia gémit, Sebastian se laissa retomber sur le dos, tenant un oreiller sur son visage.

— Quand tu auras fini de t'étouffer avec, pourrais-je te l'emprunter ? demanda Ophélia.

— ALICE, CHÉRIE !

Cynthia embrassa légèrement les joues de sa fille alors que son mari se tenait à côté, l'air penaud. Sebastian se sentit presque désolé pour lui, mais cette fois-ci, son père méritait d'être arrêté.

— Sebastian, j'ai entendu comment tu avais bravement combattu les assaillants du prince au péril de ta vie. Je devais venir voir de mes yeux que tu étais sain et sauf.

L'étreinte qu'elle lui donna fut ferme pour son public, mais ne contenait aucune affection. La petite stature d'Alice ne pouvait pas l'écraser, ce qui ne l'empêcha pas d'enfoncer ses serres dans son dos.

— Quelle surprise, chère sœur. Je te vois à peine à la maison, mais tu réussis à faire tout ce chemin quand nous sommes les invités du roi.

Les ongles d'Alice creusèrent plus profondément, mais Sebastian l'ignora, remarquant qu'un bout de sa progéniture s'éloignait de sa meute et se faufilait dans le couloir.

— Tu es si méchant, Sebastian ! Ne te moque pas de ta sœur aimante ! rugit la voix d'Alice dans un simulacre de gaieté.

Sebastian rit avec autant d'enthousiasme que possible et gifla de bon cœur le dos de sa sœur, si fort qu'elle en trébucha. Ses yeux vert foncé étincelant sous sa frange blonde le menaçaient de tous les enfers s'il continuait à être impoli en public. Le visage d'Alice se tordit, sa bouche s'ouvrit pour cracher une suite de mots indigne des oreilles décentes quand il sourit et pointa le doigt derrière elle.

— Au fait, May vagabondait pendant que tu me saluais et…

Comme fait exprès, ils entendirent le bruit d'une armure s'écrasant au sol.

— Je crois que c'était près de la salle du trône.

Les yeux d'Alice s'écarquillèrent d'horreur et sans une insulte d'adieu, elle attrapa ses jupons jaunes brodés de blanc et partit après son enfant aventureux. Bien sûr, elle oublia les trois autres laissés près de son mari ébouriffé. Comme à chaque fois, Sebastian eut pitié de l'homme.

— Elle t'a fait chevaucher non-stop au cas où elle manquerait sa chance de dîner comme les rois.

Mernon sourit timidement, ce qui le rendit moins banal.

— C'est à peu près cela.

James arriva et serra la main de l'homme.

— Prends quelque chose à manger et repose-toi. Nous surveillerons les enfants. Va aux cuisines et dis-leur que tu es le beau-frère de Sebastian. Je suis sûr qu'ils vont te combler d'un repas chaud.

— J'apprécierais beaucoup, James, merci.

Mernon se pencha pour parler à ses enfants.

— Votre gentil oncle va jouer avec vous quand nous aurons mangé et vous allez bien vous comporter, compris ? Ne vagabondez pas comme May l'a fait, dit-il à la petite fille et aux deux petits garçons laissés à ses bons soins.

KEVIN S'ÉCROULA au sol dans la chambre de James.

— Comment t'ai-je laissé me persuader de t'aider à garder les enfants ?

— Tu t'es amusé, avoue-le, le taquina James.

— C'était déprimant, dit Ophélia en époussetant sa jupe.

— Je pensais que tu t'étais amusée aussi, dit Sebastian.

— Je l'ai fait. Les enfants étaient des anges, mais ils sont comme nous. Des monstres sous le regard d'Alice et quand elle s'éloigne, ils sont si adorables que j'ai envie de les ramener à la maison avec nous.

— Ne dis pas n'importe quoi. Ils peuvent être adorables, mais j'ai dépensé plus d'énergie à les divertir que de me promener avec Harold.

Sebastian se balançait sur le dos d'une chaise près du lit de James.

— Alice était destinée à rendre ses enfants malheureux. En quoi est-ce surprenant ?

— Je pensais, et si Père était comme Mernon ? Gentil, prévenant..., expliqua Ophélia, mais Sebastian agita les mains en l'air.

— Aucun moyen dans cette réalité ou dans ce monde que notre père soit gentil. Je refuse de reconnaître qu'une telle chose est possible, affirma-t-il.

— Je suis d'accord avec Sebastian. Je ne me rappelle pas d'un jour où Père n'a pas été un imbécile, renchérit James.

— Mais si c'était possible ? Et si quand nous étions petits, Père avait été un homme compréhensif qui nous avait patiemment laissés l'épuiser tandis que Mère le réprimandait chaque jour ? demanda doucement Kevin.

— Il avait de bonnes qualités quand j'étais enfant, mais ce n'est pas Mère qui l'a conduit à être ce qu'il est aujourd'hui.

La voix de James avait perdu tout humour.

— C'était attribuable au fait qu'aucun de nous ne possède la magie que sa famille est réputée avoir. Il était amer au moment de la naissance de Diana, il a vu ses pouvoirs comme négligeables. Même Richard n'était pas suffisamment bon pour lui. C'est pourquoi il l'a laissé partir chercher la gloire pour redorer le nom de la famille. Puis Richard est mort et Père a commencé à prendre chaque affront infligé par le destin comme un préjudice personnel. Mernon semble être un homme honnête et noble, je doute qu'il s'avère être comme Père. Mère a toujours était Mère. Honnêtement, je ne la comprends pas.

— Vous êtes tous les quatre déprimants, dit Diana alors qu'elle ouvrait la porte sans même frapper. Mère veut savoir pourquoi seuls quatre de ses enfants se sont montrés à l'audience avec le roi dans sa bibliothèque. Elle m'a envoyée chercher son imprévisible progéniture.

Sebastian éternua.

— Je pense que mes aventures m'ont enrhumé. Je devrais me reposer pour la nuit.

— Malin, mais Mère m'a dit de te traîner devant ton prince amoureux que tu sois en bonne santé ou que tu craches du sang, ricana Diana. Bien sûr, cette partie a été chuchotée loin des oreilles du roi.

— Tu ferais mieux d'espérer qu'il t'aime, avertit Kevin. Mère semble déterminée à vous marier même si ta vie est en jeu.

— Ce n'est pas à elle de prendre cette décision. Faisons une apparition et finissons-en avec ça.

Sebastian balança ses jambes sur le côté et se leva pour suivre ses frères et sœurs dans ce piège romantique.

XI

La chaleur balaya le visage de Sebastian quand il pénétra dans la bibliothèque royale. Une cheminée éclairait la pièce et le roi était assis près des flammes, le capitaine à sa gauche. À sa droite, il y avait sa mère et derrière elle, ses frères et sœurs. Des doigts capturèrent son poignet alors qu'il se dirigeait vers une chaise vide.

— S'il te plaît, assieds-toi près de moi. Je te promets que je ne t'ennuierai pas.

Les traits du Prince Turren s'aiguisèrent tandis que ses yeux s'ajustaient à la lumière.

— Je suis désolé, mais...

Son refus fléchit quand ses frères et sœurs remplirent les derniers sièges. La seule chaise restante était près de Turren. *Merveilleux.* Il contourna les genoux du prince, mais réussit à piétiner quelques orteils. Il enroula fermement sa cape autour de son corps et s'assit de sorte qu'aucune partie de son anatomie ne touche Turren.

— Pour le bien de mes pieds, je pense qu'il est mieux que j'aille te verser un verre de vin, déclara Turren en se levant.

Il s'inclina devant Sebastian et se dirigea vers la table contenant différents vins et fromages.

Sebastian s'avoua que le dos paraissait aussi bien que le devant alors qu'il observait le pantalon bien ajusté qui s'accrochait aux muscles fermes de ses cuisses et de ses fesses. Il regardait si intensément que Turren s'interrompit en prenant la bouteille de vin.

Turren parcourut la pièce à la recherche du regard attentif qui lui picotait la nuque, mais personne ne le regardait. Il aurait pu jurer qu'il avait vu la tête de Sebastian se tourner vers le mur, mais il faisait trop sombre pour être sûr. Il retourna à sa tâche et remplit un second verre. Le court trajet jusqu'à sa chaise ne révéla aucun signe de nervosité prouvant la culpabilité de Sebastian à lorgner son physique. Aussi, il lui donna un verre et s'assit sans faire de commentaire.

— Merci.

Au moins, il est civilisé.

— De rien, Sebastian.

Il prit une gorgée, mais garda son verre suffisamment bas afin de le regarder boire. Aucune peau n'était à découvert, mais il écouta le bruit de sa gorge qui avalait.

— Tu es agréable ce soir, Turren. Ne me fixe pas.

— Il n'y a pas grand-chose de toi que je peux fixer. Je suis jaloux que ta famille sache ce qu'il y a sous ta capuche.

Turren posa son verre sur une table basse, l'une de celles qui étaient placées devant chaque groupe de chaises.

— Merci de m'avoir sauvé la vie, je suis désolé de mettre la tienne en danger.

— POURQUOI QUELQU'UN essaye-t-il de te tuer ? demanda Sebastian.

— Nous ne savons pas. Il n'y a eu aucun problème à Larnlyon dernièrement et j'étais en Anerith pendant plusieurs mois.

Turren se décala jusqu'à ce qu'il soit pressé contre l'intérieur de son siège.

— Y a-t-il quelqu'un en Anerith qui ne veut pas que le pays se remette sur pieds ?

Les yeux de Sebastian commençaient à s'épuiser, alors il suivit l'exemple de Turren.

— Très peu de personnes qui ne soient pas déjà en prison ou morts.

— Je te suggère de trouver le coupable avant qu'il n'y ait une autre tentative.

Turren sourit en prenant un morceau de fromage.

— Es-tu inquiet pour moi ?

— Succession, guerre civile, nous avons déjà couvert le sujet.

— J'espérais que tu commençais à tenir à moi.

Sebastian ouvrit la bouche pour exprimer un reproche, mais il vit sa mère lui faire signe d'encourager le prince d'un air furibond. Il tourna la tête afin qu'elle ne soit plus dans sa vision périphérique.

— Tu étais…

Il recula précipitamment, car Turren bougea la tête en même temps, leurs bouches à présent trop proches à son goût – même sous la capuche.

— Je me demande si je pourrais te voler un baiser, murmura Turren.

— Je devrais te casser le nez une seconde fois, grogna Sebastian.

Le sourire de Turren réapparut avec l'insinuation évidente qu'un baiser vaudrait bien la douleur.

— La ferme.

Sebastian en aurait dit plus, mais un grain de raisin rebondit sur sa tête. Il regarda en direction du missile et leva les yeux à l'intention de sa mère, Alice lui adressant un regard horrifié. Il bougea et dirigea son regard vers Kevin, qui faisait sauter un grain de raisin dans sa bouche. Une main glissant sur sa capuche ramena son attention sur son insistant prétendant.

Turren haussa les épaules.

— Tu étais distrait, un homme doit toujours tenter sa chance.

— Vous vous êtes développé en un très beau jeune homme, Votre Altesse, intervint Lady Orwell. Des projets de mariage maintenant que vous êtes rentré ?

— Je suis encore jeune, Lady Orwell, mais si un homme honnête et exceptionnel attire mon attention, je ferai tout pour en faire mon mari.

— Je vous souhaite bonne chance pour trouver un tel homme, Votre Altesse.

Lady Orwell adressa un sourire rayonnant à son plus jeune fils tout en coulant un regard noir à Démétrius, qui parut soudainement intéressé par leur conversation.

— Je suis sûr qu'un comte expérimenté dans la gestion de ses terres correspondrait parfaitement, Votre Altesse, dit Sebastian en prenant une bonne gorgée de son vin, avalant la dernière goutte.

— Ce n'est pas le rang qui fait qu'un homme sera digne de régner à mes côtés, Sebastian. Cela demande de la force, de la bonté et le courage de me dire que j'ai tort.

— C'est une bonne chose que je ne puisse être accusé que du dernier, marmonna-t-il entre ses dents.

— Tu as poussé un homme blessé que tu n'appréciais pas sur un cheval et l'as ramené aux portes de Trellium, où ma condition aurait pu te valoir une exécution. Tu as ces trois traits et plus encore, Sebastian, chuchota-t-il, puis il ajouta à voix haute à l'intention de la mère de Sebastian. Je suis désolé d'avoir été grossier. Nous étions en désaccords sur quelques points fastidieux, je ne voulais pas ennuyer une dame. Nous en avons fini avec la discussion que je souhaitais soulever. Mon père et moi avons convenu que la famille royale devrait donner un bal en l'honneur de mon sauveur.

Sebastian observa l'expression de Démétrius se remplir d'espoir au son du désaccord et retomber au mot *sauveur*. *Sa détermination à épouser la royauté est triste.*

— C'est trop, Votre Altesse. Tout sujet aurait fait de même.

— Idioties, répondit le Roi Harris. Je le soutiens chaudement. Notre peuple penserait que je suis radin si je ne vous remerciais pas correctement, je fournirai des vêtements dignes de la royauté à votre famille. Comment pourriez-vous refuser, sire Orwell ?

Son amour de la vie aida Sebastian à se mordre la langue et contenir sa réponse initiale.

— Vous êtes un dirigeant plein d'égards, Votre Majesté. J'en suis honoré.

Sa voix respirait la sincérité, le Prince Turren fronça les sourcils.

— As-tu quelque chose derrière la tête ? chuchota-t-il.

Sebastian se redressa et parla clairement.

— Bien sûr que non. Je suis impatient d'aller au bal, je savoure l'idée de rendre mes parents fiers.

Le visage de Lady Orwell était une beauté calme pour le Roi Harris, mais il se transforma lentement en un masque qui ne pouvait cacher la menace de malheur futur si son fils sabotait leur nuit en faveur du roi.

SEBASTIAN VENAIT de placer deux cartes à jouer sur le lit d'Ophélia quand une série de coups secs sur la porte brisa sa concentration.

— C'est le Prince Turren, Mademoiselle Orwell. Puis-je entrer?

Ophélia ramassa les cartes tandis que Sebastian rampait sous les couvertures. Elle mit les cartes dans son corsage et tâta la chaise où elle avait jeté son tricot. Attrapant ses jupons, elle se laissa tomber sur les coussins et ajusta sa posture jusqu'à ce qu'elle soit l'incarnation du gardien ennuyé.

— Je vous en prie, Votre Altesse, entrez, répondit-elle modestement.

Sebastian leva les yeux au ciel, mais garda son corps allongé, singeant l'homme malade. Il toussa misérablement quand la porte s'ouvrit. Sa fausse toux devint réelle quand le Prince Turren salua gracieusement ses frères et sœurs dans une robe couleur saphir qui effleurait un pantalon en cuir noir moulant. Les boutons de sa chemise blanche étaient des saphirs sertis d'argent. Sebastian se demanda pourquoi Turren s'était entiché d'un ronchon vêtu d'une cape dont il n'avait jamais vu le visage.

— Ma Dame.

Le prince souleva la main d'Ophélia et l'embrassa doucement, suscitant un sourire de sa traîtresse de sœur. La relâchant lentement, il se concentra sur son invité immobile.

— Sire Orwell, j'étais inquiet quand votre frère m'a dit votre soudaine affliction. Je pensais qu'il était de mon devoir de vous rendre visite au lieu de danser en votre absence. Dois-je vous apporter un repas du banquet?

— Inepties, Prince Turren. Allez vous amuser.

Sebastian baissa sa voix pour ajouter à sa liste de symptômes.

— Voulez-vous un peu de thé? Votre voix semble... rauque, demanda le prince aussi poliment que ses précédentes paroles, mais la tension crispa ses épaules quand il se pencha plus près de Sebastian.

Ce dernier abandonna son ton affecté et parla normalement.

— Non merci, Votre Altesse. Je préférerais me reposer ce soir.

— Si vous le dites, mais les couvertures d'Ophélia semblent trop légères pour quelqu'un d'aussi malade que vous.

Le prince souleva les couvertures et fit courir ses doigts sur le drap sous Sebastian.

— Ça ne marchera pas.

Ses doigts se resserrèrent sur le tissu et il tira aussi fort qu'il put, renversant Sebastian dans ses bras avec un cri étonné.

— Vous êtes trop faible pour ne pas manger et puisque la force vous manque, je vais devoir vous porter jusqu'au banquet.

Turren s'accrocha à son colis qui se débattait contre son torse et fit un signe de tête à Ophélia, dont le visage n'avait pas tressailli au cours des évènements.

— Tu aurais pu me prévenir! cria Sebastian en luttant contre son ravisseur, mais il était trop foutrement grand et fort pour avoir l'avantage.

— Cela n'aurait pas fait de différence, dit calmement le prince en sortant de la chambre.

— Repose-moi, bon sang!

— Une telle vigueur retrouvée! Je dois faire ce qu'il faut si tu récupères si rapidement.

Il réajusta son paquet.

— Comment se fait-il que je puisse te toucher?

Sebastian était lui aussi curieux de le savoir. Il jeta un regard suspicieux au prince de sous sa capuche.

— À quel point es-tu puissant comparé au cousin du roi?

— Je possède plus de magie que Frederick. Il affirme que je serais un mage légendaire si je ne passais pas autant de temps sur les affaires du pays. Je pouvais à peine te toucher avant, alors pourquoi cette question maintenant?

Le Prince Turren tourna dans le couloir en direction des escaliers.

— Tu es en colère contre moi et tu suintes la magie. Ce n'est pas une surprise de la part d'un voyou inexpérimenté, grogna Sebastian quand Turren sauta en bas des marches comme s'il ne pesait rien.

Domestiques, Lords et Dames se mêlaient au bas des escaliers. Sebastian enfonça ses doigts dans le cou de Turren et le prince stoppa sa descente.

— Un problème, sire Orwell? demanda-t-il innocemment tout en regardant la foule qui ne les avait pas encore remarqués.

— Je descendrai de mon plein gré si tu me poses sur mes pieds.

— Mais tu es faible, il est de ma responsabilité de veiller sur toi.

Le visage du prince se plissa, mais ses bras ne faiblirent pas.

— Si tu me promets une danse, je considérerai cela comme une preuve de ton rétablissement.

— Tu me dois la vie, tu…

Sebastian laissa sa phrase en suspens quand il repéra sa mère et Alice dans la foule.

Turren sourit d'un air narquois.

— Une danse.

Ils sont ennuyeux, mais au moins ils me laissent tranquille. Leur choc initial de l'avoir vu dans les bras du prince s'étant estompé, les dignitaires étrangers s'éloignèrent bientôt de Turren. Sebastian faisait tapisserie dans un bain de lumière magique blanche que reflétait le verre de leur enceinte en laiton. Les robes et les tuniques tourbillonnaient autour de lui comme un sort étourdissant, aussi gardait-il les yeux posés sur le vin bleu sombre dans son verre.

— Vas-tu rester assis toute la soirée ?

Sebastian releva la tête et regarda sa mère. *Je ne peux même pas l'insulter, car lui dire qu'elle est laide serait un mensonge flagrant.* Sa tenue était assortie à ses mèches blondes et de nombreuses personnes l'observaient avec admiration. Caspian Orwell était une épave en sueur et dégarnie, mais Cynthia appartenait à la royauté.

— Vous avez d'autres fils et filles, Mère, répondit-il en baissant à nouveau les yeux sur son verre.

— Tes frères et sœurs sont une cause perdue. À l'exception d'Ophélia.

Quand Cynthia s'assit près de son fils rebelle, il releva brusquement la tête. Ophélia dansait au bras de Lord Pasley, suivant chacun de ses pas.

— Ta sœur aveugle connaît son devoir et toi, tu ignores l'affection d'un prince.

Cynthia souriait joyeusement, mais sa voix était un sifflement bas.

— Si Ophélia se laisse courtiser, c'est parce qu'elle le veut, pas par devoir.

Sebastian finit son vin.

—Félicitations, Mère, votre plan fonctionne, dit-il en se levant. Je préférerais foncer dans l'antre d'un dragon plutôt que de passer un autre moment avec vous.

Diana semblait être activement captivée par d'autres apothicaires et guérisseurs, et Sebastian ne voulait pas éloigner Ophélia de son amusement parce qu'il s'ennuyait. Il flâna parmi les danseurs et le groupe d'hommes et de femmes conversant. Un groupe d'hommes de son âge se tut quand il passa près d'eux. Il leva le regard, tous les yeux étaient fixés sur lui. Il continua de marcher jusqu'à ce qu'un homme aux cheveux noirs se racle la gorge.

— Bonsoir, sire Orwell. Je vous remercie d'avoir sauvé le prince.

L'orateur inclina respectueusement la tête et les autres l'imitèrent avec moins d'enthousiasme.

Sebastian ravala sa première réponse et se décida à être aimable.

— Il aurait été dévastateur que Larnlyon perde le Prince Turren. N'importe qui d'autre dans la même position se serait montré à la hauteur.

— N'importe qui d'autre serait probablement arrivé à l'heure au bal donné en son honneur, dit un homme derrière le premier. N'êtes-vous pas d'accord, Comte Grenwish ?

— Les paroles de Lord Ulani revêtent une certaine pensée. Il n'est pas le seul qui croyait que vous pourriez ne pas vous montrer ce soir, mais j'étais certain qu'un homme issu d'une famille si estimée finirait par honorer cette salle.

Le sourire du Comte Grenwish ne faiblit jamais et sa sincérité n'était remise en cause que par ses mots.

Sebastian tourna sa capuche en direction du comte, sachant combien il avait l'air étrange.

— Pardonnez-moi, Comte Grenwish. J'accompagne ma sœur, Ophélia. Je pensais à tort que les gens de votre importance comprenaient les obligations familiales.

Il étendit les mains sur tout le groupe et ajouta gaiement :

— Mais ne vous inquiétez pas, mes *Lords*.

Il laissa le grincement de sa voix teinter le dernier mot.

— Vous recevrez votre héritage et vos terres indépendamment de votre capacité à gouverner ou de preuve que vous comprenez le mot *responsabilité*.

— Y a-t-il un problème ?

Sebastian regarda droit devant lui et ne prêta aucune attention à la présence du Prince Turren tandis que les autres hommes s'inclinaient.

Les joues du Comte Grenwish devinrent rouges de rage.

— Comment osez-vous…

Il fut interrompu par le prince levant la main.

— Sebastian n'a pas de comptes à vous rendre et si je trouve son comportement inacceptable, je m'en occuperai moi-même.

Le Prince Turren posa la main sur l'épaule de Sebastian.

— Il est mon héros et nous festoyons en son honneur. N'est-ce pas, sire Orwell ?

Le Prince Turren était tout ce que la jeune royauté se devait d'être, jusqu'au médaillon en argent autour de son cou avec lequel Sebastian voulait l'étrangler. *Je n'ai pas besoin d'être secouru !* Il laissa le silence gêné emplir l'espace jusqu'à ce que la troisième remarque dans sa tête semble la moins nuisible à sa liberté.

— Prince Turren… votre main.

Voilà, il l'avait dit sans cracher les mots.

— Ah, c'est cavalier de ma part.

Le Prince Turren la laissa retomber, imperturbablement, après l'avoir brièvement serrée.

— Voulez-vous une autre coupe de vin ?

Des dents blanches emplirent son champ de vision tandis que Turren se plaçait entre lui et les autres.

— Que faites-vous ?

— Je m'assure qu'aucune bagarre n'éclate durant le bal. Vos paroles peuvent être incendiaires et pas d'une bonne manière pour les autres, expliqua le prince.

— Je n'aurais jamais posé un doigt sur votre sauveur, Prince Turren. Je vous en prie, considérez-le en sécurité, peu importe combien nos paroles s'enflamment, dit le Comte Grenwish en s'inclinant de nouveau.

Les paroles du comte prirent Sebastian au dépourvu et il éclata de rire du plus profond de son ventre. De nombreux invités arrêtèrent de danser, ce qui le fit rire d'autant plus fort.

— Hum, Sebastian ? demanda le Prince Turren affichant sur son visage un mélange comique d'inquiétude et d'émerveillement. Tu vas bien ?

Sebastian prit une profonde inspiration.

— Je suis désolé, dit-il en exhalant. Je suis toujours en sécurité, que nous nous rencontrions en paroles ou… autrement.

Il s'esclaffa à nouveau.

— Il gèlera en Ohtil avant qu'un groupe choyé qui joue aux soldats ne pose un doigt sur moi sans saigner en premier.

Pendant un moment, le Comte Grenwish eut l'air de souhaiter de tout son cœur pouvoir reprendre son serment. Sous sa capuche, Sebastian souriait diaboliquement. Il tapota le dos du Prince Turren, plus fort que nécessaire, et observa les hommes crier leur outrage. Le sourire encore plus éclatant du prince faillit lui faire regretter son geste. Il écarta sa main, mais Turren l'attrapa.

— Turren, Sebastian.

Tout le monde, y compris Sebastian s'inclina devant le Roi Harris.

— Je suis content de vous trouver ensemble. Il n'y a pas assez de danseurs, j'espérais que mon fils et son invité d'honneur pourraient y remédier.

— Je ne suis pas un très bon danseur et je crois que ma mère m'appelle, mentit-il.

— Je viens justement de parler avec elle. Elle pensait que si vous n'étiez pas très à l'aise, Turren pourrait vous apprendre. Il vous doit la vie. Il est certainement en son pouvoir de donner une leçon de danse, suggéra le Roi Harris.

— Oui, je pourrais lui apprendre toute la nuit si je le dois ! s'exclama Turren.

Le Comte Grenwish haussa un sourcil, mais resta sagement silencieux.

— Le Prince Turren est trop important pour passer tout son temps avec moi.

— Mais vous êtes si ravi en sa compagnie que vous ne pouvez pas garder vos mains pour vous.

Le sourire du Roi Harris devint prédateur et Sebastian sut qu'il était piégé.

— J'ai été jeune moi aussi. Maintenant, filez les garçons.

Le Roi Harris ne laissa aucune place à l'évasion alors qu'il posait la main de Turren sur le poignet de Sebastian et les poussait en direction de la foule de danseurs.

— C'est de ta faute, tu as contrarié Grenwish, dit le Prince Turren tout en gardant Sebastian à une distance respectable.

— J'étais calme jusqu'à ce que tu décides de mettre ton nez où il ne fallait pas. Et cesse de me faire tournoyer ! dit Sebastian tandis que Turren le faisait tourner pour la troisième fois.

— Je ne peux pas m'en empêcher. Tu me donnes rarement l'occasion de te tenir dans mes bras.

— La raison du pourquoi ne m'échappe plus.

La musique ralentit et il adressa un signe d'avertissement de la tête quand Turren posa une main sur sa hanche.

Le prince haussa les épaules.

— Tu es un bon danseur, Bastian. Ta cape est la seule chose qui te démarque. Envisagerais-tu de l'enlever si tu étais sous ma protection ?

— C'est compliqué, répondit-il d'un ton mordant.

La main de Turren glissa hors de ses doigts et tira sur son bras afin de prévenir toute tentative d'évasion.

— Ne te surestime pas.

— Cela peut être simple, mais je ne suis pas fou. Si c'était facile, je connaîtrais davantage que la couleur de tes yeux. Je te le redemande, l'enlèverais-tu si tu étais sous la protection du futur roi ?

Turren abaissa ses lèvres près de son oreille. Son souffle le fit frissonner sous sa capuche.

— Si tu étais Prince Consort, Sebastian.

Sebastian ne voulut pas répondre, car il n'avait pas décidé si la cour de Turren était un véritable intérêt pour l'homme ou une admiration erronée qui ne s'était pas dissipée depuis l'enfance. Par ailleurs, il était difficile de réfléchir avec une main lovée au creux de son dos et le torse de Turren frôlant le sien. *Attendez…*

— Depuis quand es-tu si proche ?

Il tenta de se tortiller hors de portée de la prise de Turren, mais leur proximité le rendait difficile à accomplir.

— Bon sang, relâche-moi ! siffla-t-il.

— Chut. Les autres apprécient notre danse, tu devrais faire de même, conseilla Turren en le pressant plus fort contre lui, tout en ayant la décence de conserver la plus petite fraction d'air entre leurs membres inférieurs.

Sebastian fronça les sourcils et examina le reste de la pièce qui était devenue silencieuse et donnait au prince l'illusion d'intimité sur la piste. Sebastian était habitué au dégoût, à l'aversion, à la pitié, mais pas à l'émotion que traduisaient les sourires tendus sur les visages des seigneurs et des dames bien élevés : l'envie. Sebastian soupira et baissa la tête sur l'épaule de Turren.

— Tu vas me faire tuer, dit-il quand ses yeux se posèrent sur le seul véritable sourire dans la salle, lequel, bien qu'il soit magnifique, était le plus terrifiant de tous : celui de sa mère.

XII

SEBASTIAN NE repoussa pas le genou qui était appuyé contre le sien alors que Turren et lui triaient des tomes magiques et des artefacts.

— Ils t'ont laissé sortir tranquillement d'Anerith avec autant de trésors ?

— Les querelles sur leur territoire commençaient à éclater. Ils ne pouvaient pas se permettre une autre guerre civile.

Turren posa sa main sur le genou de Sebastian et s'interrompit quand ce dernier lui fit face.

— Tu es d'une humeur étrange aujourd'hui. Tu n'es pas fâché contre moi, mais tu n'es pas proche non plus. Pourquoi ?

Sebastian fit pianoter ses doigts sur le livre, mais il ne détourna pas les yeux du regard saphir.

— Je pense que je suis cruel avec toi.

Turren ferma le livre sur ses genoux.

— Méchant, cassant, mais pas cruel.

— Je ne parle pas de mon comportement en général, même si je dois admettre que je suis plus agressif que nécessaire. Non, je suis cruel, car je te donne de faux espoirs.

— Ils peuvent ne pas être aussi forts que les miens, mais je sais que tu as des sentiments pour moi.

— Ce n'est pas suffisant.

— Ce n'est pas grand-chose pour toi, Bastian, mais cela signifie autant pour moi que pour Larnlyon.

La détermination brillait dans ses yeux bleus.

— Ma famille n'interférera pas et je me fiche que tu ne sois pas un Lord ou l'aîné de ta lignée. Dis-moi la malédiction dont tu souffres, je la contrerai.

Sebastian recula et se leva.

— Je n'aimais pas que tu joues au chevalier quand nous étions enfants, je n'aime pas plus cela maintenant.

Turren se leva avec plus de grâce que Sebastian et croisa les bras.

— Peu importe ce que tu dis, je n'abandonnerai pas ma cour.

— Amitié ou rien, exigea Sebastian en s'éloignant quand Turren lui agrippa son épaule. Je rentrerai à la maison aujourd'hui, assassin ou pas, si ta réponse est autre chose que de l'amitié.

Sebastian regarda Turren laisser sa main retomber à ses côtés.

— Je veux ta réponse bientôt, Prince Turren. Ne te soucies-tu pas de mon bien-être ?

Turren s'inclina et prit la main de Sebastian.

— Je jure sur ma future couronne que j'obéirai à ta demande jusqu'à ce que tu me juges digne d'être plus qu'un allié et suffisamment fort pour être ton mari.

Il se redressa.

— Es-tu satisfait ?

Sebastian soupira.

— C'est acceptable, mais te servir de l'autorité de ton père ou du Capitaine Pembrost pour découvrir 'ma malédiction' est de la triche.

Turren inclina la tête.

— D'accord, tant que tu ne me refuses pas le droit de trouver ce dont souffre mon ami.

— Entendu.

Turren ne relâcha pas sa main après avoir scellé leur promesse.

— Tu peux me lâcher maintenant, dit Sebastian en retirant sa main de force.

Il la frotta contre sa cape afin d'oublier le contact de Turren et se dirigea vers la porte.

— J'ai besoin d'une pause, je reviendrai dans une heure.

Il s'enfuit dans le couloir et manqua d'entrer en collision avec un domestique qui leur portait leur repas.

— Pardon. Je vais vous prendre mon assiette et mon verre. Je vais manger dans ma chambre.

Sebastian lui prit des mains et un léger soupçon de lierre Mena lui chatouilla les narines. La senteur devint plus forte quand il leva son verre.

Sebastian leva les yeux vers le domestique et se baissa au sol au moment où une épée plongea dans la porte à l'endroit où était précédemment sa tête. Il tira aussi fort qu'il put sur le pantalon de son assaillant et recula à quatre pattes alors que l'autre homme tentait de remonter son pantalon. Sebastian ouvrit la bouche pour crier, mais l'assassin se jeta sur lui avec un poignard. Sebastian l'évita au moment même où la porte s'ouvrait brusquement. Turren se tenait dans l'encadrement, son épée à la main. Il se lança sur leur agresseur, mais l'homme cria un sort qui jeta le prince sur le dos. Des bruits de bottes s'entendirent dans le couloir, ce qui fit fuir l'homme.

Par l'enfer, aucune chance, connard. Sebastian chuchota vers une table en bois sur le chemin de l'homme et une plante lui attrapa les pieds quand il passa devant. L'assassin était allongé face contre terre, du sang formant une flaque sur le marbre.

— Ce qu'il m'a crié était de la magie Anerithienne, dit Turren alors qu'il se relevait et que les gardes du château accouraient dans le couloir.

— Il y a eu une autre attaque près de la librairie principale, dit le capitaine alors qu'il les rejoignait.

Il poussa Turren et Sebastian contre le mur pour avoir plus d'intimité.

— Ils ont essayé de prendre l'un des livres, mais j'étais à proximité, je les en ai empêchés. Que s'est-il passé ici ?

Turren resserra ses doigts sur son épée.

— J'ai vu une lame traverser la porte et j'ai couru aider Sebastian. J'ai tenté de l'ouvrir, mais elle était scellée par un sortilège.

— Puis il est arrivé en plein milieu et a failli se faire tuer, annonça Sebastian.

— J'étais préparé. J'avais lancé mon propre sort avant d'ouvrir la porte ou ce sortilège aurait fait bien plus que de me jeter à terre, contra Turren.

— Je ne comprends pas comment il a pu trébucher et tomber sur son poignard, se demanda le capitaine après avoir jeté un œil au corps.

— C'était une heureuse tournure des évènements, Capitaine. Vous devriez prendre comme une bénédiction le fait que le prince n'ait pas été blessé, déclara Sebastian, espérant qu'il cesserait de réfléchir à l'étrange mort de l'assassin.

— Une bénédiction.

Le capitaine plissa les yeux vers les jambes de meurtrier.

— Ou peut-être une intervention, murmura-t-il.

Sebastian suivit le regard du capitaine et aperçut une brindille enroulée autour d'une cheville.

Turren se tourna vers le corps et fronça les sourcils.

— Que voyez-vous tous les deux ?

— Rien. Le Capitaine Pembrost est fâcheusement efficace.

Sebastian adressa un dernier regard au corps, sachant qu'il n'avait pas eu d'autre choix que d'agir et chassa la culpabilité de son esprit.

— Toute cette excitation est fatigante, alors…

— Laissez-moi passer ! Mon fils est blessé ! se fit entendre la voix de Lord Orwell.

Le Roi Harris rabroua Lord Orwell :

— Nos deux fils sont sains et saufs. Pas besoin de vous donner en spectacle.

Ils relevèrent tous les trois la tête et virent Lord Orwell et le Roi Harris qui se tenaient l'un près de l'autre.

— J'aurais dû partir plus vite, gémit Sebastian.

— Sebastian !

Lord Orwell jeta un regard noir au roi quand les gardes leur bloquèrent le passage.

— Capitaine Pembrost, appela le Roi Harris.

— Cette zone est dépourvue de sort. Vous pouvez entrer en toute sécurité, Votre Majesté.

Les gardes s'écartèrent pour les laisser passer.

— Aah !

Sebastian fut piégé dans les bras de Lord Orwell, ses épaules se voûtèrent quand sa tête fut pressée contre le torse de son père. Il avait été formé par l'un des plus puissants mages de Larnlyon. Il pouvait réciter tout le livre des Secrets de Selene, repriser une plaie avec de la ficelle et une aiguille, tomber au sol et rouler pour éteindre son corps s'il était couvert de flammes, mais il était abasourdi par le fait que son père l'étreigne. Il enroula maladroitement ses bras autour de Lord Orwell et resserra l'accolade.

— Là, là, mon fils. Tout va bien, tu es en sécurité à présent.

Lord Orwell saisit les épaules de son fils et recula afin de fusiller Turren du regard.

— Pas grâce à lui ! Ça fait deux fois qu'il te doit la vie et que tu manques d'être tué.

Le Roi Harris fronça les sourcils en entendant cette accusation.

— Mon fils n'est pas responsable, mais je découvrirai qui l'est. Fred...

— Je suis là, Harris.

Le Mage de la Cour se pencha sur le corps, examinant les tatouages sous la tunique de l'assassin.

— Vous avez de la chance d'être en vie, tous les deux, dit-il alors qu'il relaissait tomber le tissu et se relevait.

— Un meurtrier aguerri, entraîné à Jesaro, à première vue.

Lord Orwell prit une vive inspiration.

— Rassemble tes frères et sœurs. Nous partons.

Sebastian cligna des yeux.

— Je doute...

— Silence, fais ce que je te dis ! tonna Lord Orwell.

Habituellement, Sebastian restait sur ses positions, mais son père transpirait, il pouvait presque sentir la peur s'échapper de lui.

— Tout de suite, Père.

— L'ASSASSIN N'A pas réussi et le Roi Harris a rappelé tous ses magiciens au château. Je ne vois aucune raison de partir, dit Lady Orwell en attrapant le sac dans la main de son mari.

Lord Orwell le jeta dans la calèche avec le reste de leurs biens tandis que son épouse fixait d'un air sombre le château dont ils abandonnaient le riche confort.

— Nous pourrions ne pas avoir d'autre chance comme celle-ci. Pourquoi la gâches-tu ?

Lady Orwell bloqua la porte de la calèche de son corps tandis que les enfants Orwell les observaient avec des expressions mêlées d'embarras et de colère.

— Pourquoi devons-nous partir aussi ? pleurnicha Alice en s'asseyant au sommet de son chariot avec son mari et ses enfants.

— Une plainte de plus et je vous montrerai que bien que ma magie ait presque disparu, je sais comment m'en servir efficacement.

Les pupilles de Lord Orwell se dilatèrent et sa famille se tut.

— Il a vraiment l'air menaçant, chuchota Kevin à James.

— Il a peur. Faisons ce qu'il dit pour le moment, nous découvrirons la vérité plus tard, chuchota James en retour.

— Pour l'instant, mais ce connard et moi allons avoir des mots quand nous arriverons à la maison, promit Diana d'un air grave.

Les yeux de Lord Orwell se durcirent sur son plus jeune fils et Sebastian se demanda ce qu'il avait fait de mal jusqu'à ce que des doigts forts serrent son avant-bras.

— Je voulais te dire au revoir, dit Turren avec un sourire timide, et, ignorant le regard noir de Lord Orwell, il entraîna Sebastian à l'écart.

Celui-ci soupira.

— Comme un ami me souhaitant un bon voyage?

— Pour le moment.

Sebastian secoua la tête.

— Tu as le choix parmi la royauté et tu choisis un homme avec une famille à l'esprit embrouillé. Je crains pour l'avenir de Larnlyon si tu ne prends pas de meilleures décisions.

— Si tu n'as pas de sentiments pour moi, je renoncerai à te faire la cour et te laisserai vivre en paix.

— Sais-tu que tu frottes ton pouce sur ta cuisse quand tu mens? demanda Sebastian.

Turren sourit.

— Cela répond à ma question. Un homme désintéressé ne l'aurait jamais remarqué.

Turren glissa ses doigts sur le poignet de Sebastian.

— Tu as une invitation permanente au château en tant qu'invité personnel du prince, alors s'il te plaît, n'attends pas des années pour me rendre visite à nouveau.

— J'imagine que c'est plus sûr que d'attendre que tu sois de nouveau poignardé. Très bien, je te reverrai dans un mois ou deux quand je viendrai voir Harold – en tant qu'ami.

— Je te remercie. Au fait, as-tu vu sur quoi a trébuché l'assassin? Ça m'a tracassé toute la journée.

— Non. Je dois partir avant que les gardes pensent que mon père essaye de te maudire.

Sebastian tourna le dos à Turren et espéra que son inquiétude au sujet de leur amitié n'était pas justifiée.

— Pourquoi voyageons-nous de nuit? se plaignit Lady Orwell. Cela n'a aucun sens si tu es inquiet pour notre sécurité.

— Une nuit dans les bois est plus sûre qu'au château, dit Lord Orwell sans détourner ses yeux de la route.

Sebastian écouta sa mère se plaindre à son père durant toute la première moitié du voyage, mais Lord Orwell resta obstinément sec. Il entendit Ophélia grogner derrière lui et tourna la tête pour voir Kraven qui l'aidait à retrouver son équilibre.

— Père, l'allure est trop rapide, lui reprocha James.

— Nous devrions nous reposer, suggéra Kevin.

— Non, répondit Lord Orwell en secouant la tête. Nous allons ralentir, mais nous ne nous arrêterons pas.

— Si vous étiez inquiet, nous aurions dû prendre les gardes que le Roi Harris nous avait proposés.

Lady Orwell fit impatiemment courir une main dans ses cheveux, qui avaient été défaits durant leur difficile trajet.

— Sebastian a sauvé la vie du prince, le roi lui a donné une escorte dans la ville. C'est tout. Le roi n'a plus d'obligations envers nous, nous n'aurons plus rien à faire avec lui à partir de maintenant. Nous avons fait notre devoir, dit fermement Lord Orwell.

— Je n'ai pas souvenir que ce soit votre décision, déclara Sebastian.

— C'est parce que tu es le plus stupide de mes enfants, remarqua Lord Orwell.

Sebastian renifla.

— Je…

Du moins, il eut l'intention de parler, car hormis cela, aucun son ne sortit de sa bouche. Il inspira et expira lentement, gardant son sang-froid et essayant de ne pas révéler sa magie en déplaçant le sortilège. Diana toucha sa main qui tenait les rênes et sa voix revint dans un couinement.

— Père, c'était rude, dit Ophélia.

— Alors, ne répondez pas à vos parents. Assez, vous tous. Nous discuterons quand nous serons sortis des bois, loin des oreilles indiscrètes.

C'est ainsi que Lord Orwell mit un terme à la dispute.

XIII

— CE CONNARD nous évite, dit Diana alors que le jour tombait. Il n'a rien dit la nuit dernière, mais s'il croit que je vais le laisser s'en sortir comme ça une deuxième fois, il fait erreur.

— Bois ton thé. Tu n'as pas besoin de plus de rides, conseilla Lady Orwell. Comment se fait-il que tu aies plus de rides que moi ? Les gens se demandent toujours si *tu* es *ma* mère.

— James, pourquoi as-tu laissé Père s'enfuir pour acheter une fichue table ? demanda Diana en ignorant sa mère.

— Je ne l'ai rien laissé faire du tout. La table de la cuisine était cassée quand je suis descendu et il m'a poussé un pot de potion inachevée dans les bras. Je n'étais pas assez stupide pour le laisser tomber afin de pouvoir lui courir après. Quelle était cette potion d'ailleurs ? grommela James.

— Une potion de prédiction, répondit Lady Orwell tandis qu'elle touillait le sucre dans sa tasse.

— Pourquoi ne peut-il pas se servir d'un miroir comme tout le monde ? demanda Kevin.

Leur mère continua de mélanger, mais ne répondit rien.

— Tu as besoin d'un gros pot de potion quand tu cherches quelque chose de lointain ou quelqu'un qui ne veut pas être trouvé.

Diana sourit doucement à leur mère.

— Habituellement, une personne avec ce genre de potion ne cherche rien de respectable.

— Oui, l'amertume va certainement t'ajouter des rides, gronda Lady Orwell à Diana.

Cette dernière plissa les yeux vers sa mère.

— Vous savez, je pense que vous marquez un point.

— Démétrius et Pratchett ont attrapé du poisson, dit joyeusement Ophélia alors qu'elle descendait bruyamment les escaliers.

La porte s'ouvrit et ils entrèrent, apparemment pas surpris que leur arrivée ait été attendue. La cuisine négocia une paix temporaire et Sebastian aida à nettoyer le poisson avec ses autres frères qui n'avaient pas capturé leur souper.

— ALLEZ-VOUS TOUS me fixer pendant que je mange ? demanda Caspian Orwell tout en levant sa fourchette à sa bouche.

Il était entré d'un pas lourd peu de temps après que le poisson avait été cuisiné et partagé.

— Diana dit que vous utilisez des sortilèges contestables, dit Pratchett sans aucun égard pour le morceau de poisson encore dans sa bouche.

Lord Orwell leva les yeux au ciel.

— Il n'est pas contestable, mais rarement utilisé de nos jours.

— Nommez-nous un magicien respectable qui l'a utilisé récemment ? demanda Diana avant d'écarter la question d'un geste de la main. Peu importe, dites-nous ce que vous faites.

— Où est Alice ? demanda leur père en reposant sa fourchette et tendant l'oreille à la recherche de bruits de la couvée indisciplinée de sa fille.

— Elle a laissé les enfants courir dehors afin de préserver sa santé mentale.

Lady Orwell sortit une pipe de son corsage et claqua des doigts à l'attention de Diana.

— Il y a des allumettes dans les placards.

Diana s'appuya contre le mur de la cuisine et haussa un sourcil.

Lady Orwell fouilla à nouveau dans sa poche, en retirant un sac. Elle en fit tomber un morceau dans sa pipe et leva les yeux au ciel.

— S'il te plaît, Diana.

Diana se repoussa du mur et s'avança en direction de sa mère. Elle tendit la main et Lady Orwell lui donna sa pipe.

— Pourquoi avez-vous une pipe enchantée alors que vous vous servez toujours de votre magie ? demanda Diana après avoir chauffé le fourneau et redonné la pipe.

— Les apparences sont tout, cela me fait mal que tu ne comprennes toujours pas la nécessité de te donner un toit au-dessus de ta tête.

Lady Orwell inhala profondément et expira un nuage vert dans l'air.

— Je commence à me demander si ces nécessités ne vont pas mettre une corde ou une hache autour du cou de Père, marmonna-t-il.

— À l'exception de quelques cas de chantage, j'ai respecté les serments de mon maître, dit Lord Orwell. Je n'étais pas assez fou pour m'attarder quand ils ont commencé à planifier des crimes capitaux.

James s'affaissa et prit sa tête dans ses mains.

— Je crois que je n'ai pas envie d'être là.

— Père n'est pas parfait, mais c'est un homme bon quand il le faut, dit Ophélia en posant une main sur l'épaule de Lord Orwell.

Celui-ci tapota la main de sa fille et gloussa.

— Oui, j'ai fait ce qu'il fallait il y a bien des années. Cela pourrait mener à notre mort à tous.

— Il n'y a aucune raison pour que tu viennes me chercher comme une enfant turbulente, résonna la voix furieuse d'Alice dans toute la maison.

— Je ne voulais pas vous interrompre, Mernon et toi. Aïe ! cria Kevin.

— Espèce de salaud, hurla Alice.

Les cris des enfants emplirent l'entrée et Lady Orwell se frotta les tempes.

— Cesse d'embêter ma femme, Kevin, demanda calmement Mernon.

Lord Orwell regarda autour de la table de la cuisine, puis en direction de l'entrée.

— Pourquoi en avons-nous autant ?

Avant que ses fils et ses filles ne puissent riposter, il cria :

— Alice, envoie tes enfants à l'étage et ramène Mernon dans la cuisine avec toi !

Plusieurs plaintes s'élevèrent des neveux et nièces de Sebastian, mais Alice les fit rapidement taire et emmena ses enfants récalcitrants à l'étage. Quelques minutes plus tard, elle entra dans la cuisine, Mernon et Kevin sur son dos.

— Nous sommes tous rassemblés pour entendre vos crimes, Père, dit-elle tandis que son mari dégageait deux chaises d'une pile bloquant la fenêtre.

— Certains de mes crimes, corrigea Lord Orwell.

— Si tu es offensée, Alice, rien ne t'empêche de sauter dans ta carriole et de rentrer chez toi, dit Lady Orwell en se levant.

Elle se dirigea vers les placards pour en sortir des tasses, James se leva pour l'aider.

Quand deux carafes de vin furent vides et de nombreux verres pleins, Lord Orwell prit une profonde inspiration et commença son récit.

— Nous étions quatre chez Maître Uvel. Il n'était plus dans la fleur de l'âge depuis des années, mais avait décidé de continuer à enseigner malgré tout. Une erreur de sa part, un avantage pour nous. Aucun autre magicien ne pensait que j'étais digne d'être pris sous son aile, et les trois autres ont pu apprendre la magie sans que leur professeur sache quel genre de monstres ils étaient. Féroas était du genre conformiste, il s'est fait avoir par la mélasse de Trenton comme tout le monde. Dalia était une meurtrière, alors elle n'a pas eu besoin de beaucoup de persuasion. Mais moi, Caspian Orwell, dont les ancêtres ont vendu la plupart des terres familiales et perdu beaucoup de leur magie, je me suis avéré être celui qui disposait d'une conscience.

Il fixa son verre qui était toujours étonnement plein et le mit de côté.

— Après la mort de Maître Uvel, ils ont offert nos services au plus offrant. Ils ont aussi explicitement dit que bien que j'aie peu de pouvoir, ma présence était obligatoire.

— Ensuite, votre magie a commencé à s'affaiblir ? demanda James.

106

— Non, j'ai fait semblant que ma magie faiblissait, ricana Lord Orwell. Seul un fou aurait rejeté son gagne-pain, alors ils m'ont cru.

Tous ses enfants le regardèrent, choqués, tandis que Lady Orwell sirotait son vin.

— Tout ce fichu temps, votre magie fonctionnait très bien ! s'exclama Démétrius en pointant son verre dans la direction de son père, renversant presque des gouttes sur la chemise de Kraven.

— Qu'en est-il de cet hiver il y a trois ans, quand la carriole est tombée en panne ? Et cette fois où j'ai effrayé ce stupide sconse, Tren, et que tu as dit que tu ne pouvais rien faire pour me débarrasser de l'odeur ?

— Tu portais suffisamment de vêtements et tu n'aurais pas dû l'embêter, répondit Lord Orwell en haussant les épaules.

Démétrius bondit de sa chaise, mais Kraven et Diana le saisirent par les bras.

— Vous êtes un connard inutile ! Je parie que vous mentez ! Vous n'êtes rien qu'un vieil homme fini qui peut à peine exécuter des tours de salon ! Trenton est celui qui vous a laissé tomber. Vous n'êtes pas mieux que quiconque !

— Je suis suffisamment intelligent pour ne pas être en compagnie des hommes et des femmes qui ont probablement essayé de tuer le Prince Turren, dit patiemment Lord Orwell. Je me demande pourquoi le destin n'est pas intervenu et m'a laissé tant d'enfants attardés. Je doute que beaucoup d'entre vous aient pris la même décision.

— La sobriété fait des merveilles sur votre intelligence. Prévoyez-vous d'en faire une habitude ? demanda Sebastian.

— Pour le moment, soupira Lord Orwell. Si je ne remets pas d'ordre, nous pourrions être entraînés dans ce gâchis que nous le voulions ou non. Trenton sait que je suis à Larnlyon, il n'est pas stupide. Restons loin du château et du Prince Turren.

— Nous ne pourrons pas éternellement éviter le Roi Harris. Cela nous ferait paraître encore plus suspects, fit remarquer sa femme.

— La sécurité de notre famille l'emporte sur notre ascension sociale, ma chère.

— Êtes-vous sûr qu'il s'agit de Trenton ? demanda Sebastian.

— J'ai conservé un œil sur lui depuis la dernière fois qu'il a passé notre porte. Au vu des derniers évènements en Anerith, je m'attendais à ce qu'il bouge, confia Lord Orwell.

— Je commençais à vous respecter, vieil homme. Êtes-vous en train de suggérer que nous ne fassions rien et que nous nous cachions ? demanda Kevin.

— Euh…

James cligna des yeux.

— J'allais poser la même question.

— Je suis pour vivre discrètement et laisser la famille royale gérer cela elle-même, mais vous savez qui a attaqué le Prince Turren. Quel genre de foyer aurons-nous si Turren meurt et que notre pays tombe dans la guerre civile ? demanda Kevin.

— Trenton est plus puissant que Lord Pasley et la Reine Anne. Qui a une chance contre lui, d'après toi ?

La question de Lord Orwell rencontra le silence, il étendit ses mains sur la table.

— Aucun membre de cette famille ne s'approche du château ou il nous mettra tous en danger.

James leva son index.

— Pourquoi dissimuler votre magie tout ce temps ? Trenton a-t-il cessé de s'occuper de vous ?

— Remarques-tu que tu as vécu presque quarante ans et que c'est la seule fois où nous avons à nous inquiéter de mes anciens ennemis ? demanda Lord Orwell.

— Vous dites cela comme si c'était quelque chose dont on devrait être fier, dit James.

— Ça l'est, sourit Lord Orwell. Me faire passer pour un magicien inoffensif et fini est ma plus grande escroquerie.

Il s'adossa à son siège.

— À présent, puisque je vous ai dit la vérité, ingrats, je m'attends à votre entière obéissance.

— POURQUOI OPHÉLIA ne l'a-t-elle pas vu ? demanda Sebastian à son père quand ses frères et sœurs furent partis dormir.

Sa mère était dehors à couper du bois. Son père était toujours assis à la table, caressant sa coupe de vin.

— Cela fait des siècles, mais elle n'est pas la première médium à apparaître dans ma lignée. Je connais quelques trucs pour échapper à ses visions et Ophélia respecte ma vie privée la plupart du temps.

— Voir dans le cœur des autres. D'une certaine manière, votre magie est une copie plus faible de celle d'Ophélia. Que savez-vous ? demanda Sebastian, se tenant près de la chaise de son père.

— Tu dois continuer à cacher ta magie jusqu'à ce que Trenton soit hors du pays. Je te dirais bien de dormir dans le lit du prince si cela pouvait diminuer ton désir, mais tu as toujours été le plus sensible.

— Vous êtes un odieux, odieux vieil homme, dit Sebastian. Pourquoi les gens pensent-ils que vous êtes faible ? Que Trenton l'admette ou non, il a besoin de votre magie.

— Mon don est commun, la seule chose qui me différencie des autres est que j'ai eu un meilleur professeur, répondit Lord Orwell en haussant les épaules. Si Trenton me croyait puissant, il m'aurait tué depuis des années. Ne revois pas le

Prince Turren. Tu as déjà choisi ta famille auparavant. Tout ce que je te demande est de vivre ta vie comme si tu n'avais jamais sauvé le prince. Il n'est rien pour nous ; tu mettrais Ophélia en danger. Il est exactement le genre de personnes de qui je la protège, nous n'avons pas besoin de son attention sur nous.

— Nous savons tous les deux que vous vous servez d'elle comme excuse.

Sebastian ne laissa pas son père le culpabiliser.

— Très bien, tu te soucies de lui. Mais pourquoi devrions-nous être tués pour ton désir ?

— Pourquoi mériterait-il de mourir ? Afin que nous puissions nous tapir ? contra Sebastian. C'est un homme bon, que se passerait-il si Trenton réussissait ? Il n'est pas question du trône. Trenton est après lui pour une raison qui a quelque chose à voir avec Anerith. En savez-vous plus ?

— Mon vieil ami a joué un rôle en persuadant l'ancien roi, Alchone, de tuer ses propres parents.

Sebastian ôta le verre d'entre les doigts de son père. Il termina le vin en quelques gorgées.

— Était-il celui qui les a transformés en pierre ?

— Non. Ce genre de sortilège est davantage pour punir que pour tuer. Ce n'est pas le style de Trenton d'ailleurs. J'ai toujours pensé que c'était un magicien entretenant une vieille rancune qui avait sous-estimé le pragmatisme et les compétences d'Alchone avec un marteau.

Sebastian se lécha les lèvres.

— Si je vous demande si vous savez quel magicien a commencé tout ce gâchis, me répondrez-vous franchement ?

— Non.

— J'aurais dû savoir que votre puits d'honnêteté se tarirait tôt ou tard. Je resterai loin du prince à une condition…

Lord Orwell leva le menton et jeta un regard noir à son fils rebelle.

— Non.

— C'est à prendre ou à laisser.

— Tu iras tout raconter à ce maudit sorcier. Ce sont les affaires de la famille, Sebastian !

— Ce ne sont pas mes affaires de laisser des innocents mourir. Vous me permettez de le dire à Harold ou je rejoindrai le château dès ce soir.

— Aucun contact avec le prince ?

— Aucun.

Sebastian reposa le verre vide sur la table.

— J'aimais mieux quand tu n'avais pas d'amis.

Lord Orwell renversa le verre de la main.

— Je ne vis que pour vous plaire, ainsi qu'à Mère.

— Ah ! Je suis surpris qu'un tel mensonge ne t'étouffe pas.

Sebastian plissa des yeux vers Lord Orwell, observant la forme de ses mains et sa chevelure dégarnie. *Totalement normal jusqu'à la taille de ses ongles, mais je sais que ce n'est pas la vérité.*

— Qu'êtes-vous?

— De quoi parles-tu maintenant? demanda son père.

— Vous esquivez, vieil homme. James et Kevin sont les seuls à pouvoir soulever ce pot de potion quand il est plein. Je supposais que leur force anormale venait de Mère.

Sebastian inclina la tête en direction de Lord Orwell.

— Mais quelque chose m'a toujours dérangé chez vous deux. En dépit de toutes vos fautes, je sais que vous vous aimez, alors pourquoi cela ne dérange-t-il pas Mère d'avoir épousé un humain avec une durée de vie plus courte?

Lord Orwell haussa les épaules.

— Ta mère est une femme ouverte d'esprit.

Sebastian sourit.

— Un jour, vous ferez une nouvelle gaffe.

Il tourna le dos à son père.

— Faites de mauvais rêves, vieil homme.

XIV

— TRENTON KEYES ? demanda Harold alors que Sebastian et lui plaçaient un nouvel arrivage de livres sur les étagères.

— As-tu déjà entendu parler de lui ?

— Arrogant, puissant, rien qui ne sorte de l'ordinaire en ce qui concerne des magiciens à la recherche de gloire. Je n'en savais pas beaucoup sur lui quand il était à Larnlyon, mais les rumeurs de ses crimes en Anerith sont arrivées jusqu'ici. Il y a si longtemps que je ne l'ai pas vu que j'avais oublié que lui et ton père avaient eu le même enseignant.

— Pourquoi n'est-il pas emprisonné avec les autres magiciens du Roi Orsen ?

Harold enleva ses lunettes et sortit un mouchoir de sa veste. Il souffla sur les verres et les essuya.

— Trenton aimait déléguer. Il a plaidé sa cause, disant qu'il ne faisait qu'obéir aux ordres d'Orsen pour rester en vie. Quand celui-ci a tué les autres candidats au trône et a volé la couronne, Trenton a dit qu'il était trop terrifié pour s'opposer à lui.

— Ils ont avalé ça ?

Sebastian mit en rayon les autres romans et tira une autre pile à ses côtés.

Harold soupira.

— Non, bien sûr, mais l'homme est habile pour se débarrasser des témoins. Il n'y avait aucune preuve et le nouveau gouvernement ne voulait pas arriver au pouvoir avec comme premier acte, un emprisonnement sans preuve. Cela n'aide pas la situation que Trenton ait accumulé une petite armée au fil des ans, principalement de Larnlyon. C'est en partie pourquoi le Roi Harris est intervenu dans la guerre et a accepté d'assumer la responsabilité de Trenton.

— Et maintenant, il envoie ses sbires pour tuer le Prince Turren. Le Roi d'Anerith aurait pu au moins orchestrer un accident, grogna Sebastian.

— Tu oublies l'armée personnelle de l'homme ?

— C'est probablement une bande de mercenaires à la recherche d'argent et de pouvoir. Tuez le chef de file et ils se disperseront, affirma Sebastian.

— L'amour te rend assoiffé de sang.

Harold secoua la tête et poursuivit son rangement.

Sebastian se remit sur pieds.

— Je vais aller ouvrir la porte, car il est évident que tu as besoin d'air frais.

Harold agita la main.

— C'est ça, marine dans le déni.

Sebastian serpenta entre les piles de livres au sol, déverrouilla la porte et l'ouvrit avec un petit clic. Il répéta l'action, mais il n'y eut toujours que le silence. Il la ferma une troisième fois et rejoignit Harold dans la boutique.

— Ta cloche est cassée.

— Je la vérifierai plus tard. Que vas-tu faire au sujet de Prince Turren ? J'apprécie que tu me le dises, mais ces conditions que t'a imposées ton père sont ridicules.

— Je me suis occupé de la situation avec Turren. Nous sommes amis et il est d'accord avec ma décision.

Sebastian souleva le tissu de sa manche afin de voir les titres de l'étagère du bas.

— Ah, dit-il en localisant le bon endroit et faisant soigneusement de la place pour le livre.

— C'est plus pour t'amadouer jusqu'à ce que tu cèdes. Comment de temps crois-tu qu'il coopérera ?

— Aussi longtemps qu'il veut rester en contact avec moi.

Sebastian s'écarta d'Harold et mit une pile de livres entre eux.

Les lunettes d'Harold glissèrent sur son nez et il fixa Sebastian sans dire un mot.

— Tu es trop jeune pour montrer ce genre d'expression, se plaignit Sebastian, mais il déplaça les livres hors du chemin.

— As-tu des sentiments pour cet homme, oui ou non ?

La cape de Sebastian pesait sur ses épaules, bien qu'elle ait été enchantée pour être la moins lourde possible.

— En quoi est-ce important ?

— Oui ou non ?

Sebastian soupira.

— Oui.

Harold lui adressa un large sourire.

— Alors je t'aiderai à capturer ton prince et essayer de ne pas impliquer ta famille.

— Lord Bast ! Votre cloche est cassée ! leur cria Mr Jenkins.

Merci, vieil homme, votre timing est parfait.

— Je m'occupe des clients pendant que tu travailles.

Sebastian sauta sur ses pieds et espéra que Mr Jenkins pourrait le garder occupé toute la journée.

HAROLD ET Sebastian travaillèrent côte à côte, mais en fin d'après-midi, ils se trouvaient à différents étages.

— Sebastian !

— Que veux-tu ? cria-t-il en retour.

— Quatrième bibliothèque, mur du fond, sixième étagère, section du milieu, classeur bleu foncé !

Les yeux de Sebastian se plissèrent. *La section éducation sexuelle ?*

— Pourquoi ?

— Tes futurs besoins.

— J'ai été éduqué sur le sujet.

— J'en doute. Lis-le puisque les affaires se sont calmées. Il vaut mieux être préparé, l'avertit Harold.

Sebastian leva les yeux au ciel et se dirigea vers le livre.

— Je n'ai aucune raison d'être préparé. Pourquoi un livre sur les relations sexuelles masculines doit-il être aussi énorme ?

Il souleva le livre de l'étagère et manqua de le faire tomber. Il le transporta jusqu'au bureau d'Harold et s'y assit.

— J'en sais assez sur... oh ! Il est très... Harold ! Tu ne m'avais pas dit qu'il était imagé !

Il regarda brièvement par-dessus son épaule afin de s'assurer que la boutique était vide.

— Je ne commande pas de livres de second ordre, cria Harold. Kevin est prêt à répondre à toutes les questions que tu pourrais avoir si tu ne comprends pas les instructions.

— Quoi ?

— Ai-je oublié de mentionner que j'avais parlé à Kevin ?

— Oui, tu as oublié, magicien étourdi ! siffla Sebastian.

— Es-tu en colère ou t'étouffes-tu sur quelque chose ? Ta voix semble horrible, dit Harold en descendant les marches.

Sebastian se dépêcha de refermer le livre.

— En colère, définitivement en colère. Ça allait très bien quand les gens me laissaient tranquille, une maudite rencontre avec le Prince Turren et brusquement, tout le monde veut m'aider.

— Car sous cette attitude amère, ronchonne et mécontente, se trouve un jeune homme doux et innocent sur les chemins de l'amour.

— As-tu parlé à mon père ?

— J'espère que ta situation n'est pas aussi désespérée. Pourquoi demandes-tu cela ?

— Il m'a accusé d'être trop sensible pour un unique badinage avec le prince. C'est pourquoi il m'a interdit de le voir.

Les lèvres d'Harold se pincèrent, il avait l'air d'avoir avalé une grenouille.

— Je suis d'accord avec ton père.

— Ça a l'air vraiment douloureux. Peut-être que si tu cessais de t'inquiéter pour moi, tu ne serais pas dans une situation si désagréable. D'ailleurs, en quoi est-ce si spécial de coucher avec le prince ? Ou le sexe d'ailleurs ? Kevin a couché avec la moitié du village avant de trouver son mari, Luke. Si je couche avec le prince, il sera mon premier, je doute qu'il ait les compétences affichées dans ce livre, dit Sebastian en jetant un œil à l'intérieur du livre et le refermant aussitôt. D'accord, il est aussi bien doté.

Harold haussa les sourcils et Sebastian haussa les épaules.

— Il porte des pantalons si moulants qu'ils ne laissent aucune place à l'imagination et j'ai dû le porter sur son cheval. Peu importe, je suis un homme logique. Je devrais pouvoir satisfaire des besoins sexuels sans devenir émotionnellement absorbé.

— Avoir des sentiments avant l'acte complique les choses. Je t'en prie, ne m'oblige plus à me rallier à ton père, supplia Harold.

— Non. Tu as commencé cette stupidité, tu mérites de souffrir.

Sebastian laissa le livre sur le bureau pour se trouver d'autres tâches à faire. S'il le regardait encore une fois, il frapperait certainement cette fichue chose.

— Je me fiche de ce que toi ou mon père pouvez dire. Je suis parfaitement capable d'avoir des relations sexuelles avec le prince sans perdre l'esprit.

Sebastian contourna une bibliothèque et manqua de heurter une femme étrange, le Capitaine Pembrost et, bien sûr, le Prince Turren.

— Depuis combien de temps êtes-vous là?

— Hein? demanda Harold avant de s'avancer et de percuter Sebastian. Pourquoi tu… Ah. Bon, eh bien, je pense que je vais me retirer à l'étage.

Sebastian voulut étrangler son mentor pour l'abandonner ainsi, mais il tint bon.

— Assez longtemps pour entendre ce dont tu as besoin, répondit Turren. Je suis également prêt à tester ta théorie.

Si Turren avait été seul, Sebastian lui aurait dit d'aller se faire voir et l'aurait frappé avec sa magie. Malheureusement, il y avait des témoins et l'étrange femme possédait aussi la magie.

— Bonjour, Votre Altesse.

Sebastian passa devant eux, pinçant le prince en chemin, et il entendit la femme lui dire :

— Je pensais qu'il serait plus grand et plus effrayant.

Quand sa main toucha la poignée, Sebastian rugit :

— Harold, répare ta maudite cloche!

XV

— EST-IL TOUJOURS là? demanda Sebastian alors qu'il enfournait des biscuits saupoudrés à la cannelle dans sa bouche.

— Oui, et il commence à faire sombre. Ne crois-tu pas qu'il soit triste qu'un homme adulte se cache dans mes jupons? demanda Margaret.

— La honte est une émotion inutile.

Sebastian la regarda mesurer les ingrédients pour sa fournée du lendemain.

— Cela te plairait-il qu'Harold entre et entende la plupart de tes secrets avant que tu aies eu la chance de les explorer toi-même?

— Je me sentirais horrible et espérerais que quelqu'un me sorte de ma misère ou...

Margaret essuya la farine sous la capuche de Sebastian.

— Un ami intelligent me dirait que j'ai été stupide et que je dois face à mes peurs.

— Parles-tu d'expérience?

— Malgré toutes les leçons que nous t'avons données, pourquoi le tact est-il si dur à comprendre pour toi?

— J'ai promis de l'éviter.

— Tu ne peux rien y faire, c'est lui qui est venu à toi. Si le prince reste dehors, cela ne fera qu'attirer davantage l'attention alors, charge-toi de lui.

Margaret s'essuya les mains et guida Sebastian vers la porte.

— Il a patiemment attendu tout ce temps à l'extérieur. Ce n'est pas une mauvaise personne.

— Très bien, cependant si les choses se passent mal, je t'en tiendrai pour responsable, promit Sebastian.

Il carra les épaules et quitta la boulangerie.

— Turren, ça fait une semaine, annonça-t-il au prince, qui était assis devant la Brassel's Buns'n Meat et mangeait un morceau de pain d'où tombaient des lanières de porc.

Turren déglutit.

— Tu n'as pas précisé combien de temps devait s'écouler avant que je te revoie.

Sebastian leva les yeux au ciel.

— Tu mémorises tout ce que je dis comme un avocat de la cour.

— Je pense qu'un procès serait plus simple à gérer que toi.

115

— Il y a une solution à cela.

— Que tu acceptes ma proposition, proposa Turren sans hésiter.

— Que tu reconsidères ton étrange toquade, le corrigea Sebastian.

Turren inclina la tête et fit semblant d'y réfléchir.

— Non, répondit-il. Surtout pas après avoir entendu tes projets me concernant. Tu n'as aucun droit de me dire que *je* suis cavalier, Sebastian.

— C'étaient des scénarios présentés pour indiquer mon état d'esprit.

— En tant qu'homme instruit, je pense que la mise en œuvre de ton hypothèse est le meilleur moyen d'en découvrir l'aboutissement.

— Tes penchants émotionnels fausseraient les résultats.

— Mais, mes émotions ne devraient pas avoir d'incidence sur l'expérience si tu es certain que tu peux survivre à…

Le Prince Turren regarda autour de lui, ils n'étaient pas les seuls sur les bancs.

— Un rendez-vous avec moi, finit-il diplomatiquement. Il serait plus facile d'avoir cette conversation si tu étais assis. Rejoins-moi, s'il te plaît.

Sebastian jeta un œil à la place vide devant le prince et croisa les bras.

— Je n'ai pas de nourriture et c'est gênant pour moi de regarder les autres manger.

Turren fouilla dans son sac et en sortit un objet cylindrique enveloppé de papier.

— La propriétaire a dit que tu préférais ceux au poulet basilic.

— Tu es un connard préparé, je dois te l'accorder, dit Sebastian.

— L'amour est la plus grande des guerres, je ne suis pas assez fou pour me présenter sans armes à une bataille.

— Tu viens de te référer à moi une fois en tant que procès, une autre en tant que guerre, songea Sebastian alors qu'il tendait la main et attrapait l'autre emballage. Ta cour n'est pas très flatteuse.

Turren cligna des yeux.

— Me donnes-tu la permission de te dire des mots doux ?

Sebastian fronça les sourcils.

— Honnêtement, ta façon de penser m'embrouille.

— Ça ne me dérange pas tant que tu ne fasses pas marche arrière.

Sebastian lui fit signe de la main.

— Je suis curieux d'entendre cela moi-même. Poursuis ta cour.

Quel genre de timbré croit qu'il y a des mots pour séduire un homme capé ? Peut-être mon ombre est-elle très séduisante…

Turren se racla la gorge.

— Il y a tellement de manières de te déclarer mon amour, mon doux Sebastian. Ta voix est comme le crissement d'une abeille apportant la vie dans mon monde. Tes yeux sont comme les feuilles qui protègent les boutons de rose, forts, se refermant sur tout ce qui tombe sous leur regard et moi, un prince, ne suis pas immunisé contre leur pouvoir. J'aimerais que ta cape m'enveloppe alors que nous sombrons dans une étreinte amoureuse, je disparaîtrais en toi.

Turren se pencha vers lui et lui releva le menton.

— Le plus séduisant est ta connaissance. Aiguisée, mais suffisamment malléable afin de ne faire sentir personne comme imbécile, mais tolérer les moins talentueux.

Il rapprocha Sebastian, qui agrippa la table pour se stabiliser.

— Tu es plus doué que je m'y attendais, mais je ne ressemble pas à une abeille, murmura Sebastian alors que les lèvres de Turren s'avançaient vers lui.

Il s'arrêta au bord de sa capuche et inhala profondément.

— Mais tu sens aussi bon que le miel.

— Ce n'est pas une bonne raison pour vouloir ce que tu ne peux pas voir.

— Ça l'est pour moi.

Turren se pencha et l'embrassa.

Toute activité sur la place du marché cessa. Turren tira Sebastian par-dessus la table, qui se retint à lui pour ne pas tomber.

— Malgré ton éducation royale, les limites sont cruellement ignorées, murmura-t-il avant qu'une langue exploratrice emplisse sa bouche.

L'hésitation de leur premier baiser avait disparu, Turren pressait Sebastian contre lui, se décalant afin qu'il s'appuie sur lui pour se soutenir. *Pourquoi doit-il être sincère à propos de tout? Pourquoi est-ce stupide que je m'abandonne à lui?* Ignorant son sens commun et son instinct de survie, Sebastian enroula un bras autour de la nuque de Turren. Sécurisant ses jambes sur le banc, il fit courir sa main sur sa chemise et l'écouta gémir.

La prise sur le bras de Sebastian se relâcha. Turren l'avait pourchassé de ville en ville comme un chiot, et comme un chiot, il était promis à des leçons d'obéissance. Sebastian glissa une main le long de la ceinture du prince, passant brièvement son pouce dessous. La peau se contracta, puis Turren attrapa sa taille. Anticipant la réaction, Sebastian recula ses hanches sans rompre leur baiser et il lui saisit la main dans une prise ferme. Turren grogna dans sa bouche ce qui le fit sourire. *Peut-être le chiot obtiendra-t-il plus de moi s'il tente de me supplier.* Bien que le contrôle du baiser lui ait été enlevé, Turren ne renonça pas à essayer de le tirer sur la table. *Cela va faire une charmante histoire à raconter à Mère.* Sebastian entendit l'un des villageois crier son nom, mais sa promesse était déjà rompue, alors en quoi le bon sens importait-il?

Sebastian détendit ses doigts et se laissa tirer vers Turren, mais une explosion provenant de la magie du prince le heurta en pleine poitrine. La force l'envoya au sol au moment où une lame frappait la table là où il était étendu. Turren dégaina son épée à temps pour parer l'attaque suivante de l'assaillant. À droite de Sebastian, Mr Jenkins lui criait de s'éloigner et de laisser le prince combattre jusqu'à ce que La Garde arrive, mais encore plus d'ennemis apparurent. *Je ne peux pas rester assis à ne rien faire.* Il leva la main et fit appel à sa magie, réveillant toutes les plantes sous eux assez fortes pour lutter contre les humains. Quand il ouvrit la main, rien ne se passa. Toute la magie se trouvait en lui, mais elle ne se libérait pas. Il essaya à nouveau, il y eut une étrange réverbération contre un mur bleu et translucide qui scintilla brièvement en sa présence. *Ce connard m'a mis sous un sort de protection.* Il se leva et ne put faire que trois pas dans chaque direction.

— Vous pouvez protéger votre amant, petit prince, mais vous ne pouvez pas protéger tout le monde, dit l'un des assaillants avec une cicatrice lui couvrant le visage.

Le stand d'un marchand de lances, avec des charbons brûlant sur de multiples grilles, vola dans les airs en direction des spectateurs.

Sebastian maudit Turren de l'avoir piégé, sa colère se transformant en peur quand le prince leva les bras, ignorant ses adversaires. Les projectiles s'arrêtèrent, mais les assaillants du prince utilisèrent sa position ouverte à leur avantage et lancèrent leurs épées sur lui. La lame du premier agresseur saisit Turren sous le bras, mais la pointe de l'arme s'arrêta au moment où elle violait la chair tandis qu'une lame brûlante tranchait le cou de l'assassin. La tête tomba, le sang jaillissant de la blessure mortelle. Sebastian fixa l'étrange femme qui accompagnait un peu plus tôt Turren.

— Oh, non, dit-il. Ça ne peut pas être elle.

La magie de l'épée flamboyante dissipa l'illusion autour de son possesseur et la Reine Anne enfonça sa lame dans un autre assaillant, les cheveux noirs dont avait hérité son fils flottaient derrière elle tandis qu'elle tuait son ennemi. La foule applaudit tandis que la mère et le fils se battaient dos à dos. Sebastian se couvrit le visage de ses mains et gémit :

— Pourquoi cela m'arrive-t-il ? Tout ce que je voulais était une vie normale et tenir une librairie. Était-ce trop demander ? s'adressa-t-il aux cieux.

Les acclamations redoublèrent et Sebastian regarda à nouveau la scène. La Reine Anne et le Prince Turren souriaient et s'étreignaient au-dessus des assassins morts au combat.

— Ce fut beaucoup moins discret que je l'espérais, dit le Capitaine Pembrost derrière lui.

— Cela vous dérangerait-il de demander à Son Altesse de me libérer ? suggéra-t-il.

— Comme vous le souhaitez, sire Orwell. Prince Turren !

Le prince se tourna et il regarda un Sebastian très en colère.

— Pardonne-moi, dit Turren alors qu'il agitait la main vers lui et lui rendait sa liberté. Je n'aurais pas pu me battre si tu avais été en danger.

— Il ne t'est pas venu à l'esprit que j'aurais pu être utile, imbécile ?

— Mais, Sebastian, tout le monde sait que tu ne possèdes pas de magie, dit Turren en souriant sereinement.

Sebastian eut envie de fracasser le visage qu'il venait d'embrasser seulement quelques minutes auparavant. *Au diable, lui et sa mère*, pensa-t-il alors qu'il tournait les talons et se rendait tout droit chez Harold. Ce dernier se tenait près de Margaret quand Sebastian passa devant le dépôt d'affichage.

— J'aurais dû savoir que ces deux-là auraient nettoyé tout ce désordre avant même notre arrivée, dit Harold en souriant et secouant la tête.

Sebastian lui jeta un regard noir.

— Tu aurais pu me prévenir qu'elle était là aussi.

Margaret croisa les bras.

— Ne sois pas en colère contre nous. Elle est trop puissante pour être sentie à moins qu'elle ne veuille être trouvée. C'est son épée que nous avons sentie plus que toute autre chose.

— À présent, tout le monde va répandre cela dans tout ce fichu pays alors que j'essaye d'éviter d'attirer l'attention.

Harold échangea un regard avec Margaret.

— À ce sujet.

Il mit la main dans sa poche et en sortit un miroir.

— Ton père vient d'ouvrir une connexion.

Sebastian grinça des dents et leva les yeux vers le ciel.

— Au diable ce prince excité et au diable mon connard de père !

Harold cligna des yeux.

— Humn j'ai dit que la connexion était ouverte, il peut t'entendre.

Sebastian fit face à Harold.

— Je sais.

XVI

— C'EST UN voyage d'affaires. Ne te laisse pas distraire par des livres, ne t'enfuis pas chez ce sorcier et si le Prince Turren tente à nouveau de t'allonger sur un banc, pour l'amour du ciel, dis-lui non, dit Lord Orwell à son fils tandis qu'ils traversaient les salles du château en direction de la bibliothèque royale.

Sebastian n'avait aucune idée de ce que mijotait le vieil homme. Cela n'avait aucun sens de l'emmener alors que son père lui avait crié dessus durant des semaines après l'incident du marché. *Il manigance quelque chose.*

— Quel est le but de ma venue ici ?

— La plupart de tes frères et sœurs n'ont pas les connaissances pour m'aider et Diana…

Lord Orwell frissonna.

— Je refuse d'être enfermé dans une pièce avec elle pendant des jours.

— Je doute qu'elle en ait été heureuse.

— Et bien que tu ne sois pas le plus plaisant du lot, tu peux garder la bouche fermée au lieu de babiller toute la journée.

Sebastian secoua la tête.

— Pourquoi avez-vous autant d'enfants quand vous pouvez à peine nous supporter ?

— Je viens de te faire un compliment alors, ne débite pas des choses que tu as entendues dans la bouche de James.

— Ce n'était pas un compliment et nous nous sommes tous posé cette question au sujet de vous et Mère.

Lord Orwell leva les yeux au ciel.

— Alors c'est de ça que vous discutez quand vous êtes enfermés dans l'une de vos chambres. Il y a l'évidente réponse de la luxure, mais je pense que tu préféreras que je garde ces détails entre ta mère et moi.

— Grands dieux, oui, je vous en prie, supplia Sebastian.

— Ensuite, il y a une réponse philosophique, que franchement, aucun de vous n'a encore méritée.

— Je vous demande pardon ?

— J'attends que l'un d'entre vous me pose les bonnes questions.

— Du genre pourquoi m'avez-vous traîné ici alors que vous avez menacé de brûler tous mes livres si jamais je revoyais le prince ? Vous devenez de moins en moins mystérieux, Père, j'en découvrirai la raison.

— Tu penses pouvoir découvrir mes motivations ?

Lord Orwell pressa l'épaule de son fils.

— Mon garçon, tu te donnes beaucoup trop de crédits.

Il ricana, relâcha Sebastian et s'avança vers les doubles portes protégées par des gardes armés.

— Je trouverai les manigances de ce connard et les frotterai sur son visage rougeaud et suffisant, marmonna Sebastian tandis que les gardes ouvraient les portes afin de les faire entrer dans la bibliothèque royale.

Ils furent accueillis par des piles de livres entassées haut sur le sol et les tables. Les étagères à proprement parler étaient plus grandes que la plupart des maisons.

— Pour une fois, je ne vais pas me plaindre que la royauté dépense à l'excès.

— Oui, les livres sont l'une des rares possessions dont on n'a jamais assez, dit un étranger vêtu d'une robe verte qui s'approchait d'eux. Je suis Lord Piadas, ambassadeur en Anerith. J'aurais souhaité être rappelé à la maison dans des conditions plus heureuses.

— Mon père m'a révélé le strict minimum concernant la raison de notre venue ici, fit remarquer Sebastian.

— C'est de mon fait, répondit le Roi Harris en pénétrant dans la pièce, ses gardes refermant les portes derrière lui. J'ai exigé la discrétion pour cette mission et je vous remercie, Lord Orwell, de ne pas en avoir discuté avec votre fils.

— Les enfants ne sont pas supposés questionner leurs parents, alors ce n'était pas un inconvénient, dit Lord Orwell.

Sebastian ouvrit la bouche afin de mettre en doute chaque fichue chose au sujet de Lord Orwell, mais il aperçut une lueur dans ses yeux. Ne désirant pas se voir à nouveau ôter la parole, il resta silencieux.

Le Roi Harris indiqua les tables et le sol recouverts de livres.

— Quelque chose parmi tous ces livres pourrait nous donner un indice quant aux raisons pour lesquelles ces assassins en ont après Turren.

Sebastian fronça les sourcils.

— Pourquoi la réponse serait-elle dans l'un de ces livres ?

— Nous avons des raisons de croire qu'un solide suspect a feuilleté ces livres avant qu'ils ne soient livrés à Larnlyon, expliqua Lord Piadas.

— Un solide suspect ? demanda Sebastian.

— Cette information ne te concerne pas, l'informa Lord Orwell. Notre travail est de chercher quelque chose qui pourrait être interprété comme une description du prince relatif à une prophétie ou à sa magie.

— Et vous pensez que me garder dans l'ignorance sur la personne qui a ordonné sa mort ne me gêne pas ?

Sebastian croisa les bras.

— Et que voulez-vous dire par trouver un passage décrivant le prince ? Arrogant, tape-à-l'œil, doué avec une épée, puissant et de sang royal. Ce pourrait être n'importe quel élu magique parmi une douzaine de livres et cela, seulement s'ils font état du sexe.

Lord Orwell leva les yeux au ciel.

— La raison pour laquelle nous avons été convoqués ici est que le roi pense que nous sommes assez intelligents pour écarter les fausses pistes.

— Mais il marque un point, dit le Roi Harris. Je ne peux pas demander à Sebastian d'aider et ne rien lui dire.

Il fit un signe de tête à l'ambassadeur.

— Allez-y, expliquez-lui le reste.

— Nous soupçonnons également que ce passage parlera d'un objet appelé le Cœur de Lumière, annonça Lord Piadas. C'est un trésor disparu durant la guerre, son existence est un secret pour mon peuple. S'il vous plaît, ne partagez cette information avec quiconque.

— À l'exception d'Harold, précisa le Roi Harris.

— J'aurais dû le savoir, soupira Lord Orwell. Vous êtes allé le voir d'abord.

— Le fait que je vous convoque après Harold est un grand honneur, Lord Orwell, dit le Roi Harris. Je gaspille votre temps, commencez, je vous prie.

Il laissa les trois hommes et les portes furent à nouveau scellées.

— Je suis surpris que vous ne vous souciiez pas du Prince Turren, dit l'ambassadeur. J'ai trouvé qu'il était un homme remarquable en Anerith.

Lord Orwell se mit à rire.

— Je vois pourquoi le roi m'a envoyé chercher. Vous n'êtes pas très doué pour voir l'évidence.

Il indiqua la droite de la table.

— Sebastian, tu commences ici, je prendrai l'autre côté. Vous pouvez vous occuper des livres sur le sol, dit-il à l'ambassadeur.

En dépit de l'attitude de son père, Lord Piadas ne prit aucune de ses remarques à cœur et ne fut pas curieux au sujet de la cape de Sebastian. Ce dernier présuma que le roi l'avait averti de son mauvais caractère, même si la curiosité de la plupart des gens dépassait son besoin d'intimité.

— Avez-vous un intérêt particulier pour les langues anciennes, Sebastian ? Peu de gens dans mon propre pays parlent l'ancien Anerithien, dit l'ambassadeur.

— J'ai appris les langues basées principalement sur les livres que je lis, répondit Sebastian.

Il y eut un fort raclement de gorge à l'autre bout de la table.

— Mon père a également insisté afin que je les apprenne.

Lord Piadas sourit, mais n'ajouta rien.

Plusieurs heures plus tard, la porte s'ouvrit à nouveau et Frederick entra dans la bibliothèque avec un plateau de nourriture.

— Hmmm, *bragada*. Sa Majesté peut être courtoise quand il le faut, dit Lord Orwell.

— Avez-vous trouvé quelque chose, Messieurs ? demanda Frederick.

— Des souvenirs de seconde main qui parlent d'une amulette qui brille comme le jour, mais pas de prophétie, expliqua Sebastian. J'avoue qu'il y a moins d'histoires d'*élu* que je ne le pensais au départ.

— L'un de vous sait-il quand la pierre a été vue pour la dernière fois? demanda Lord Orwell à Frederick et à l'ambassadeur.

— Quelque temps avant que le Roi Orsen soit tué, répondit Lord Piadas. Nous pensons qu'elle a été sortie clandestinement du pays par l'un de ses magiciens.

— Alors votre suspect est l'un d'eux? demanda Sebastian.

— Votre père a raison – vous ne devriez pas vous préoccuper d'une spéculation si dangereuse, dit Lord Piadas. Il serait impoli de ne pas profiter de cette bonne nourriture.

Lord Orwell se hâta d'attraper son assiette comme si elle allait disparaître. Sebastian secoua la tête et tendit la main vers le plateau, mais Frederick le battit et lui tendit son assiette. Il la prit, un métal froid touchant sa paume. Il garda l'assiette devant lui, glissant l'objet sous sa cape tandis que Frederick distrayait Lord Orwell en bavardant.

SEBASTIAN ÉTIRA ses mains au-dessus de sa tête alors que la lumière magique revenait à la vie sur plusieurs bougeoirs de la bibliothèque.

— Il est temps pour nous d'aller nous coucher, dit Lord Orwell.

— J'ai aussi besoin de repos, répondit Lord Piadas. Je n'avais aucune idée qu'il était si tard.

— Le temps passe rapidement quand vous ne trouvez rien, ajouta Sebastian.

Frederick renifla.

— Ce n'est pas si surprenant. Nous n'avons lu qu'un quart des livres. Je ne pensais pas qu'il y en avait autant.

— Peut-être aurons-nous plus de chance dans la matinée, dit Lord Piadas. Bonne nuit, mes bons messieurs, puisse notre jour prochain avoir de meilleures bénédictions.

Il bâilla et fit un signe de tête aux autres hommes qui se dispersaient.

Quand Lord Orwell et Sebastian furent seuls à l'extérieur de la chambre de Sebastian, son père croisa les bras.

— Je vois que le prince héritier a réussi à te donner la même extravagance.

— Je suis son sauveur, répondit Sebastian.

— Il serait préférable que tu l'oublies. Souviens-toi de ta promesse, mon garçon.

— Je sais, répondit-il. Je ne pose pas les yeux sur lui ou nous partons.

— N'agis pas de façon si exaspérée quand tu as ignoré mes avertissements précédents.

— Oui, oui, oui, l'incident du banc. Bonne nuit, Père.

Sebastian entra dans sa chambre et ferma la porte au visage de Lord Orwell. Il revêtit ses vêtements de nuit, mais garda sa cape sur son corps puis se coucha. Il prit le miroir qu'il avait caché dans sa poche et le fixa. Il invoqua sa magie et la surface argentée ondula. Seule l'obscurité apparut dans le miroir.

— Bonjour?

— Bonjour, Sebastian. Comment se passe ton séjour? demanda le Prince Turren depuis le sombre reflet.

Sebastian secoua la tête, se moquant de la capacité du prince à tenir sa promesse.

— Tu es un imbécile sournois.

— Ton père était sérieux au sujet de partir si nous lui désobéissons, dit Turren. Le risque est trop grand comparé à mes désirs.

— Notre venue ici était-elle ton idée ou celle du Capitaine Pembrost?

— Ni l'un ni l'autre. Lord Bast croit sincèrement que les talents érudits de ton père sont nécessaires.

Sebastian secoua la tête.

— Mon père est réellement qualifié pour ce travail. Je dois le lui accorder, mais je ne lui ferais jamais confiance avec quelque chose de si important. Je l'aurais confié à un citoyen dont la loyauté est sans reproche. Ce qui n'est pas le cas de mon père.

— Penses-tu que ton père veut me voir mort? demanda Turren.

— Non, mais je pense qu'il obscurcirait la vérité pour se protéger.

— Y a-t-il une raison pour que, tu penses cela?

— Tu n'as pas passé beaucoup de temps avec lui, n'est-ce pas? demanda Sebastian.

— Je ne crois pas qu'il me considère comme suffisamment intelligent pour être en ma compagnie.

— Tu sais, pour un prince, c'est étrangement rafraîchissant d'entendre d'honnêtes impressions sur ce que tu crois que les gens pensent de toi, dit Sebastian.

— Mère dit qu'il vaut mieux savoir le mauvais de ce que les gens pensent de toi plutôt que le meilleur.

Une ombre plus sombre bougea, comme si Turren haussa les épaules.

— Et il n'est pas la seule personne qui croit que je suis simple d'esprit. C'est à mon avantage.

— Tu profites beaucoup trop des avantages, dit Sebastian. J'aurais pu décider de ne pas prendre le miroir.

— Mais tu ne l'as pas fait, remarqua Turren. Tu es très mauvais en ce qui concerne le respect des limites.

— Excuse-moi? Qui m'a attaqué dans une zone de restauration publique?

— Je n'ai pas pu m'en empêcher. Tu as commencé à gémir et tu m'as laissé te tirer sur la table.

— Je ne gémissais pas.

— C'était plus comme un ronronnement. Je ne savais pas que ta voix pouvait faire cela.

Sebastian fusilla le miroir du regard.

— Je... ne... ronronnais... pas.

— Tu l'as fait quand je t'avais pratiquement sur les genoux, dit Turren.

— C'était certainement plus un grognement dû au fait d'être jeté au sol.

Turren soupira.

— Je trouverai qui essaye de m'assassiner, Sebastian. Cela interfère avec ma vie amoureuse et je vais y mettre fin.

— Laisse ça au Capitaine Pembrost au lieu de te faire tuer.

— Si mettre ma vie en danger te bouleverse, je vais devoir prendre tes paroles en considération, promit-il.

— Ou tu pourrais le faire, car généralement, les gens apprécient les belles choses comme le fait de rester en vie.

— Non, tu as répondu à mon miroir et tu exprimes ton inquiétude. Le moins que je puisse faire est de reconnaître tes sentiments grandissants pour moi.

— Ne joue pas à l'obtus, prince.

Sebastian leva la main au-dessus du miroir comme s'il allait rompre la connexion, mais Turren agita hâtivement ce qui ressemblait à un bras.

— Je suis désolé de t'avoir offensé. Je plaisantais !

— Tu deviens suffisant, je vais couper.

— Dors-tu toujours en robe ? demanda Turren.

— Pourquoi ne suis-je pas surpris que bien que je ne te voie pas, tu sois parfaitement capable de me voir ?

— Ma déclaration serait la supposition qu'il n'y a aucun moyen de prouver que je désobéis aux ordres de ton père en cet instant.

— Tu es tout à coup très à cheval sur les règles après m'avoir promis que tu garderais tes distances, dit Sebastian. M'embrasser était bien plus qu'amical.

Turren se racla la gorge.

— Je suis désolé, mais tu as rompu cet accord le premier.

— Ce pourrait être une explication intéressante. Continue.

— Tu as rompu notre accord quand tu as discuté avec Lord Bast de tes plans de coucher avec moi. Le sexe est définitivement au-delà de l'amitié.

— Tu espionnais, et nous parlions d'un scénario imprévu. Donc, il n'y avait aucune raison de le prendre au sérieux, insista Sebastian.

— Du point de vue de n'importe quel observateur, tu étais assez catégorique sur le fait de coucher avec moi pour prouver ton idée.

— Si tu veux être plus précis, il ne faisait aucunement mention de mon comportement dans notre accord, alors je peux toujours dire ce dont j'ai envie.

— Il était implicitement entendu que nous garderions tous les deux notre relation amicale, insista Turren en croisant les bras. Tu as ouvertement parlé de ton désir de coucher avec moi, il était de mon devoir de répondre à tes avances.

— Si toute cette histoire de royauté ne fonctionne pas, tu devrais vraiment devenir avocat de la cour. Je suis certain que tu pourrais faire libérer un meurtrier d'enfant avec cette langue.

— Je me contenterai de te convaincre d'être avec moi, chuchota Turren.

Sebastian secoua la tête. Cet homme ne renoncerait jamais. Il se pencha en arrière et chercha les bonbons qu'il avait mis plus tôt dans sa poche de pantalon. Il y avait des bâtons à la cannelle dans la cuisine alors il s'était servi. Le papier dans lequel ils étaient enveloppés les gardait au frais, il en cassa un morceau. Il en avait un bout à la bouche quand il regarda le miroir. C'était le noir complet, comme si Turren s'était rapproché.

— Tu sais, c'est plutôt injuste que je ne puisse pas dire où sont tes mains en ce moment, dit Sebastian.

Turren recula, il y eut à nouveau un peu de lumière. Les épaules sombres se carrèrent d'indignation.

— Sebastian, je n'aurais jamais fait cela… sans ta permission, murmura-t-il enfin.

Sebastian haussa un sourcil sous sa capuche.

— Ça ne te pose aucun problème d'agir alors que je suis toujours couvert?

— Aucun, répondit Turren sans hésitation.

— Je dois des excuses au Roi et à la Reine, car il se pourrait que je t'aie donné une nouvelle obsession.

XVII

SEBASTIAN SE réveilla le lendemain, bâillant et tentant de se rappeler pourquoi il avait pensé que parler à Turren toute la nuit serait une bonne idée. *Père va être suspicieux si j'ai l'air d'une épave.* Après avoir attrapé un bol d'eau près de son lit, il y plongea la tête, l'eau froide rafraîchissant ses sens. *Je ne laisserai pas ce connard me battre.* Un pot de tournesols était posé sur un meuble placé sous une fenêtre.

— Pardonne-moi, mais j'en ai besoin.

La chaleur s'infiltra dans ses doigts, ses yeux s'ouvrant de vivacité alors que les fleurs se fanaient. Satisfait de ce à quoi ressemblait sa silhouette capée dans le grand miroir de chevet, il sortit retrouver son père pour le petit-déjeuner.

— LE PRINCE Turren avait l'air très fatigué ce matin. Je me demande s'il est en train de tomber malade, dit Lord Piadas alors qu'il sirotait son thé.

— Je ne suis pas surpris. Les hommes aussi puissants que lui prennent rarement soin de leur santé, ajouta Lord Orwell.

— Et les hommes moins puissants ne font jamais attention à leur bouche, répliqua Sebastian.

— Excuse-moi, as-tu dit quelque chose, Sebastian ? demanda Lord Orwell. Il est difficile d'entendre avec cette délicieuse nourriture que tu manges grâce à moi. Parle plus fort, s'il te plaît.

— Il est certainement difficile d'entendre avec tout cet or qui tinte dans vos poches, répondit Sebastian. Comment avez-vous obtenu cet argent ?

— Un investissement ingrat a finalement payé. Je ne m'attends pas à une autre rentrée à l'avenir, cependant.

— Avez-vous des projets ce matin, Sebastian ? demanda Lord Piadas, interrompant la querelle des Orwell. Votre père triera les archives royales au cas où l'information que nous cherchons s'y trouve et j'ai du temps libre devant moi. Aimeriez-vous prendre le thé avec moi ?

— Je ne serais pas opposé à votre compagnie, répondit Sebastian. Est-ce qu'avant le déjeuner vous conviendrait ?

— C'est très bien, dit Lord Piadas.

Lord Orwell fronça les sourcils vers son fils, mais ce dernier souriait sous sa capuche.

SEBASTIAN PORTA le plateau dans le bureau.

— Vous êtes un jeune homme très indépendant, Sebastian. Je vois pourquoi vous êtes en désaccord avec votre père, dit Lord Piadas.

Sebastian haussa les épaules.

— Nos avis divergent. Nos croyances sont bien trop éloignées les unes des autres.

— Religieuses ?

— Ethniques.

— Ah. Je ne connais pas la position de votre père sur le sujet. C'est un homme difficile à cerner.

— Ce n'est pas difficile si vous passez autant de temps avec lui que je le fais, répondit Sebastian en posant le plateau sur la table basse entre les deux canapés.

— Si nous devons travailler ensemble durant un temps indéterminé, il est sage pour moi de prendre tous les conseils que vous avez sur lui.

Vous voulez plus que des conseils, mais moi aussi je veux quelque chose. Sebastian versa du thé dans les tasses et ajouta de la crème dans la sienne.

— Désirez-vous de la crème ?

— Non merci.

Les deux calculs fonctionnant en sa faveur, Sebastian sirota son doux breuvage noir en souriant.

Lord Piadas goûta son thé et sourit.

— Il est encore plus délicieux que la tasse que j'ai bue ce matin.

— Je l'espère, je suis celui qui l'a fait.

Lord Piadas cligna des yeux et secoua la tête.

— C'est drôle, je me sens soudainement fatigué. Ne fait-il pas chaud ici ?

— Soupçonnez-vous Trenton Keyes d'avoir quelque chose à voir avec les tentatives d'assassinat ? demanda Sebastian.

— Oui, marmonna Lord Piadas tout en secouant à nouveau la tête. Je ne suis pas censé dire cela.

— Qu'est-ce que le Cœur de Lumière ?

— Un puissant artefact qui peut invoquer le cœur de la magie de ce monde. Je pensais que vous n'étiez pas comme votre père.

— Ses méthodes peuvent faire le travail occasionnellement. Qu'est-ce que Turren a à voir avec ça ?

— Il pourrait avoir lu la même information ou entrer en contact avec quelqu'un qui sait où est l'amulette. Nous ne savons pas, dit Lord Piadas.

— Pourquoi avez-vous posé des questions sur mon père ?

— Il est trop suspect. Tout d'abord, il ne veut rien avoir affaire avec tout cela, et maintenant, il offre ses services. Il doit en savoir davantage, c'est une vieille connaissance de Keyes.

— Comment est Keyes ?

— Il est dangereux.

Lord Piadas pinça les lèvres dans une tentative de se retenir de parler.

— Turren l'a rencontré en Anerith.

— Il ne me l'a pas dit, dit Sebastian. Je vais devoir avoir une petite discussion avec lui plus tard.

— Pourquoi faites-vous cela ? demanda Lord Piadas.

— Obligations familiales, je crois que nous en avons fini pour le moment.

Sebastian se pencha et versa de la crème dans la tasse de l'ambassadeur. Il maintint la tête de l'homme et le força à boire. Sebastian tint une serviette sous son menton afin que le thé ne se renverse pas. Il lui inclina la gorge et le fit avaler. Quand la tasse fut vide, Sebastian versa le reste de la crème dans la théière. Lord Piadas fixa la pièce d'un regard trouble, mais ses yeux se fermèrent quelques instants plus tard. Sebastian sortit un livre de sa cape et l'ouvrit à son emplacement précédent. Calmement, il se versa une autre tasse de thé et le but. Un bredouillement lui parvint de l'autre canapé, il leva les yeux et observa le réveil de l'ambassadeur.

Lord Piadas regarda autour de lui, confus.

— Combien de temps ai-je dormi ?

— Seulement quelques minutes, répondit Sebastian. Je sais que vous avez fait un long voyage jusqu'ici, je ne voulais pas vous réveiller. Votre thé a un peu refroidi.

— Je ne m'étais pas rendu compte que j'étais si fatigué. Peut-être était-ce toutes ces recherches la nuit dernière, suggéra Lord Piadas alors qu'il reniflait nonchalamment sa tasse.

Il adressa un sourire à Sebastian, qui retourna à son livre.

Je ne comprends toujours pas ce que peut faire l'amulette. Le cœur de la magie de ce monde peut être interprété de tellement de manières. Littéralement et métaphysiquement. Maintenant, tout ce que j'ai à faire est de trouver un moyen d'interroger Turren sans que le Capitaine Pembrost ou Frederick le sachent. Fouillant dans sa poche, il toucha le petit miroir qui avait probablement un sortilège d'écoute rattaché. *Le fait que le prince soit épris de moi n'est peut-être pas une si mauvaise chose.*

TURREN JETA un œil de chaque côté avant d'entrer dans la pièce obscure.

— Sebastian, appela-t-il.

— Entre et ferme la porte derrière toi, chuchota-t-il farouchement.

— Tu me fais venir dans une cave que seuls Pembrost et ses gardes les plus proches connaissent, dit Turren en secouant la tête. J'ai presque supposé que c'était un piège. Comment connais-tu cet endroit ?

— Je suis venu quelques fois avec mes idiots de frères, dit Sebastian alors qu'il sortait de sa cachette, derrière de vieilles caisses.

129

— Vous étiez dans la partie principale du château, non pas dans les anciens quartiers de mon oncle. Mon père sera furieux de savoir que je suis venu ici.

— J'avais l'habitude d'abandonner mes frères et de faire du tourisme seul, expliqua Sebastian.

— Le Capitaine Pembrost va être ravi de le découvrir.

— Il nous fallait un endroit privé où il serait peu probable que quelqu'un essaie de te tuer. Les anciens quartiers du frère du Roi Harris répondent aux critères.

— Je me demande où il a passé son exil durant toutes ces années, murmura Turren en regardant le vieux bric-à-brac qui n'avait pas été emballé ou jeté. C'est incroyable. Il a régné une demi-année et pendant ce laps de temps, il a conduit Larnlyon à la guerre civile, la reconstruction signifiait que nous ne pouvions pas aider Anerith en ces temps difficiles contre Orsen durant des années. C'est tout ce qu'il reste de l'héritage d'Alchone. Là encore, mes parents auraient pu ne pas se rencontrer si mon père n'avait pas eu besoin de la protection d'un chevalier.

Sebastian mâchouilla l'intérieur de sa bouche.

— Je ne pensais pas que ça t'apporterait de mauvais souvenirs, car tu ne l'avais jamais rencontré, mais si tu veux aller ailleurs…

Turren secoua la tête.

— Je vais bien. Comme tu l'as dit, je ne l'ai jamais rencontré, je doute qu'il pense à moi en de bons termes. Pourquoi voulais-tu me voir seul ?

— Je suis surpris que tu n'aies pas présumé que je te faisais venir ici pour un rendez-vous romantique.

— Je suis optimiste, mais je peux aussi être réaliste.

— Tu m'as fait parvenir le miroir par Frederick, alors il est probable qu'il soit ensorcelé.

— Sûrement par l'une de ses mesures de protection.

— Oui, mais si je veux me confier à toi, je ne veux pas me confier à lui aussi.

— Je ne sais pas si je peux ôter le sort, quel qu'il soit, qu'il lui a lancé, dit Turren. Je suis puissant, mais il est plus compétent.

— C'est là où je veux en venir, dit Sebastian en s'avançant vers le prince. Le meilleur moyen de contrer un sort est d'en placer un plus fort sur l'objet.

Turren fronça les sourcils.

— Quel genre de sort ?

— Un sort de scellé utilisant nos deux pouvoirs, murmura Sebastian, se tenant à présent devant Turren.

Le prince déglutit.

— Ce genre de magie est habituellement plus puissante si…

Il se racla la gorge.

— Si elle est scellée par un baiser.

— Tu ne veux pas m'embrasser ? demanda Sebastian. Tu étais si enthousiaste la nuit dernière. Tes sentiments se sont-ils dégradés si rapidement ?

— Tu sais bien que non, Sebastian, mais je sais que tu veux en obtenir quelque chose. Je ne suis pas stupide.

— Mes motivations ne sont pas pures, mais me refuserais-tu la chance d'être celui qui initie un moment intime ?

Sebastian fit courir ses doigts le long du torse de Turren.

— Tu prétends que tu veux me libérer de ma malédiction, mais tu rechignes à accepter le prix de l'inconnu. Comment puis-je penser que tes avances sont sincères ?

— Tu sais que je vais dire oui, dit Turren.

— J'y compte bien.

— Tu as passé une grande partie de ta vie à prétendre que tu ne possèdes pas de magie. Es-tu sûr de savoir comment effectuer le sortilège ?

— Lord Bast est conscient de ma magie et m'entraîne personnellement depuis mes onze ans.

— As-tu déjà effectué ce sortilège ?

— Non. Aucun de nous ne sera blessé même par un sort de scellé bâclé alors je ne sais pas pourquoi tu es concerné.

— Juste pour être clair. As-tu déjà réellement fait ce sort auparavant et avec quelqu'un avec qui tu avais une affinité physique ? demanda Turren.

— Non, et je ne vois pas en quoi c'est important.

— Si tu es déterminé à aller jusqu'au bout alors, je le suis aussi.

— Je ne veux pas que quiconque ressente ma magie quand ils toucheront l'un de tes miroirs alors ta magie sera la base.

— D'accord.

— Sors ton miroir, ordonna Sebastian et Turren obéit.

Ils les tendirent, les surfaces entrant en contact l'une de l'autre. La magie s'écoula des doigts de Sebastian dans les deux miroirs, les recouvrant de flammes vert clair. La magie plus forte de Turren envoya des flammes bleues et entoura celle de Sebastian, s'y mêlant, brisant tous les autres liens magiques des miroirs. Turren fixa Sebastian, attendant comme un chiot patient. *Ce n'était pas si mauvais,* pensa Sebastian. *Un baiser et j'aurai ce que je veux.* Sebastian enroula sa main autour de sa nuque et le rapprocha.

Sebastian décida d'être plus gentil et ouvrit la bouche quand leurs lèvres se rencontrèrent. Il glissa sa langue dans la bouche de Turren, les scellant ainsi tous les deux. La chaleur grandit lentement tandis que la magie s'échappait de son corps dans leurs bouches. Quand le pouvoir de Turren rencontra le sien, Sebastian céda sous la force. Des vagues de puissance flottaient entre eux et Sebastian ne put rompre la connexion de leurs lèvres. Au lieu de reculer, il se pencha davantage tandis que la chaleur parcourait son corps. Turren le maintenait étroitement, les faisant percuter des boites. Sebastian haleta quand leurs bouches se séparèrent enfin, mais le déferlement magique le fit gémir contre le prince. Quand la lumière bleue n'éblouit plus sa vision, il fronça les sourcils.

— Ce n'est pas supposé faire cela.

— C'est une drôle de chose au sujet du lien de scellé.

Turren riait à perdre haleine.

— Il amplifie le désir entre les jeteurs de sorts s'ils sont attirés l'un par l'autre. Harold n'avait probablement aucune raison de te l'expliquer, car votre relation est celle d'un enseignant et son élève.

Sebastian leva les yeux vers le visage arrogant de Turren.

— Putain – Ahh !

Une autre vague le traversa et il dut s'accrocher à Turren pour ne pas tomber.

— Seigneur, quand cela va-t-il cesser ?

— Pas pendant un certain temps, j'espère.

Turren s'agrippa aux épaules de Sebastian et poussa un gémissement.

— Mais si elles ne s'arrêtent pas bientôt, je vais devoir m'occuper de mes sous-vêtements.

— Tu n'as pas ma permission pour faire cela.

— Je le prendrai en considération quand ton sexe cessera d'appuyer contre ma cuisse, dit Turren.

— Je ne suis pas…

Une autre vague le fit frissonner et il se frotta pratiquement contre la jambe de Turren.

— C'est l'un de ces moments où ton arrogance est en ma faveur. J'espère que tu veux lancer un autre sort.

— Ne sois pas odieux, l'avertit Sebastian.

Il attendit d'autres vagues, mais rien ne se passa. De longues minutes s'écoulèrent sans aucune autre nouvelle sensation, alors il fut en mesure de s'écarter de Turren. Se retenant à une pile de boites à proximité, il se pencha et reprit son souffle. Turren l'observa sans rien dire.

— Quoi ? demanda Sebastian.

— Je suis reconnaissant que tu aies partagé ta magie avec moi, car j'ai découvert l'un de tes secrets.

— Lequel ?

— Tu as envie de moi. Nos pouvoirs n'auraient pas réagi de cette façon s'il n'y avait rien entre nous.

Turren sortit sa chemise de son pantalon et la laissa retomber sur sa pleine longueur.

— Je ne vois pas pourquoi tu fais cela. Peu de personnes peuvent dire ton état d'excitation en ce moment.

Turren se racla la gorge.

— Ce n'est pas vraiment la raison pour laquelle je dois me couvrir.

Les yeux de Sebastian se plissèrent sous sa capuche. Le renflement avait diminué depuis qu'ils s'étaient séparés.

— Non.

— Je t'ai dit que j'étais proche, dit Turren, penaud. J'aurais pu me contrôler si tu n'avais pas autant aimé ça.

— C'était l'œuvre de la magie !

— Seulement si nous lançons un sortilège d'amour, soupira Turren. Ce que nous n'avons pas fait, tu étais si enthousiaste. J'aurais aimé ne pas avoir à laver mes sous-vêtements. Je pourrais les conserver au musée royal pour commémorer cette occasion.

— Peu importe le moment que nous ayons, tu le gâches toujours.

Sebastian rangea le miroir dans sa poche.

— Tu vas devoir vivre avec ce seul souvenir, que Dieu me vienne en aide, pervers, si tu ne les laves pas, je te maudirai.

— Si nous faisons autre chose, je tiens absolument à garder un souvenir, insista Turren.

— Tu n'as pas besoin de...

Sebastian cessa de parler quand il entendit un meuble bouger au-dessus de la pièce.

— Merde !

Être pris avec Turren ruinerait ses plans et ce sortilège embarrassant n'y serait pour rien. Attrapant les épaules du prince, il le poussa aussi fort qu'il put. Turren tomba sur les caisses avec un cri au moment où la trappe au-dessus d'eux était soulevée. Sebastian chercha quoi que ce soit de magique autour de lui et repéra une bouteille en cristal posée sur une étagère. Ignorant sa précaution habituelle, il ouvrit le bouchon et sentit son contenu. Ce devait être un sort d'illusion animal. Il ne se souvenait pas que le roi Alchone ait eu de nombreux animaux dangereux dans les textes d'histoire, alors il laissa tomber la bouteille. Des volutes de fumée orange et rose se répandirent dans l'air et Sebastian recula.

— Que fais-tu ? chuchota Turren sans lever la tête de sa cachette.

— La ferme ! murmura Sebastian.

— Sebastian ! appela Lord Orwell de la trappe.

— Je suis là. J'ai accidentellement renversé une potion quand j'ai entendu du bruit au-dessus de moi.

— Que faites-vous là et comment êtes-vous entré ? demanda le Capitaine Pembrost aux côtés de Lord Orwell.

— Je suis venu chercher de vieux livres. Je suis sûr qu'il y en a quelques-uns d'oubliés par ici.

— C'est une bonne idée, marmonna Frederick de la trappe. Le Capitaine Pembrost et moi allons te faire sortir.

— Que voulez-vous dire par Pembrost et vous ? demanda Lord Orwell. Votre affreuse sécurité est la raison même pour laquelle il est en bas. Vous perdez votre prince, puis vous perdez mon fils. Votre incompétence me laisse sans voix.

— Si seulement, dirent au même moment Sebastian et le Capitaine.

— Je descends, cria Lord Orwell.

— Et risquer qu'un malheur vous arrive, Lord Orwell ? demanda Frederick. Notre incompétence pourrait vous laisser en bas après avoir sauvé votre fils.

— Je ne mérite pas les menaces de la part d'un mage de la cour vivant aux dépens de l'hospitalité de son cousin, grogna Lord Orwell.

— Je m'en fiche, assura Frederick. Si vous essayez de descendre, je vous laisserai figé sur ce plafond. C'est votre choix, votre fils est en bas avec une magie inconnue libérée.

— J'apprécierais une aide rapide, cria Sebastian.

Les volutes se fondaient en une forme plus grande qu'il ne l'avait prévu.

Le Capitaine se laissa tomber du plafond et atterrit gracieusement sur ses pieds.

— Nous allons devoir discuter, vous et moi, quand ce sera réglé, sire Orwell, promit-il. Frederick, descendez. Je pense qu'il a libéré un canard.

— Tout simplement magnifique, dit Frederick avant de lui aussi se laisser tomber. Où est son récipient ?

Sebastian indiqua la bouteille posée au sol. Pembrost la ramassa et Frederick leva les bras en l'air. Le magicien psalmodia dans une langue ressemblant à un serpent qui fit mal aux oreilles de Sebastian. Il vérifia deux fois qu'elles ne saignaient pas, mais apparemment, elles allaient bien.

— Sebastian, allez vers le Capitaine Pembrost et tenez-vous à lui. Il va avoir besoin de votre soutien, déclara Frederick.

Sebastian obéit et le capitaine et lui résistèrent contre le pouvoir qui retournait dans la bouteille comme Frederick le lui ordonnait. Quand les plumes brumeuses eurent disparu, Frederick courut et boucha la bouteille de son pouce. Cherchant au sol, Sebastian vit le bouchon et le ramassa avant que le magicien ne perde le contrôle.

Quand la bouteille fut correctement refermée, il cria à Lord Orwell :

— Il est sain et sauf !

— Il ferait mieux de l'être. À présent, puis-je descendre ?

— Il y a toujours des émanations magiques, je ne veux pas que vous soyez exposé, dit Pembrost. Et vous devriez cesser de vous inquiéter pour notre prince. Les cuisines ont contacté mon amulette pendant que Frederick repoussait la créature, ils m'ont dit que Turren y était tout ce temps. C'était un malentendu, il vidait le garde-manger, dit-il tout en contournant les caisses.

Pembrost foudroya le prince du regard et sans douceur, lui frappa le tibia. Turren grimaça, mais resta silencieux.

— Très bien ! Je retourne à la bibliothèque, mais il vaut mieux qu'il n'ait pas une égratignure !

Le visage de Lord Orwell s'éloigna du trou et Frederick pointa le doigt vers l'ouverture. La trappe se referma et Sebastian et Turren se retrouvèrent piégés avec les deux hommes furieux.

Turren se releva.

— Nous voulions seulement discuter en privé.

— Alors que des assassins sont après vous ? demanda Pembrost. Bien que je déteste admettre que Lord Orwell puisse avoir raison, nous sommes passés pour des incompétents quand vous avez disparu. Nous pensions qu'il aurait pu y avoir une autre tentative.

— Qu'essayez-vous de cacher ? demanda Frederick à Sebastian. Je vous connais, mon garçon, vous êtes beaucoup trop intelligent pour frapper accidentellement ce récipient.

— Vous m'avez surpris, répondit-il.

— Je rejoins son opinion, ajouta Pembrost. Vous deux cachez quelque chose ou vous ne seriez pas ici. Et par tous les dieux, les quartiers d'Alchone ?

Pembrost secoua la tête.

— Je suis désolé, mais je vais devoir dire à votre père où je vous ai trouvé.

— L'idée de Sebastian était bonne, je prends l'entière responsabilité de l'avoir distrait de sa tâche, dit Turren.

— Pourquoi ne pas simplement me le dire au lieu de vous faufiler jusqu'ici ? demanda Frederick.

— Pourquoi soulever des sujets blessants si nous ne sommes pas sûrs de ce que nous trouverons ? fit remarquer Turren.

— Je ne doute pas que les sentiments de votre père ainsi que ceux de Frederick auraient été épargnés, mon Prince, dit le Capitaine Pembrost. Mais cela ne change rien.

— Faites un rapport au roi, intervint Sebastian. Nous aurions aussi bien pu convoquer le Roi Harris si nous comptions vous le dire.

— Vous avez vraiment réponse à tout, tous les deux, s'exclama le capitaine. Je suis surpris de ce que chaque jour en compagnie de l'autre peut accomplir.

— J'en suis moi-même étonné, dit Sebastian sans relever l'appât.

Il passerait sa colère sur Turren en privé.

— Puisque vous êtes déjà ici, fouillez les boites de ce côté, le Capitaine et moi chercherons de l'autre. Vous n'ouvrez rien à moins que nous ne l'inspections, compris ? demanda Frederick.

Sebastian et Turren acquiescèrent et tout le monde vaqua à ses occupations.

XVIII

Sebastian s'étira tout en déambulant dans les couloirs en direction de la bibliothèque royale. Frederick leur avait fait déplacer les caisses d'un coin à un autre. Il avait été évident que le travail manuel avait été leur punition, mais ils avaient ressuscité quelques livres, ce qui cimentait son histoire. Frederick avait paru agacé de cette découverte et le Capitaine Pembrost avait marmonné que Sebastian était le petit con le plus roublard qu'il connaissait.

— Donc vous êtes le seul responsable de tous ces livres, dit Lord Piadas en guise de salutations quand il pénétra dans la bibliothèque.

— Je fais juste mon devoir.

— Cette éthique de travail semble manquer quand tu es à la maison, dit Lord Orwell en faisant courir son doigt sur le texte devant lui.

— Vous seriez étonné d'apprendre à quel point une demande aimable peut affecter mon humeur, répondit Sebastian.

— Ce doit être agréable d'avoir l'inconstance de la jeunesse.

— C'est drôle, je n'ai pas vu votre inconstance disparaître avec l'âge.

— Je retire ce que j'ai dit. Tu deviens aussi bavard que Diana.

— Sebastian, appela Lord Piadas alors qu'il posait une grande pile de livres près de lui. Feuilletez ceux-ci, cherchez tout ce qui est en relation avec la Larme de la Lumière. C'est l'ancien nom à cause de sa forme, ces livres semblent plus vieux que ceux que j'ai rapportés.

— Je comprends, répondit Sebastian, permettant à l'ambassadeur de changer de sujet, il avait drogué l'homme après tout.

Sebastian parcourut ligne après ligne sans trouver aucune mention d'une pierre avant qu'ils ne prennent une pause pour le déjeuner. Son vin et sa nourriture n'étaient pas savoureux, mais il soupçonnait que cela avait à voir avec le fait qu'il était encore excité. Par intermittence dans la journée, il se souvint de la magie, traversant son corps. Il aurait été plus aisé de le gérer s'il avait pu trouver une libération. Ce prince en chaleur n'avait pas ce problème, mais le sortilège avait pris fin alors que Sebastian était toujours insatisfait. *Je me demande si Turren était sérieux quand il affirmait ne pas vouloir laver son pantalon*, songea Sebastian, gloussant de la folie du prince.

— Vous avez un rire très plaisant, Sebastian, dit Lord Piadas. Je suis triste de ne pas l'entendre plus souvent puisque je ne peux pas vous voir sourire.

— Vous ne manquez pas grand-chose, dit Sebastian.

— C'est intéressant, mais non lié à notre recherche, dit Frederick qui tenait trois livres. J'ai trouvé que quelques livres sur la Forêt d'Argent. Je n'avais aucune idée qu'il s'y intéressait.

— Ce fou avait prévu de la reprendre, renifla Lord Orwell. Et ces livres ne l'auraient pas aidé.

— Je suis étonné que votre famille ait beaucoup de chance alors qu'elle détient ces terres, dit Lord Piadas. D'habitude, ceux qui la possèdent sont maudits par des décès ou affectés par la forêt elle-même.

— C'est parce que ma famille lui donne ce qu'elle veut. Les terres magiques sont faciles à conserver si vous les écoutez, expliqua Lord Orwell en regardant Sebastian. Quoi, pas de remarques sarcastiques ?

— Mon silence est votre récompense pour avoir dit quelque chose d'intelligent. Je suis un fervent croyant du renforcement positif.

— Tu n'es pas aussi malin que tu le penses, Sebastian.

— Mais le royaume vous est reconnaissant de si bien veiller sur elle, dit Lord Piadas. Il y a eu une diminution remarquable du nombre de décès, à l'exception de ce tragique duel. Se tuer sur la lame de l'autre, c'est un tel gâchis.

— La forêt a des effets étranges sur les gens, dit Lord Orwell tandis que Sebastian se concentrait sur sa nourriture. Je pense que je vais prendre une pause plus longue et emmener mon fils. Il ne vagabondera pas autour des parties interdites du château s'il ne s'ennuie pas. Je vous prie de m'excuser, mon Seigneur, dit Lord Orwell avec une rare politesse.

Sebastian se leva avec lui et laissa son assiette à moitié pleine sans un mot. Son père le conduisit dans un jardin intérieur avec une fontaine en son centre. Avec un geste de son bras, il l'ensorcela pour empêcher les oreilles indiscrètes d'écouter et il invita Sebastian à s'asseoir à côté de lui sur un banc en pierre.

— Les gens finiront par oublier ces deux idiots, dit Lord Orwell.

— Vous n'aviez pas besoin de venir à mon secours. J'allais parfaitement bien durant la conversation.

— Honnêtement, je ne sais pas pourquoi les gens pensent que tu es aussi bon menteur que moi, parce que tu es vraiment horrible à ce jeu, s'esclaffa son père. Mais ce n'est pas une mauvaise chose.

— Je vais bien, insista Sebastian.

Lord Orwell se pencha et passa sa main sous la capuche. Ses doigts frôlèrent ses joues et ressortirent humides.

— Leurs morts ne sont pas de ta faute. Tu ne peux pas contrôler les réactions de tout le monde à ton égard.

Un sanglot lui échappa et son père le prit dans ses bras.

— Combien de temps suis-je supposé vivre comme ça ?

— Je ne sais pas, mais nous te protégerons aussi longtemps que nous le pourrons.

137

SEBASTIAN SOUPIRA en entrant dans la luxueuse pièce. *Je ne peux pas croire que j'ai pleuré sur l'épaule de Père.* Sa tête était douloureuse à cause du stress et il n'y avait rien dans ces fichus livres. Un petit éclat de magie picota à l'intérieur de sa cape. Il soupira à nouveau même si tout se passait selon ses plans. La connexion s'ouvrit dès que sa magie répondit à l'appel.

— Que veux-tu ?

— Tu as l'air étrange, dit Turren.

— Ma voix est toujours comme ça.

— Non, elle est rauque, comme s'il se passait quelque chose de mal.

— Je suis fatigué de regarder ces livres toute la journée, répondit-il.

Turren sourit.

— Je n'aurais jamais pensé t'entendre te plaindre des livres.

— Il y a une différence entre chercher des mots-clés et lire pour le plaisir. Le premier est fastidieux.

— Je suis désolé que ma crise entache ton amour, mais je te suis reconnaissant de travailler si dur pour résoudre ce mystère, dit Turren.

— Je sers le roi quand il l'ordonne.

— Je préfère prétendre que mon bien-être est ta seule motivation.

Sebastian secoua la tête.

— Si c'est ce que tu veux penser…

— Tu sembles aller un peu mieux maintenant.

Il n'y avait aucune suffisance dans sa voix alors Sebastian laissa passer la remarque.

— Comment la royauté occupe-t-elle ses journées ?

— Avec des conseillers à passer en revue chaque conversation que j'ai eue en Anerith.

— Des conversations avec Trenton Keyes ?

Turren se redressa sur son lit.

— Tu n'es pas censé connaître ce nom.

— Je connais beaucoup de choses que je ne suis pas censé savoir, affirma Sebastian. Tu n'as toujours pas répondu à la question.

Secouant la tête, Turren laissa échapper un souffle.

— Je ne peux pas te le dire.

Sebastian sourit sous sa capuche.

— Tu es sûr ?

— Peu importe combien ta voix est sexy en ce moment, je ne te le dirai pas.

— Mais Turren, mon cher prince, tu attends de moi que je te fasse confiance, mais tu refuses de m'accorder le même respect. Tu es contradictoire. J'ai traversé le trouble de l'enchantement de nos miroirs, nous pourrions être honnêtes l'un envers l'autre.

138

— Ce n'est pas un problème de confiance, c'est une information sensible. Je ne peux pas parler de lui, même si je le voulais.

— Que dirais-tu d'échanger une vérité contre une vérité ?

Dans le miroir, Turren fronça les sourcils.

— Offres-tu de révéler ton…

— Non, l'interrompit Sebastian. Je n'offre pas de te montrer mon visage. Je ne mentirai pas à ce sujet.

— Tu ne nies pas que tu puisses être menteur ?

— Une fois ou deux, mais mentir durant notre conversation en ce moment ne m'apportera rien de bon, remarqua Sebastian.

— Quelle autre vérité pourrait valoir ce renseignement ?

— Veux-tu que je parle en premier ? Je laisserai tomber si tu penses que ce n'est pas satisfaisant, offrit Sebastian.

Les yeux saphir s'étrécirent et Turren secoua la tête.

— Je suis un prince, mais ma confiance est maigre à côté de la tienne. J'accepte tes conditions.

— Quand tu es entré dans la forêt, un assaillant était encore en vie. Si je te laissais mourir, il offrait de me tuer rapidement. J'ai refusé, il m'a fait savoir que m'éventrer lui procurerait beaucoup de plaisir. J'ai quand même choisi de te défendre, raconta Sebastian. Heureusement, la forêt a disposé de ses restes alors il n'y a eu aucune question. Ma vérité vaut-elle l'information au sujet d'un homme ?

— Pourquoi n'as-tu rien dit ? chuchota Turren. Pourquoi dissimules-tu autant de choses ?

— Je te donne cette vérité maintenant. La possible perte de ma vie vaut-elle ta vérité ?

Turren resta silencieux de longues minutes, Sebastian commença à penser que le prince ne parlerait pas, mais il se lança.

— Trenton était toujours en Anerith quand je suis arrivé. Il était jugé pour ses crimes. Tu plaisantais en disant que j'étais un beau parleur, mais ses avocats me font passer pour un débutant.

— Donc, il était traduit en justice, dit Sebastian.

— En secret, là où ils pensaient que les gens trouveraient plus facile de s'avancer. Je servais de témoin afin que personne ne puisse dire que la procédure n'avait pas été équitable.

— Je pense quand même qu'une flèche dans la gorge aurait sauvé beaucoup de monde des problèmes.

— En temps normal, je châtierais ta soif de sang, mais je suis d'accord avec toi.

Sebastian haussa un sourcil.

— L'honorable prince a-t-il des pensées aussi sombres ?

— Tu ne l'as pas vu, Sebastian. Trenton n'est pas un homme normal, il a traversé ces portes sans l'ombre d'un remords sur son faciès. Deux de ceux qui devaient témoigner contre lui ont été retrouvés morts bien qu'ils aient été sous protection rapprochée.

— Quand as-tu parlé avec lui ?

— Après le procès. Il est sorti de la salle du trône avec certitude et m'a ignoré. Il s'est arrêté comme s'il y pensait après coup et m'a demandé ce que je pensais des évènements. N'était-ce pas une honte de soumettre un étranger à une telle farce juste pour que le roi en place présente bien ?

— Qu'as-tu répondu ?

— Je lui ai dit que la lâcheté était difficile à juger quand j'aurai choisi la mort plutôt que de servir un tyran.

Sebastian sourit.

— Merveilleusement sarcastique de ta part. Je suis presque fier.

— Mon père ne l'était pas quand il a appris ce que j'avais dit. S'il n'en a pas après moi pour des raisons magiques, ce pourrait alors être une intention malveillante.

Sebastian secoua la tête.

— La façon dont Trenton a échappé à la justice témoigne d'un esprit trop prudent pour s'en prendre à un prince par pur dépit. Ses actions démontrent un besoin de se débarrasser de toi. Y a-t-il un aspect de tes pouvoirs qui annule la magie du Cœur de Lumière ?

Turren haussa les épaules.

— Je n'en ai aucune idée et cela n'explique pas pourquoi il ne pourchasse pas ma mère aussi. Notre magie est similaire.

— Tu n'as jamais lu quoi que ce soit en rapport avec le retour du Cœur de Lumière en Anerith ?

— Rien du tout, soupira Turren. C'était ma seule conversation avec Trenton et il n'a jamais mentionné la pierre. Tu ne m'as toujours pas dit comment tu connaissais son nom.

Sebastian lui avait déjà fourni une vérité alors il ne lui devait rien.

— J'ai trouvé quelques informations comme quoi il est la personne derrière tes problèmes. C'est tout ce que je sais.

— As-tu appris cela de ton père ?

— Tout ce que tu as besoin de savoir est que je vais essayer d'en découvrir davantage, répondit-il. Tu devrais aussi être prudent. Tu es le fils de la Reine Anne, mais Trenton est trop puissant pour être pris à la légère.

— C'est ce que l'on m'a dit. J'aimerais que tout cela se termine. Je veux passer de paisibles après-midis avec toi et ne pas m'inquiéter au sujet d'assassins. Merci de m'avoir sauvé la vie.

— Honnêtement, je l'ai fait, car ça m'a gonflé. Ce bâtard ne manquait pas d'air de me menacer sur mes propres terres.

Turren éclata de rire.

— Tu ne devrais pas dire des choses comme ça, ça te fait ressembler à tes frères.

— Ce n'est pas des idioties si ton adversaire est insuffisamment qualifié pour te faire face.

— Un adversaire que j'avais un peu affaibli.

— C'est ce que disent les perdants d'une bataille.

— Leurs épées étaient empoisonnées.

— C'est ta faute d'avoir été coupé par de tels amateurs.

Afin d'être plus à l'aise, Sebastian regonfla les oreillers et s'étendit dessus.

— Es-tu fatigué ? demanda Turren.

— Non, répondit-il. Tu as dit que tu te sentais stressé par toutes ces aventures et je n'ai pas passé non plus une bonne journée.

— Sauf que tu ne m'en as pas donné la raison.

— Chut et écoute, ou je vais changer d'avis, menaça Sebastian.

Turren resta silencieux et il poursuivit :

— Tu te souviens de m'avoir dit que tu avais besoin de ma permission pour faire certaines tâches ? Tu l'as ce soir.

Turren cligna des yeux et se rapprocha du miroir.

— Je te demande pardon ?

— Tu as ma permission pour faire ce dont tu as envie.

Le visage de Turren se chiffonna.

— Tu te moques de moi ?

— Est-ce un non ? Je peux juste aller dormir.

— Non ! cria Turren, puis il regarda par-dessus son épaule pour s'assurer que personne hors de la pièce n'avait entendu.

— Non, chuchota-t-il.

Il se lécha les lèvres et déboutonna lentement son pantalon. Quand Sebastian n'émit aucune protestation, il le glissa à ses genoux.

— Puis-je demander pourquoi soudainement tu me laisses faire cela ?

— Je pense que j'aime l'obéissance. Tu as accepté d'ensorceler nos miroirs et tu as été très coopératif ce soir. C'est bien, répondit Sebastian alors qu'il passait sa main sous sa cape, puis dans son pantalon.

En soupirant, il rencontra la peau et saisit son membre.

— Oh, mon Dieu, je ne vois rien, mais oh, mon Dieu, tu te touches !

Turren repoussa son sous-vêtement. Se prenant en main sans barrière de tissu bloquant la vue de Sebastian, il se caressa fermement.

Sebastian l'observa et serra plus fort. Il aurait dû songer à l'huile, mais il ne voulait pas bouger. Peut-être s'en souviendrait-il pour la prochaine fois. Il fronça les sourcils. *C'était un coup de tête, aucune raison de le refaire*, pensa-t-il alors que Turren gémissait son nom. Sebastian admit qu'il réfléchissait trop et se concentra sur la chair dans sa main rendue plus lisse par sa semence. *C'est mieux*, pensa-t-il quand l'humidité lui permit d'accélérer le mouvement. Comme il était trop difficile de bouger librement avec l'entrave de son pantalon, il sortit entièrement son sexe.

— Putain! dit Turren de l'autre côté du miroir.

Sebastian sourit. Avec sa hampe libérée de sa cape, il poussa dans sa main gantée, davantage de sperme apparaissant à la vue dégagée de Turren. Le grondement du prince s'approfondit, Sebastian jeta un œil au miroir. Turren n'était plus allongé, mais lui faisait face avec les jambes écartées et frottait sa longueur de la base à la pointe. Ses yeux bleus brillaient, il n'avait aucun doute que les siens faisaient la même chose. Le plaisir augmenta dans ses bourses et il se répandit dans sa main.

— Bastian, Bastian.

Les mouvements de Turren devinrent frénétiques, il ne cligna pas des yeux alors qu'il atteignait la jouissance, le fixant tout le temps.

Sebastian continua de se caresser, mais le miroir devint subitement noir et la connexion se rompit. Il ne savait pas ce qu'il s'était passé, rien de magique n'y avait mis fin. Haussant les épaules, il se leva et trouva des mouchoirs afin de se nettoyer. Alors qu'il se réinstallait dans le lit, la connexion du miroir se réactiva et un Turren rougissant apparut. Sebastian plissa suspicieusement les yeux.

— As-tu sali ton miroir?

Turren toussa.

— Un tout petit peu, mais je l'ai nettoyé.

Sebastian étira ses bras.

— Je suis fatigué, je vais dormir.

— Ta queue est très belle, je te souhaite une bonne nuit.

— Bonne nuit, pervers, répondit Sebastian avant de couper la connexion.

Il ferma les yeux et soupira.

— Je suis un imbécile.

XIX

SEBASTIAN DORMIT la majeure partie de la matinée, mais il finit par se lever.

— Je m'habitue trop à ce genre de luxe, marmonna-t-il en faisant couler son bain.

De l'eau chaude et mousseuse aux senteurs de cannelle emplit la baignoire, il inspira profondément.

— Pourquoi tout doit-il être si foutrement parfait?

Rentrer à la maison ne va pas être plaisant. Sa cape s'ouvrit comme une tente autour de lui et il se déshabilla, le corps toujours couvert du vêtement. Quand il entra dans la baignoire, la cape bougea avec lui, s'installant au-dessus de sa tête comme une sorte de dôme. Alors qu'il se baignait sous la lumière magique qu'il avait invoquée sous sa cape, il songea que c'était une chose qui ne lui manquerait pas quand il reviendrait chez lui.

LE ROI Harris et la Reine Anne recevaient les pétitionnaires, ce qui laissait la plupart des salles vides à l'exception des gardes. Lord Orwell ne l'avait pas convoqué alors Sebastian déambulait, examinant l'architecture et ce qui avait changé depuis son enfance. Il y avait quelques pièces supplémentaires ici et là, mais essentiellement, tout était pareil. Du coin de l'œil, il vit quelque chose se déplacer rapidement d'alcôve en alcôve. Les gardes ne semblèrent pas le remarquer alors que la silhouette se dirigeait vers lui.

— C'est moi, chuchota la voix de Turren à travers le miroir dans sa poche.

De l'autre côté, Turren se déplaçait de fenêtre en fenêtre, par lesquelles le soleil jetait ses rayons, le prince se mêlant à eux comme s'il faisait partie de la lumière. Trois fenêtres les séparèrent, puis deux, puis une seule, et les gardes ne remarquaient toujours rien. Une lumière plus brillante qu'auparavant irradia de la fenêtre et un Turren encapé s'enroula autour de lui.

— Marche à reculons jusqu'à ce que je te dise d'arrêter, chuchota le prince.

Ses mains chaudes encerclèrent sa taille et ils se dirigèrent vers le couloir où il y avait encore plus de fenêtres.

— Stop, annonça-t-il alors qu'ils atteignaient la première.

Une lumière aveuglante les frappa, Turren se pencha en avant, sa capuche bloquant la vue de Sebastian. Il l'embrassa doucement.

— Maintenant, nous pouvons repartir.

Ils longèrent les murs jusqu'à ce que le dos de Sebastian soit appuyé dans un renfoncement derrière une armure.

— Je suis impressionné. Si jamais tu envisages le cambriolage, ce serait...

Les paroles de Sebastian furent interrompues par la langue de Turren envahissant sa bouche sans avertissement. Des mains s'agrippèrent à ses hanches, Turren gémissant quand leurs aines entrèrent en contact. Il y avait peu de place pour qu'ils se frottent l'un contre l'autre, car Turren n'autorisait aucun espace entre eux pour bouger. L'une des mains de Turren inclina le menton de Sebastian afin que sa bouche s'ouvre pleinement pour lui. *Je crois que j'aime quand il est sournois*, songea Sebastian tout en enroulant ses bras autour de son cou. Il glissa ses doigts dans ses cheveux et Turren gémit. Quand un peu d'air s'infiltra dans sa bouche, il prit une rapide inspiration. Puisque les caresses de Turren lui permettaient de respirer, il en profita, pas surpris que même les cheveux du prince soient soyeux comme ceux d'un chiot.

— Comment saviez-vous qu'il utilisait cette technique? demanda le Capitaine Pembrost à la Reine Anne alors que les deux jeunes hommes s'embrassaient dans le miroir de plain-pied.

— J'ai eu des soupçons quand il a disparu dans la chambre d'Alchone. Il y avait trop de gardes pour ne pas le voir, répondit la reine.

Frederick secoua la tête.

— Turren est incapable de mémoriser correctement un sort testeur de poison, mais il peut calculer la distance et le temps nécessaires à un sortilège d'invisibilité au soleil sans jamais l'avoir appris. Je pense qu'il se moque de mes enseignements.

— C'est une bonne chose que vous avez découvert que Lord Piadas montrant ces viandes fumées rares à Lord Orwell était l'œuvre du prince. Il serait encore parti en douce sans protection.

— Tout ce que j'ai à faire est de mettre un traceur sur cet autre garçon, nous n'aurons plus à nous inquiéter de trouver Turren, dit la Reine Anne.

Le Capitaine Pembrost se mit à rire.

— Bonne chance avec ça. Au moment où vous le toucherez, il détectera le complot.

La Reine Anne sourit de toutes ses dents.

— Défi accepté.

Sebastian s'arrêta dans le couloir. Des bruits s'avançaient dans sa direction et il n'était pas d'humeur à discuter. Il avait besoin de temps pour réfléchir à ce qu'il faisait avec le prince et, bon sang, quel était ce vacarme? Deux rangées de gardes pénétraient dans le couloir où il se trouvait, un groupe se sépara devant lui, lui

144

bloquant le passage. Soudainement, la deuxième rangée de gardes rompit les rangs et s'écarta. La Reine Anne les dépassa et l'attrapa par le coude.

— Allons discuter, cher enfant.

Incapable de se libérer de sa prise ferme ou d'échapper à autant de gardes, il n'eut d'autre choix que de la suivre dans un salon lumineux. Elle le mena vers une petite table, où ils s'assirent l'un en face de l'autre. Un garde s'avança et posa un plateau métallique entre eux. Dessus se trouvaient un plat recouvert, deux assiettes et de l'argenterie.

— Qu'est-ce? demanda Sebastian.

La Reine Anne souleva la cloche de métal, qui révéla un gâteau rond recouvert de glaçage.

— C'est un délice.

— Vous m'avez forcé à entrer ici, car vous vouliez manger du gâteau?

— Sebastian, je sais que vous êtes une personne grincheuse, mais quel genre de créature inhumaine n'aime pas le gâteau? demanda la reine. J'ai rencontré des tueurs en série qui aurait tué pour une tranche.

— Brum brum brum, dit Sebastian, imitant la corne d'un bouffon du roi.

— Aucun sens de l'humour et vous détestez les gâteaux.

La Reine Anne secoua la tête.

— Les goûts de mon fils commencent à me décevoir.

— J'aime les gâteaux, dit Sebastian. Je déteste être forcé à converser avec des gens que je connais à peine.

— Je vous ai entendu dire la même chose au sujet des aventures et pourtant, vous vous retrouvez toujours dedans. Il doit y avoir un peu de dénis à ce sujet.

— Chez le Prince Turren, oui.

La reine prit un large couteau et plaça le bord sur un morceau qui le diviserait inégalement.

— Quoi? demanda-t-elle en tenant toujours le couteau. Vous vous plaignez de ma compagnie, je ne vois pas de raison d'être équitable.

Elle le trancha et fit tomber la plus petite part dans l'assiette de Sebastian.

— Si vous continuez de froncer les sourcils, je le mangerai en entier.

Sebastian soupira et accepta son morceau, le déplaçant plus loin de la Reine Anne au cas où elle mettrait sa menace à exécution. Il ramassa sa fourchette et en découpa une bouchée qui garda sa structure avant de fondre dans sa bouche.

— Il est vraiment très bon, dit-il.

— En ferez-vous toute une histoire la prochaine fois que je vous approcherai avec un gâteau?

— Bien sûr, répondit-il. C'est le principe qui est en cause.

— Je suis contente que le rapport de Frederick indiquant que vous êtes difficile s'avère être vrai, dit la Reine Anne.

— Et pourquoi cela? demanda Sebastian.

— Parce que je me sens moins coupable à ce sujet.

La reine mit la main dans sa poche et en sortit un petit miroir encadré de chêne sculpté.

Sebastian chercha dans sa cape, mais la poche contenant le miroir était vide.

— Le pickpocket n'est pas une habitude royale. Rendez-moi le cadeau que vous m'avez volé.

— Je le ferai dans un instant, indiqua la reine. Tout d'abord, dites-moi quelle vilaine chose vous avez faite pour bloquer ma magie ainsi que celle de Frederick ?

— Un sort de connaissance. Maintenant, rendez-le-moi.

Repoussant son gâteau, le Reine Anne se pencha en avant et sourit.

— C'était plus qu'une connaissance que j'ai vue dans mes couloirs, mon garçon.

— Vous envoyez votre fils en Anerith avec peu de surveillance, mais vous regardez bêtement chaque mouvement qu'il fait me concernant. Je ne suis pas un ennemi, dit Sebastian en tendant la main vers le miroir.

La reine le fixa quelques instants, mais le rendit sans autre commentaire. Il n'admettrait jamais qu'il était heureux de retrouver son seul lien privé avec Turren.

— Je pensais que vous aviez eu une éducation privilégiée. Je n'ai jamais entendu parler de vol dans votre passé.

La Reine éclata de rire.

— Ce n'est pas pour nourrir ma famille. J'ai appris à voler des choses durant une bataille.

— Pardon ?

— Imaginez-vous un combat contre un puissant magicien. Les flèches volent dans tous les sens, la dernière chose dont vous avez besoin est que votre adversaire dégaine un talisman et fasse pencher la chance en sa faveur. Donc, un peu de grossièretés, j'insulte leurs parents et me rapproche plus qu'ils ne me le permettraient. Puis l'autre magicien met la main dans sa poche.

La Reine Anne fit la démonstration en mettant les mains dans ses poches et les retournant.

— Mais rien ne s'y trouve. La surprise me donne habituellement le temps de temporairement m'occuper d'eux… ou définitivement si je n'ai d'autre choix.

Elle s'adossa à sa chaise et soupira.

— J'ai gagné plus d'une bataille que je veux bien l'admettre en volant ce qui était dans les poches de mes opposants.

— Eh bien, un petit conseil, dit-il en replaçant le miroir. Je ne volerais pas celui de Turren à moins que vous ne le voyiez le laver avec de l'eau et du savon.

La Reine Anne leva les yeux au ciel.

— Quand allez-vous cesser d'être grossier ?

— Jamais, dit Sebastian en mangeant plus de gâteau. C'est celui de Margaret, n'est-ce pas ? demanda-t-il après une autre bouchée.

La Reine Anne sourit.

— Tu es un garçon étonnement prévenant quand tu veux bien l'être, non ?

— Qu'est-ce censé vouloir dire ?

— J'ai accès à tous les cuisiniers de par le monde, mais tu distingues le travail de Margaret sans hésitation.

— Simple déduction. Sa boulangerie n'est pas si loin d'ici.

— Nous pourrions être dans un autre pays que tu aurais deviné que c'était le sien. Cela demande beaucoup de respect.

— Je ne nie pas que je la respecte, mais ce sont toujours des suppositions stupides.

— Dans le but de ne pas te contrarier alors que tu as finalement baissé ta garde, je vais laisser tomber. Pourquoi détestes-tu que les gens relèvent tes points positifs ? demanda la Reine. Je veux dire, cela explique pourquoi tu te disputes tout le temps avec mon fils. Turren ne voit que le bon en toi.

Sebastian haussa les épaules.

— Il voit le bon en tout le monde. Cela ne me rend pas spécial.

— Crois-tu vraiment que je partage ce repas avec toi, car Turren te considère comme tout le monde ?

— Ce n'est pas parce qu'il parle à voix haute que je suis au courant de toutes ses pensées.

— Je suis sûre qu'il te dit les plus importantes, dit la Reine Anne.

— Où voulez-vous en venir ?

— Nulle part, je veux simplement savoir à qui j'ai affaire.

— Je pense que vos attentes concernant ma situation et celle de Turren sont plus élevées qu'elles ne le devraient.

— Pourquoi continues-tu de jouer aux imbéciles quand de toute évidence, tu connais la raison pour laquelle je suis ici ?

— Votre intérêt pour moi est prématuré, d'autant plus que je n'ai pas pour projet de me lier à votre fils *ad vitam aeternam*.

La reine leva les mains en signe d'abandon.

— Très bien, je peux me tromper, mais tout ce que je demande c'est que tu lui brises doucement le cœur. Ses attentes pour vous deux sont assez hautes.

Un garde s'avança et lui chuchota à l'oreille. La Reine Anne hocha la tête et soupira.

— Mon travail m'attend, je vais devoir couper court à notre entrevue. C'était un plaisir de vous rencontrer, sire Orwell.

Elle se leva et lui adressa un sourire narquois alors qu'il restait assis.

— Je parie que vous supportez Margaret et Harold, n'est-ce pas ? C'est entendu. Gagner votre respect est maintenant l'un de mes objectifs, dit-elle avant de prendre son gâteau et de partir.

Les gardes la suivirent et Sebastian fut laissé seul.

— Je ne veux pas du prince, je ne l'aime définitivement pas, marmonna-t-il à l'espace vide autour de lui. Et je ne tomberai pas amoureux de lui.

XX

LES PENSÉES de Sebastian tournaient dans sa tête alors qu'il était allongé sur son lit, pourtant, il murmura le prénom de Turren dans le miroir et regarda l'homme apparaître, debout près de sa coiffeuse.

— As-tu apprécié la journée de repos que je t'aie accordée ? demanda Turren.

— Ne te félicite pas trop vite. Je me suis quand même retrouvé embringué avec…

Ne sachant pas s'il devait parler au prince de son goûter avec le Reine Anne, il laissa sa phrase en suspens.

— Peu importe.

— Ton père est venu dans ma chambre vérifier si tu n'y étais pas. Je lui ai dit que bien que je ne t'aie pas vu, j'étais infiniment flatté par cette accusation.

Sebastian sourit.

— Tu devrais trouver d'autres sources de fierté.

Soudainement, sa vue s'inclina alors que Turren emportait le miroir avec lui jusqu'à son lit et sautait dessus. Tout devint flou avant que le visage du prince réapparaisse dans le miroir, entouré d'oreillers exubérants.

— Arrête ça avant de me donner le vertige.

— Le vertige de l'amour ? plaisanta Turren.

— Bon courage pour extirper ce mot de ma bouche, dit Sebastian.

— Cela pourrait être amusant.

— Profite de toutes les petites victoires possibles, conseilla Sebastian. Tu ne seras pas en mesure de distraire mon père demain.

Turren soupira.

— Je n'y comptais pas, le Capitaine Pembrost a insisté sur le fait que notre repos ne durerait qu'une seule journée.

— Son travail est de te protéger, les jeux qui le retardent ne le rendent certainement pas très heureux.

— Me reproches-tu de ne pas prendre ma sécurité au sérieux ? Parce que je le prendrai comme l'aveu de ton inquiétude.

— Très bien, je suis inquiet pour toi, seulement parce que tu es un homme naïf.

— Hmmm, murmura Turren. Je ne sais pas si…

Sebastian bâilla.

— Je suis très fatigué. Peut-être devrais-je aller au…

— Attends, je suis désolé !

148

Sebastian eut un sourire narquois sous sa capuche et demanda :

— Pourquoi te prépares-tu à aller au lit si tard ?

— Ma mère a abandonné mon père pour une quête imaginaire et j'ai été exploité pour la remplacer. Parfois, je pense que les pétitionnaires viennent, car ils s'ennuient. Leurs problèmes étaient rarement extrêmes au point de justifier notre aide, ils auraient aisément pu les résoudre par eux-mêmes.

Sebastian éclata de rire.

— Je sais que je suis insensible et trop gâté. Vas-y, moque-toi.

— Je ne ris pas, car tes pensées sont mauvaises. Je ris, car bien que tu sois un prince, tu es obligé de t'occuper de la plus insignifiante des tâches comme le reste d'entre nous : le service clientèle.

— En quoi est-ce drôle ?

— Les gens rêvent chaque jour de faire partie de la royauté, mais n'ont jamais considéré les ramifications d'un tel poste. Si tu es contrarié que les gens puissent être ennuyeux, mais que tu les écoutes quand même, il y a encore de l'espoir pour toi.

— Je ne comprends pas pourquoi ils pensent que nous pouvons les aider avec leurs problèmes.

— Ont-ils évoqué davantage que les simples plaintes habituelles ? demanda Sebastian.

— Oui, et c'est pourquoi je suis si perplexe. Notre peuple est autonome et fier de son indépendance.

— Pense à ta situation actuelle, dit Sebastian. Et pense aux actions de la reine. Toi, l'héritier royal, récemment blessé, qui prend la place de la reine toute la journée. Seul un homme en bonne santé pourrait le faire et c'est la raison pour laquelle nos citoyens devaient le voir de leurs propres yeux, même s'ils devaient demander 'Le soleil se lèvera-t-il demain ? ' Pour cela.

— Il s'est écoulé des semaines depuis l'agression, crois-tu que les gens sont toujours inquiets de mon état de santé ?

Sebastian haussa les épaules.

— Tes parents apportent la paix à notre pays depuis des décennies, mais ce n'est pas assez long pour considérer cette stabilité comme acquise. Tes parents sont une pierre angulaire pour eux. C'est dingue, mais ça les fait se sentir mieux.

— Tu sembles comprendre la plupart des gens, mais tu es grognon avec eux, pourquoi ?

— Parce que je suis un observateur, ça me donne une vision moins biaisée du monde.

— N'importe quel pays serait béni de t'avoir comme dirigeant, chuchota Turren.

Une boutade sarcastique lui démangea le bout de la langue, mais il ne savait pas à quel point le prince était sérieux. Il ne voulait pas être cruel.

— Ce n'est pas ce que je recommanderais, répondit-il prudemment. Je suis intelligent, mais cela ne signifie pas que je mérite une place de pouvoir. Il doit y avoir plus de références que cela.

— Hum, marmonna Turren évasivement.

— Je dois me réveiller tôt demain, j'ai besoin de sommeil, dit Sebastian.

— Je pense que c'est plus que ce que j'obtiendrai de toi par la flatterie pour la nuit. S'il te plaît, dors comme tu le souhaites.

Le miroir devint sombre et Sebastian fronça les sourcils.

— Qu'était-ce supposé vouloir dire?

EN DÉPIT de ses prétentions, Sebastian se rendait à la bibliothèque alors que tout le monde dormait. Aucun garde ne l'arrêta, alors il présuma que le Capitaine Pembrost lui donnait un peu de liberté. Cela le rendit nerveux, mais il poursuivit son chemin. Une faible lumière magique dépassait sous les portes, qui s'ouvrirent sans résistance.

Toute une fortune de connaissances et ils laissent les portes déverrouillées? Sebastian aperçut les piles de livres et soupira au nombre qu'ils devaient encore feuilleter. Il posa ses mains sous la table et parla au bois. C'était comme être au service d'une bibliothèque avec tellement d'étagères en bois. Elle savait que Sebastian et les autres étaient à la recherche d'un livre en particulier.

— L'as-tu vu? demanda-t-il silencieusement.

La table se tut puis vibra comme si elle réfléchissait.

Sebastian ferma les yeux et pensa au papier contenu dans tous ces livres. Prenant une profonde inspiration, il permit à des fibres de son pouvoir de s'infiltrer dans la table et dans chaque livre, un par un. Il laissa la table expliquer aux livres ce qu'il cherchait. Ils lui chuchotèrent des choses, mais aucun d'eux ne semblait avoir d'information sur le Cœur de Lumière. Tandis que sa magie se propageait plus profondément, le chuchotement devint plus fort. En leur centre, ils perçurent celui contenant l'information cachée. Sebastian ne savait pas lequel c'était alors il déversa plus de magie. Les livres guidèrent les filaments magiques plus haut. Dans peu de temps, il l'aurait.

Sebastian sourit. *Je peux peut-être sauver Turren d'une autre attaque.* Le chuchotement devint assourdissant dans sa tête, et alors que sa magie s'élevait en spirale autour de ce qui devait être le bon livre, une douleur traversa son poignet droit.

Sebastian sursauta et tenta d'invoquer un sort autour de lui, mais sa magie ne répondait pas. Son pouvoir entourait toujours les livres, mais était complètement bloqué. Sebastian tint son poignet et fouilla la pièce sombre. Rien ne bougeait, mais quelqu'un était ici avec lui. *Quelqu'un qui a la capacité de voir comment fonctionne ma magie et m'éloigner d'elle.* Sebastian sourit amèrement.

— J'imagine que je ne devrais pas sous-estimer la capacité de voir la vérité dans les mots et la magie, Père.

— Tu deviens distrait quand tu utilises la magie, dit Lord Orwell dans l'obscurité. Tu dois travailler là-dessus.

— Pourquoi m'avez-vous arrêté ? Que ne voulez-vous pas que je voie ?

— Un moment, répondit son père, et Sebastian regarda la magie qu'il avait déversée dans les livres se répandre et illuminer la pièce comme une barrière. Ce n'est pas une conversation pour des yeux ou des oreilles indiscrets.

— Vous disiez que vous ne travailliez plus avec Trenton, alors pourquoi êtes-vous intervenu ?

La lèvre inférieure de Sebastian tremblait de colère.

Lord Orwell entra dans la lumière magique et croisa les bras.

— J'ai dissimulé cette information afin que Trenton n'utilise pas le Cœur de Lumière. Frederick ou la Reine Anne pourraient voir au-delà du sortilège, je ne peux pas me le permettre.

— Mais vous laisseriez Turren mourir pour protéger votre secret ? Trenton a déjà vu ce qu'il y avait à l'intérieur ou il ne serait pas après lui. Pourquoi ne laisseriez-vous pas les autres le voir ?

— C'est un mensonge que j'ai placé dans tous les livres, mais les circonstances de la famille royale leur donnent davantage de capacité que Trenton à résoudre l'énigme, dit Lord Orwell.

— Je ne comprends pas ce que vous dites.

— Les gens plus proches de la vérité verront au-delà du mensonge. En l'état, Trenton ne sera pas capable d'utiliser l'amulette.

— Alors pourquoi en a-t-il après Turren ?

— L'énigme l'éloigne du véritable catalyseur, mais l'esprit de Trenton est tordu, il l'a interprétée d'une manière que je n'avais pas prédite. J'aurais dû le voir comme une possibilité, avec le recul et tout cela…

Lord Orwell haussa les épaules.

— J'emmerde votre recul, et dites-moi ce que signifie cette énigme pour ce bâtard !

Lord Orwell se racla la gorge.

— Si l'on est un arrogant magicien qui ne veut pas envisager un objet magique hors de sa portée, ce passage pourrait être interprété par le fait que pour activer l'amulette, son porteur devra manger le cœur d'une âme pure. Et je veux dire par là, avec une déficience mentale des plus sévères.

Horrifié, Sebastian ne put garder sa bouche fermée.

— Il prévoit de manger le cœur du Prince Turren ?

— Probablement.

— Arrangez cela ! Je me fiche de comment, mais arrangez cela. Turren est un homme bon, il ne mérite pas cela, Père !

— Ce n'est pas une situation facile à arranger, tous les scénarios mènent à un seul chemin : contacter Trenton. Je ne peux pas faire cela et mettre notre famille en danger pour ta toquade, dit Lord Orwell. Je suis désolé, mais je ne le ferai pas.

— Vous le ferez, chuchota Sebastian.

— Ou sinon ?

— Je resterai ici quand vous partirez. Je resterai aux côtés de Turren jusqu'à ce que je sache qu'il est en sécurité, affirma Sebastian.

— Oh, alors tu occupes le rôle de protecteur. Comment cela s'est-il passé pour Richard ? demanda Lord Orwell.

— Je ne suis pas vous. Je ne peux pas permettre qu'un homme innocent meure.

— Mais tu es prêt à donner accès à l'un des objets les plus puissants du monde à un homme malfaisant pour sauver ton prince ?

— Vous ne le savez pas, ça, dit Sebastian.

— Rares sont les façons dont je peux modifier ma traduction sans mener Trenton plus près de la vérité, dit Lord Orwell. L'éloigner du Cœur de Lumière est la seule bonne chose que j'ai jamais faite.

— Si Turren est la clé, peut-il se servir de l'amulette ?

— N'importe qui ne peut pas manier cet objet.

— Peut-il être détruit ? C'est une meilleure alternative que de voir Trenton s'en servir.

Lord Orwell détourna le regard.

— C'est discutable. De toute façon, ma décision est prise, je ne sauverai pas Turren pour que ce monde parte en vrille.

— C'est votre argument ? Un homme meurt pour en sauver d'autres ? Vous êtes la dernière personne à laquelle je m'attendais, qui croirait une telle absurdité.

— C'est parce que tu es un garçon naïf ; pire encore, tu es amoureux.

— Père, je pensais ce que j'ai dit, je resterai si vous ne m'aidez pas.

Lord Orwell s'avança vers son fils et repoussa sa capuche.

— Regarde-moi dans les yeux et dis-moi que ce garçon vaut la peine de risquer nos vies. La tienne, la mienne, celle de tes frères et sœurs, celle de ta mère. Ce garçon le vaut-il ?

Sebastian carra les épaules et regarda son père.

— Si je permets sa mort, alors je mérite le destin que me prédit Ophélia.

Secouant la tête, Lord Orwell baissa les mains.

— Grand dieu, tu es fou. Je le contacterai à une condition. Tu ne vois plus le prince après cela. Jamais plus.

Il tendit la main et tira sur la poche de la cape de Sebastian.

— Plus de visites par miroir, plus de baisers dans les couloirs, plus rien. Romps ta parole et je le livrerai à Trenton sur un plateau d'argent. Est-ce d'accord ?

Il lui fut difficile de respirer, mais il n'avait pas d'autre choix.

— J'accepte vos conditions.

Son père hocha la tête et tourna les talons, le laissant seul dans la bibliothèque vide.

XXI

SEBASTIAN SE sentit ridicule après avoir vu son père. Une petite promesse et il était engourdi. Il n'avait pas vu Turren depuis des années avant qu'il ne vienne dans leur forêt. Pourquoi serait-ce important qu'il ne le revoie jamais ? Ils n'avaient rien fait d'autre que s'embrasser. *Nous ne pouvons même pas être qualifiés d'amants*, songea-t-il alors que Turren divaguait sur sa journée.

— Est-ce que tu m'écoutes ? demanda-t-il.

— Hum ? répondit Sebastian pour au moins la cinquième fois.

— Si je te disais que j'avais tué une hydre à cinq têtes, tu me dirais probablement à nouveau 'hum'. Où est ton esprit aujourd'hui ?

— Nulle part en particulier.

Ils avaient passé les livres en revue toute la journée, mais c'était un autre échec. Sebastian avait reçu l'ordre de prétendre que la nuit dernière ne s'était jamais passée, mais il était difficile de ne pas regarder cette pile du milieu où sa magie avait voyagé.

— Je suis désolé, je ne suis pas de bonne compagnie ce soir. Je pense que je vais aller me coucher.

— Très bien. Je suis content de t'avoir vu. Bonne nuit, Sebastian.

— Bonne nuit, Turren.

Sebastian rompit la connexion et soupira. Il ne savait pas si rompre tous contacts avec le prince avant de partir serait pour le mieux. Peut-être devrait-il prendre tout ce qu'il pourrait avoir – ignorer les ordres de son père de ne pas voir Turren au château. Il pouvait passer un après-midi entier avec Turren, mais tout ce à quoi il pensait ne pourrait compenser ce qu'il perdait. *La seule personne qui pourrait ne pas se soucier de ce à quoi je ressemble et je dois renoncer à lui.*

— Putain !

Sebastian sortit de son lit et mit sa cape. *Si je dois cesser de le voir, je partirai avec de réels regrets*, songea-t-il. Il se faufila hors de sa chambre et se dirigea vers celle de Turren. Comme d'habitude, il ne fut pas stoppé dans les couloirs et arriva à sa destination. Il prit une profonde inspiration et tendit la main vers la poignée. Alors qu'il allait la poser, une main se referma sur son avant-bras. Surpris, il libéra son bras de la prise ferme du Capitaine Pembrost.

Le Capitaine Pembrost toucha la porte de Turren, formant une barrière magique contre le bruit et Sebastian.

— Vous êtes de mauvaise humeur ce soir, dit ce dernier. Je pensais que vous tentiez de me mettre dans son lit ?

— J'étais d'humeur encore pire hier soir quand j'ai senti une étrange magie recouvrant les seules pistes menant à la survie de Turren. Que faisiez-vous avec votre père la nuit dernière ?

— Je n'ai rien fait de mal. J'ai utilisé ma magie pour essayer de repérer quel livre était responsable de ce gâchis.

— Et ? demanda le capitaine.

— Cela n'a pas fonctionné.

— Vous mentez, pensez-vous que je vais vous laisser entrer dans la chambre de mon prince ? gronda-t-il.

— J'ai eu beaucoup d'occasions de lui nuire si j'avais voulu, je ne serais jamais assez stupide pour essayer dans ce maudit château.

— Ça m'est égal. Jusqu'à ce que je…

Le Capitaine Pembrost cessa de parler et toucha le talisman autour de son cou. Il fronça les sourcils et secoua la tête, mais s'écarta de la porte. La barrière magique retomba et il s'éloigna d'un pas lourd.

Seuls le roi ou la reine pouvaient l'avoir dissuadé de cet état d'esprit, mais cela n'empêcha pas Sebastian d'atteindre son but. Il ouvrit lentement la porte de Turren et se glissa dans la chambre. Silencieusement, il la referma derrière lui, se tourna et vit le prince bougeant vigoureusement sa main sous les draps.

— Bastian.

Le mot sortit tourmenté de la bouche de Turren.

Sebastian inclina la tête et sourit.

— Est-ce cela que tu fais après toutes nos conversations ?

Turren poussa un cri et remonta le drap sur son torse.

— Que fais-tu ici ?

— J'ai pensé à une autre conversation qui serait préférable d'avoir en personne.

— Alors tu es venu ici sans t'annoncer ni frapper.

Turren fronça les sourcils.

— On est au milieu de la nuit.

— Ce n'est pas comme si tu dormais.

— Je n'attendais pas de compagnie.

— Tu n'as pas répondu à ma question.

— Et alors ? Ce que je fais dans l'intimité de ma chambre ne te regarde pas.

— Tu es beaucoup trop sur la défensive pour un homme pris en flagrant délit de profanation de mon prénom.

Le prince plissa les yeux, sa main glissant délibérément sous les draps.

Ils s'abaissèrent et Turren sortit son membre à la vue de Sebastian.

— Tout est une question de limites. Tu peux partir ou regarder, dit Turren en poussant dans sa main.

154

Son regard bleu sombre fixé sur Sebastian, il grogna alors qu'il bougeait plus vite.

— Ta main est-elle meilleure que la réalité ? demanda tranquillement Sebastian.

Turren s'arrêta dans un effort visible et repoussa les couvertures de son lit. Il se leva et s'avança vers Sebastian, la lumière magique se reflétant sur son corps nu.

Il s'arrêta devant lui.

— Répète ce que tu viens de me dire ?

Les choses se passaient selon ses plans, mais Sebastian ne savait pas quoi faire avec Turren. Un homme nu très excité à ce sujet. Une main captura son menton et il fut forcé de lever les yeux.

— Pourquoi es-tu venu ici et pourquoi n'es-tu pas encore parti ?

Sebastian arracha son menton de l'emprise de Turren.

— J'ai besoin d'un moment pour réfléchir. Je pensais que tu serais plus coopératif, moins distant.

Turren recula d'un pas.

— Qu'attends-tu de cette nuit ?

— Ça, en quelque sorte, dit-il en agitant la main vers le corps de Turren.

— Est-ce que tu te moques de moi ?

— Je commence à penser que c'était une mauvaise idée. Je ferais mieux d'y aller.

Sebastian se tourna pour partir, mais Turren lui attrapa doucement le coude. Il leva sa main à ses lèvres.

— Pardonne-moi, je n'aurais jamais rêvé que ce fantasme se réaliserait. S'il te plaît, assieds-toi avec moi et discutons d'abord.

Avec hésitation, il tira Sebastian vers le lit où les deux hommes s'assirent. Turren attrapa un bout de couverture et le drapa sur ses genoux.

— Est-ce mieux ?

— Oui, murmura Sebastian.

— J'ai bien trop peur de te demander ce qui t'amène ici, mais je dois demander : es-tu sûr ?

— Oui, chuchota-t-il.

Il se racla la gorge.

— Je voudrais coucher avec toi, dit-il d'une voix plus forte.

Turren se pencha et lui embrassa la joue.

— Attends ici, je vais chercher quelque chose. D'accord ? demanda-t-il en lui pressant la main.

— D'accord.

Des lèvres se déplacèrent à sa bouche et une langue le goûta brièvement.

— Tu peux changer d'avis.

Sebastian leva un regard confus vers Turren.

— As-tu changé d'avis ?

Turren se mit à rire. Il se leva, son membre sembla encore plus dur.

— Pas même si je devais traverser les sept enfers pour être ici avec toi.

Sebastian fixa ses mains tandis que Turren allait fouiller dans sa salle de bain. Il y eut des tintements de flacons de verre, quelques malédictions de frustration, puis Turren revint, souriant triomphalement. Son sourire lumineux se transforma en froncement de sourcils.

— Vas-tu te déshabiller ?

Sebastian s'était préparé pour cela.

— Je le ferai plus tard.

— Tu veux coucher avec moi, mais tu ne me fais pas confiance.

— Je te fais confiance, mais j'ai besoin de savoir que mon visage n'a pas d'importance. Je te jure que je te le montrerai, mais cela ne peut être qu'après, dit Sebastian. Tu verras pourquoi… si tu as toujours envie de le faire.

Turren se pencha afin qu'ils se regardent dans les yeux.

— J'ai ta parole ? Si nous avons des relations sexuelles, tu te révéleras à moi ?

— Oui, promit Sebastian.

— Ça va être gênant si je ne vois pas ce que je touche.

— C'est bon. Je ne le retiendrai pas contre toi.

Sebastian sourit nerveusement, souhaitant pouvoir enlever sa cape sur l'instant.

— Remonte sur le lit et allonge-toi, dit Turren.

Je vais vraiment le faire, songea-t-il alors qu'il obéissait.

Turren s'étendit sur lui et l'embrassa à nouveau.

Sebastian enroula ses bras autour de ses épaules nues et sourit contre sa bouche.

— Combien de leçons d'épée as-tu chaque jour ?

— Assez pour survivre aux assassinats afin que tu t'accroches à moi.

Sebastian leva les yeux au ciel.

— Je suis déjà dans ton lit. Plus besoin de me courtiser.

— Que tu viennes dans mon lit de ton plein gré alors que j'étais toujours inquiet d'être présomptueux mérite des mots doux, répondit Turren en recouvrant sa bouche.

Toujours un maudit charmeur, songea Sebastian tout en fermant les yeux afin d'apprécier le poids de son prince sur lui. C'était un réconfort inhabituel, il ne savait pas s'il renouvellerait l'expérience. Des mains se posèrent sur les liens de sa cape, mais ne parvinrent pas à les dénouer. Turren recula, jetant un regard noir au vêtement.

— Comment suis-je supposé procéder si je ne peux pas te déshabiller ?

— J'imagine que je vais devoir t'aider, dit Sebastian. Hum…

Il regarda Turren, dont les sourcils se haussèrent, et tenta de trouver comment ils allaient faire. Posant ses mains sur ses épaules, Sebastian le repoussa doucement et détacha son pantalon. Alors qu'il bougeait ses doigts, Turren se lécha les lèvres.

Il jeta un œil à son sexe. Sa pointe durcie brillait de semence, il n'eut aucun doute de l'endroit où le prince prévoyait de se libérer. Quand il releva les yeux, Turren était plus proche et l'embrassa à nouveau.

— Ça n'aide pas.

— Je trouve simplement un moyen de profiter de tes règles, répondit Turren en l'embrassant.

Sebastian descendit son pantalon afin qu'il ait accès au bas de son corps. Prenant une profonde inspiration, il attrapa l'une des mains de Turren et la guida vers sa peau non protégée. Ses doigts se refermèrent sur sa hampe et se resserrèrent. Sebastian gémit dans la bouche du prince.

Les lèvres de Turren se déplacèrent sur son menton.

— Peux-tu, s'il te plaît, enlever un gant ? Je suis suffisamment proche pour ne pas voir ta peau. S'il te plaît ? pria-t-il à nouveau, serrant Sebastian juste un peu plus fort, le faisant grogner.

— D'accord.

Il ôta son gant en s'aidant de son flanc pour le faire et le jeta sur le côté. Turren guida sa main, tout comme il l'avait fait, et bientôt, les deux hommes se caressaient à l'unisson. Il était étrange de toucher le membre d'un autre homme, mais les efforts de Turren le détendirent, il s'enhardit, le masturbant en de longs coups afin que sa main frôle les bourses de Turren. Chaque fois, il la fit glisser de la base à la pointe, et Turren en faisait de même.

— Ah !

Comme d'habitude, le prince ne pouvait se contenter de ce qu'il lui donnait. Son autre main se faufila sous ses testicules, en direction de son orifice inviolé. *Il aurait pu me prévenir*, songea-t-il, mais il n'empêcha pas Turren d'explorer la peau sensible. C'était des contacts très doux, emplis de curiosité et de passion.

Turren se pencha et l'embrassa sur le front.

— Je vais appliquer l'huile à présent.

Sebastian relâcha sa hampe et hocha énergiquement la tête avant de perdre son sang-froid. De sa paume, Turren le repoussa sur le dos.

— Je te promets d'être prévenant, bien que je n'aie couché avec personne, je satisferai tes besoins.

Sebastian cligna des yeux, se redressant sur ses coudes.

— Quoi ?

— Pourquoi es-tu confus ? Je pensais avoir parlé très clairement.

— Tu as parlé clairement, mais comment peux-*tu* être vierge ?

— En n'ayant pas de relations sexuelles.

L'intimité de la situation le rendit encore plus conscient que ses mots devaient être choisis avec précaution.

— Je me demande comment un prince, riche et magnifique, est encore vierge ? Tu as dû avoir des hommes se jetant à tes pieds dès l'âge de la puberté.

Turren soupira alors qu'il reposait la bouteille d'huile près de la tête de Sebastian.

— J'ai eu des offres, mais je ne suis pas aussi naïf que toi et les autres pouvaient le croire. Oui, j'aurais pu avoir de nombreux hommes dans mon lit, mais c'était principalement des lords ou des fils issus de familles royales qui ont eu le courage de demander. Beaucoup d'entre eux auraient été prêts à avoir un bref rendez-vous galant, mais d'autres auraient pu pousser jusqu'au mariage. Je pouvais soit m'ouvrir à une situation pénible, soit attendre et voir si la personne à laquelle je tenais me retournait mes sentiments.

— Et si ce n'était jamais arrivé ? demanda Sebastian en s'agitant entre eux.

— Je devais croire que ton cœur était capable d'accepter le mien, ou je ne me marierais jamais.

Sebastian secoua la tête.

— Tu es soit l'homme le plus optimiste que je n'ai jamais rencontré soit le plus fou.

— Je préfère le premier choix. Maintenant, pouvons-nous continuer ?

— Attends, dit Sebastian, pensant au poids lourd de l'épais membre qu'il avait tenu auparavant. C'est ma première fois aussi.

Turren ne cilla pas ni ne montra qu'il était surpris. Sebastian soupira.

— Fais au moins semblant que c'est une nouvelle pour toi.

— Tu détestes être touché par d'autres personnes et tu n'as jamais révélé ton visage. Il est facile d'émettre des hypothèses.

— Peu importe. Mais je pense que je dois mentionner que je suis tout à fait compétent en matière de magie.

— Je le sais déjà.

— Oui, mais je peux aussi métamorphoser les choses et leur rendre leur forme originale sans effets secondaires.

— Je ne vois pas de quoi tu veux parler, Sebastian.

— Puisque c'est aussi ma première fois, j'imagine que tu veux que je sois le réceptacle ce soir, mon confort serait mieux géré si tu n'étais pas si… large.

Les yeux de Turren s'écarquillèrent.

— Tu veux dire un sort de rétrécissement sur mon…

— Seulement un tout petit.

Sebastian stoppa son mauvais phrasé et recommença :

— Je veux dire un tout petit sort, avec peu de réactions… Seigneur, pourquoi ne peut-il pas y avoir une meilleure façon de le dire ?

Turren fronça les sourcils et se jeta sur la bouche de Sebastian, si violemment qu'il manqua de se mordre la lèvre.

— Je suis désolé, Sebastian, dit-il quand il l'autorisa à reprendre son souffle. Mais tu as perdu tout privilège de parler.

Pour prouver ses paroles, il couvrit à nouveau sa bouche de profonds baisers.

La langue de Turren submergea celle de Sebastian, sa tête retombant sur l'oreiller. Il enroula un bras autour du cou du prince, son corps nu se pressant contre lui. Ses jambes furent écartées et son pantalon baissé à ses genoux. La cape enchantée s'enroula autour de la peau exposée, mais les doigts huilés de Turren se virent accorder l'entrée sous le tissu.

— Ce n'est pas la façon dont je nous imaginais, mais ce n'est pas décevant non plus, remarqua Turren alors que l'un de ses doigts disparaissait de sa vue entre les fesses de Sebastian. Après tout, je pourrais devenir fétichiste.

— Tais – Ah! cria Sebastian quand le doigt s'enfonça plus profondément.

— Ne parle pas, dit Turren tout en attrapant sa verge et faisant aller et venir son doigt dans son orifice.

Quand un autre doigt rejoignit le premier, Sebastian laissa échapper un souffle, prenant les deux en lui. Comme pour le distraire, Turren versa un filet d'huile sur sa hampe et l'étala. Il la prit entre ses doigts et écrasa ses lèvres contre celles de Sebastian au moment où un troisième doigt poussait en lui. Sebastian grogna, ressentant un peu de douleur, mais l'autre main du prince accéléra sans pitié au même moment.

Malgré cette sensation inconfortable d'avoir plusieurs doigts dans son orifice, il s'accrocha aux épaules de Turren sous l'attention que ce dernier donnait à son sexe. Alors que son entrée se dilatait, les doigts de Turren plongèrent plus profondément, et sa semence se répandit sur le torse du prince. Turren libéra finalement sa bouche et il put à nouveau respirer tandis qu'il lui relevait les jambes, son pantalon tombant sur ses pieds.

— Tu n'as plus l'interdiction de parler, lui dit Turren alors qu'il poussait lentement son membre en lui.

La panique commença à se construire dans sa poitrine. *Pourquoi est-ce que je fais cela? Pourquoi fais-je confiance au prince avec mon corps? Peut-être ne suis-je pas prêt à laisser quelqu'un pénétrer en moi.* Un souffle toucha sa joue, Sebastian releva les yeux et vit le Prince Turren le fixer là où ses yeux étaient dissimulés sous sa capuche.

— Merci, chuchota-t-il alors qu'une larme tombait sur la joue de Sebastian.

Sebastian sourit et le serra dans ses bras.

— Tu es un idiot.

— Un idiot… heureux.

Turren posa son front contre le sien et gémit quand sa longueur fut entièrement gainée.

— Tu es très chaud, mais un peu serré.

— Parce que tu n'as pas une taille moyenne, crétin.

— Plus étroit encore, détends-toi, s'il te plaît Sebastian.

— Personne ne t'a demandé d'être si large.

— Attends un instant, dit Turren, sa hampe sortant de son orifice.

159

Sebastian poussa un soupir de soulagement, puis davantage d'huile fut versée sur son entrée. Turren la massa et ajouta encore plus d'huile sur son sexe. Le pénétrant à nouveau, il s'enfonça en douceur et en gémissant.

— C'est mieux, dit-il.

C'était toujours inconfortable pour Sebastian, mais il n'y avait plus de douleur. Sa tête retomba brutalement quand Turren poussa en lui sans avertissement.

— Tu – Ah !

— Bastian ! haleta Turren.

Dès que ses hanches commencèrent à bouger, il ne s'arrêta ni ne ralentit, ruant en Sebastian alors que le plaisir le submergeait.

La chambre devint floue tandis que le corps de Sebastian bougeait en harmonie avec celui de Turren. Son prince céda et gémit à son oreille alors que la jouissance le frappait. En sueur, la bouche grande ouverte, il avait l'air perdu, confus. Sebastian attira sa bouche à la sienne, ils s'embrassèrent tandis que Turren expulsait les restes de son plaisir. Il soupira et se laissa tomber sur son amant, lovant sa tête dans son cou. Sebastian était trop fatigué pour se plaindre du poids.

— Désolé, dit le prince en s'effondrant à côté de lui.

Sebastian fixa le plafond et tenta de reprendre son souffle. *Que faisons-nous maintenant ? Est-ce que nous nous embrassons ? Est-ce que nous discutons ?* Il était là, à se demander ce que ferait Turren quand le silence fut bientôt brisé par des ronflements. *Je peux vivre avec ça*, songea-t-il alors qu'il fermait les yeux et laissait l'épuisement prendre le dessus.

XXII

Un goutte à goutte réveilla Sebastian. Il gémit, se tourna et vit Turren assis, un bol d'eau et une serviette dans les mains.

— Que fais-tu ? marmonna Sebastian.

— J'attends que tu tiennes parole, que je puisse te laver.

— Maudit sois-tu d'être un lève-tôt.

Si je m'étais réveillé en premier, j'aurais pu m'éclipser de la chambre du prince sans avoir à me révéler.

— J'ai le sentiment que des pensées peu honorables te traversent l'esprit, j'ai été avisé de lancer un sort de réveil.

— Connard.

Turren croisa les bras.

— Très bien, un marché est un marché, dit Sebastian. Mais tu ne dois rien dire à mon sujet à tes parents, Pembrost ou Frederick. Compris ?

— Oui.

Sebastian repoussa les couvertures et s'assit. Il saisit le bord de sa capuche et regarda Turren. Fermant les yeux, il l'enleva rapidement et attendit la réaction de Turren. Les secondes passèrent sans qu'il dise un mot. Sebastian ouvrit les yeux, le prince paraissait blessé. Il carra les épaules.

— Qu'est-ce que tu as ?

— Je pensais que tu me faisais confiance, Sebastian. Après ce que nous avons fait, je m'attendais à ce que tu tiennes ta parole.

— Hein ?

Turren secoua la tête et se détourna.

— Je me fiche de la beauté de cette illusion, je veux voir le vrai toi.

Sebastian s'allongea sur le côté et posa sa tête dans sa paume.

— Essayes-tu de me dire que tu aurais choisi un visage hideux au lieu de celui-ci ?

— Je te l'ai dit depuis le moment où nous nous sommes revus, dit Turren en faisant face à Sebastian. Cela ne veut rien dire, ajouta-t-il en pointant le corps de Sebastian du doigt. Je pensais que tu tiendrais ta promesse. Je pensais que je signifiais plus pour toi.

Sebastian leva les yeux au ciel et soupira.

— Tu es le plus grand imbécile que je n'ai jamais rencontré.

— Ne te moque pas de moi, dit Turren, la voix emplie de colère.

— Quand j'étais bébé, mes frères m'ont emmené au Lac d'Argent et ils m'ont perdu de vue. Une femme m'a trouvé et a essayé de me ramener chez elle. Mes frères l'ont rattrapée à temps, mais elle tentait toujours de me prendre. Tu vois, mes frères étaient trop quelconques pour être de ma famille alors, elle a supposé qu'ils mentaient. J'ai dû être arraché de ses bras, elle sanglotait comme si son enfant lui avait été enlevé. Quand j'avais six ans, deux seigneurs m'ont vu, ils ont tellement été frappés par mon apparence qu'ils ont décidé en même temps de me ramener chez eux. Ils ne pouvaient pas m'avoir tous les deux alors ils se sont battus en duel jusqu'à la mort. Ils sont morts de l'épée de l'autre, Mère m'a trouvé plus tard couvert de leur sang.

— Les gens pensaient que leur folie avait été provoquée par la forêt, chuchota Turren.

Sebastian rit amèrement.

— Ils ont été empoisonnés par ma beauté. À onze ans, les gens ne me voyaient plus comme un bel enfant. Ils me voulaient pour d'autres choses, je l'ai appris à mes dépens quand j'ai stupidement baissé ma capuche quand j'étais seul. Un homme est apparu et un étrange instinct m'a dit de m'enfuir. Je n'ai pas été bien loin, il semblait plus fou que les autres. J'ai réussi à me dégager alors qu'il déchirait mes vêtements, c'est là qu'Harold et Margaret m'ont trouvé. J'ai remis ma capuche avant qu'ils ne puissent voir mon visage et l'homme s'en est servi comme excuse pour justifier son attaque. Il a affirmé que j'étais une bête qui avait essayé de le voler. Harold savait qui j'étais à cause de ma cape, il a utilisé la magie pour voir au-delà du sortilège. Dès qu'il a vu mon visage, il a su. Margaret l'a vu aussi et a jeté un sort à mon agresseur. Harold m'a ramené à la maison, je n'ai plus jamais montré mon visage à un étranger depuis.

Turren s'était allongé durant son récit, il faisait courir ses doigts dans ses fins cheveux dorés.

— Tu vois, je suis maudit, mais pas de la façon dont les gens le pensent.

— Je suis désolé d'avoir douté de toi, dit Turren.

— Je ne suis pas en colère contre toi. Il est rare pour moi d'entendre que mon visage n'est pas assez beau.

— Tu sais ce que je voulais dire, répondit Turren en rougissant.

Sebastian sourit et regarda le visage émerveillé de Turren.

— Je peux voir tes expressions au lieu de toujours les deviner. C'est très agréable.

— Je vois ça, dit Sebastian en baissant les yeux vers le membre grandissant du prince. Tu es plus enthousiaste que lors de ton réveil.

— C'est parce qu'à présent, je sais que tu as confiance en moi, tu te soucies de moi.

Sebastian pointa l'entrejambe de Turren.

— Pas assez pour que je fasse quoi que ce soit à ce sujet avant une autre journée.

— J'ai un baume de guérison. Il pourrait soulager tous tes muscles endoloris et nous pourrions essayer à nouveau.

— Tes doigts ne pourraient pas aller suffisamment profondément pour apaiser tous mes muscles endoloris, Prince Trop-Bien-Doté.

— Je ne dois pas nécessairement appliquer le baume avec mes doigts.

Sebastian cligna des yeux.

— Es-tu sûr que c'était ta première fois ? Parce que tu es vraiment pervers.

— J'offre simplement une solution, répondit Turren.

— Une solution plus pratique, mais j'admire ta créativité.

Turren le regarda avec espoir.

— Pas à ce point-là. Tu peux me laver, puis appliquer le baume avec tes doigts, mais ensuite on retourne dormir. Compris ?

— Oui, répondit Turren tout en baissant les yeux comme un chiot puni.

— Tu serais plus crédible si…

Sebastian tendit la main et passa son pouce sur la pointe fuyante de son sexe.

— … tu n'étais pas si humide, finit-il en léchant son pouce. Salé, mais pas horrible.

La mâchoire de Turren se décrocha.

— Ce n'est pas juste !

— Qu'est-ce qui n'est pas juste ?

— Tu es toujours habillé et tu peux me goûter.

Sebastian leva les yeux au ciel.

— Bien.

Il enleva sa cape et déboutonna sa chemise. Puis, il s'allongea sur le dos, totalement exposé pour le prince.

— Nous sommes à égalité. Content ?

— Oui et non.

Turren déglutit tout en fixant le corps de Sebastian. Davantage de fluide s'écoula sur sa cuisse.

— Il ne retourne toujours pas dans mes fesses.

— Puis-je au moins goûter ta semence ?

— Je ne sais pas si je suis d'humeur à en produire plus.

— Je t'assure, Bastian, je vais te faire jouir à nouveau.

— Très bien, mais ne dis pas que je ne t'ai pas…

Il s'interrompit lorsque Turren se pencha et que sa langue toucha la pointe de sa hampe. Turren l'embrassa et écarta les lèvres, la faisant entrer dans sa bouche.

— Tricheur, haleta Sebastian en entourant la tête du prince de ses mains.

Turren le prit plus profondément et son membre se raidit.

— Tu as déjà fait cela avant.

Turren relâcha bruyamment son sexe et répondit :

— Oui. Personne ne demande ou n'envisage le mariage durant cet acte, il y a beaucoup moins de répercussions que de coucher avec un homme.

163

Sa bouche l'encercla à nouveau, mettant fin à toute discussion.

Le bruit de l'ouverture d'une bouteille interrompit ses gémissements. Une odeur de menthe emplit la pièce et des doigts revinrent dans ses fesses. Entre les doigts envahisseurs et la bouche humide de Turren, ses bourses se serrèrent beaucoup plus rapidement qu'il ne s'y attendait. Son dos s'arqua quand sa semence jaillit dans la gorge du prince. Les doigts continuèrent de pousser en lui, Turren refusa de relâcher son membre. Ce ne fut que lorsqu'il fut complètement à sec que son sexe fut autorisé à sortir de sa bouche. Sebastian respirait lourdement, il couvrit son visage de ses bras. Il était trop ramolli pour faire quoi que ce soit, Turren fit exactement ce qu'il avait demandé. Quand son souffle s'apaisa, un linge chaud et humide frotta son abdomen et son aine. Puis Turren lui écarta les jambes pour nettoyer son orifice. *C'était trop intime.* Un autre linge, sec cette fois-ci, essuya les zones où le tissu était passé puis les couvertures furent remontées sur lui. Turren se lova contre lui et, afin qu'il ne puisse voir ses larmes, Sebastian enfouit son visage dans son torse. Il était stupide d'être sentimental et même encore plus bête de devenir émotif aussi tardivement. Pendant l'acte aurait été plus logique, mais peu importe ce qu'il voulait, Sebastian ne pouvait arrêter de pleurer.

— Tu vas bien ? demanda Turren, son souffle effleurant le haut de sa tête.

— Oui. Ignore-moi et rendors-toi, ordonna-t-il. .

— Comme tu veux, soupira Turren en embrassant le haut de sa tête.

Ses larmes finirent par se tarir et il réalisa pourquoi il pleurait. Turren pourrait être la seule personne qu'il aimerait, mais il avait une promesse à tenir dans le but de le protéger.

LE CAPITAINE Pembrost frappa son épée contre la lame de la reine en espérant pouvoir résister à sa force.

— Je ne vois… toujours pas pourquoi… vous faites confiance à…

Le coup suivant le mit à genoux, il roula pour échapper à son prochain mouvement.

— Ce garçon, finit-il avant de se relever.

— Vous allez perdre la discussion et le combat, dit le Roi Harris sans lever les yeux de son livre tout comme il tournait une page.

— Mais cela n'a aucun sens.

Le capitaine esquiva son coup, mais tomba quand la botte de la reine le frappa au sternum.

— J'abandonne, toussa-t-il.

La Reine Anne balança son épée par-dessus son épaule et la glissa dans le fourreau dans son dos.

— Il a passé mon premier test, je suis confiante qu'il ne se sert pas de Turren.

— Quel test ? demanda Pembrost.

— Le gâteau que j'ai commandé était un gâteau d'humeur.

Le Capitaine Pembrost fronça les sourcils.

— Je suis surpris qu'un chef ait fait un plat pouvant corrompre ses compétences en fonction des sentiments du mangeur.

— J'ai dû payer un supplément pour cela, je n'aurais pas révélé qu'elle l'avait cuisiné à moins que le sujet ait une réaction positive, expliqua la Reine Anne.

— Et? demanda le capitaine.

— Sebastian a deviné que Margaret l'avait fait après une seule bouchée, dit le Roi Harris alors que la reine souriait largement.

— Il les connaît, elle et Harold, depuis des années, dit le capitaine. Le garçon aurait pu le deviner même avec un gâteau ensorcelé.

— Non, répondit la reine. Si ses sentiments n'étaient pas réels, le gâteau aurait eu un goût étrange, il n'aurait jamais deviné que c'était Margaret qui l'avait fait. Mais il avait un goût délicieux, rien n'était différent pour lui.

— Ce qui signifie qu'il est amoureux du prince, murmura le capitaine. Mais les hommes font des choses qui blessent les êtres aimés s'ils sont forcés de choisir la famille.

— Je ne suis pas aveugle quant à cette possibilité, mais j'ai confiance en lui, affirma la Reine Anne.

— Sebastian ment constamment, vous avez dû sentir ce sort aussi, Votre Majesté. Il prépare quelque chose. Roi Harris, allez-vous accepter de le laisser faire ce qu'il veut?

— Je suis d'accord avec l'évaluation de la Reine sur ce garçon, mais je crois également que ne pas surveiller chacun de ses mouvements nous garantit de l'attraper, s'il complote comme vous le pensez, quand il ne se sent pas observé.

Anne s'avança vers les marches du trône et s'assit près de Harris. Elle fouilla dans ses poches et sortit cinq pièces d'or.

— L'indécision n'est pas un trait bienvenu chez un dirigeant. Choisissez un camp et prenez les paris.

Harris referma son livre.

— Tu veux parier sur la vie amoureuse de notre fils?

— J'ai raison, sans aucun doute, donc oui.

— Et je suis celui qui me retrouve à parier contre lui?

— Si tu avais davantage foi en un dénouement positif, tu l'aurais suggéré en premier, dit Anne. C'est ta punition pour être cynique.

— Nous verrons cela, répondit Harris en attrapant l'amulette qui pendait autour de son cou.

Quelques minutes plus tard, Frederick pénétra d'un pas vif dans la salle du trône. Quand les portes se refermèrent derrière lui, il regarda autour de lui, confus.

— Tu as dit que c'était urgent.

— Ça l'est, répondit Harris. Quelle est ton opinion sur Sebastian et penses-tu qu'il envisage de mettre la vie de Turren en danger?

Frederick jeta un œil au Capitaine Pembrost.

— Je croyais qu'il t'avait mis au courant des récentes activités de Sebastian.

— J'ai quand même besoin de ton opinion pour savoir comment je vais procéder. Turren sera dévasté si nous n'agissons pas rapidement, déclara Harris.

— Je sais qu'il y a peu de preuves pour l'étayer, mais je pense que le garçon agit selon ses propres motivations. J'ai le même sentiment au sujet de Lord Orwell. S'il aidait Trenton, il serait en train de se servir du Cœur de Lumière en ce moment. Je ne sais simplement pas ce que le père ou le fils manigance.

— Donc, nous avons trois opinions, dit la Reine Anne. Sebastian œuvre en faveur de Turren ; il travaille pour son père et de ce fait, aussi pour Trenton ; ou bien il a ses propres motivations.

Frederick fronça les sourcils en direction d'Haris.

— C'est un pari, n'est-ce pas ?

— Et tu es encore plus indécis que moi, dit Harris. Je pense que tu peux te ranger du côté d'Anne.

— Tu paries contre Turren ?

— Je préfère dire que je parie contre l'intégrité de Sebastian, reformula Harris.

— Turren ne le verra pas de cette façon, l'avertit Frederick.

La Reine Anne sourit.

— Je connais mon fils. Sa fierté le fera parier sur l'amour de Sebastian pour lui.

Frederick secoua la tête.

— Harris a un désavantage, car notre objectif est de mettre Sebastian de notre côté.

— Ce garçon est aussi borné que Lord Orwell, mon argent est en sécurité, assura Harris.

— Je veux croire en Sebastian, mais je suis trop proche de lui pour le voir clairement, dit Pembrost.

— Votes-tu contre lui, car il t'a menti ? demanda Frederick.

— Lui et Turren. Je ne dis pas que Sebastian est malfaisant, mais nous allons avoir besoin de plus que la volonté de ce garçon pour aller aux fonds des choses.

— J'y travaille tandis que nous parlons, annonça la reine.

— Évidemment, dit Harris. Tu triches toujours.

— C'était le seul moyen afin que je capture un entêté comme toi, et se battre à la loyale n'apportera pas l'amour à Turren.

— Et si Sebastian est coupable de conspiration avec les ennemis de Turren ? demanda le Capitaine Pembrost.

— Alors nous le sortirons de là avant qu'il n'aille trop loin, dit Harris.

— C'est ta solution si les choses tournent mal ? demanda Frederick.

— C'est la seule solution que Turren ne bravera pas, dit Harris. Il fera confiance à Sebastian, peu importe ce que qu'il découvre. Sa coopération est la seule façon pour nous de garantir sa sécurité.

166

Anne frappa le flanc de son mari.

— Regarde-toi, tu deviens un expert sur les choses de l'amour.

— Je sais de première main combien l'amour peut faire faire des choses irrationnelles.

— Qui vises-tu de nous deux ? Toi ou moi ? interrogea Anne.

— À vrai dire, les deux, soupira Harris.

XXIII

UNE FAIBLE lumière affluait sous ses paupières, Sebastian étira ses bras. L'un d'eux fut bloqué par un large objet, et soudain, il se souvint de la nuit dernière. Il cessa de bouger et essaya de réfléchir. Un bras enroulait fermement sa taille et quelque chose de dur pressait contre sa cuisse.

— Tu es prêt à tout moment de la journée, n'est-ce pas ? chuchota-t-il à l'homme dans son dos.

Se rappelant ce matin-là dans la forêt, quand il avait tenté d'échapper à Turren, il glissa aussi lentement que possible hors de sa portée. Il avait beaucoup de place pour ramper dans ce lit sans réveiller le prince, il lui fallut une éternité afin que ses pieds touchent le sol.

À quatre pattes, afin que Turren ne l'aperçoive pas immédiatement s'il se réveillait, il ramassa ses vêtements. Il dut poser la tête par terre pour enfiler son sous-vêtement et son pantalon, hormis cela le reste de ses habits fut plus facile à mettre dans sa position. Jetant une nouvelle fois un coup d'œil à Turren, il se faufila jusqu'à la porte et tourna la poignée aussi silencieusement que possible. Elle ne grinça pas, et il l'ouvrit tout aussi délicatement. Turren ne se réveilla pas, Sebastian se sauva par la petite ouverture et heurta les jambes du Capitaine Pembrost. Ignorant l'homme, il ferma doucement la porte derrière lui et se releva.

— Bonjour, sire Orwell.

— Bonjour.

Sebastian se tourna en direction de la porte.

— Resterez-vous pour le petit-déjeuner ? demanda le capitaine.

Sebastian leva les yeux au ciel sous sa capuche.

— Cessez d'être indiscret.

— Je le ferai quand vous serez honnête avec moi.

— Laisseriez-vous tomber le sujet si je vous disais que je suis plus honnête avec le prince ?

— Cela signifierait que Turren est aussi malhonnête que vous.

— Je ne vous dis pas cela pour que vous le harceliez aussi de vos absurdités.

— Votre instinct de protection pour le prince est bon signe.

— J'ai mieux à faire.

Sebastian passa devant le capitaine.

— Petit-déjeuner avec votre père qui, je suis sûr, ne sait pas que vous êtes ici.

— De vaines menaces puisque, peu importe combien vous êtes en colère contre moi ou Turren, vous ne le trahirez pas.

— Puis-je faire la même hypothèse à votre sujet ? demanda Pembrost.

— Je ferai ce que j'ai à faire afin de le garder en vie, dit Sebastian en s'éloignant.

— Tu es en retard, dit Lord Orwell alors que Sebastian tirait une chaise à la grande table. Lord Piadas a choisi de t'attendre avant de manger.

Sebastian regarda l'assiette à moitié vide de son père.

— Un sentiment que vous ne partagiez pas à ce que je vois.

— Tu es mon fils, je n'ai aucune raison de t'impressionner.

— Je ne peux pas reprocher à un homme sain d'esprit de rechigner à une prouesse impossible.

— Je ne vous ai pas attendu à cause de la bienséance, Sebastian. J'aimerais parler avec vous en privé, dit Lord Piadas.

— À quel sujet ? demanda Lord Orwell.

— C'est un sujet sensible et Frederick voulait que vous l'aidiez à chercher dans les effets personnels de Turren aujourd'hui.

Lord Orwell reposa sa fourchette et se pencha vers lui.

— Lord Piadas, je ne vous connais pas depuis longtemps, mais vous êtes un invité du roi et de la reine, qui montrent beaucoup trop d'intérêt pour mon fils. Pourquoi vous autoriserais-je à être seul avec lui ?

— Ce dont je veux discuter n'est pas de nature romantique, c'est une faveur. Sebastian est en âge de prendre ses propres décisions.

Sebastian savait que c'était pour l'appâter, mais il intervint tout de même.

— Il marque un point, Père.

Lord Orwell le foudroya du regard.

— Je ne te donnerai pas d'excuse pour me désobéir.

— S'il émet une demande outrancière, alors je serai votre fils à jamais obéissant.

— Souviens-toi, défie-moi et nous rentrerons immédiatement.

— C'est une simple question, insista Lord Piadas.

— Il vaudrait mieux, répondit Lord Orwell.

Au lieu d'une pièce privée, Lord Piadas le conduisit à la bibliothèque. Ils étaient seuls à l'intérieur, Lord Piadas avait verrouillé les portes et posé des scellés.

— Cela n'inspire pas confiance, remarqua Sebastian.

— On m'a dit que vous étiez un magicien d'une puissance considérable.

Sebastian lui jeta un regard noir.

— Frederick ou le Capitaine Pembrost a été bien loquace.

— La vie du Prince est en jeu, le silence n'aide pas. On m'a dit aussi que vous aviez lancé un sortilège sur ces livres, insista Lord Piadas en indiquant les énormes piles.

— Définitivement Frederick, dit Sebastian en s'asseyant sur l'une des chaises. Quelle est cette faveur ?

— Frederick croit que votre magie a parlé aux livres, mais que votre sort a été interrompu.

— Frederick a-t-il dit ce qui l'avait interrompue ?

Lord Piadas jeta un regard aux portes fermées.

— Il a dit que c'est la magie de votre père qui l'a rompue. C'était trop faible, car votre sort a été utilisé pour former le second, mais il pense que celui de votre père l'a influencé.

— Et c'est pourquoi vous m'avez séparé de lui. Vous espérez que je le refasse ?

— J'ignorais les rumeurs sur le prince et vous, mais il doit bien y avoir quelque chose si votre père vous interdit de le voir, dit Lord Piadas.

— Sans parler du fait que j'aime taper sur les nerfs de mon père. Vous comptiez là-dessus aussi, non ?

— Vous ne semblez pas être le genre d'homme qui aime que sa vie soit contrôlée.

Lord Piadas prit une chaise et la plaça à côté de celle de Sebastian.

— Tout ce que je vous demande est d'effectuer le même sort, Frederick effacera toutes traces afin que votre père ne le découvre pas.

— Si c'est tout ce que vous demandez, dit Sebastian. Très bien, je vais le faire.

Lord Piadas cilla.

— Vous le ferez ?

— Pourquoi pas ? Mon père n'est pas raisonnable et vous avez été gentil avec moi, répondit Sebastian, espérant qu'il semblait sincère.

Il était insultant que Lord Piadas pense qu'il était crédule, mais si cela lui donnait une chance de trouver ce maudit livre, il la saisirait.

— Très bien, commençons.

Lord Piadas se leva et attendit que Sebastian se joigne à lui. Ils s'avancèrent vers les piles, mais il hésita.

— Si vous avez besoin de place, je peux me tenir ici.

— Ça ira, répondit Sebastian.

Il leva les mains et envoya sa magie, comme il l'avait fait cette nuit-là. Les tables furent impatientes de lui parler à nouveau, même les livres furent excités. Sebastian tempéra leurs émotions pour les forcer à se focaliser sur ce dont il avait besoin. Il se rappela le livre et ils devinrent tous agités. Un livre emplit l'esprit de Sebastian de colère.

Il a pris ma page, bouillonna-t-il. *Il l'a volée et l'a mangée !*

170

Sebastian fronça les sourcils. Ce devait être le livre qu'il cherchait. *Que veux-tu dire, la page a disparu?* répondit-il par la pensée.

Mangée par un insecte laid. J'espère qu'il va mourir. Les livres redevinrent excités, Sebastian ne put en obtenir davantage d'eux.

Il baissa les mains et rappela sa magie.

— Alors, lequel est-ce? demanda Lord Piadas.

— Aucun d'entre eux, répondit-il calmement.

Lord Piadas fronça les sourcils.

— Mais Frederick était certain que votre magie fonctionnerait. Je vous en prie, essayez encore, insista-t-il.

— Il n'est pas ici, je perds mon temps.

Il passa devant le seigneur, mais celui-ci agrippa sa cape. Elle lui glissa des doigts, Sebastian balaya le contact d'un revers de la main, agacé.

— Mais, sire Orwell...

— Je connais mon pouvoir, Lord Piadas. Nous en avons fini ici.

Il se dirigea vers les portes verrouillées et força son pouvoir à briser les sorts et les scellés. Surprenant les deux gardes à l'extérieur, il les dépassa à vive allure et s'arrêta près d'une fenêtre pour contrôler sa colère. Il serait trop suspect de confronter son père tout de suite, il devait attendre d'avoir une meilleure occasion.

— Sauvez-moi des pères fourbes qui utilisent leurs propres fils.

Je le ferai payer pour cela. Une fois calme et serein, il passa devant les gardes tenant leurs amulettes, recevant certainement des ordres du Capitaine Pembrost. Personne n'essaya de l'arrêter. Les multiples stratégies l'impliquant lui tapaient sur les nerfs. *Tout ce que je dois faire est de me concentrer sur ce que je peux contrôler.*

Alors que Sebastian tournait dans le couloir, Earl Grenwish sortit par une porte avec ses laquais. Sebastian leva les yeux au ciel et soupira.

— Évidemment.

— Sire Orwell, le salua Earl Grenwish. Je suis surpris de vous voir. J'ai entendu que vous aidiez Lord Piadas et votre père, à moins que cette tâche soit indigne de vous.

— Beaucoup de choses sont indignes de moi, y compris vos accusations injustifiées.

Sebastian se déplaça sur le côté, mais Earl et ses amis se mirent sur son chemin.

— Les gens disent que vous pourriez saboter les efforts pour aider le prince.

— Je vous jure, plus vous parlez, plus je deviens stupide.

— Et plus je reste en votre présence, plus je sens la trahison, répliqua Earl Grenwish.

— Si vous avez un problème avec sire Orwell, je vous suggère de voir cela avec moi, dit le Prince Turren de derrière les trois hommes.

Earl Grenwish et ses amis se retournèrent vivement et s'inclinèrent.

— Votre Altesse, je ne voulais pas vous offenser, mais je crois que le fils de Lord Orwell obscurcit votre jugement.

— Si je désirais que vous vous préoccupiez de mes problèmes, je suis encore capable de vous le demander, même si vous pensez le contraire, dit Turren d'une voix glaciale.

— La stabilité de notre royaume...

— ... ne sera jamais de votre responsabilité, l'interrompit Turren.

Sebastian haussa un sourcil sous sa capuche.

Earl Grenwish serra les dents, mais s'inclina et leur souhaita une bonne journée.

— Ta déclaration s'applique également à moi, dit Sebastian quand ils furent seuls. Je te demanderai de l'aide si je le désire.

— Je respecte tes souhaits, mais c'était aussi une insulte envers moi, répondit Turren. Je n'ai aucune tolérance pour ce genre de stupidités. Et habituellement, toi non plus. Pourquoi lui permets-tu de te contrarier ?

— Je suis de mauvaise humeur.

— D'humeur bavarde aussi. Le Capitaine Pembrost a eu quelques paroles bien senties pour moi.

— Je suis désolé. Je lui en ai dit plus que je ne l'aurais dû.

— Tu n'as toujours pas répondu à ma question.

— Pouvons-nous discuter en privé ?

— Durant la journée, alors que la restriction de ton père tient toujours ?

— Il peut aller se faire voir.

Turren attrapa la main de Sebastian, la serra et sourit.

— Nous pouvons parler dans l'un des bureaux. Je vais te montrer le chemin.

Sebastian regarda droit devant lui alors qu'ils marchaient, mais ne lâcha pas la main de Turren. Elle l'aidait à réguler sa colère, il était facile pour lui d'ignorer les regards des gardes et des domestiques. S'il le tenait fermement, c'était pour suivre le rythme du prince. Turren le conduisit vers une porte quelconque et y appuya son pouce. Elle s'ouvrit dans un grincement, révélant une pièce lumineuse avec une large vue sur le ciel au travers de ses grandes fenêtres.

Turren ferma la porte derrière Sebastian.

— Elle est reliée à ma magie, personne n'y entrera à moins qu'ils ne croient que ma vie soit en danger. Pembrost espère que cela me dissuadera de vagabonder lorsque je suis en colère.

— Et pourtant, tu es venu chez Harold.

Il attira Turren à lui, capturant sa bouche dans un baiser exigeant. Au début, Turren partagea son intensité puis il recula.

— Ce fut un accueil plus doux que je ne m'y attendais après que tu te sois faufilé hors du lit ce matin. Pourquoi es-tu impatient maintenant ?

— J'avais des raisons de sauvegarder les apparences.

— Tu pouvais le faire et dire au revoir.

Turren enfouit son nez contre sa capuche.

— Ou bonjour.

— Si tu te plains, je peux passer ma frustration à l'ancienne et m'en aller, dit Sebastian en faisant courir un ongle sur son menton.

Turren secoua la tête.

— Tu ne me distrairas pas.

Il tourna la tête et mordilla son doigt.

— Plus… de fuite… sans… avertissement.

Il ponctua son dernier mot d'une morsure.

— Vous devenez un peu prétentieux, Votre Altesse. Aïe !

Turren le mordit plus fort.

— Je ne fais qu'une seule demande comparée aux tiennes, trop nombreuses.

— Je ne…

Il s'interrompit quand Turren suça son doigt dans sa bouche. Il ressortit couvert de salive, des yeux saphir pétillants le fixaient.

— Si tu es prévenant envers moi, je serai très prévenant envers toi.

Sebastian se lécha les lèvres.

— Je peux être aimable.

— C'est tout ce que je demande.

Turren sourit. Il posa ses mains sur les hanches de Sebastian et le repoussa contre le mur.

— Et que tu enlèves ton pantalon.

— Le tien d'abord.

Turren haussa un sourcil.

— Je pense que mon expérience devrait me laisser dicter comment cela va se passer.

— Je ne dis pas ce que tu dois faire, dit Sebastian. Mais comme je suis inexpérimenté, je veux te voir jouer avec ta jolie queue pendant que tu me suces.

Turren se pencha suffisamment afin que leurs souffles se mêlent, sans que leurs lèvres se touchent.

— Ne sois pas surpris si je viens dans ta chambre ce soir avec un bâillon.

Sebastian appuya son pouce dans ses côtes, là où se trouvait un point de pression, mais sans utiliser toute sa force.

— J'aimerais te voir essayer.

Turren se jeta sur ses lèvres, la bouche de Sebastian fut prise d'assaut par sa langue et ses dents. Dans une frénésie soudaine de se sentir, ils arrachèrent leurs vêtements jusqu'à ce que la cape de Sebastian ne recouvre que la moitié de son corps. Turren tira plus fort sur le tissu et le força à descendre, exposant son membre. Le prince était dans le même état, sa chemise largement ouverte et son pantalon entassé à ses chevilles. Il se rapprocha et entrelaça leurs mains alors que leurs sexes entraient en contact. Il gémit et écrasa son corps contre celui de

Sebastian. Il se frotta contre lui, respirant lourdement à son oreille. Bougeant plus vite, il lécha son cou.

— Te prendre la nuit dernière a été la meilleure chose que j'ai jamais ressentie. Je ne pensais pas que cela puisse être aussi bon. Tu étais si brûlant, merde ! cria-t-il alors que leurs hampes glissaient l'une contre l'autre.

Turren passa la main entre eux et les empoigna, fournissant plus d'adhérence.

— Espèce de connard pervers, cria Sebastian, mais il bougeait désespérément les hanches.

— C'est ça, si foutrement bon, chuchota Turren. Si bon.

Du sperme jaillit de sa verge sur sa main, puis Sebastian la recouvrit également. S'accrochant aux lèvres haletantes de Sebastian, il poussa contre lui alors que les restes de sa semence coulaient sur le sexe de Sebastian. Des mèches folles de cheveux dorés effleuraient le visage du prince.

— Je te tiens, chuchota-t-il.

Sebastian cligna des yeux pour retrouver ses esprits et se racla la gorge.

— Tu aimes me salir, pas vrai ?

— Pembrost a raison. Je dois cesser de surestimer ma main.

— Quoi ?

Turren haussa les épaules.

— Un conseil de vie que j'ignore constamment. Il y a des serviettes et un lavabo par ici. Je peux réchauffer l'eau et te nettoyer.

Sebastian regarda en dessous de sa taille, se demandant où avait disparu sa virginité.

— Je peux me laver seul.

— Tu peux, mais tu dois me laisser faire pour compenser ce matin, dit Turren tout en sortant les pieds de son pantalon.

— D'accord, mais seulement, car je ne ferais qu'empirer les choses en me baladant comme ça.

— Je reviens tout de suite, dit Turren en contournant les vases coûteux et un bureau en acajou pour atteindre un lavabo orné de robinets en cristal.

Le prince ouvrit l'eau tout en jetant un regard à Sebastian, ses yeux parcourant son état débraillé.

Le prince a finalement vu mon visage et tout ce qui semble l'intéresser est ma queue. Sebastian secoua la tête. *Voilà un homme très étrange.* Turren se lécha à nouveau les lèvres, Sebastian baissa les yeux et vit son membre répondre à l'attention. Il bâilla.

— Je ne sais pas pourquoi tu te fais trop d'espoir. C'est un stupide appendice sans aucun sens de l'épuisement, mais je suis fatigué.

Turren sourit et trempa une serviette. Il revint vers Sebastian et essuya leur sperme avec de grands coups.

— Tu te souviens de ce que j'ai dit au sujet d'être prévenant ? Tu n'auras rien à faire. Tiens-toi seulement contre le mur et je prendrai bien soin de toi.

Turren se pencha et lécha l'extrémité nouvellement nettoyée de sa verge.

— Détends-toi et ferme les yeux, dit-il avant de le prendre dans sa bouche.

TURREN NOUA la cape de Sebastian et le stabilisa quand il vacilla à nouveau.

— Rappelle-toi, je veux un bonjour et un au revoir ce soir.

Sebastian acquiesça, même s'il n'acceptait aucun ordre du prince. Turren l'embrassa une nouvelle fois et remit sa capuche en place.

— Tu as l'air tout propre et frais comme la pluie.

— Tu es trop doué pour ça, marmonna Sebastian.

— Tu avais besoin de te changer les idées pendant un moment, je sers mes sujets au mieux de mes capacités, dit Turren en s'inclinant jusqu'à la taille.

Sebastian sourit.

— Ton sujet est des plus satisfaits.

— Non, répliqua Turren en secouant catégoriquement la tête. Tu seras encore plus satisfait ce soir quand je te détendrai avec une entière bouteille d'huile.

Sebastian enfouit son visage dans ses paumes.

— Grands dieux, ne dis pas des choses comme ça !

— Je suis sérieux. Peu importe ce que je dois essayer, tu jouiras quand je serai en toi, lui promit-il.

— Je ne sais pas si je dois être impatient ou effrayé.

Se sentant plus stable, Sebastian se dirigea vers la porte et se retourna quand sa main toucha la poignée.

— Merci d'être doux quand je ne le mérite pas nécessairement.

Il ouvrit la porte et sortit rapidement avant que Turren ne puisse répondre.

XXIV

Des miettes de pâtisserie étaient égarées sur une assiette ornée de fleurs tandis que des restes de crevettes décortiquées étaient éparpillés sur une autre. Lord Orwell gisait sur le lit, les bras ballants. Sebastian se rapprocha du lit. Il tendit la main, sa magie appelant le bois soutenant le poids de son père. Il lui demanda d'étendre ses branches, qui sortirent du cadre. Elles s'enroulèrent autour de son père et Sebastian sourit. *Ça devrait le retenir.*

— Pèr...

Le son mourut sur sa langue, il fronça les sourcils, se demandant quand il était tombé dans un piège.

— Pourquoi ne peux-tu jamais prêter attention à ton entourage ? demanda Lord Orwell, bougeant la tête pour faire face à Sebastian.

Ce dernier n'essaya pas de parler, préférant lui jeter un regard noir.

— J'ai l'intuition que ce que tu penses dire ne sera probablement pas respectueux. Je vais te donner quelques instants pour te reprendre, je te suggère de rappeler ces enquiquinantes branches.

Sebastian prit une profonde inspiration et croisa les bras.

— Es-tu prêt à avoir une conversation pacifique ? demanda son père.

Sebastian se mordit la lèvre, mais acquiesça.

— Tu peux parler.

— Un page manque dans le livre que ma magie a attiré, dit Sebastian.

— C'est regrettable.

— Et commode.

— M'accuserais-tu, un vieux sorcier déchu, d'avoir brisé les scellés de la reine et d'avoir détruit un objet de la bibliothèque royale ? demanda Lord Orwell en s'affalant sur le côté, comme s'il était faible.

— Essayez de ne pas avoir l'air aussi fier.

— On dirait que ta mauvaise humeur se réveille.

— Comment avez-vous fait ?

Lord Orwell secoua la tête.

— Tu poses la question, comme ça, sans balancer de sortilège ? Que t'ai-je appris durant toutes ces années ?

— Je sais que vous ne confirmerez ou ne nierez jamais sans avoir placé un sortilège vous-même. S'est-il activé quand je suis entré dans la chambre ?

— Dès que la porte s'est refermée sur toi, sourit Lord Orwell. Au moins, tu as un peu de bon sens maintenant. Pourquoi as-tu été assez stupide pour lancer ce sort devant Lord Piadas ?

— Je ne savais pas ce que vous aviez manigancé, j'ai été pris au dépourvu. Merci de m'avoir rendu encore plus suspect que je ne l'étais déjà.

— La prochaine fois, tu feras attention et obéiras à mes ordres, dit Lord Orwell.

— Comment avez-vous fait cela ?

— Un phasme des Terres Sacrées. Il peut traverser n'importe quel sort sur son chemin.

— Et manger du papier, ajouta Sebastian. Je ne comprends toujours pas pourquoi vous l'avez détruite. Vous saviez que je la chercherais avant que quelqu'un d'autre la trouve. Si je ne vous connaissais pas mieux, je dirais que vous la cachez autant de moi que des autres.

— Ta curiosité peut être tout aussi dangereuse, je devais te protéger de toi-même.

— Quelle est votre finalité ?

— Comme je te l'ai dit : la sécurité de ma famille et que Trenton ne se serve jamais du Cœur de Lumière. Crois-moi, Sebastian, un monde conquis par lui serait intolérable. Je pouvais à peine supporter de vivre avec lui.

— J'espère que vous savez ce que vous faites. Il y a autre chose que j'aimerais savoir. Quand l'avez-vous détruite ?

Lord Orwell sourit.

— Tu connais la réponse à cette question.

Sebastian serra les mâchoires sous sa cape.

— Je veux l'entendre de votre bouche.

— J'ai attendu que tu me désobéisses. J'ai attendu que tu cherches le prince et que tu éloignes Frederick et le Capitaine Pembrost de moi. Ne t'inquiète pas. Puisque tu n'étais pas au courant de mon plan, Lord Piadas leur racontera sans aucun doute que ta surprise était réelle.

— Je suis content que vous ayez pensé à moi.

— C'est ton second avertissement, dit Lord Orwell, en regardant ses ongles. Un seul autre coup bas et tu devras courtiser le prince en silence ce soir.

— Comment m'avez-vous attrapé avec ce sort ? Je n'ai rien senti.

Lord Orwell se mit à rire.

— Dix-neuf ans que je te pratique. Ne crois-tu pas que j'ai accumulé beaucoup de tes cheveux ?

— Les gens normaux ne font pas ça à leurs enfants.

— Je me suis maudit d'être moins puissant que les autres magiciens, mais une vie normale serait une pire destinée.

— Vous n'avez pas d'objection à ce que je voie Turren ce soir ?

— Pas particulièrement. J'espère que ton rendez-vous galant te le sortira de la tête, mais n'oublie pas, ce n'est que ça, un rendez-vous.

— Ai-je contrarié vos plans depuis que nous sommes ici ?

— Pas au point que je ne puisse pas contrôler la situation.

— Je ne sais pas si je vous apprécie, avoua Sebastian.

Lord Orwell se rallongea sur le lit et posa sa tête sur ses mains.

— Les gens qui ne m'apprécient pas sont d'ordinaire ceux qui ne peuvent suivre mon esprit. Tu es à peine un homme, c'est donc à prévoir. Un jour, tu approcheras de mon niveau, mais tu as de nombreuses années de croissance avant cela.

Sebastian leva les yeux au ciel. Comme il ne pouvait penser à autre chose à dire qu'une insulte, il dit au revoir à son père et quitta la chambre. S'il y avait un moyen de battre Trenton et son père, il espérait le trouver, car ce connard avait besoin d'être remis à sa place. En attendant, il devait concéder que son père était plus intelligent.

— Pour le moment, chuchota-t-il.

LORD ORWELL leva les yeux au ciel quand il entendit un coup sur sa porte. *Sûrement ce maudit magicien.*

— Entrez, cria-t-il sans sortir de son lit.

La porte s'ouvrit et Frederick entra. Il ferma la porte derrière lui et s'avança vers lui.

— Vous ne faites plus semblant d'être utile ?

Lord Orwell sourit.

— J'ai confiance en la magie de mon fils. Ce qui n'est pas étrange vu qu'il a sauvé la vie du prince par deux fois.

— Le Capitaine Pembrost croit qu'il fait partie de votre plan.

— Tout comme vous, pourtant cela ne fait pas de vous mon complice.

— Vous poussez votre chance.

— Pourquoi m'avez-vous convoqué ? demanda Lord Orwell. Vous ne me faites pas confiance, c'était stupide de me laisser approcher de votre bibliothèque. Non pas que j'aie fait quoi que ce soit.

— Vos agissements sont aussi révélateurs que le contenu du livre que vous dissimulez, dit Frederick.

Il se rapprocha du lit et se pencha afin de regarder Lord Orwell dans les yeux.

— Trenton pourrait siéger sur des villes ou des pays, mais il n'en est rien. Il ne peut obtenir l'amulette pour ce faire. Et vous avez détruit la page que nous cherchions. Je pensais que c'était pour aider Trenton, mais vos actions n'ont aucun sens. Ce livre est rare, Trenton l'a eu peu de temps en sa possession. Il l'aurait volé, il ne s'en serait pas débarrassé.

— Eh bien, voilà. Si je suis suspecté d'avoir détruit le passage, je suis innocent quant à la conspiration avec Trenton.

— Il reste encore la raison pour laquelle vous l'avez fait, dit Frederick. Pourquoi essayez-vous d'effacer l'histoire ?

Lord Orwell se releva sur un coude et jeta un œil à Frederick. Il ne le respectait pas quand il était plus jeune, il ne le faisait toujours pas maintenant. Mais le mage avait une pointe d'intelligence qu'il admirait.

— Il y a deux choses dont je me soucie. Ma famille et mon foyer. Je ferai ce qu'il faut afin d'assurer leur protection.

— Et en quoi votre venue accomplit-elle cela ?

— En cet instant, tous les deux sont en sécurité. Si Trenton découvre comment se servir de l'amulette, cela changera. Si je vous aide, cela nuira à ma famille.

— Vous ne pouvez pas jouer en terrain neutre toute votre vie, Caspian. À un moment donné, vous devrez choisir un camp. Qu'en est-il de Sebastian ?

Lord Orwell fronça les sourcils.

— Ne croyez pas que vous ayez le droit de vous inquiéter pour lui.

— Il se soucie de Turren, dit Frederick. Peut-être même davantage.

Lord Orwell leva les yeux au ciel.

— Sebastian est naïf et le Prince Turren est rempli de la curiosité de l'enfance. Cela passera, Sebastian l'oubliera.

— Et si vous aviez tort ?

— Si je vois quoi que ce soit chez Turren qui contredit ma conviction, j'envisagerai de nouvelles options.

Frederick sourit.

— C'est un soulagement. Vous ne remettez pas en cause les émotions de Sebastian, vous pensez qu'il est amoureux de Turren.

— Un garçon qui a peu de contact physique avec quiconque en dehors de sa famille tombe amoureux de la première personne qui dit que sa cape n'est pas un problème. Ce n'est pas un exploit, le prince et ses mots doux ont peu de concurrence.

Frederick soupira et s'assit sur ses talons.

— Vous êtes le plus grand cynique que j'ai jamais rencontré. Vous tenez à votre femme en dépit de sa beauté, mais vous croyez que Turren ne peut pas voir au-delà de l'apparence de Sebastian ?

Frederick pencha la tête sur le côté.

— Turren a-t-il vu à quoi ressemblait Sebastian sous sa capuche ?

— Connaissant le romantisme stupide de mon fils, probablement.

— Alors Turren est très attaché à lui, insista Frederick.

— Aussi longtemps que durera la convoitise et s'il vous plaît, ne le comparez pas à moi. J'étais plus intelligent dans ma jeunesse, je savais comment éviter les assassins.

179

— Vous devriez entendre raison et laisser votre fils et Turren vivre leur vie.

— J'entends raison, j'empêche mon fils d'être blessé au-delà de ce qui peut être guéri. L'inconstance de la royauté sera une leçon aussi indolore que possible.

— Turren n'est pas comme ça.

— Votre prince savait qu'il était en danger et pourtant il est venu le chercher. Si vous aimiez une personne, joueriez-vous sa vie à la roulette russe ? demanda Lord Orwell. Et parce que je ne suis pas aussi ignorant que vous le croyez, votre réponse est importante.

Frederick se leva et réajusta sa robe.

— Vous avez toujours un pas d'avance sur nous, mais vous ne l'aurez pas toujours sur Trenton. Il doit également soupçonner vos motivations.

Il lui adressa une révérence.

— Bonne journée, mon Seigneur.

Puis il se tourna et partit.

Lord Orwell regarda la porte se refermer sur lui et sourit. *Il n'a pas révélé sa relation avec Ophélia afin de préserver sa vie privée.*

— Voilà une relation que j'approuve, dit-il.

XXV

SEBASTIAN AGITA la main devant le miroir puis planta son menton sur le dos de sa main. Ophélia apparut à sa coiffeuse, écrivant une lettre avec une plume magique.

— Tu serais moins stressé si tu cessais de contrarier Père, dit-elle en reposant sa plume.

— Où serait le plaisir ?

— Tu n'as pas l'air de t'amuser.

— Comment James et Kevin ont-ils gagné contre Père ? demanda Sebastian.

— Veux-tu vraiment connaître la vérité ?

— Oui, assura-t-il.

— Ils n'ont pas gagné. Père et Mère les ont poussés à prendre les chemins qui seraient le mieux pour eux.

Sebastian se redressa sur sa chaise.

— N'importe quoi ! Ils voulaient les étrangler quand ils se sont enfuis pour se marier.

— James a fini avec une puissante magicienne et Kevin est marié à un forgeron prospère. Au contraire, ces deux-là ont été encore plus manipulés que nos autres frères et sœurs.

— Et ces deux connards sont probablement contents de leur coup, dit Sebastian. Où cela me mène-t-il ?

— Tu veux des conseils ou que j'utilise mon pouvoir ?

— Non, répondit Sebastian. Père a raison quand il dit que nous devons rester discrets, ton aide pourrait attirer l'attention de Trenton sur nous.

— Il va devenir un problème, dit Ophélia.

— Je n'ai pas besoin de ton pouvoir pour le savoir.

— Oui, mais je pense que Père est dépassé par la situation.

Sebastian leva les yeux au ciel.

— Père pense qu'il sait tout, bonne chance pour lui faire comprendre cela.

— Le mieux que je peux te promettre est que nous trouverons un plan quand tu rentreras. Quand nous ne nous sautons pas à la gorge les uns les autres, nous faisons une bonne équipe, tous ensemble contre Père et Mère.

— Il va s'y attendre, l'avertit Sebastian.

— Si tu veux montrer que tu es plus intelligent que lui, prouve-le, répondit Ophélia en souriant. Profite de ton dîner.

Quelqu'un frappa à sa porte, il fronça les sourcils à l'intention de sa sœur. Elle lui fit un signe de la main, puis le miroir devint noir. Il alla voir qui cela pouvait être et trouva Turren, lui souriant en tenant un grand plateau en argent en équilibre sur une main.

— Je m'attendais à une visite plus tardive, dit-il en s'écartant du chemin.

— Si tu brises les règles, je ne vois pas pourquoi je devrais les suivre.

Turren entra et transféra le plateau sur le lit de Sebastian.

Ce dernier ferma la porte. L'emplacement choisi par Turren pour le repas était commode.

Celui-ci souleva le dôme en argent sur la nourriture et fit une révérence extravagante.

— J'ai défié le chef de t'impressionner, car tu es habitué à la cuisine de Margaret. Comment m'en suis-je sorti ?

Sebastian le rejoignit et se pencha sur la première assiette. Il inhala la légère senteur terreuse de la soupe noire au beauf. Il bougea une autre assiette et une senteur de champignons baignant dans une sauce à la crème emplit ses narines. La suivante était du poulet à l'étouffée dans… attendez, ce n'était pas du poulet.

— Pourquoi fais-tu entrer en douce des choses étranges ?

— Il n'y a qu'un seul plat étrange, je te le promets.

Sebastian flaira la mystérieuse viande recouverte d'une sauce verte, son nez se plissant de confusion. Ce n'était pas une odeur forte ni légère, c'était moucheté d'épices jaunes. Il fronça les sourcils, mais Turren poursuivit. Un gâteau au chocolat en forme de dôme, posé sur un lit de caramel, Sebastian se rapprocha et capta les notes de cannelle.

— Souviens-toi, si je meurs, pas de sexe pour toi.

Turren posa la main sur son cœur.

— Je n'aspire qu'à te tuer de plaisir.

Ils ajustèrent les oreillers afin de s'installer confortablement à l'opposé des plats. Turren sortit une bouteille de vin d'une de ses poches et des verres de l'autre. Sebastian en prit un et le remplit.

— Tu es exceptionnellement charmant ce soir.

— Je dois gérer un château en état d'alerte pour éviter ma mort, tu n'as pas passé un bon moment avec ton père, alors nous pouvons passer une nuit de détente.

Sebastian enroula ses mains autour du bol de soupe chaude.

— Si toute cette nourriture m'endort, tu ne pourras t'en prendre qu'à toi-même.

— Que tu dormes paisiblement dans mes bras ne sera pas une perte.

— Mange, ne perds pas ton temps avec de belles paroles.

Sebastian tenait son bol, mais ne mangeait pas. Il jeta un coup d'œil à Turren. *J'imagine que je peux ôter ma capuche.* Il la saisit et l'abaissa. Turren lui lança un regard, mais continua de manger. Alors qu'ils dînaient, les mouvements de Turren devinrent plus énergiques et il parla plus longtemps qu'auparavant.

182

— Le fait que j'enlève ma capuche te rend heureux ?

— Je suis heureux que tu aies soupesé tes pensées à ce sujet et conclu que tu pouvais avoir confiance en moi. C'est tout ce que j'ai toujours voulu.

— J'imagine que tu peux retourner dans ta chambre quand nous aurons fini de manger si c'est tout ce que tu veux.

Turren se pencha brusquement et vola une cuillérée du gâteau de Sebastian.

— Ne te moque pas de moi.

— Ta mère et toi avez d'horribles habitudes.

Sebastian cacha son gâteau derrière lui et leva sa fourchette.

— Refais-le et je poignarde ta main.

Turren fronça les sourcils.

— Comment sais-tu que ma mère vole de la nourriture ?

Sebastian repoussa son bol de soupe vide.

— Il est possible qu'elle ait surgi de nulle part et qu'elle m'ait accosté avec un gâteau.

Turren cessa de manger.

— Quel jour était-ce ?

— Le lendemain du jour où nous avons effectué le sortilège sur nos miroirs. Pourquoi ?

— Était-ce un bon gâteau ? demanda Turren. Peut-être un très bon gâteau ?

Sebastian haussa les épaules.

— Il avait le goût de…

Il laissa sa phrase en suspens alors que Turren se penchait pour entendre sa réponse. *Une royale sournoise.*

— Continue, Sebastian.

— Il avait un goût horrible, dit-il en souriant. Le pire gâteau que je n'ai jamais mangé.

— Merde, souffla Turren en se redressant. Tu connais ce genre de gâteau. Elle le commande pour le proche personnel et l'armée afin de découvrir si le château a été compromis. Nous avons du gâteau de temps en temps les journées calmes alors personne ne se méfie.

— Un test simple, mais efficace sans blesser la fierté de quiconque.

— Quel goût avait ce gâteau pour toi ? demanda Turren.

— Comme du sable, je ne te donnerai pas la vraie réponse, peu importe combien de fois tu poseras la question.

— J'ai apporté un bon dîner, insista Turren en battant des cils.

Sebastian prit une grosse bouchée d'un champignon ferme qui libéra sa juteuse saveur sur sa langue.

— Un repas vraiment délicieux, oui.

Le sourire de Turren fut éclatant.

— Mais je ne te dirai rien, car ta mère m'a piégé pour que je le mange.

— Mais je ne le savais pas.

— Coupable par association, répondit Sebastian en mangeant un autre champignon.

— Je ne te mets pas dans le même sac que ton père, ne le fais pas avec ma mère.

Sebastian haussa les épaules.

— Pourquoi être fairplay?

Il approcha le plat vert et trancha un petit morceau. Quand il le mit dans sa bouche, la viande tendre, riche et moelleuse fondit, un soupçon de menthe chatouillant le goût.

— La touche de menthe provient de la viande, pas des épices. Qu'est-ce que c'est?

Son palais était confus, mais la viande était incroyable. Bien qu'il ne sache pas ce qu'il mangeait, il se coupa un plus gros morceau. Quand il toucha ses lèvres, Turren lui arracha sa nourriture et la fit sauter dans sa bouche.

Il avala le bout de viande et se lécha les lèvres.

— C'est de la viande *ferkil* d'Anerith. J'ai dit aux cuisiniers de ne pas laisser ton père s'en approcher alors il t'en restera.

Sebastian glissa son gâteau sur le côté et commença à dénouer sa cape. Quand le dernier lien fut libre, il plaqua Turren.

— Ton vol alimentaire se termine maintenant!

TURREN ÉTENDIT les mains sur le fin tissu qui laissait sa peau absorber la chaleur de Sebastian.

— Ce n'est pas une bonne motivation.

— Parce que tu es masochiste.

Sebastian sourit alors que Turren embrassait son menton, puis déplaçait ses lèvres.

— Tu vois ce que je veux dire.

La main de Turren se faufila sous le maillot sans manches et glissa sur les côtes recouvertes de muscles fins et sur ses tétons qui durcissaient alors que les doigts les titillaient. Sebastian ferma les yeux quand Turren massa les petites pointes entre ses doigts.

— Je parie qu'ils seraient délicieux nappés de sauce caramel.

Sebastian ouvrit brusquement les yeux.

— Pourquoi te laisserais-je me couvrir de sucre?

— Parce que je serai prudent et que je n'en mettrai pas sur tes vêtements, promit le prince.

Sebastian le fixa d'un air méfiant.

— Je ressortirai tout collant et tu n'auras plus le droit de le refaire.

Turren se pencha pour lui chuchoter à l'oreille :

— Je te promets que tu ne seras pas collant de caramel.

Des cheveux dorés lui chatouillèrent la joue alors que Sebastian le maintenait en place.

— Toujours aussi pervers quand tu crois que tu me tiens, pas vrai?

Les jambes de Turren se verrouillèrent autour de sa taille et il le jeta sur le côté. Il le poussa à plat sur le lit et s'allongea sur son torse.

— Je ne crois rien. Je sais que tu es à moi.

Embrassant sa clavicule, Turren défit les boutons de sa chemise un par un. Sebastian l'observa, mais ne lutta pas. Quand la vue de son torse lisse ne fut plus entravée, Turren prit le gâteau et versa des gouttes de caramel sur son ventre avec sa cuillère. Reposant l'assiette, il se pencha en avant et suça le doux dessert sur Sebastian. Son abdomen se crispa quand Turren laissa tomber plus de caramel plus haut. Il le lécha puis baissa enfin la cuillère sur un téton rose. Il prit son temps pour le nettoyer, faisant tourbillonner sa langue sur la petite bosse. Il la prit entre ses dents et écouta le souffle de Sebastian haleter.

— Qui a dit que tu pouvais mordre?

Turren saisit à nouveau l'assiette et laissa tomber une autre goutte sur son autre téton. Il utilisa d'abord ses dents et se servit du caramel pour le rendre glissant.

— Quand je t'aurai à ma merci, je te ferai souffrir, jura Sebastian.

Turren l'ignora et déboutonna le haut de son pantalon. Il s'arrêta, mais Sebastian ne dit rien. Souriant, il fit descendre son pantalon jusqu'à ses genoux et fit couler le caramel sur son sous-vêtement. Il stoppa une nouvelle fois, mais il n'y eut aucune protestation au sujet des tâches. Turren ouvrit la bouche en grand et referma ses lèvres autour de son sexe toujours caché, faisant jouer sa langue. Sa salive trempa le tissu et Sebastian durcit davantage. Il leva le regard, mais les yeux de son amant étaient clos. Il s'écarta, sa salive s'accrochant à l'entrejambe de Sebastian. Il ôta son sous-vêtement mouillé et le prit dans sa bouche. Sebastian frissonna contre lui, son souffle s'accrochant tandis que Turren faisait aller et venir sa tête. Alors qu'il léchait le dessous de sa hampe, la main de Sebastian empoigna ses cheveux, ce qui le fit bouger plus vite. Aspirant ses joues, il le prit plus profondément. Sebastian haleta, mais Turren le relâcha avant qu'il jouisse.

— S'il te plaît, Turren, le supplia-t-il, son ton moqueur complètement disparu.

— Je ne te taquine pas. Je te garde excité afin que je puisse mieux te détendre.

Turren se concentra sur les plats qui se mirent à voler sur la table de l'autre côté de la pièce. Sebastian soupira à regret et Turren l'embrassa.

— Ce sera bon pour toi aussi.

Il se pencha de l'autre côté du lit et sortit un flacon d'huile.

Sebastian haussa un sourcil.

— Quand as-tu introduit cela ici?

— Quand tu parlais à ton père, répondit Turren.

Il retira le pantalon de Sebastian et le jeta sur le côté. Après s'être approché et lui avoir écarté les genoux, il versa l'huile dans sa main et en enduisit plusieurs doigts. Il les plaça contre l'entrée de Sebastian, massant la peau, avant d'en glisser un en lui. Sebastian se mordit la lèvre, mais il n'y eut pas d'autres signes d'inconfort. Turren enfonça son doigt plus profondément, le tordant d'un côté à l'autre. Il n'en ajouta pas d'autres tant que son orifice ne fut pas suffisamment détendu pour en accepter trois. Sebastian se tortilla quand cela se produisit. Ses yeux vert péridot le fixaient, mais Turren prit son temps.

— Quelque chose de plus gros doit y entrer, implora Sebastian

Turren ôta ses doigts et versa encore plus d'huile. Il les repoussa en lui et Sebastian lui jeta un regard noir.

— Ce n'est pas plus gros.

Turren poussa plus fort et sourit quand Sebastian grogna.

— Tu as besoin de plus de préparation.

— Salaud, jura Sebastian tout en se repoussant sur les doigts qui bougeaient en lui.

Quand il remonta ses genoux plus haut, Turren retira ses doigts et se releva. Il se dévêtit et revint sur le lit. Quand il eut étalé l'huile sur son membre, il appuya contre l'orifice de Sebastian et attrapa ses cuisses. Se déplaçant lentement, il le pénétra avec beaucoup moins de résistance que la première fois.

— Merde ! haleta-t-il.

— Hum ? marmonna Sebastian en arquant le dos alors que le sexe de Turren allait plus profondément.

Putain, pensa Turren. *Son cul m'avale comme une maudite plante carnivore. Comment suis-je supposé ne pas jouir ?* Turren secoua la tête. *Non. Je veux qu'il se sente aussi bien que moi, et cela commence dès maintenant.* Turren poussa plus fort, Sebastian se cambra en criant. *Je dois le faire jouir en premier ou je n'aurais plus d'honneur.* Il écarta davantage les cuisses de Sebastian et le martela, tentant de penser à ce qui pourrait le distraire de remplir son intimité sur l'instant. Les leçons de Frederick et les potions qu'il avait dû mémoriser surgirent dans sa tête.

— Potion… vision de loin, marmonna-t-il. Un œuf d'aigle, trois gouttes de salive de griffon… cinq pétales… de marguerite.

— Qu'est-ce que tu fais ? haleta Sebastian, le corps secoué sur le lit.

— Potion d'aide… à la naissance, récita Turren tandis que son membre se calmait un peu. Quatre gouttes… d'aloès… six boutons… de rose.

Turren secoua la tête, retenant son corps de réagir trop rapidement.

— Et moudre… dix… larmes de roche du chien.

Il inspira et tenta de se souvenir d'autres potions.

— Potion… pour respirer sous l'eau. Six… yeux de truites, une langue de… triton… cinq… têtards.

— Six ! gémit Sebastian, sa semence jaillissant sur le torse de Turren.

— Oh, Dieu merci ! cria Turren en empoignant ses hanches pour s'enfoncer en lui avec abandon.

Sebastian poussa un cri et plus de sperme s'écoula de sa verge. Ses bourses se resserrant, sa respiration augmentant, Turren hurla sa jouissance et s'effondra sur Sebastian.

— Six? demanda-t-il quand il eut retrouvé son souffle.

— Hum-hum, marmonna Sebastian avant de capturer sa bouche dans un violent baiser.

La langue de Sebastian fouillant sa bouche, Turren se fichait de respirer. *Ce serait la meilleure façon de mourir.* Se sentant étourdi, Sebastian s'écarta et posa son front contre celui de Turren.

Il se mit à rire.

— Tu as besoin d'un professeur particulier.

— Tu peux me les enseigner toute la nuit.

— Ce n'est pas une mauvaise offre. Et j'ai changé d'avis.

— À quel sujet?

— Si jamais tu rétrécis ta queue, je te tue.

XXVI

— Vous vous tournez les pouces alors que Lord Piadas travaille dur pour découvrir pourquoi Trenton essaye de tuer mon fils ? demanda le Roi Harris à Lord Orwell.

— Je ne perds pas mon temps, Trenton renoncera quand il réalisera que le Cœur de Lumière ne se soumet pas à lui, répondit Lord Orwell en buvant tranquillement son vin.

— Qu'est-il arrivé à votre sobriété nouvellement retrouvée ? demanda Frederick.

— Je bois en prévision des joyeuses conversations avec mon fils.

— Qu'est-ce que cela signifie ? demanda le Roi Harris.

— C'est une affaire personnelle qui n'a rien à voir avec vous.

— Cette affaire implique-t-elle mon fils ? Nous devons parler d'eux, Caspian. Lord Orwell vida son verre jusqu'à la dernière goutte.

— Pas vraiment, Votre Majesté.

— Vous vous ruez sur chaque occasion d'afficher votre nom de famille, mais vous rechignez quant à une relation entre eux ?

— Pouvez-vous vaincre Trenton ? demanda calmement Caspian.

— Peut-être, si votre langue se déliait. Je me considère comme un roi juste, mais vous ne me laissez que peu de choix civils.

— Vous oubliez le mien. Ce mariage ne relève que de moitié de votre juridiction.

— N'agissez pas comme si votre femme était proche de son peuple, dit Frederick. Leurs yeux rougissent si nous ne faisons que mentionner son nom. Que leur a-t-elle fait ?

— Rien qui ne peut être réparé par mon jeu de cartes en cours, répondit Caspian.

— Cette possibilité fait partie de la raison pour laquelle je ne vous ai pas jeté dans un cachot pour trahison, dit le Roi Harris. Mais les Feys ne sont pas là maintenant.

— Votre Majesté, vous devriez cesser de diffamer ma réputation sans preuve.

— Pour votre bien, j'espère vraiment qu'un chemin ne mènera pas à vous, dit Frederick.

— Cette menace cryptique est-elle censée signifier quelque chose ? demanda Caspian.

Les portes de la salle du trône s'ouvrirent brusquement et la Reine Anne entra d'un pas vif.

— Pour l'instant, non, Lord Orwell, répondit-elle. Vous pouvez disposer.

— Que se passe-t-il?

La Reine Anne leva les yeux au ciel et leva la main en direction de Lord Orwell. Les pieds du seigneur furent soulevés du sol et il fendit l'air jusqu'à atteindre les portes. Le souffle le reposa au sol et lui donna une dernière poussée, refermant les portes derrière lui.

Le Roi Harris soupira.

— Je doute que tu l'aies encouragé à être plus utile.

La Reine Anne haussa les épaules.

— Ce n'est pas mon problème.

Elle se tourna vers Frederick.

— Merci d'avoir gardé un œil sur lui. J'ai découvert qui essaye d'empoisonner Turren, il semble que Lord Orwell n'ait rien à voir avec cela. Tu as raison, Frederick, je crois que lui et Trenton ont des motivations distinctes.

— Bien, répondit ce dernier. Il était épuisant d'enlever toutes ces toxines magiques chaque jour sans que Turren ne se rende compte de rien. Il accepte les leçons d'antidote sans se plaindre, mais les potions ne rentrent jamais dans sa mémoire.

Il fronça les sourcils.

— Bien qu'il se soit perfectionné la semaine dernière.

— Nous avons eu de la chance. Quand le premier groupe d'officiers a passé le test du gâteau, nous leur avons dit d'en laisser traîner des bouts et de prêter attention à toute mauvaise réaction. Une nouvelle recrue en a trouvé un et l'a recraché sans réfléchir. Pembrost m'a fait un rapport après l'avoir interrogé. Il se trouve qu'ils ont lancé des sorts sur notre personnel, qui se les passait comme un virus, jusqu'à ce qu'ils atteignent la victime désignée.

— Des serviteurs ont-ils été touchés? demanda le Roi Harris.

— Quelques-uns ont montré des signes de maladies, mais je les ai guéris. Trenton se fiche de blesser des civils.

Frederick soupira.

— Il est à la hauteur de sa réputation.

— Autre chose, ajouta la Reine Anne. Les malédictions visent aussi sire Orwell, au cas où Turren mange de sa nourriture.

— Si Lord Orwell le découvre, il sera hors du château à la tombée de la nuit, indiqua le Roi Harris.

— Ma loyauté envers Turren est la seule chose qui garde ma bouche fermée, déclara Frederick. Ne pouvait-il pas tomber amoureux d'un homme dont les parents ne sont pas de parfaits crétins?

— Il tient de moi de bien des façons, dit la reine.

Le Roi Harris ouvrit la bouche, mais il ne pouvait réfuter sa déclaration, aussi la referma-t-il.

PASSER PLUSIEURS jours en compagnie de Turren ne faisait pas partie des plans de Sebastian. Depuis qu'ils avaient pris le coup de main en matière de sexe, ils n'arrêtaient pas. *L'expérience est toujours la meilleure façon de procéder*, songea Sebastian. Il tapota le nez de Turren alors que ses narines s'évasaient sous ses ronflements.

— Ce n'est pas très princier, chuchota Sebastian.

Il sourit quand Turren cessa de ronfler et reposa sa tête sur les oreillers. Fermant les yeux pour se reposer encore un peu, il ne s'attendait pas à être frappé sur le bras.

— Tu as assez dormi, dit-il en se tournant vers le prince toujours endormi.

— Habille-toi, nous partons, dit son père derrière lui.

Sebastian fronça les sourcils.

— Vous disiez que cela ne vous dérangeait plus que je voie Turren. Et pourquoi êtes-vous là alors que je suis nu?

Lord Orwell leva les yeux au ciel.

— Tu peux être le plus réservé de tes frères et sœurs, mais j'ai suffisamment vu ta peau pour ne pas y accorder d'importance. Habille-toi et ne le réveille pas.

— Pourquoi?

— Parce que ses charmants parents ont oublié de mentionner que ta nourriture était empoisonnée. Nous partons, maintenant.

— Je n'ai rien senti d'étrange avec la nourriture.

— C'est parce que Frederick a aidé les cuisiniers à contenir le problème, il glisse un antidote dans tes assiettes et tes verres, expliqua Lord Orwell.

— Si le problème est réglé, pourquoi devrais-je partir?

— Car je ne veux pas qu'on se serve de toi comme d'un moyen d'atteindre le prince.

— Ce qui signifie que Trenton se fiche totalement que je sois votre fils, dit Sebastian avec un sourire suffisant. Avoir été appelé son compagnon ne tourne pas en votre faveur.

— Trenton tentera quelque chose d'encore plus drastique si je ne lui dis pas qu'il a tort à propos du Prince Turren. Tout dépend de toi, Sebastian.

— Pourquoi dois-je partir sans même lui dire au revoir? chuchota Sebastian.

— Parce que tu es venu sous mon autorité, tu repartiras de même, en dépit des rumeurs qui circulent dans le château.

— Et si Trenton entend que je suis resté dans le lit du prince?

— Alors je lui dirai que c'était un stratagème pour détruire les pages qu'ils cherchaient, répondit Lord Orwell.

— La vérité est toujours meilleure que le mensonge, marmonna Sebastian.

190

— Tu te souviens de tes leçons.

— Je veux m'habiller sans que vous soyez debout à côté de moi.

— Très bien, cependant dépêche-toi.

Lord Orwell sortit aussi silencieusement qu'il était entré et Sebastian se tourna son regard vers le prince.

Il embrassa ses lèvres, Turren répondit dans son sommeil, souriant comme un fou et murmurant :

— Bastian.

— Je suis désolé, chuchota-t-il avant de sortir du lit et de chercher ses vêtements.

— Pourquoi est-il ici ? demanda-t-il après avoir fermé la chambre et trouvé Kevin attendant dans le couloir.

— Ta coopération n'était pas garantie, j'aurais pu avoir besoin de muscles, répondit Lord Orwell.

Kevin croisa les bras.

— Et tu me paies un bel équipement d'outils et d'armes pour mon désagrément.

— Quel culot de me faire payer le prix fort, gronda Lord Orwell.

— Vous me sortez du lit, je sors l'argent de vos poches.

— Grand dieu, qu'ai-je fait de mal avec ces ingrats ? demanda Lord Orwell aux cieux. Allons-y, le jour va bientôt se lever.

— Tu n'avais pas à venir, chuchota Sebastian alors qu'ils traversaient les couloirs en contournant les sortilèges.

— Tu as cessé d'écouter la raison, il le fallait, répondit Kevin.

— Quand ai-je été déraisonnable ?

— Depuis que tu as posé les yeux sur le prince, répondit Lord Orwell. Donne-moi un peu de ta magie.

Kevin fronça les sourcils à l'intention de Sebastian.

— Quelle magie ?

— Je ne me souviens pas avoir entendu *s'il te plaît*, répliqua Sebastian.

— Petit menteur sournois !

Au loin, des bottes frappèrent le sol, le bruit se rapprochant.

— Les gardes arrivent. Donne-lui ou je te porte !

Sebastian saisit la main de Lord Orwell et déversa sa magie à travers la connexion si rapidement que ce dernier sursauta comme s'il avait été piqué.

Son père l'attrapa par le col.

— Refais cela, et je te donnerai une potion de mémoire si forte que tu en oublieras l'année passée.

Les yeux de Sebastian s'écarquillèrent sous sa capuche.

— Vous ne le feriez pas.

— C'est un risque que je dois prendre. Et au vu de ton attitude, crois-moi, je suis plus que tenté.

— Vous n'êtes pas raisonnable non plus, dit Kevin. Vous auriez pu le laisser dire au revoir.

— Bah ! Vous deux ne connaissez pas le monde aussi bien que vous le pensez pour *me* donner des conseils.

— Mais protéger Sebastian de toute douleur n'est pas plus sage. Je suis venu parce que la situation est trop dangereuse, mais il doit apprendre le chagrin par lui-même.

— De quoi parlez-vous tous les deux ? siffla Sebastian.

— Il raconte n'importe quoi. Tendez la main vous deux, ordonna Lord Orwell.

Sebastian et Kevin obéirent, chacun prenant la main de l'autre, Lord Orwell posa sa main sur l'épaule de son plus jeune fils. En scandant à voix basse, il fit passer la magie de la cape à leur connexion et déforma le sort pour les rendre invisibles aux yeux indiscrets.

— Cela ne trompera pas la reine ou Frederick, informa Sebastian.

— Vraiment ? Je n'y avais pas pensé, répondit son père. J'imagine que c'est une heureuse coïncidence qu'ils soient de l'autre côté du château à essayer de libérer Lord Piadas d'un piège déclenché par prédiction.

— Vous aimez rester à un cheveu de l'exécution, n'est-ce pas, Père ? demanda Kevin alors qu'ils s'arrêtaient à un angle et jetaient un coup d'œil aux gardes. J'en vois trois, mais un seul magicien de puissance modeste.

— Ce qui signifie que vous devriez vous taire, comment oses -tu m'accuser d'être suffisamment médiocre pour me faire attraper ?

Ils s'approchèrent groupés et avancèrent sans être vus des gardes. Il les mena dans un couloir vide et ils s'arrêtèrent à l'extérieur d'une porte fortement ensorcelée.

— Encore une chose, dit Lord Orwell.

Il ôta la main de l'épaule de Sebastian et la posa à plat contre la porte. Les sorts se brisèrent dans une série de petits clics.

Sebastian fronça les sourcils. *Toute cette magie ne m'a pas été empruntée.*

— Où avez-vous obtenu tout cela ?

— J'ai placé un sortilège sur ma porte afin d'absorber la magie de quiconque l'ouvrait. Elle s'est accumulée sur une certaine période.

La porte grinça, Lord Orwell tendit la main.

— Donne-moi le miroir, s'il te plaît.

Sebastian cligna des yeux et fit un pas en arrière. Il regarda dans la pièce et vit un tas de miroirs magiques.

— Vous avez vraiment pensé à tout.

Avec cette quantité de pouvoirs cumulés, aucun message ne pourrait atteindre son miroir, Turren ne saurait pas que Sebastian l'avait fait exprès avant qu'il ne soit trop tard.

— C'était nécessaire si tu veux protéger le prince sans nous mettre en danger, dit Lord Orwell.

Sebastian mit la main dans sa poche et sortit le miroir, qu'il lui tendit sans un mot.

Lord Orwell le prit et retourna dans la pièce. Quelques minutes plus tard, il sortit et ferma la porte derrière lui.

— Très bien, à présent, disparaissons dans la nuit.

Ils s'échappèrent du château sans être arrêtés, mais contournèrent les écuries.

— Pas besoin, chuchota Kevin alors qu'ils marchaient dans les rues et passaient les portes de la ville.

De l'autre côté se trouvaient la carriole de leur père et le cheval de Kevin.

— C'est pour le mieux, dit-il alors que Sebastian s'asseyait près de leur père. Si tu veux savoir s'il t'aime vraiment, attends que les effets de ton visage s'estompent.

— Tu n'es pas optimiste, remarqua Sebastian tandis que leur père arrangeait les rênes des chevaux.

— Non, avoua Kevin. Mais tu ne le sauras pas tant qu'il n'y aura pas eu du temps et de l'espace entre vous.

Lord Orwell tapota le dos de son plus jeune fils.

— Ta beauté s'effacera de son esprit, le devoir l'emportera. La royauté est prévisible, Turren ne l'est pas moins. Tu nous remercieras de ne pas t'avoir laissé te ridiculiser.

— Vous remercier est la dernière chose que j'ai à l'esprit en ce moment, répondit Sebastian.

— C'est parce que tu crois naïvement que Turren reviendra vers toi avec un anneau et demandera ta main.

— Vous pensez qu'il va rester sans rien faire alors que je disparais à nouveau ? Ce n'est pas dans sa nature.

— Ça l'est si tu lui as dit que tu as trouvé un moyen de lui sauver la vie, mais que te contacter dans les trois prochains mois te mettrait en grave danger, dit Lord Orwell.

Sebastian foudroya son père du regard.

— Je ne lui ai jamais dit une telle chose.

— Eh bien, la lettre écrite de ta main que j'ai glissée sous son oreiller pendant que vous dormiez l'a certainement fait.

La mâchoire de Sebastian se décrocha.

— Est-ce que vous mentez ?

— Non, répondit Lord Orwell.

Des plantes grimpantes s'élevèrent du sol et entourèrent Lord Orwell, mais il haussa un sourcil et elles retombèrent sans le toucher. Sebastian ouvrit la bouche pour crier une incantation, mais aucun son ne sortit.

— Ton dernier avertissement était au château.

193

Kevin stoppa son cheval.

— Merde, tu peux aussi contrôler les éléments?

Sebastian ne répondit pas, car sa capacité de parole avait disparu alors il sauta silencieusement du chariot. Il signala à Kevin d'échanger sa place avec lui, son frère accepta à contrecœur.

Kevin s'assit près de son père et croisa les bras.

— Si Diana le sait, je serai fâché contre toi.

QUAND ILS arrivèrent à la maison Orwell, Sebastian rendit le cheval à Kevin et entra. Pratchett et Démétrius étalaient de l'argenterie sur la table familiale, mais il ne savait pas si elle appartenait à la famille ou si c'était des trésors mal acquis. Il ne s'en souciait pas suffisamment pour poser la question, alors il traîna les pieds vers l'étage. Ses jambes le menèrent vers la chambre d'Ophélia, il s'avança vers elle. Se baissant au sol, il fit ce qu'il avait toujours fait depuis l'enfance et posa sa tête sur ses genoux, laissant ses pleurs couler. Il fut reconnaissant pour le sort de son père, car ses sanglots ne seraient pas entendus dans toute la maison.

XXVII

Sebastian ne parla ni ne regarda son père, même après que le sort fut levé.

— Nous allons au marché, appela sa mère. Tu peux venir si tu aides au lieu de te lamenter.

Sebastian fronça les sourcils à l'idée de rester seul avec son père, alors il sortit de sa chambre avec un sac. Pratchett, Démétrius, Diana et Kraven attendaient au pied des marches.

— Je me demande si être malheureux te fait paraître plus normal, songea Diana.

Sebastian releva sa capuche et Démétrius leva les yeux au ciel.

— Seigneur, la tristesse ne fait qu'empirer les choses. Mets cette capuche avant que nous devions à nouveau te sauver.

Sebastian la remit en place d'un geste sec et descendit les marches.

Lady Orwell soupira.

— Premier amour. Puissent les dieux nous sauver d'une telle stupidité. Allons-y.

— Quelle famille, marmonna Sebastian en fermant la porte derrière lui.

— Je me souviens de mon premier amour, déclara Pratchett.

— N'importe quoi, répliqua Démétrius. Tu n'aimes que toi.

— C'est pour ça que c'était un amour si blessant. Je suis difficile à contenter.

Pratchett éclata de rire et frappa Sebastian sur le dos.

— J'espère ne jamais le trouver pour de vrai, ajouta-t-il en frissonnant. Ce genre de besoin irrationnel pourrait me donner envie d'un homme pauvre.

— Je suis fier de toi, Sebastian. Je pensais que tu ne désirais que tes livres, mais là, tu convoites un prince. L'ambition peut être une bonne chose, mais ton erreur a été de viser aussi haut que moi, dit Démétrius.

Diana leva les yeux au ciel.

— S'il prend des conseils amoureux auprès de vous alors, il est vraiment idiot.

— Tu passes de lit en lit presque autant que le faisait Kevin, mais au moins, ton frère a eu la décence de se fixer, répliqua leur mère à l'avant de la carriole.

— Ne vous est-il jamais venu à l'esprit que je suis heureuse d'être célibataire ? demanda Diana.

— Pratchett, ta sœur a-t-elle l'air heureux ? demanda leur mère.

Le visage de Pratchett se plissa vers Diana.

— Nan. Elle a l'air aussi misérable que Sebastian, elle soigne un cœur brisé.

Diana sourit de toutes ses dents à Pratchett.

— J'ai une sélection complète d'ingrédients pour sortilèges sur moi. Veux-tu me tester ?

Lady Orwell gémit.

— Diana, que t'ai-je dit au sujet de gaspiller de l'argent sur tes frères ?

— Je n'allais pas utiliser d'herbes coûteuses sur lui. Il n'en vaut pas la peine.

— Tant que tu ne dilapides pas…

— Je ne pense pas que ce soit le genre de plainte que vous soyez supposée avoir en tant que parent soucieux, dit Sebastian.

— Quoi ? demanda leur mère. Elle a été formée pour ne pas utiliser quelque chose de dangereux sur vous, les garçons, ses doses ne sont jamais incorrectes.

— Peu importe, marmonna-t-il.

— Si tu me drogues, je vole cette sacoche que tu gardes près de toi, l'avertit Pratchett.

— Pratchett ! Qu'est-ce que je t'ai dit ? cria sa mère.

Pratchett croisa les bras, mais ne répondit pas.

— N'annonce pas tes méfaits avant de les commettre, c'est tout bonnement stupide.

— Ne l'oublie pas !

Sebastian mit la main sur son visage.

— Cette famille…

Démétrius haussa les épaules.

— Le plus triste est que mon éducation me semble normale maintenant.

— Parle pour toi, dit Kraven.

— Pourquoi es-tu grincheux ? C'est le rôle de Sebastian, répondit Pratchett.

Lady Orwell jeta un œil à l'arrière du chariot, Kraven plaqua un grand sourire sur son visage.

— Je suis juste endormi. Je me sentirai plus énergique quand je trouverai de la nourriture.

La fratrie fronça les sourcils jusqu'à ce que leurs regards tombent sur Sebastian. Diana le poussa du pied, mais il le repoussa violemment. Démétrius et Pratchett sourirent, Kraven déglutit. Quand la carriole s'arrêta sur une place vide, ils s'entassèrent à l'extérieur et posèrent des herses tout autour.

— Tu parleras, lui chuchota Pratchett à l'oreille.

— Le petit dernier attrape toujours les meilleures rumeurs, lui souffla Démétrius à l'autre oreille.

— Je surprends aussi les bruits de ce que vous empruntez à James et Kevin, répondit Sebastian alors que leur mère déchargeait quelques sacs lourds.

— Tu ne surprends pas de rumeurs sur moi, dit Diana en accrochant son bras à celui de Sebastian et le traînant derrière elle. Tu travailleras sur mon stand aujourd'hui.

— Ce n'est pas juste ! cria Pratchett.

Kraven le poussa par-derrière.

— Ce ne sont pas vos affaires, ou les tiennes, dit-il en montrant Diana

— C'est ce que nous verrons, répondit Diana en tirant Sebastian.

Quand ils furent hors de portée de voix, il reprit brutalement son bras.

— Je ne te dirai rien, alors ne pose pas de questions.

Diana ricana.

— Je sais déjà sur quelle fille il craque. Je voulais juste rendre Pratchett et Démétrius fous. Ils vont se creuser la tête toute la journée pour découvrir ce que tu sais.

— Kraven n'a pas l'air de trouver cela amusant.

— Il va s'en remettre. D'ailleurs, en parlant d'amour, dit Diana.

— Ou d'empathie, dit Sebastian. Je sais combien cela vous rend perplexe, toi et les autres. Je ne suis pas surpris que ce soit difficile pour vous de le reconnaître.

— Si tu deviens insolent comme ça avec moi, je ne te réunirai pas avec ton prince.

— Pourquoi t'impliquerais-tu ?

— Ai-je besoin d'une autre excuse que celle d'aller contre Père ?

— Non, mais il est sérieux cette fois. Je m'en occuperai moi-même si je le dois, dit Sebastian.

— Comment ?

— Rien de concret encore, mais si tu peux aider, je te le dirai.

Diana haussa un sourcil.

— Tu as renoncé bien trop facilement. D'habitude, je dois demander l'aide de James. Est-ce que tu vas bien ?

Sebastian triait ses bouteilles de potions et de médicaments.

— Si ma vie n'était pas en jeu, je te sonnerais les cloches, mais je pense que cette fois requiert moins d'entêtement.

Diana serra sa main sur son cœur.

— Par tous les dieux, Sebastian, viens-tu d'admettre que tu étais borné ?

— Tu es le seul témoin, donc oui.

— Qui aurait dit que tomber amoureux t'aurait dompté ? s'exclama Diana en caressant le dessus de sa capuche.

Sebastian éloigna sa main d'une tape.

— Le marché va bientôt ouvrir, cesse de faire l'idiote.

Il sortit un bocal de plumes de *Xenyr* du sac de Diana et le plaça près des potions. Le pot avait à peine touché la table qu'une main le ramassa.

— Un si petit lot, Diana ? demanda une étrange femme.

Sebastian se tourna vers sa sœur, qui leva les yeux au ciel.

197

— Bonjour, Imegan. Repose-le si tu tiens à ta main, conseilla Diana.

Imegan renifla.

— Je ne voudrais pas de telles plumes sans énergie.

Elle reposa le bocal et fouilla dans sa sacoche. Dedans, il y avait un gros paquet débordant du plus brillant plumage de *Xenyr*, qui faisait passer celui de Diana pour minuscule et terne.

Diana sourit.

— Les clients que tu tentes avec ces choses méritent de perdre chaque sou.

Imegan referma son sac brusquement.

— Insinues-tu quelque chose ?

— Non, à moins que tu n'aies abattu chaque oiseau de Larnlyon.

— Le fait que tu sois une mauvaise chasseuse ne signifie pas que tu peux faire courir de telles accusations !

Imegan s'éloigna d'un pas rapide alors que Sebastian et Diana secouaient la tête.

— Elle pourrait au moins avoir la décence d'être subtile, dit Sebastian.

— Elle fait passer Père et ses remèdes miracles pour de l'honnêteté.

Tout au long de la journée, ils eurent un flot régulier de clients, mais par moments, ils entendaient des gens affluer vers la tente d'Imegan, s'émerveillant de ses nombreux objets rares. D'autres regardaient avec agacement dans sa direction, puis venaient vers le stand de Diana.

— Tu manques l'opportunité de tirer profit du stratagème flagrant de cette idiote, dit Lady Orwell quand les affaires se calmèrent. Ton stock a encore plus de valeur quand les contrefaçons sont exposées.

— Je ne gonfle pas mes prix sur un coup de tête, Mère, répondit Diana.

— Avoir des prix moins élevés que les siens font passer les tiens pour des contrefaçons, argua Lady Orwell.

— Je suis contente de mon foyer, de mes vêtements et de ma nourriture. Pourquoi aurais-je besoin d'augmenter mes prix ?

— Peu importe, de toute évidence je ne sais pas ce que je fais, bien que j'aie passé la majeure partie de ma vie en tant que commerçante. Continue avec ta médiocrité, dit Lady Orwell en partant.

— Je pourrais révéler le secret de Kraven afin de la faire dégager de mes affaires, dit Diana.

— Au moins, elle n'est pas Père. Il aurait modifié tes prix quand tu ne regardais pas.

Diana fronça les sourcils.

— Ce connard l'a fait cinq fois et a essayé d'obtenir une partie de mes bénéfices pour l'avoir fait.

— C'est un bon point de vue. Tu n'aurais pas eu cet argent supplémentaire s'il ne l'avait pas fait.

Diana rajouta des bouteilles sur la table et s'attarda sur une potion d'épilation.

— Sebastian, ce n'est pas une bonne idée de dire que Père et Mère ont raison. Des erreurs peuvent arriver quand je suis contrariée.

Il regarda le flacon, puis sa sœur.

— J'évoquais des souvenirs, je ne disais pas qu'ils avaient raison. De plus, tu pourrais avoir envie d'arrêter de me menacer avec tes potions. Je vois James et Ellie, dit Sebastian en indiquant l'entrée du marché, où se trouvaient ces derniers, riant en marchant main dans la main, Lord Ausher à leurs côtés.

Diana baissa la main, ce qui fit sourire Sebastian sous sa capuche.

— Tu ferais mieux de ne pas sourire, petit con, dit Diana en regardant James approcher.

— Non, mentit-il.

James était le seul capable de lui retourner ses blagues. S'il finissait chauve pendant une semaine, il était garanti que Diana le serait tout autant quelques jours plus tard.

— Sebastian ! cria Ellie avant de se ruer vers lui et de le serrer dans ses bras. Comment vas-tu, jeune héros ?

— Je reste loin des aventures, répondit-il quand elle le relâcha.

— Vous en avez tellement d'autres à avoir, ajouta Lord Ausher.

— Vous êtes plus curieux que jamais.

— Et vous êtes toujours aussi grincheux. En parlant de cela, dit-il en se tournant vers Diana, que devenez-vous ?

— Je ne me prélasse pas dans un grand manoir sans rien faire, répondit-elle.

— Vous devriez essayer, petit visage mécontent, dit Lord Ausher en touchant la mèche d'argent dans les cheveux de Diana. Vous n'en voulez pas davantage, n'est-ce pas ?

— Vous savez très bien d'où elle provient, répondit Diana, retirant doucement sa main.

Lord Ausher se mit à rire.

— Je doute que vous le disiez à voix haute.

Diana jeta un œil à la matriarche des Orwell qui négociait avec un client.

— Pourquoi devrais-je admettre avoir hérité quoi que ce soit de cette poupée de porcelaine ?

Le dos de sa mère se raidit si vite qu'ils surent qu'elle avait entendu.

— Joli travail, Diana, dit James. Tu sais pourtant à quel point son ouïe est bonne.

— Personne ne lui a demandé d'écouter, répliqua Diana. Pourquoi avez-vous abandonné l'auberge ?

— J'avais besoin d'une pause, je l'ai forcé à en prendre une également, répondit Ellie.

— Je vais devoir subir vos visages laids avant le Solstice ? demanda Diana.

— Ouais, répondit James. Nous attendons Kevin et Luke demain matin.

— Je suis surpris après que Père ait pratiquement racheté leurs services durant l'hiver, dit Sebastian.

James haussa les épaules.

— Je pense que Kevin veut suffisamment d'économies pour prendre des vacances pendant le printemps.

Ellie sourit.

— Je pense que ses vacances seront plus amusantes.

Lord Ausher éclata de rire.

— Pauvre homme, enfermé dans une cabane pendant des mois avec un incube.

— Tout dépend si nous pouvons ou non arranger la vie de celui-ci, dit Diana en montrant Sebastian.

— Comme manger davantage d'aliments empoisonnés? demanda Lord Ausher.

— Je vous demande pardon? demanda James.

— Où avez-vous entendu cela? grogna Sebastian.

Lord Ausher tapota son oreille.

— J'ai mis mon oreille au vent et j'ai entendu des choses intéressantes provenant du château.

— De quoi parle-t-il, Sebastian? s'enquit Diana.

— Je n'ai pas mangé de nourriture empoisonnée, répondit l'intéressé.

— Je suis désolé, je voulais dire de la nourriture contaminée par un poison qui a été éliminé par la suite, reformula Lord Ausher.

Sebastian termina de réassortir la table et tendit le sac à James.

— Je vais aller rendre visite à nos autres frères et sœurs et voir s'ils ont quelque chose de plus intéressant à dire.

Il contourna Diana et frôla Lord Ausher qui lui murmura :

— Conspirer pour tuer Trenton est une erreur dangereuse.

Sebastian l'ignora et se dirigea vers la table de sa mère.

Cette idée avait à peine fleuri dans sa tête, il n'avait pas besoin que ce stupide magicien vende ses pensées à sa famille.

— Eh bien, eh bien, regardez qui vient se joindre à nous après avoir rampé devant nos aînés. N'ont-ils pas correctement pris soin de toi, Sebastian? demanda Pratchett. Je ne sais pas si notre humble personne est suffisante après leur compagnie.

— Lord Ausher te prête plus d'attention que d'habitude, dit Démétrius. Es-tu si désespéré de trouver un mari que tu en as déjà oublié ton prince?

— C'est comme si tu étais toujours en compétition avec les autres pour savoir qui est le plus idiot, répliqua Sebastian. Je suis abasourdi que tu en sortes toujours vainqueur.

Kraven croisa les bras.

— Qu'as-tu dit à Diana?

– Rien. Elle sait déjà, elle voulait juste rendre Pratchett et Démétrius paranoïaques.

— Il n'y a aucune raison qu'elle soit au courant si tu ne lui as pas dit, affirma Pratchett à Kraven. Tu devrais arrêter de lui raconter tes secrets s'il va tout déballer.

Sebastian inclina la tête vers son provocateur de frère.

— Bien essayé, mais tout ce que tu as à faire est de lui poser la question. Elle ne mentira pas pour m'aider.

— Terreur de tous, allégeance à personne, murmura Démétrius.

— Il est le plus jeune, fit remarquer Pratchett. Même Kevin a un faible pour lui. Je ne lui ferais pas confiance, Kraven.

Kraven lança un regard noir à Pratchett.

— Je demanderai à Diana plus tard s'il a mouchardé, mais même s'il l'a fait, je ne te révélerai pas mes secrets.

Appuyant son doigt sur le torse de Kraven, Pratchett le repoussa contre la table.

— Maintenant, on dirait que tu t'entends bien avec eux. Vous devez tous les deux décider lequel d'entre nous va écouter, sinon je prendrai la décision pour vous.

— Deux ans de plus que moi ne signifient pas que tu peux me donner des ordres, répondit Kraven en appuyant son doigt dans le torse de son frère.

Démétrius fixa Sebastian dans les yeux et inclina la tête sur le côté.

Celui-ci n'ayant aucune idée de ce qui le distrairait d'une querelle familiale, il détourna le regard. Leur mère, qui avait fait de multiples voyages à la carriole, posait des flacons sur la table de manière désordonnée. Depuis toutes ces années, elle n'avait jamais autorisé de bagarre entre eux, du moins pas quand ils étaient au marché. Elle avait cessé de déplacer ses marchandises et ses mouvements étaient saccadés. Sebastian ne pouvait pas se souvenir d'une longue période où elle n'aurait pas parlé et se souvint que la dernière fois où il l'avait entendue était juste avant que Diana ne l'insulte. *Nous nous disputons et nous traitons de tous les noms tout le temps, je ne vois pas en quoi aujourd'hui serait différent.* Il jeta un œil à la table de Diana, dont le regard errait vers sa mère de temps en temps. Plus le temps passait sans que sa mère intervienne, plus sa mâchoire se crispait.

Pratchett se rapprocha de Démétrius.

— Je crois avoir vu une lueur rouge. C'est la raison pour laquelle Mère garde les yeux baissés.

— Si ses yeux sont rouges, nous ne vendrons rien, elle effraye les clients, dit Kraven.

— Nous n'aurions pas besoin de vendre quoique ce soit si Père n'avait pas payé Kevin pour qu'il ramène Sebastian à la maison, dit Pratchett.

— Diana l'a mise en colère, pourquoi serais-je celui à blâmer? demanda Sebastian.

— Regarde-la, dit Démétrius en balançant son pouce en direction de sa sœur. Elle est aussi en colère.

Sebastian regarda Diana, puis Lady Orwell, qui devenaient des miroirs silencieux de colère.

— Je ne vois pas pourquoi on me tiendrait responsable pour cela.

— Tu es le plus jeune, et par défaut, le plus malin. Sers-toi de ce talent autrement inutile pour calmer Mère puis demander à Diana de s'excuser, ordonna Démétrius.

Sebastian haussa les sourcils.

— Je ne vois aucun avantage à faire l'un ou l'autre.

— Tu es le moins susceptible d'être maudit, et James et les autres ont laissé Diana seule, dit Pratchett. Ils ont laissé tomber eux aussi, et je ne vais pas le faire. Tu nous coûtes de l'argent, arrange cela.

— Ce sont des conneries, s'exclama Sebastian.

— Peut-être, cependant je pense que James est d'accord, dit Démétrius.

Sebastian se retourna et vit James lui jeter un coup d'œil en penchant la tête dans la direction de leur mère.

— Je vous déteste tous.

— Tout ce cirage de bottes et tu n'as toujours aucune autorité, dit Pratchett.

— Va te faire voir.

Sebastian prit une profonde inspiration et s'avança vers Lady Orwell. Elle divisait ses potions avec force, la tête baissée. Sebastian ouvrait la bouche au moment où Imegan s'arrêtait à leur table.

— Avez-vous eu une autre dispute avec cette désobéissante fille ? demanda-t-elle.

Sebastian ferma les yeux et se demanda pourquoi rien n'allait aujourd'hui.

— Imegan, répondit Lady Orwell en parlant pour la première fois.

— Oui ?

— Si vous ne vous éloignez pas, je lancerai un sort de pourriture sur votre langue et vous vous étoufferez avec votre pus, dit Lady Orwell sans lever les yeux.

Sebastian baissa la tête dans ses mains et gémit. Imegan émit un bruit étranglé et s'enfuit.

— Je ne suis pas d'humeur, Sebastian.

Il soupira. *Comment suis-je censé être malin ?*

— Comment avez-vous su que vous étiez amoureuse de Père ?

Grand dieu, pourquoi ai-je dit cela ?

Lady Orwell cilla et ses yeux redevinrent verts. Elle le regarda avec suspicion.

— Es-tu sérieux ?

— Hum, non. Je ne sais pas pourquoi ces mots sont sortis de ma bouche. Désolé, dit Sebastian, tout en reculant derrière la table.

Une main ferme agrippa sa cape.

— Tu peux rester.

— Je n'ai pas demandé à rester.

Les yeux de Lady Orwell étincelèrent brièvement une nouvelle fois de rouge.

— Tu restes.

— Bien, accepta Sebastian, sachant que la force de sa mère augmentait quand son sang Fey refaisait surface.

Elle se servit de cette force pour le rapprocher.

— Je sais que tes frères t'ont envoyé, mais je veux que tu répondes à mes questions aussi.

— J'aurais préféré que vous ignoriez ce que j'ai dit.

— C'est pertinent pour mon humeur.

— Qu'est-ce que cela signifie ? demanda Sebastian.

— Comment le prince te voit-il ?

Sebastian haussa les épaules.

— Je ne sais pas. Un mystérieux homme capé qui peut être un peu difficile.

— Et après qu'il ait vu ton visage ?

— Un mystérieux homme capé rempli de surprise, mais toujours aussi difficile.

— Penses-tu qu'il t'aime toi ou ton apparence ?

— Moi, je pense. Il m'a dit qu'il m'aimait avant même de voir à quoi je ressemblais.

— C'est un premier pas positif.

— Vous n'avez toujours pas répondu à ma question.

— Je pensais que tu ne voulais pas que je le fasse, contra-t-elle.

Sebastian fronça les sourcils sous sa capuche, sa mère sourit.

— Je l'ai aimé à la première rencontre. Il n'en avait rien à faire de ma beauté et m'a ignorée jusqu'à ce qu'il voit mon badge d'apothicaire.

Lady Orwell effleura le nœud de guérisseur brodé, entouré de fleurs vénéneuses.

— Il a dit qu'il aimait mon style et m'a invitée à le regarder escroquer un seigneur.

— C'est romantique ?

— D'être considérée comme une personne experte par un étranger ? Oui, ça l'était.

— Voilà pourquoi ce que vous a dit Diana vous a tellement contrariée, murmura Sebastian.

— Parmi mon peuple, j'ai été élevée pour être une poupée posée sur une étagère et avoir l'air joli.

Lady Orwell fit glisser son ongle sur la joue de son fils.

— Aimerais-tu être traité de poupée ?

Quelque chose se tordit dans son ventre, il repensa aux autres qui ne le considéraient pas comme une personne, mais comme une chose. Il secoua la tête

203

avec véhémence et sa mère embrassa le haut de sa tête. Sebastian se figea, pas habitué à ce genre d'affection.

— Je ne veux pas de ce destin pour toi non plus. Voilà pourquoi je te soutiendrais, peu importe qui tu épouses, tant qu'il est digne de toi.

— Est-ce que ce qui m'est arrivé vous est arrivé aussi ? demanda Sebastian.

— Non. Des étrangers ont essayé de te soumettre, ma famille a essayé avec moi.

— Ça semble encore pire.

— Oui et non.

— Pourquoi me dites-vous tout cela ?

— Parce que tu es le seul qui comprendra. Tu peux retourner avec les autres. Je suis calme à présent, dit Lady Orwell.

— Très bien.

Il la quitta alors qu'elle haranguait les nouveaux clients avec sa marchandise. Il ne s'arrêta pas avant d'être face à Diana.

— Que veux-tu ?

— Que tu ailles lui présenter tes excuses.

— Je dois entendre des voix, j'ai cru que tu m'avais ordonné d'être gentille avec Mère.

— Pense à ce que je t'ai dit. Pense à la façon dont j'ai été traité sans ma capuche et à ce que tu lui as dit.

— Il n'y a pas de comparaison, siffla sa sœur. Elle se joue de toi comme d'un violon et maintenant, tu exiges des choses de ma part comme un chevalier miniature.

— Je ne pense pas qu'elle l'ait arnaqué, intervint James. Elle semblait sincèrement blessée.

— Qu'en est-il de toutes les fois où elle m'a insultée ? Vous ne me voyez pas bouder et attendre des excuses.

— C'est parce que vous avez accidentellement évoqué un mauvais souvenir, expliqua Lord Ausher.

— Cela vous dérangerait-il de vous expliquer et d'être moins énigmatique ? demanda Diana.

— Parmi les Feys, on attend des plus belles qu'elles s'exhibent et se reproduisent. Votre mère n'est pas une exception, son peuple a dû faire de gros efforts pour la mouler dans ce rôle contraire à ce qu'elle souhaitait, expliqua Lord Ausher en regardant leur mère. Il a fallu un acte choquant pour y échapper. Insultez beaucoup de choses, mais pas cela.

— Tu parles toujours de battre Père et Mère, dit Sebastian. Ne peux-tu pas le faire en étant une meilleure personne qu'eux pour une fois ?

— Diana, nous allons être coincés ici avec elle pendant des jours, et il y a le voyage de retour en carriole, dit Démétrius.

Kraven se joignit à eux.

— S'il te plaît, Diana.

— Donnez-moi tous une partie de votre salaire et je le ferai, offrit Diana.

— Je suis habitué aux trajets étranges alors je peux vivre avec la colère de Mère, répondit Pratchett.

James l'attrapa nonchalamment par le col et le tira à lui, jusqu'à être nez à nez.

— Crois-moi, petit frère, tu vivras avec plus qu'un silence embarrassant si tu ne fais pas la queue.

— C'est facile pour toi de dire ça. Tu as de l'argent.

— Je plaisante, James, je ne suis pas si mauvaise, indiqua Diana.

— C'est difficile à dire avec toi, répondit James.

Diana lissa sa jupe et leur jeta un regard noir.

— Je vais le faire, alors je ne veux plus entendre aucun autre fichu mot là-dessus.

Elle marcha vers leur mère, mais agita la main, lançant un sortilège afin que personne ne les espionne.

— C'est de la triche, dit Démétrius.

Ellie le fit taire.

— Nous pouvons toujours tenter de découvrir ce qu'elles se disent en lisant sur leurs lèvres.

— Comme si j'avais une compétence aussi ridicule ! s'écria Pratchett.

James plissa les yeux.

— Elles disent qu'elles doivent toutes les deux s'excuser, et Diana s'énerve au sujet de quelque chose, dit-il alors qu'il la regardait jeter les bras en l'air.

— Même moi je peux voir cela, remarqua Pratchett.

Diana secoua la tête et revint au pas de charge vers le groupe, son sortilège se dissolvant dans l'air. Elle effaça la craie sur son tableau de prix et écrivit des chiffres légèrement plus élevés.

— Contente ? cria-t-elle à Lady Orwell tandis que leur mère souriait sereinement.

— Maintenant, j'ai comme l'impression de m'être fait avoir, songea James.

— Aucun de vous n'a jamais appris à correctement négocier avec elle, intervint Lord Ausher.

— La plupart des familles n'ont pas besoin de manuel pour traiter avec leurs parents, dit Sebastian.

Lord Ausher haussa les épaules.

— Vous n'avez jamais été comme les autres familles.

XXVIII

Sᴇʙᴀsᴛɪᴀɴ sᴇ pencha afin de plier son corps sous le bureau et qu'aucun membre ne dépasse.

— Ne parle pas, ne respire pas, s'il te surprend, nous sommes morts, dit Lord Orwell.

— Pourquoi agissez-vous comme si j'allais lui dire bonjour? demanda Sebastian.

— Parce que c'est une idée stupide.

— Vous êtes la raison pour laquelle nous devons faire cela en premier lieu. Ce sont vos mauvais choix de vie qui nous ont conduits ici.

— La ferme. Je suis sur le point de commencer un sort de convocation.

Sebastian arrêta de bouger et apaisa sa respiration afin que rien de ce qu'il ferait ne soit entendu. Il y eut le déclic d'un couteau, puis le bruit du sang gouttant dans un bol. Quand la magie balaya la peau de Sebastian, il sut que le grand miroir du bureau de son père avait établi la connexion. *Je vous en prie, faites que ce soit la bonne chose à faire.*

— Caspian? demanda une voix profonde de l'autre côté du miroir.

— Je suis désolé de rompre ma parole, mais les circonstances exigent une entrevue, annonça Lord Orwell.

— Je suis d'accord. J'ai reçu des rapports troublants de Larnlyon. Un prince en danger et ton fils pris au milieu.

Lord Orwell soupira.

— S'il te plaît, sois clair, Trenton. Tu sais que la connexion est sécurisée.

— Mais je ne sais pas où se situe ta loyauté à présent.

— Envers moi, comme ça l'a toujours été.

La profonde voix éclata de rire de l'autre côté du miroir.

— Tu me manques, Caspian. Comment va ta femme?

— Elle ira bien si elle sait que notre fils n'est plus en danger.

— Je suis désolé que mes hommes l'aient attaqué, dit Trenton. Si j'avais su qu'il était ton fils, je ne m'en serais jamais pris à lui.

— C'est gentil de le dire.

— Tu es d'un tel cynisme. Penses-tu vraiment que j'aurais sciemment mis en danger l'un de tes enfants?

— Tu as tes priorités, j'ai les miennes. Mon fils ne se mettra plus en travers de ton chemin, alors je t'en prie, laisse le vivre, sollicita Lord Orwell.

— Accepté.

— En parlant du prince. D'après les tentatives, puis-je présumer que tu penses que manger son cœur résoudra tes problèmes ?

— J'ai entendu que tu cherchais des documents au château. As-tu trouvé une traduction plus claire ? demanda Trenton.

— Non, uniquement le même passage qu'auparavant.

— Alors pourquoi crois-tu en savoir plus que moi ?

— Trenton, notre professeur nous a enseigné de regarder les faits et de considérer l'objet en lui-même. Quel talisman serait appelé Cœur de Lumière si un sacrifice humain était impliqué ? Cœur des Ténèbres, Cœur de Désespoir, peut-être, mais pas Cœur de Lumière.

— J'aime essayer toutes les possibilités.

— J'aime vivre dans une maison qui ne soit pas entourée par la guerre civile, répliqua Lord Orwell.

— Si tu étais resté à mes côtés, trouver une maison ne serait pas un problème, dit Trenton. Me convoquer de cette façon requiert plus de magie que tu ne prétends en avoir. Je ne sais pas si je dois me sentir insulté ou impressionné par ta duplicité.

— Un défilé constant ne fait pas un bon foyer.

— Je vais avoir une base stable d'opérations très bientôt, promit Trenton. S'il te plaît, considère mon offre.

— J'en parlerai avec Cynthia.

— Fais donc cela, et j'espère que ton Sebastian va bien, dit Trenton. Ce doit être douloureux d'être séparé du prince après avoir passé autant de temps avec lui.

— Sebastian était au château pour mes affaires, tout ce qui a pu se produire entre eux est terminé. La curiosité de la jeunesse est éphémère, comme tu le sais.

— J'ai entendu cela. J'espère que tu me contacteras bientôt pour me donner ta réponse.

La magie se dissipa et Sebastian prit une inspiration.

— Il est triste de constater que Trenton tisse toujours ses toiles d'araignées dans l'ombre, dit Lord Orwell. Il a échoué à atteindre son but de gouverner, car Alchone ne lui faisait pas confiance et Orsen était trop fou pour être contrôlé. Maintenant, il pense qu'une jolie amulette l'aidera à sauter les intermédiaires et à être roi. C'est pour cela que je t'ai dit de rester loin de Turren. Tu ne veux pas avoir affaire aux plans de Trenton.

— Si les choses deviennent mauvaises, allez-vous accepter son offre ? demanda Sebastian alors qu'il se libérait de sa position contorsionnée.

Lord Orwell renifla.

— Si les choses se passent mal, nous fuirons ce maudit pays. Peut-être même sur les terres Fey, loin de sa portée.

— Vous croyez que Trenton vous laissera vous échapper ?

— Pas même un tyran serait suffisamment fou pour briser les Lois d'Asile de ce pays et faire chier de trop nombreuses puissantes créatures, soupira Lord

Orwell. Ce ne sera pas facile ou bon marché de faire en sorte que les Feys annulent le statut humain de ta mère, mais c'est faisable.

— Mère en sera ravie, dit Sebastian.

— Nous n'avons pas à rester avec son clan. Les Nains pourraient être disposés à nous accueillir.

— Comme je le disais, Mère sera ravie.

Maintenant qu'ils avaient le temps, Sebastian devait trouver un moyen d'activer le Cœur de Lumière puisque c'était le seul talisman en jeu assez puissant pour battre Trenton. Il garda ses pensées pour lui, car il savait que sa famille l'en empêcherait.

LES SEMAINES devinrent des mois et Sebastian ne comprenait pas davantage comment fonctionnait le Cœur de Lumière ou comment le soustraire à l'emprise de Trenton. Harold et lui y avaient réfléchi avec Margaret, mais le plus gros problème était de ne pas savoir où se trouvait Trenton. Sebastian avait posé la question à Lord Orwell, mais ce dernier lui avait crié dessus et exigé qu'il ne l'interroge plus jamais à ce sujet. La culpabilité le dévorait, car Turren devait avoir réalisé qu'il n'avait pas son miroir et qu'il l'évitait délibérément. Il avait sacrifié sa seule chance d'amour sans rien avoir pour le prouver. Il n'arrivait pas à penser à autre chose, son rêve de librairie n'était plus aussi attrayant. *Pourquoi ce maudit Kevin devait-il avoir raison en parlant de cœur brisé ?*

Dans les bois où s'était produite l'attaque, il retourna à l'endroit où il avait trouvé le prince blessé. *Quelque chose était peut-être resté près du corps.* Il tendit la main vers le sol et demanda s'il restait quelque chose des possessions de l'assassin. La terre se déforma, des pièces et des armes émergèrent. Il se baissa et vérifia chaque objet, mais il n'y en avait pas beaucoup. Pas de cartes ou de diagrammes expliquant clairement comment utiliser l'amulette. Sebastian soupira. C'était une folie d'avoir pensé que les hommes de Trenton étaient des professionnels. Le mort n'avait que de l'argent, des armes, aucune identification.

— Voilà donc ce qui est arrivé à mon assaillant.

Sebastian fit volte-face, Turren se tenait derrière lui, un cheval noir poussant son épaule.

— Depuis combien de temps…

Sebastian se secoua, la colère l'envahissant.

— Que fais-tu ici idiot ! Tu ruines tout ce que j'ai fait !

— Si tu voulais que j'obéisse à tes ordres, tu aurais dû être honnête avec moi, dit Turren en croisant les bras. Tu as dit que notre séparation serait temporaire, que fais-tu avec ces objets ?

— Je vole des objets de valeur, mentit Sebastian.

— Le pillage de tombe serait plus logique si tu n'avais pas jeté négligemment cet argent au sol avec une expression déçue sur le visage.

— J'espérais des bijoux. Il aurait pu être un pirate.

Turren sourit.

— Au moins, tu mens d'une manière que je ne suis pas censé prendre au sérieux.

Il tapota le naseau de son cheval et se rapprocha de Sebastian.

— Je te regarde depuis un moment, tu as l'air contrarié.

— Tu as de très vilaines habitudes pour un prince héritier.

— Être abandonné par son amant fait ce genre de choses à un homme, répondit Turren, son sourire s'évanouissant. Pourquoi as-tu rompu tout contact ? Avant que tu me mentes en prétextant ne pas avoir eu le temps, j'ai trouvé le miroir au château. Tu n'es pas un homme distrait, Sebastian.

Sebastian n'aimait pas la tournure des évènements. Turren était celui qui habituellement avait du mal à trouver ses mots, à présent, ils avaient échangé leurs positions.

— Tu ne devrais pas être ici.

Turren avança.

— Ce n'est pas la réponse que je souhaite, ou que je mérite.

Sebastian fronça les sourcils.

— Je n'ai pas à te répondre, tu devrais comprendre l'allusion du miroir. Je n'en ai plus besoin désormais.

— Cette réponse ne convient pas non plus.

— J'ai mis ma famille en péril pour assurer ta sécurité, tu te mets en danger, tout comme eux.

— Tu obtiendras plus de moi en étant honnête qu'avec des réponses à demi-cachées.

— Je ne peux pas te dire ce que je faisais, alors pars !

— Je ne partirai pas avant que tu me dises quel risque tu as pris en mon nom.

Turren ne laissait que peu d'espace entre eux, mais ne le touchait pas.

— Très bien, céda Sebastian. J'ai demandé à mon père d'entrer en contact avec Trenton. Seulement, il n'accéderait à ma requête que si je promettais de ne jamais te revoir.

— Et tu pensais que je n'avais pas à le savoir ?

— Oui. Si Trenton vient ici ou contacte mon père par miroir pendant que tu es là, dans quel genre de position crois-tu que tu nous mets ?

— S'il s'approche de toi, je le tue, promit Turren.

— Avec quoi ? Il a le Cœur de Lumière, il peut apprendre à s'en servir à tout moment.

— Peu importe comment, mais s'il te touche, il mourra !

— Voilà pourquoi je t'ai laissé dans l'ignorance.

— Ou tu aurais pu me demander de l'aide au lieu de garder tes secrets.

Sebastian abaissa sa capuche.

— Est-ce cela ce que, signifie me donner à une autre personne ? Tu t'attends à ce que je fasse ce que tu veux ?

— Déformer mes paroles ne placera pas tes actions sous un meilleur jour. Les partenaires devraient prendre des décisions ensemble, tu m'as exclu des tiennes.

— C'était une nécessité.

Turren renifla le cou de Sebastian et haussa les épaules.

— Ça ressemble à de la peur pour moi.

Sebastian envoya sa magie sous les pieds de Turren et des plantes jaillirent du sol. Elles s'enroulèrent autour des poignets et des jambes du prince.

— Je n'ai pas peur de toi.

Il ouvrit les mains et les plantes se resserrèrent, forçant Turren à s'agenouiller.

— Que vas-tu faire maintenant ? demanda Turren, imperturbable.

— Je suis tenté de pousser ma queue dans cette grande bouche…

Avant qu'il ne puisse terminer, Turren pencha la tête en arrière et ouvrit largement la bouche. Sebastian lui jeta un regard noir. Peut-être pensait-il qu'il n'était pas sérieux. *Bien, je vais faire exactement ce que veut ce fou.* Sebastian déboucla son pantalon et sortit son membre. L'alignant à la bouche accueillante du prince, il s'enfonça violemment, ce qui fit grogner Turren, mais il n'eut pas de haut-le-cœur. Il n'eut aucun problème à le recevoir et commença à faire aller et venir sa tête. Sebastian le regarda refermer ses lèvres autour de lui, grinçant des dents quand la tête de son amant se déplaça plus vite.

— Connard, dit-il alors que ses hanches poussaient à la vitesse imposée par Turren.

Il ferma les yeux puis les ouvrit brusquement quand une vive lumière bleue apparut. Les plantes étaient déchiquetées et le prince était libre.

RELÂCHANT LA verge de Sebastian, Turren empoigna son pantalon et le descendit violemment. Sebastian tomba au sol.

— Viens, chuchota le prince, un bol recouvert volant à ses côtés depuis l'une des sacoches du cheval.

Il arracha le tissu et révéla une poignée de baies. Il en écrasa quelques-unes dans sa main et enfonça d'un coup sec ses doigts dans l'orifice de Sebastian sans aucun avertissement.

— Urgh !

Sebastian rejeta la tête en arrière et haleta quand les doigts poussèrent plus profondément.

— Tu as montré que tu n'étais pas d'humeur à un accouplement en douceur, je te fais plaisir, dit Turren.

— Qu'est-ce que c'est ? demanda Sebastian alors que Turren prenait une autre poignée.

— Des baies de *Gefflern*. Elles contiennent une huile parfaite pour le sexe.

Turren caressa sa hampe de sa main humide et lui embrassa les fesses.

— Je t'aime, et je sais que tu m'aimes. Je sais pourquoi tu fais cela, mais tu peux me demander de l'aide.

— Je ne…

— Si tu mens à ce sujet, je vais te prendre au mot, jura Turren en laissant retomber ses mains.

Sebastian ferma la bouche et regarda droit devant lui.

— Bien.

Turren fit revenir ses doigts en lui et massa son orifice.

— Voici mes conditions. Dis-moi tes plans ou je m'impose en public à Trenton.

Sebastian jeta un regard par-dessus son épaule.

— Tu n'es pas raisonnable !

Turren sourit, faisant tourner ses doigts en lui.

— Je suis raisonnable. J'aurais pu aller trouver Trenton sans venir te voir en premier. Cette façon de faire est plus rationnelle, tu n'es pas d'accord ?

Sebastian gémit, mais ne répondit pas.

— Oh, désolé, dit Turren en ôtant lentement ses doigts. Tu peux parler maintenant.

— Envisages-tu réellement d'aller le trouver ? demanda Sebastian.

— Il a tenté de me tuer deux fois. Pourquoi ne le pourchasserais-je pas ?

— Tu es fou. La reine ne peut pas le battre et tu penses que tu as une chance ?

Turren enfonça ses pouces dans son entrée et massa ses fesses de ses paumes. Si Sebastian pouvait être aussi malléable que le magnifique cul devant lui, ce ne serait pas aussi difficile de traiter avec son amant. Il se pencha en avant pour goûter les gouttelettes qui s'écoulaient de l'orifice qui se détendait lentement. Il fit jouer sa langue et chassa le jus des baies.

Sebastian haleta.

— M'as-tu léché ?

— Non, répondit Turren avec un sourire.

Sebastian lui jeta un regard noir.

— Tu as du jus sur les lèvres.

Turren se les lécha.

— Il n'y en a pas.

— Parce que tu l'as léché !

— Nous avons deux avis différents là-dessus.

Sebastian leva les yeux au ciel.

— Qu'est-ce qui m'empêche de mentir à nouveau ?

— Si j'ai le moindre doute que tu me déçois à nouveau, j'irai immédiatement à la recherche de Trenton.

Les épaules de Sebastian s'affaissèrent.

— Si je te le dis, tu dois jurer de ne rien faire.

— C'est ce que j'aurais fait depuis le début si tu m'avais fait confiance.

— Ne fais pas de promesses que tu ne peux pas tenir, murmura Sebastian.

— Je peux être très compréhensif, répondit Turren en fixant l'orifice pulsant qui réclamait son attention.

Il ramassa une autre baie et la pressa sur l'entrée de Sebastian. Son amant gémit quand il le pénétra de ses doigts. Bien que Sebastian fut choqué la première fois qu'il avait passé sa langue, il était criminel de ne pas le goûter. Il se pencha et plongea dans l'orifice juteux. Sebastian rua contre lui.

— Tu mens, je le savais, gémit Sebastian.

Turren suça la chair délicate et poussa sa langue plus profondément. Les bras de Sebastian retombèrent, ils ne furent retenus que par les mains du prince. Quand il l'eut nettoyé de toute trace de jus, Turren le relâcha.

— Dis-moi ton plan.

— Localiser où se trouve Trenton et voler le Cœur de Lumière, chuchota Sebastian.

La poitrine de Turren se comprima.

— Tu allais faire cela et me laisser dans l'ignorance ?

— Je pensais que c'était pour le mieux.

Turren ferma les yeux et imagina Sebastian assassiné par la main de Trenton.

— Tu ne peux pas…

Il se secoua et détacha son pantalon. Avec peu d'effort, il le retourna sur le dos et l'attira sur ses genoux. Il écrasa une poignée de baies et caressa son membre avec le jus. Il plongea en lui et son amant cria. Ses hanches se soulevèrent du sol afin de pousser plus durement.

— Et si tu mourais ? Que ferais-je ? Je ne peux pas te perdre, je ne peux pas.

Les cris de Sebastian devinrent intelligibles et Turren posa sa main contre son cœur.

— Tu n'es pas un homme juste.

— Désolé, dit Sebastian en ouvrant les yeux.

Turren fronça les sourcils en voyant les larmes coulant au coin des yeux de Sebastian.

— Ça ne suffit pas ! cria-t-il en écartant davantage les fesses de Sebastian afin de s'enfoncer plus profondément.

Le dos de Sebastian se cambra alors qu'il criait, ses yeux brillant quand sa magie fit frémir les feuilles mortes des arbres en jaillissant dans l'air.

Turren se pencha et embrassa l'empreinte de sa main sur le torse de Sebastian. Appuyé contre lui, Turren trouva sa libération et mordit sa peau. Sebastian gémit alors que sa semence se répandait sur la gorge du prince. Le sexe de Turren sortit de son corps et il s'écroula contre son torse. Turren le prit dans ses bras et les allongea sur le sol.

— Je ne peux pas t'empêcher de voler le talisman, mais tu m'emmèneras avec toi.

Sebastian leva les yeux vers Turren, lui caressant le menton.

— Je t'aime, je ne veux pas que tu sois blessé.

Turren lui embrassa la main, puis le front.

— Si chacun de nous sait ce que fait l'autre, alors il n'y a rien à craindre.

— Tu ne peux pas être près de Trenton quand nous le volerons, dit Sebastian.

Turren fronça les sourcils.

— Nous ?

— Harold et Margaret.

— Quatre magiciens valent mieux que trois.

— Et si l'amulette fait quelque chose d'étrange et s'active quand tu es là-bas ?

— Alors je ne la toucherai pas, mais je viens quand même avec toi. Peut-être même que je devrais être là également quand tu le localiseras.

— Non, répondit Sebastian. Il garde probablement un œil sur ta magie, nous ne voulons pas l'avertir. Nous devons aussi garder un contact minimum entre nous.

— Je suis d'accord, si tu me promets de me contacter par miroir au Solstice d'Hiver. Ce ne sera pas suspect et s'il espionne, il présumera que je te souhaite mes bons vœux, comme n'importe qui d'autre. Cela ne te démarquera pas.

— Je compte sur toi pour tenir ta parole, Prince, dit-il en pointant le bol. Quel goût ont-elles ?

Turren jeta une baie dans sa bouche et la tint entre ses dents. Il mordit doucement et le jus gicla sur ses lèvres. Il leva les sourcils, Sebastian leva les yeux au ciel.

Il se pencha et lécha le jus avant de lui voler la baie. Il sourit puis éclata de rire quand le jus coula sur son menton.

Une puissance familière se construisit brusquement, Turren se tourna pour voir le Capitaine Pembrost lancer une attaque.

— Pembrost, attendez ! cria Turren.

Une sphère verte tourbillonna des mains du capitaine vers les deux amants. Elle zigzagua un peu vers le haut, droit sur Sebastian. Formant un dôme magique au-dessus d'eux, Turren la dévia.

— Mon Prince, éloignez-vous de lui. C'est une nymphe des eaux, cria Pembrost.

Sebastian fronça les sourcils de confusion, Turren vit le jus rouge sombre dégoulinant de sa bouche.

— Non, Capitaine, non !

Il se redressa, les démêlant, et se tint devant Sebastian.

— Il n'est pas une nymphe des eaux, nous avons mangé des baies, dit Turren en essuyant leurs bouches. Vous voyez, ce n'est pas du sang.

Sebastian leva les yeux au ciel et agita la main par-dessus l'épaule de Turren. Des plantes remontèrent du sol et encerclèrent le capitaine.

— Bon sang, cela ne va que l'énerver davantage, dit Turren.

Effectivement, des flammes brûlèrent les plantes et Pembrost avança, sa magie faisant briller sa main.

— Je me fiche de savoir qui cet imbécile pense que je suis. S'il m'attaque à nouveau, je ne me retiendrai pas.

Le Capitaine Pembrost se figea.

— Sebastian?

— Non, je l'ai mangé, il parle à travers mon ventre.

Pembrost baissa les mains.

— Je ne comprends pas.

Turren se mit à rire.

— Il s'avère qu'il dissimulait son visage pour une raison autre que la laideur. Il se pencha, attrapa sa cape et la lui tendit.

— La ténacité a tourné en votre faveur, murmura le Capitaine en se retournant. De toute évidence, vous avez réglé vos malentendus, alors hâtez-vous et habillez-vous.

— Hum, pas encore. J'ai besoin de vingt minutes.

— Pourquoi faire? demandèrent Sebastian et Pembrost en même temps.

— Vous vous êtes encore fait la belle et en récompense, vous voulez du temps supplémentaire? demanda Pembrost.

— Tu as fait beaucoup de choses durant le temps à ta disposition, dit Sebastian en rougissant.

Le pantalon de Turren se comprima.

— Trente minutes?

— Quinze! Et vous feriez mieux d'être prêt!

Le capitaine jeta les mains en l'air et s'éloigna hors de leur vue.

— Tu as une opinion assez prétentieuse de tes capacités, dit Sebastian alors que Turren fouillait dans ses poches. Que cherches-tu?

— Ceci, répondit Turren en prenant sa main et y plaçant un objet circulaire.

La mâchoire de Sebastian se décrocha et ses yeux s'écarquillèrent.

— Tu n'as pas fait ça? demanda-t-il, horrifié.

Turren mit un genou à terre, tenant toujours la main de Sebastian.

— Je suis tombé amoureux de toi en tant qu'homme quand je savais à peine ce que signifiait ce mot. J'ai su que j'avais besoin de toi à mes côtés, que tu ferais de moi un homme accompli. Maintenant, je comprends pourquoi et cela ne me fait que t'aimer davantage. Je te demande d'être mon mari et de régner à mes côtés.

Turren ouvrit la main de Sebastian, révélant un large anneau en or, orné d'un gigantesque saphir.

— Je... je, bégaya Sebastian. N'ai-je que treize minutes pour répondre?

— J'ai attendu des années pour demander ta main, je peux attendre ta réponse jusqu'au Solstice d'Hiver.

Sebastian cligna des yeux.

— À quoi va servir le temps restant?

214

— À célébrer la première fois où tu as clairement dit 'Je t'aime'.

Sebastian jeta un coup d'œil à l'entrejambe de Turren.

— Comment fait cette chose pour être tout le temps avide?

— Tu es contrarié et tu portes ta cape d'une manière assez provocante, dit Turren en lorgnant le vêtement drapé sur sa peau nue.

— Voilà tout ce qu'il faut?

— Oui.

Sebastian leva les yeux au ciel.

— Tu es vraiment spécial.

— Je n'ai que dix minutes pour le prouver alors s'il te plaît, mets-toi à genoux.

Sebastian pointa son doigt vers le prince.

— Cette langue reste loin de mon cul!

— Je te récompenserai de cette manière une autre fois, Pembrost va coller à son programme.

Turren le rapprocha, l'embrassant et glissant ses doigts sous la cape. Il chercha à nouveau ce merveilleux cul et fut ravi que son sperme le rende aussi humide. Il déboutonna son pantalon et les déplaça sur le sol. Sebastian se pencha sur ses coudes et regarda Turren diriger son membre vers son entrée lubrifiée.

— Bon, finissons-en. Tu m'as déjà mis en retard.

Turren enfonça son sexe en lui, observant les doigts de son amant creuser le sol.

— Je pense… que tu aimes… la punition autant… que moi, haleta-t-il tandis qu'il le baisait jusqu'à ce que les seuls sons lui échappant soient des gémissements et des supplications.

XXIX

SEBASTIAN SOUPIRA en regardant les carrioles supplémentaires sur le côté de la maison.

— Rebecca est là aussi. Géniaaaal, murmura-t-il en entrant.

Les placards de la cuisine étaient couverts de bouteilles d'épices et sa sœur fronçait les sourcils en les regardant. *Dix frères et sœurs en vie c'est beaucoup trop.*

— Pourquoi n'y a-t-il pas de racine de lutin ou de poussière d'étoiles ? demanda-t-elle.

— Car nous ne pouvons pas nous les offrir, répondit-il.

— C'est logique pour le reste de l'année, mais pas pour le Solstice. Vous êtes terriblement mal préparés.

— Alors, amène tes propres épices.

— Je l'aurais fait si tu me l'avais dit.

Sebastian plissa les yeux sous sa capuche.

— Ou tu pouvais le demander à Alice.

Rebecca croisa les bras.

— Pas étonnant que tu sois né avec ce visage. C'est le seul moyen que tu sois vaguement adorable.

Puis elle se tourna vers la porte et hurla :

— Démétrius !

Sebastian secoua la tête en quittant la cuisine.

— Fichues célébrations familiales, marmonna-t-il en pénétrant dans le salon où Emily, la femme de Rebecca, admirait l'épée que Luke exhibait.

— Coûte-t-elle vraiment autant ? demanda Emily.

— Ah ! s'exclama Kevin. Ce devrait être plus, mais il veut attirer les gens avec des prix plus bas durant les derniers jours de marché.

— Elle est belle.

Emily se lécha les lèvres et jeta un œil vers la cuisine.

— Non ! cria Rebecca sans même passer la tête dans l'encadrement.

— Je ne fais que la regarder, gémit Emily à regret.

Luke sourit.

— Tu as beaucoup d'épées, tu prends si bien soin d'elles que les lames n'ont jamais eu besoin d'être remplacées. Tu devrais être fière.

Il fronça les sourcils et se tourna pour renifler en direction de Sebastian.

216

— Bonjour tout le monde, dit Sebastian avant de se précipiter dans les escaliers.

Il pourrait s'en sortir s'il restait loin de Luke un jour ou deux. Des bruits de pas le suivant le firent jurer. Il regarda derrière lui et Kevin se tenait là.

— Que veux-tu ? Je viens de rentrer, j'ai envie de dormir.

— Le ventre de Luke grogne, ce qui veut dire qu'il a faim, répondit Kevin.

— Je n'ai pas besoin de le savoir !

— Je l'ai nourri ce matin alors ça aurait dû aller jusqu'à ce soir.

— Je n'ai *pas* besoin de le savoir non plus !

— Il a faim plus rapidement s'il sent l'odeur de sexe, dit Kevin en croisant les bras. C'est drôle que ça arrive quand tu te faufiles plus tard que d'habitude.

— Je ne me suis pas faufilé, murmura Sebastian en regardant vers la chambre de leurs parents et espérant qu'ils ne viendraient pas à cause de l'agitation. Ce pourrait être Rebecca. Il y a suffisamment de place dans sa charrette pour ça.

— Il aurait eu faim quand elles sont arrivées. Quand Diana rentrera du marché, nous discuterons.

Kevin redescendit les escaliers et Sebastian grommela dans sa barbe.

Quand il se dirigea vers la porte de sa sœur, elle s'ouvrit en grinçant et Ophélia passa la tête dans l'encadrement.

— Aucun commentaire de ta part ?

Ophélia sourit.

— J'aime le sens de l'humour de Turren.

Elle rentra la tête dans sa chambre et ferma la porte.

— Qu'est-ce que c'est supposé vouloir dire ? demanda Sebastian au couloir vide.

Il secoua la tête et se rendit dans sa chambre sans autre interruption. La journée avait été froide en raison de la chute des températures, il avait hâte de prendre un bain chaud. Il avait encore des restes de baies après sa baignade minimaliste au lac, il voulait aussi se débarrasser des preuves. Quand il eut déboutonné sa chemise, il sourit en voyant l'empreinte toujours incrustée sur son torse. Cette marque était intime et possessive. Personne sauf eux ne le saurait. Il réunit des vêtements propres et des serviettes et se dirigea vers l'une des salles de bain. Il ferma la porte derrière lui et ouvrit les robinets. La vapeur emplit la pièce, il soupira alors qu'il se réchauffait.

Jetant ses habits au sol, il plongea dans la baignoire et gémit. C'était l'accueil approprié dont il avait envie. Il se pencha en arrière et frotta un linge contre son torse. Bâillant, il regarda son œuvre et vit que l'empreinte était plus brillante que jamais. Il fronça les sourcils et frotta à nouveau. Rien ne se passa. Il se leva, des empreintes se distinguaient partout sur son corps, d'une manière qui rendait évidente la façon dont il les avait obtenues. Il se rassit dans l'eau et trempa pendant une bonne heure. Toutes les marques restèrent. La porte fut secouée par un coup violent.

— Sebastian, sors maintenant ! cria Pratchett. Sinon je dirai à Diana d'ouvrir la porte !

Sebastian ignora son frère et fixa les empreintes.

— Je vais le tuer.

SEBASTIAN DUT garder sa cape à l'extérieur de la salle de bain, car la chemise qu'il portait était à manches courtes. À cinq pas de sa chambre, son coude fut agrippé dans une prise ferme.

— Je ne suis pas d'hu…

Il fut écrasé contre un corps solide. Il leva les yeux, James lui souriait

— Pas le bon frère, mais il m'a dit de venir te chercher. Allez, dit James en le tirant vers la chambre d'Ophélia.

— Je n'ai rien fait, répondit-il alors qu'il le poussait pour entrer.

Kevin ricana.

— Je n'ai jamais entendu un homme honnête dire ces mots.

— Il est un tantinet sur la défensive, non ? demanda Diana.

— Alors, qu'as-tu fait ? demanda James tout en le faisant tomber sur le lit à côté d'Ophélia.

— Il n'y a rien à confesser. Ellie t'a-t-elle accompagné ?

— Non, voyager la fatigue de trop, répondit James en lui tapotant doucement la tête. Mais ne change pas de sujet, garnement.

— Pratchett fait probablement des bêtises, tenta Sebastian.

James leva les yeux au ciel.

— C'est un évènement quotidien. À présent, confesse tes crimes.

— La journée a été longue. Finissons-en avec ces absurdités, dit Sebastian.

— Ne sois pas timide, Sebastian, insista Ophélia en grattant le devant de son chemisier, ce qui fit froncer les sourcils de Kevin.

— Pourquoi portes-tu toujours ta cape ? demanda-t-il.

— Parce que j'ai froid.

— Après avoir passé tout ce temps dans le bain ?

Diana jeta un regard à James, puis à Kevin, et les deux frères bougèrent en même temps. Sebastian sauta hors du lit, mais ils le rattrapèrent.

— Voyons ce que tu caches, dit James.

Ils ôtèrent la cape de leur frère et fixèrent les marques dépassant de sa chemise.

— Qu'est-ce que c'est que ça ?

Kevin remonta sa chemise et descendit brusquement son pantalon à ses pieds.

— Hé ! cria Sebastian. Laissez-moi tranquille !

— Je pense qu'il y en a plus, mais je ne suis pas aussi curieux, dit Kevin.

218

Diana approcha et examina les taches colorées. Elle frotta le torse de Sebastian et lui donna une pichenette de son ongle.

— Les baies des amants tachent le corps durant des jours, dit-elle en souriant. Sebastian est devenu grand, il joue à des jeux d'adultes. Le Prince Turren ? Ou bien as-tu trouvé un autre amant si rapidement ?

Sebastian repoussa ses frères et réajusta sa chemise.

— Ce ne sont pas vos affaires.

— Ça l'est si le prince te marque à la vue de tous sans se donner la peine de te faire la cour, dit Kevin.

— Quand as-tu jamais été courtisé ? Exigea de savoir Sebastian, puisque ses frères et sœurs lançaient des principes ridicules.

— Le prince le traite honorablement, intervint Ophélia.

Sebastian grimaça, espérant qu'elle ne révélerait pas l'anneau qu'il avait caché dans la poche de sa cape.

— C'est à moi de le dire, pas à toi, de le partager.

— Je ne parlerai pas aux autres de cela, je suis plus intéressée par ce qui t'a amené à te faire marquer.

— Je ne vois pas de quoi tu parles, dit Sebastian.

— Tu me mens ? demanda-t-elle doucement, sa voix s'assombrissant.

— Que se passe-t-il ? demanda Diana en regardant sa sœur, qui était rarement fâchée contre quelqu'un.

— Pourquoi ne leur dis-tu pas ce qui a décidé Turren à te marquer d'une façon qui te fera penser à lui durant des jours au lieu de l'ignorer pour les décisions importantes ? C'est la raison pour laquelle tu restais loin de la maison, n'est-ce pas ? Afin que je ne puisse pas sentir ce que tu mijotes, dit Ophélia en se levant. Je ne suis pas stupide.

James enfonça son doigt dans l'épaule de Sebastian.

— Maintenant, tu as gagné, elle est en colère. Crache le morceau avant d'empirer les choses.

— Frederick te l'a dit ? demanda Sebastian.

— Il pensait que je devais le savoir, contrairement à toi.

Sebastian croisa les bras.

— Ce qui signifie qu'Harold lui a dit.

Kevin l'attrapa par le col.

— Tu as entendu James.

Sebastian les foudroya du regard.

— Je vais retrouver Harold pendant le prochain voyage au marché afin de localiser les allées et venues de Trenton.

Diana soupira.

— Je suppose que quelqu'un devait être assez stupide pour suivre les traces de Richard.

— Je ne le suis pas.

Ophélia se racla la gorge.

— Tu as oublié l'autre chose.

— Dis-nous tout ou bien nous allons trouver Père, promit James.

Sebastian regarda son frère, ses mâchoires étaient contractées.

— Quand nous aurons trouvé Trenton, nous lui volerons un puissant artefact appelé le Cœur de Lumière.

— Je me souviens que Père nous a dit que ce magicien se déplace avec une armée, dit Kevin.

— C'est pourquoi nous ne nous confrontons pas à lui et usons de discrétion.

— Au sein d'une armée ?

James secoua la tête.

— Il doit être préparé à ce que quiconque s'en prenne à lui, ce ne sera pas aussi facile que tu tentes de le faire croire. C'est une mauvaise idée, tu devrais arrêter pendant que tu es encore en vie.

— C'est pourquoi je vais le voler avec quelques amis en qui je pensais pouvoir avoir confiance.

— Ne fais pas l'enfant gâté, dit Ophélia. Ce sont les affaires du royaume, Harold devait le dire à Frederick. D'ailleurs, un autre puissant mage n'est pas une mauvaise chose.

— Ça l'est quand ledit mage ouvre la bouche devant le roi et la reine et que Trenton le découvre.

— Frederick est aussi prudent au sujet des espions de Trenton, il garde ses connaissances pour lui. Il a même trouvé quelques moyens d'éviter que Trenton te suive durant le sortilège.

— Qui va utiliser ce Cœur de Lumière si vous l'obtenez ? demanda Diana.

— Le Prince Turren pourrait être en mesure de s'en servir. Peut-être, murmura Sebastian.

— Un grand plan, dit Kevin. Je m'assurerai que ta pierre tombale soit aussi belle que celle de Richard.

— Père sait comment il fonctionne, nous le forcerons à parler, dit Ophélia.

— Père ne voudra jamais jouer au héros, dit James.

— Il pourrait ne pas avoir le choix, intervint Diana. Sebastian pourrait réussir, mais les chances que Trenton sache rapidement que le Cœur de Lumière a disparu sont élevées, il enverra son armée le chercher. Une armée au pas de notre porte pourrait fortement inciter notre Père à participer.

Kevin grogna.

— Ce pourrait être la seule fois où je n'ai pas envie de voir, à quel point Père est capable de se mettre en colère.

Diana sourit à Sebastian.

— Voilà à quoi servent les plus jeunes frères et sœurs.

— Vous voulez tous débarquer, mais vous me faites toujours porter toute la responsabilité.

Kevin haussa les épaules.

— Après toutes ces années, je suis surpris que tu penses qu'il puisse en être autrement.

XXX

HAROLD GIFLA la main de Sebastian.

— Arrête de manger pour évacuer le stress, nous allons commencer.

Sebastian avala sa tranche d'orange confite et tendit la main pour en prendre une autre.

— Je ne stresse pas.

Margaret posa le dernier cristal au sol tout en reniflant.

— Tu as mangé six petits pains à la cannelle.

— Je les ai payés, répondit-il en s'écartant du passage afin que Margaret puisse placer un cristal au centre de la carte étalée sur le plancher.

— Tu agis comme si nous allions rater, je le prends comme une insulte envers mes capacités, dit Harold.

— Si Père le découvre, il sera suffisamment en colère pour m'administrer un sort de mémoire.

— Toujours aussi plaisant cet homme, dit Margaret alors qu'elle se laissait tomber à côté de Sebastian pour former un triangle.

Elle tendit les mains et les autres les saisirent. Fermant les yeux, elle envoya sa magie vers la connexion d'Harold, puis leurs magies combinées ondoyèrent vers Sebastian.

Celui-ci se concentra sur le cristal et sur la lame de l'assassin près de lui. Les deux objets se mirent à briller, il pensa à la voix de Trenton. Il ferma les yeux, ayant l'impression d'être aspiré par le cristal. Il les rouvrit et la carte apparut dans son esprit, beaucoup plus grande, s'étirant sous ses pieds aussi loin qu'il puisse voir. Les montagnes et les crêtes s'élevèrent comme des impressions sur un globe. Une ligne rouge surgit d'Anerith à l'océan. Sebastian pataugea dans l'eau qui aurait dû le noyer, puis il fut brusquement ramené sur terre. Il ne reconnaissait pas l'endroit, mais il n'eut pas le temps de regarder les hauts bâtiments et les statues, car tout se remit à bouger sans s'arrêter, comme si Trenton et son armée ne s'arrêtaient jamais non plus. Tous ces mouvements lui donnaient la nausée, il prit de profondes inspirations pour calmer son estomac. Brusquement, tout se figea et la ligne rouge se coupa violemment.

Sors maintenant ! hurla Harold dans son esprit. Une puissance au-delà de la ligne serpentait vers lui, mais il ne savait pas comment éviter qu'elle le prenne au piège. Des lianes blanches entrelacées de pouvoir orange s'accrochèrent autour de sa taille et il fut tiré hors de leur portée.

La respiration de Sebastian se fit plus courte et la pièce propre d'Harold fut de retour.

— Merde, s'exclama-t-il en tenant sa tête lancinante, Margaret lui frottant le dos.

— Nous devons informer Frederick que nous avons la preuve que Trenton a fait demi-tour et qu'il se trouve quelque part à Larnlyon.

— Dommage que nous ne sachions pas s'il a toujours son armée avec lui, ajouta Margaret.

— S'il a réussi à les faire entrer subrepticement, comment les cache-t-il? demanda Sebastian quand la douleur s'atténua.

— Je n'en ai aucune idée, répondit Harold. Mais maintenant, je comprends pourquoi ton père le craint autant. Mon Dieu, j'aurais aimé qu'Uvel écoute ses pairs. Ils l'ont averti au sujet de Trenton, pourtant il a continué à lui enseigner.

— Nous devons renforcer notre plan si c'était un avant-goût de ce qui gardera le Cœur de Lumière, dit Margaret. Je pense qu'il est plus sage de contacter mes amis de la garde pour obtenir de l'aide.

Sebastian frissonna.

— Je ne sais même pas pourquoi il veut l'utiliser. Il est très puissant sans cela.

— Tout dépend de tes aspirations, répondit Harold. Plus elles sont grandes, plus tu as besoin de pouvoir.

— Fantastique, grommela Sebastian.

Harold se gratta la tête.

— Il a toujours une chose que je ne comprends pas. Si le Cœur de Lumière est l'âme de la magie du monde, comment l'utiliser sans devenir fou?

— Je ne pense pas que Trenton réfléchisse au-delà de la logistique de faire fonctionner cette maudite chose. Je crois toujours qu'une rencontre intime entre cette amulette et un marteau résoudra tous nos problèmes, dit Sebastian.

Harold secoua la tête.

— Selon sa formation, la réverbération magique de sa destruction pourrait être catastrophique.

Sebastian jeta un regard noir à ses amis.

— J'espère sincèrement qu'il y a un enfer spécial pour les idiots qui créent ce genre d'objets.

— Je ne peux pas croire que j'ai payé autant d'argent pour ces stupides épices, dit Lord Orwell en regardant ses enfants préparer la nourriture pour le solstice. Ce n'est qu'un jour dans l'année. Comment les utiliserons-nous les autres jours?

— Pour de la nourriture qui n'aura pas un goût de merde, répondit Rebecca. Sortez de la cuisine ou épluchez.

— Je suis chez moi!

Rebecca se tourna et pointa son couteau tranchant en direction de Sebastian.

— Retire une partie des ingrédients !

Clairement effrayé que Rebecca mette son conseil à exécution, Lord Orwell quitta précipitamment la cuisine.

— Je me fiche de la véritable raison pour laquelle tu as envoyé James et Luke chercher ces épices, mais j'apprécie, dit Rebecca.

— Moi je m'en soucie, dit Démétrius tout en grillant les côtelettes de porc. Que manigancez-vous, toi et tes vieillards de frères ?

— J'ai un intérêt personnel à ce que la nourriture qui va dans mon ventre ait bon goût, dit Sebastian.

— Tu enquêteras sur ton temps libre, Démétrius.

Rebecca se dirigea vers la porte de la cuisine et hurla :

— Kraven, Pratchett ! Comment est la pâte à pain ?

— Nous la pétrissons toujours. La ferme ! cria Pratchett à sa jumelle.

— Connard paresseux, marmonna-t-elle en retournant à sa place.

SEBASTIAN FIXA la place vide aux côtés de leur mère. Alice s'asseyait ici pendant les vacances et manquait rarement l'occasion de refiler ses enfants à la Maison Orwell tout en profitant de la pension gratuite. Cette année non plus, elle n'avait pas manqué les festivités, voilà pourquoi il était étrange que sa place habituelle soit vide de chaise et d'assiette. Alice fronça les sourcils comme si elle comptait mentalement les autres places. Elle arriva probablement au même nombre que Sebastian et vit que tout le monde était comptabilisé, sauf elle. Quatre assiettes plus petites près de la place vide, ainsi qu'une adulte à celle de Mernon, la narguèrent. Plus tôt, Sebastian et Kraven avaient mis la table, ils n'avaient oublié personne. De toute évidence, quelqu'un avait enlevé le couvert d'Alice. Pratchett jeta un œil à la cuisine, où Rebecca et Démétrius mettaient la touche finale à leur repas.

Mernon regarda sa femme, puis la cuisine, et soupira lourdement. Il installa ses plus petits, les faisant taire quand ils demandèrent où était la chaise de maman.

— Voilà, ça commence, chuchota Pratchett à l'oreille de Sebastian.

Alice se dirigea vers la cuisine, mais Lady Orwell lui attrapa le bras.

— Sebastian, mets un autre couvert.

Ce dernier poussa un soupir et obéit, espérant que rien d'autre n'était saboté. *En y réfléchissant, je vais devoir les supporter durant des siècles.*

Rebecca sortit de la cuisine avec un immense oiseau rôti sur un plateau et le posa au centre de la table.

— Alice, ne sois pas aigrie. Tu vas couper l'appétit de tout le monde.

— Tu ne devrais pas nous blâmer si ta nourriture détraque nos estomacs, répondit Alice.

— Je ne t'en ai jamais voulu d'avoir un palais immature, répondit Rebecca gracieusement. Kraven, sors les petits pains avant qu'ils ne refroidissent. Sebastian, ton pliage de serviettes en colombe a besoin de pratique, aide Démétrius avec les plats.

Sebastian adressa un salut à sa sœur et rejoignit Démétrius dans la cuisine.

— Sors les sauces, ordonna ce dernier sans cérémonie. Et va frapper Pratchett. Je sais que cette petite merde s'est faufilée ici et s'est fait une assiette. Ma sauce est fichue.

Sebastian attrapa le plat en argent, surmonté de diverses sauces et réductions, en secouant la tête, une cuillérée manquante dans tous ces bols serait passée inaperçue pour n'importe qui. Quand il arriva dans la salle à manger, Kevin et Emily se disputaient sur le poids d'un couteau à beurre, Pratchett roucoulait par-dessus l'épaule de James alors qu'il utilisait le miroir de Diana pour appeler Ellie.

— Lord Ausher est-il déjà ivre comme un lutin ? demanda James à sa femme.

Le rire d'Ellie emplit la pièce.

— Ce goinfre parle et raconte des blagues, alors je dirais oui.

James sourit.

— J'aimerais être là.

— Évidemment, parce que ce bœuf géant ne peut pas vivre une journée sans sa femme, chuchota Pratchett derrière lui.

— Le bébé se conduit-il bien ? demanda James en ignorant son frère

— Seigneur non, avec tous ses coups de pieds, elle sera sûrement une athlète quand elle sera plus grande, répondit Ellie.

— Elle se frayera un chemin dans le petit cœur de James.

Pratchett fit semblant de se tirer une flèche dans le cœur. Riant de sa propre blague, il s'étouffa quand James l'attrapa par le col et le plaqua, face la première, contre la table

sans interrompre sa conversation, il appuya son coude dans le dos de son frère de sorte qu'il ne pouvait plus bouger.

— Peut-être peindrons-nous des Valkyries dans sa chambre quand je rentrerai.

Ellie éclata de rire à nouveau.

— Peut-être, je dois y aller. Je suis kidnappée pour être la Déesse de la fertilité durant la Marche du Phoenix. Ne mange pas trop et laisse Pratchett respirer !

— Garde-moi les restes ! cria James au miroir alors que la célébration engloutissait sa femme.

Puis soudain, tout fut silencieux et le miroir devint noir. James fit la moue et le rendit à Diana.

— Ils s'amusent toujours beaucoup plus durant le Solstice d'Hiver.

— Ne t'inquiète pas, l'année prochaine, nous séjournerons dans ton auberge, dit Lord Orwell.

James cilla.

— Quoi ?

— Cette maison est devenue trop petite pour contenir tant de personnes pendant les vacances. L'année prochaine chez toi sera parfait.

— Vous n'avez pas à faire cela, Père. Si je ne suis pas là, vous aurez une chambre de libre.

Lord Orwell fronça les sourcils.

— Es-tu en train de dire que tu ne veux pas que nous venions ?

— Il dit que vous êtes déjà embarrassants les jours normaux et que c'est encore pire pendant les vacances, commenta Démétrius. Honnêtement, si je pouvais m'échapper, je le ferais aussi.

— Ce n'est pas ce qu'il dit, intervint Lady Orwell. James apprécie notre compagnie. En fait, nous devrions lui rendre visite plus souvent s'il pense que sa présence est un tel fardeau pour nous.

Elle tendit la main vers son fils aîné.

— Nous devrions nous débarrasser de ces croyances ridicules.

James poussa un profond soupir.

— Bien sûr, c'est ce que je voulais dire.

— Démétrius, tranche la viande si tu n'as rien de mieux à faire que de radoter, ordonna Lady Orwell.

— Quel morceau du poulet – je veux dire de la dinde – veux-tu James ? demanda Démétrius.

— Une patte, c'est très bien.

— Hé, ne te venge pas sur ma colonne vertébrale ! s'écria Pratchett.

— Relâche-le afin que nous puissions manger, exigea Lady Orwell.

James leva son coude et Pratchett grogna bruyamment, agrippant son dos alors qu'il se redressait.

— Très bien, dit Lady Orwell. Prenez-vous par la main et bénissons ce repas, début d'une année fructueuse.

SEBASTIAN LEVA les yeux au ciel alors que Kraven vidait son verre alors qu'il venait à peine d'être rempli. Quand il fut de nouveau vide, il le tendit une nouvelle fois.

— Tu peux m'en verser un autre.

— Cesse de te comporter comme un pochtron avide, dit Diana.

— Pratchett a fini la moitié de la bouteille, si je ne prends pas un deuxième verre maintenant, je n'en aurai jamais, dit Kraven.

— Rebecca, Alice, ce n'est pas du whisky bon marché, nous ne sommes pas à un concours de boisson.

Lady Orwell fusilla du regard ses deux filles, qui descendaient la coûteuse liqueur plus vite que leurs frères engloutissaient leur vin.

— J'arrêterai quand elle arrêtera, répondit Rebecca alors qu'Alice se remplissait un autre verre.

Luke sourit et agita son verre en direction de Mernon. Ce dernier croisa les bras et dit :

— Le jour où je serai assez fou pour tenter de boire avec un incube sera le jour où j'irai dans un cimetière et demanderai à être enterré sur-le-champ.

Luke se tourna vers son mari, mais Kevin ricana et fit signe à Sebastian de lui passer le vin.

— Vous pouvez vous réveiller avec une gueule de bois alors que je dors comme un ours.

— Si tu cherches un copain de boisson, je pourrais être disposé si tu es prêt pour un pari, dit Lord Orwell.

Luke pinça les lèvres tandis qu'il y réfléchissait. Kevin se mit à rire.

— Si tu es assez stupide pour cela, vas-y. Père a sûrement avalé une potion avant de descendre.

— C'est une insulte à mon honneur, s'indigna Lord Orwell. Ne cherche pas d'excuse si ton homme ne peut pas tenir le choc contre un vieillard.

— Définitivement avaler une potion, marmonna Sebastian.

Lord Orwell le foudroya du regard.

— Pourquoi divagues-tu ? Le dessert n'a pas encore été servi. Allez, oust !

Sebastian donna la bouteille de vin à Kraven et quitta la pièce alors que Luke faisait tinter son verre contre celui de Lord Orwell. *Au moins, ces idiots sont distraits, je vais pouvoir passer un peu de temps avec les tartes tièdes. Deux ans que je cuisine ces maudites choses, deux ans que je ne peux en avoir une part, car ces goinfres se jettent dessus comme des chiens.*

— La troisième sera la bonne, murmura-t-il en se coupant soigneusement une tranche fumante gorgée de baies.

Utilisant sa magie pour la refroidir légèrement, il la mangea rapidement et alla s'en chercher une deuxième. Il se servit d'un couteau différent afin de ne pas gâter le nappage blanc immaculé ou le citron vert clair qui le garnissait. La première bouchée moelleuse fondit sur sa langue et il se félicita d'avoir rattrapé les compétences de Margaret. La salle à manger devint bruyante d'acclamations, alors il présuma que Luke avait gagné le pari. Après la dernière bouchée, il prit sans aucun complexe les deux tartes entamées et rejoignit sa famille.

— Tu as mis quelque chose dans le vin.

Lord Orwell pointait Diana du doigt, qui réajustait innocemment ses manches.

— Pourquoi aurais-je fait cela ?

— Un score équitable est plus approprié, dit James en riant. J'aurais dû savoir, qu'il y avait une raison pour que Diana ajoute quelques bouteilles de sa réserve personnelle.

Sebastian posa les tartes et recula, espérant pouvoir se rendre dans sa chambre.

— Sebastian ! cria sa mère d'horreur. Comment as-tu pu ?

— Elles ont cuit comme ça, mentit-il.

Pratchett regarda les tartes puis se tourna vers son frère.

— Tu as pris au moins un quart de chaque tarte, connard !

Sebastian leva les yeux au ciel.

— Je n'en ai pas mangé autant et ma part était juste.

Kevin pointa sa fourchette dans sa direction.

— Juste ou pas, pas de rab pour toi.

Sebastian retourna à sa chaise en se frottant le ventre.

— Ça me va, je suis repu.

Il jeta un coup d'œil à Ophélia, qui était restée silencieuse toute la soirée.

— Est-ce que tu vas bien ? demanda-t-il.

Ophélia secoua la tête.

— Juste une migraine. Je prendrai des médicaments quand nous aurons terminé.

Lord Orwell fronça les sourcils.

— Depuis combien de temps as-tu mal ?

Ophélia se frotta les tempes.

— Une grande partie de la soirée.

Leur père tendit la main et toucha le front de sa fille. L'horreur s'inscrivit sur son visage et sa respiration se fit lourde.

— Oh, merde.

Il ôta brusquement sa main et se leva si rapidement que sa chaise en tomba.

— Diana conduit Ophélia dans sa chambre et barricade la porte derrière toi. Alice, emmène les enfants avec elles. Sebastian, ta cape, maintenant ! cria-t-il.

— Il est là ? demanda Lady Orwell.

— Cet enfoiré a ensorcelé toute la maison, Ophélia ne peut pas avoir de visions.

— Trenton Keyes est là ? demanda Sebastian, en échangeant des regards inquiets avec ses frères et sœurs.

— Oui, maintenant, mets ta maudite cape ! hurla Lord Orwell.

Sebastian courut dans sa chambre tandis qu'Ophélia et les enfants se rassemblaient dans la sienne. Il enfila sa cape en un rien de temps et redescendit les escaliers en trombe.

— Tout le monde reste assis et agit normalement, ordonna Lord Orwell.

Pratchett haussa les épaules.

— Je peux le faire.

Il rapprocha de lui la tarte au citron et Kevin secoua la tête.

— Vraiment ?

Pratchett tenait le couteau au-dessus de la tarte, formant une part raisonnable, puis le déplaça pour un morceau plus grand.

— Si tu n'en veux pas, ça me va très bien.

— J'en veux un morceau, moi, dit Kraven.

— Laisse-les, Kevin, dit James. C'est mieux que de prétendre qu'ils sont attentionnés.

— Pourquoi nous ne nous enfuyons pas ? demanda Rebecca.

— Nous ne le ferons pas, répondit Lady Orwell. Il a probablement barré la plupart des directions.

— La plupart ? demanda Kevin.

— Il ne laissera pas son armée à proximité de la forêt, dit Lord Orwell. Une précaution compréhensible avec une terre magique qui n'aime pas les intrus.

— Il va juste marcher jusqu'à la porte et frapper ? demanda Sebastian.

— S'il ne nous considère pas comme une menace, oui.

Pratchett leva son verre vers Kraven.

— En espérant que nous ne soyons pas tués !

James se pencha et saisit leurs verres.

— Fini de boire pour la soirée. Nous avons besoin d'esprits clairs.

Lord Orwell attrapa les bouteilles et les tendit à Sebastian.

— Range-les ainsi que la nourriture. Kraven va prendre le jeu de cartes, nous allons nous distraire avant qu'il n'arrive.

Pratchett planta le couteau dans l'autre tarte et se coupa un gros morceau alors que Kraven essayait de la prendre.

— Tu es un glouton, dit Kevin en secouant la tête.

— Mère le fait aussi, pleurnicha Pratchett.

Tout le monde se tourna et vit que Lady Orwell s'était procuré la bouteille de whisky de Rebecca et Alice. Elle remplit son verre à vin à ras bord et le but aussi vite que Kraven l'avait fait.

— Je suis assez impressionné, dit James.

— En fait, je le suis aussi, dit Diana en regardant leur mère avaler la dernière goutte et reposer son verre.

— Je sais que cette salope est avec lui, alors c'est le seul moyen pour que je ne les empoisonne pas tous, dit Lady Orwell. Comment osent-ils venir chez moi sans y être invités ?

Lord Orwell grogna.

— Diana, garde un œil sur les mains de ta mère.

— Pourquoi le ferais-je ? Je suis d'accord pour les empoisonner.

— James, surveille ta sœur et ta mère.

— Super, ça va être amusant, répondit James.

— Nous ne tuons personne à moins de pouvoir tous les tuer, dit Lord Orwell. Et ça fait beaucoup de corps, même pour nous.

— Il pourrait y avoir une récompense pour leurs têtes, réfléchit Démétrius.

Sebastian observa sa famille et se demanda s'il devait dire quelque chose sur le fait qu'il avait localisé Trenton ou que Turren s'attendait à une communication. Le crâne chauve de son père luisait de sueur, Sebastian ouvrit la bouche au moment où Diana se racla la gorge.

— Je suis d'accord, aucun d'entre nous ne devrait faire quoi que ce soit de précipité.

Sebastian ferma la bouche et débarrassa la table. Il enveloppa les restes dans les placards ensorcelés et mangea une autre part de tarte pour soulager son inquiétude. Peut-être que Turren ne réagirait pas à son silence en venant sur leur propriété. *Mon Dieu, ça ne va pas bien se passer*, songea-t-il. Il revint dans la salle à manger où tout ressemblait à une soirée de Solstice normale.

Kraven était revenu avec plusieurs jeux de cartes et les avait posés sur la table. Diana les ramassa et les distribua à chaque personne. Sebastian s'assit et attendit que le jeu débute.

— Mêmes règles, annonça leur père. Les mains sur la table, on ne quitte la partie que pour les latrines et il ne doit y avoir aucune alliance.

Kevin renifla.

— Aucun de nous ne triche comme vous, Père.

— Il y en a suffisamment qui le font, rétorqua Lord Orwell.

Une heure s'écoula, James et Emily accumulèrent de grosses piles de gains, le reste d'entre eux fronçant les sourcils à la vue de leurs piles plus petites. Un coup fut frappé sur la porte, ce qui stoppa tout le monde. Lord Orwell se leva et fit signe à tout le monde de continuer de jouer. Il redressa son col, prit une profonde inspiration et ouvrit la porte.

— Trenton ?

— Joyeux Solstice, dit une voix chaleureuse de l'extérieur. Je suis désolé de vous déranger, mais j'étais en chemin et je n'ai pas trouvé d'endroit pour passer la nuit. Je sais qu'il est tard pour un jour férié, mais cela te dérangerait-il de nous héberger pour la nuit ?

— Bien sûr que non. Comment le pourrais-je ? demanda Lord Orwell d'une voix joviale. Nous serons un peu serrés, mais je vais faire de la place. Entre, ah, Dalia, Feroas, je n'avais pas vu que vous étiez là.

Lady Orwell resserra ses doigts sur ses cartes.

— Cynthia, nous avons de la compagnie ! appela Lord Orwell en s'écartant de la porte.

Ses invités le suivirent et Sebastian vit son ennemi pour la première fois.

À la différence des autres amis de son père, Trenton n'essayait pas de paraître fantaisiste ou de porter de fausses médailles. Les robes qu'il portait étaient onéreuses, mais simples. Comme preuve de sa puissance, son vieillissement s'était arrêté aux alentours des trente ans, contrairement à l'apparence plus âgée de Lord Orwell. Féroas et Dalia devaient eux aussi être puissants, car ils ressemblaient aux pairs de James, non à ceux de Lord Orwell.

— La nourriture a été rangée, mais il sera facile de réchauffer une assiette, dit Lord Orwell.

— Ça ira, répondit Dalia en souriant à Lady Orwell. Mon estomac ne partageait pas mon avis la dernière fois que j'ai mangé ici.

Le visage de Lady Orwell s'illumina.

— Tu es sûre ? Ce ne sera pas un problème de te préparer quelque chose de spécial.

Les yeux de Dalia s'étrécirent.

— Certaine.

— Il manque quatre de tes filles, Caspian. J'avais espéré rencontrer toute ta famille, dit Trenton.

— Je suis honoré que tu aies ressenti le besoin de te renseigner sur ma famille, répondit Lord Orwell. Alice est partie se coucher avec ses enfants et Ophélia discute avec Diana dans sa chambre.

— Et la plus jeune, Cécilia ? demanda Dalia.

Sebastian jeta un œil à sa mère durant l'échange et vit ses iris virer au rouge.

— Vous vous êtes vraiment bien documentés, dit Lord Orwell en souriant légèrement. Elle est trop enceinte pour voyager et c'est son premier Solstice avec son mari.

— Je me souviens quand Cynthia et toi étiez jeunes mariés. S'est-il vraiment écoulé tant d'années, Caspian ? gloussa Trenton. Où est l'aventurier ?

Lord Orwell se gratta la tête.

— Si tu veux parler de Richard, il est mort il y a plusieurs années.

— Je suis désolé de raviver de mauvais souvenirs, dit Trenton. Mais je parlais du mystérieux Sebastian dont on m'a conté les histoires.

Trenton s'avança vers la table, s'arrêtant derrière la chaise de Sebastian.

— Celui avec la cape magique, celui dont personne ne sait ce qui se cache sous sa capuche.

Il se pencha afin d'être au niveau de sa tête.

— J'ai entendu dire que tu avais sauvé la vie du prince.

Sebastian haussa les épaules.

— Comme l'aurait fait tout citoyen. J'ai eu de la chance.

— De la chance ? Ne sois pas humble. Tu devrais être fier de tes exploits.

— C'est ce que j'entends tout le temps, mais je ne peux en accepter tout le crédit quand les assassins étaient si incompétents, répondit Sebastian en réarrangeant ses cartes et réunissant les visages royaux.

— J'ai entendu dire qu'ils avaient presque tué le prince, alors ce devait être des hommes de talent, dit Féoras.

— Je ne sais pas qui vous a dit cela. Un assassin fou a trébuché et est tombé sur son propre poignard tandis qu'un autre essayait de me soûler de paroles. Aucun homme n'est assez brillant s'il attaque dans un lieu appelé la Rangée des Magiciens.

— Un excellent point, jeune homme, interrompit Trenton avant que Féoras ne puisse ajouter autre chose. Indépendamment de tes pensées, je pense toujours que tu dois être félicité pour tes efforts.

— C'est gentil à vous, répondit Sebastian. Père, il ne vous reste qu'une minute pour piocher une carte, ou vous cédez votre place.

231

— De toute évidence, nous avons des invités, tu peux attendre un peu, répondit Lord Orwell.

— Tic tac, dit Kevin. Perdre du temps est le pari des perdants.

— Je ne peux rien faire entrer dans vos têtes désolées, mais tu te souviens d'un commentaire fait il y a deux ans ? répliqua Lord Orwell. Je suis désolé, je ne pourrais jamais inculquer la gratitude à ce groupe.

— Gratitude de quoi ? demanda Démétrius. Abandonner nos lits à des imposteurs qui n'ont probablement aucune magie ou pratiquer l'arnaque avec vous dans la journée ? S'ils esquivent la loi, je suggère qu'ils dorment ailleurs. Vingt secondes, Père.

Lord Orwell dévisagea ses enfants.

— Vous prenez vos tâches un peu trop au sérieux.

Sebastian sourit par-dessus ses cartes. Dire du mal des visiteurs inattendus de leur père était réellement un comportement normal pour eux.

— Je vous assure que nous ne sommes pas des criminels, dit Trenton. Nous sommes des historiens, aucun de nous n'est un mage puissant – un trait de caractère que nous avons en commun avec votre père.

Sebastian haussa les sourcils sous sa capuche. *Une demi-vérité et une insulte déguisée pour Père. Je me demande en quels termes ils se sont quittés*, songea-t-il.

— Puis-je regarder, s'il vous plaît ? demanda Dalia. Ça fait trop longtemps que je ne t'ai pas vu en action, Cynthia.

— Tu ne loupes rien, répondit Lady Orwell.

— Je vois ça. Quel solide gaillard. Grand et intelligent, dit Dalia en avançant derrière James et serrant son bras. Il pourrait empocher tout le pactole.

James se débarrassa de sa main.

— Distribuez, Père.

— Excusez-moi un instant.

Lord Orwell se dirigea vers la pile de cartes et en tira trois. Il émit un évasif 'hum' avant d'en reposer deux.

— C'est une honte de voir un garçon qu'on dit si intelligent perdre, dit Trenton près de l'oreille de Sebastian.

— Les ragots ne sont pas la meilleure façon d'apprendre des choses, répondit ce dernier.

Lord Orwell se racla la gorge et Sebastian leva les yeux au ciel. Il tenait déjà sa langue, être aimable avec Trenton le rendrait suspicieux. Trenton et ses compagnons posèrent leurs sacs et revinrent regarder la partie des Orwell.

— Il ne te reste pas beaucoup de cailloux, nota Trenton.

— Concentrez-vous sur vos propres cailloux, répondit Sebastian.

Son père se racla à nouveau la gorge. Sebastian fouilla dans la poche de sa cape et en sortit un remède contre la toux. Il le jeta à son père qui faillit ne pas l'attraper à temps.

— Buvez ça et taisez-vous ! Je ne gagne peut-être pas, mais je ne suis pas dans une aussi mauvaise passe que vous.

— Ma gorge va très bien, répliqua Lord Orwell en lançant la potion à la tête de Sebastian.

Ce dernier l'attrapa et la remit dans sa poche.

— Des gants aussi ? demanda Trenton.

— Il a même des bottes, intervint Pratchett.

Il jeta ses cartes sur la pile d'à côté.

— Je me retire.

— Et des chaussettes, gloussa Kraven.

— J'aurais dû t'enlever la bouteille plus tôt, dit Pratchett.

Kraven soupira.

— Je ne me marierai jamais.

— Que racontes-tu comme absurdités ? demanda Pratchett.

— Sebastian, emmène Kraven dans sa chambre, dit James. Je préparerai la mienne et celle de Cécilia pour nos invités après la partie.

Sebastian jeta un œil à sa famille autour de la table. Il fit signe à Kevin pour attirer son attention.

— Une heure de travail gratuit si tu surveilles mes cartes.

— J'accepte, répondit son frère.

— Puisque je suis l'intrus, laisse-moi t'aider, suggéra Trenton quand Sebastian se leva.

— Non merci. Le seul moment où j'aurais besoin de plus de mains serait si Kevin tombait dans les pommes.

Sebastian saisit Kraven par le coude et tira son frère vers l'étage.

— Personne ne voudra de moi, marmonna Kraven.

— Tu n'as pas perdu ton argent, tu es toujours mariable, dit Sebastian en ignorant que Kraven voulait probablement dire quand le mot passera que Trenton séjourne chez eux. Ça s'arrange toujours, ça ira mieux demain matin.

— Non, pas quand les gens découvriront..., commença Kraven avant de s'écrouler quand Sebastian relâcha son emprise.

— J'imagine que j'ai besoin d'aide, songea Sebastian.

Au moins, tomber avait fait taire Kraven.

— Je vais t'aider, dirent James et Trenton au même moment.

James repoussa sa chaise, bien que Dalia soit penchée sur son épaule, et rejoignit Sebastian.

— Vous pouvez nous aider en gardant votre célébration avec Père à un niveau de bruit raisonnable et ne pas vous évanouir comme cet ivrogne. Je ne suis pas petit, dans tous les sens du terme, mais vous êtes trop grand à trimballer.

James se pencha avec Sebastian et ils traînèrent leur frère à l'étage. Quand ils atteignirent le palier, Sebastian voulut vérifier comment allait Ophélia, mais il était plus intelligent que sa porte reste fermée. La chambre était fortifiée avec des pierres de gnomes et du bois de la forêt.

— Elle va me quitter, sanglota Kraven alors que Sebastian regardait James en quête d'aide.

— Ils seront partis avant que quiconque ne le découvre, chuchota James. Même si nous devons les chasser.

Sebastian ne dit rien et leur tint la porte ouverte alors que James aidait leur frère à entrer dans sa chambre. Quand il eut passé le seuil sain et sauf, Sebastian reprit son bras et le déposa doucement sur son lit. Kraven se roula en boule comme un enfant et James soupira.

— Ne disons rien à Père. Il nous a mis dans ce bazar, mais on ne peut pas compter sur lui pour nous en sortir, dit James.

— Comment allons-nous les convaincre de partir ? demanda Sebastian.

— Chacun est libre de commettre ses pires agissements. Énerve Alice autant que tu veux, et ma bouche sera fermée en ce qui concerne Pratchett et Démétrius.

— Et s'ils nous détestent au point qu'ils essayent de nous tuer ?

— Alors nous suivrons la première suggestion de Mère, répondit James. Pour l'instant, je ne suis pas d'accord avec elle parce que je n'ai aucune idée de ce que Trenton a fait de son armée.

— Elle est probablement à proximité ou il n'aurait pas eu besoin d'ensorceler la maison, dit Sebastian.

— Je pense comme toi. Quoi qu'il en soit, nous devrions redescendre avant qu'ils s'inquiètent.

James referma la porte et les deux frères redescendirent.

— Pourquoi ne sont-ils pas chronométrés ? demanda Lord Orwell quand ses fils s'assirent.

— Parce qu'ils ne sont pas vous, répondit Rebecca. Dépêche-toi de jouer, James. Ma femme veut la belle épée de Luke.

James piocha deux cartes et en replaça deux autres dans la pile. Il glissa deux pièces d'or au milieu en souriant.

— Tu vas devoir l'acheter avec ton propre argent.

Kevin et Luke jetèrent leurs cartes sur la pile.

— Je me rends, pour le moment, dit Kevin.

Sebastian laissa tomber deux pièces d'or près de celles de James, Emily en ajouta deux elle aussi.

Démétrius suivit, tout comme Rebecca.

— Les cartes sont le seul moment où vous êtes honnêtes au sujet de l'argent que vous avez, connards, dit Pratchett.

— Il est temps de voir qui bluffe, dit Démétrius et chacun révéla ses cartes.

Kevin éclata de rire.

— Je savais que c'était un pari débile.

— La ferme, dit James alors que Sebastian ramassait les gains.

— Les rumeurs sont vraies. Tu es un garçon intelligent, dit Trenton.

— Je ne suis pas un garçon, mais je peux comprendre que je paraisse si jeune pour quelqu'un d'aussi vieux que Père, répondit Sebastian.

— Intelligent, mais pas de bonnes manières, déclara Féroas à voix basse.

— C'est une déclaration que vous pourrez proférer quand j'entrerai chez vous sans y être invité au milieu de la nuit.

— Sebastian, avertit Lord Orwell.

— Fichez la paix à ce garçon. Il est comme son père, dit Dalia.

Sebastian se figea.

— Je vous demande pardon ?

— De l'esprit et de la répartie. Tout comme notre Caspian, répondit Dalia. Comment vas-tu dépenser cet argent ?

Sebastian fronça les sourcils.

— Ça ne vous regarde pas.

— Des livres probablement, intervint Pratchett alors qu'il regardait d'un œil triste Sebastian empiler son argent.

Trenton se mit à rire.

— Elle a raison. Il ressemble vraiment à Caspian.

— Je me sens fatigué, dit Sebastian. Je vais aller me coucher.

— Lâche, dit Démétrius en croisant les bras. Tu as peur de perdre ton magot.

Sebastian haussa les épaules.

— Je suis content de mon butin, je n'ai pas l'intention de me compromettre. Bonne nuit, profitez bien de la fin du Solstice, dit-il en s'éloignant.

— Hé vous, le calme, dit Démétrius à Féroas. Prenez sa place et distribuez. Vous avez l'air d'un homme avec qui je peux gagner pas mal d'argent.

DALIA FERMA la porte du bureau des Orwell.

— Je ne sais pas comment tu supportes autant de conneries, Cynthia. Aucun d'entre eux ne sait-il comment surveiller son langage ?

— Ils agissent d'instinct, répondit Cynthia. Ils reconnaissent les ordures quand ils en voient.

— Je suis déçu que tu n'aies jamais parlé de moi à tes enfants, dit Trenton alors qu'il se prélassait sur le canapé bleu. Je pensais que nous étions proches.

— Je ne vois aucun moyen que ça finisse bien avec le chemin que vous avez pris, répondit Caspian.

— Rentrer la queue entre les jambes fonctionne toujours pour toi, n'est-ce pas ? demanda Féroas.

— Nous ne sommes pas ceux qui ont été bannis d'Anerith et qui se cachent à Larnlyon, répliqua Cynthia. Le manque de prévoyance est ta plus grande faiblesse, Keyes.

— Je crois que je me suis trompé, dit Trenton. La bouche de Sebastian est la tienne, Cynthia.

— Ce gamin a besoin d'une correction, dit Dalia.

Cynthia ricana.

— Grand dieu, Dalia, tu as certainement vendu tes parents pour de l'argent, tu penses vraiment que je prendrais des conseils maternels venant de toi ?

— Je ne suis pas là afin que vous raviviez vos rivalités toutes les deux, dit Trenton. Mes soldats ont besoin de se cacher, ta forêt est parfaite. Permets-leur de rester et je te paierai généreusement.

Trenton grimaça en regardant la décoration défraîchie autour de lui.

— De toute évidence, vous avez besoin d'argent.

— J'ai un faible pour que ma tête reste attachée à mon cou, je vais devoir décliner, répondit Caspian.

— Caspian, cette maison est remplie d'otages, prends cet argent tant que je l'offre.

— Je me demande à quel moment tu as commencé à menacer ma famille, dit Cynthia. Tu es toujours le même.

— Tu as tort. Je ne suis pas aussi patient qu'auparavant, et vous n'avez pas assez de bonne volonté pour marchander.

— Je m'excuse, dit Caspian. Dis-moi, je te prie, quand suis-je sorti de chez moi pour te dénoncer, ou dire aux autorités Anerithiennes où se trouvaient les preuves pour te condamner ? Si je t'avais trahi, tu serais mort. Il me reste plein de bonne volonté, je vais m'en servir pour te demander de partir. C'est ma maison, j'ai travaillé dur pour y parvenir.

Trenton sauta sur ses pieds et poussa Caspian contre le mur.

— Je n'aurais pas été en Anerith en premier lieu si tu n'avais pas convaincu les autres de me quitter.

— Ce n'est pas ce qui s'est passé, siffla Caspian. J'ai vu une mauvaise situation, je voulais m'en sortir. Si d'autres ont suivi mon exemple, ce n'est pas parce que je leur ai dit de partir, mais parce que tu ne leur as donné aucune raison de rester.

— En dépit du fait que tu n'étais pas assez suffisant pour mériter cette position, tu étais le premier disciple d'Uvel, cela signifiait quelque chose pour eux.

Caspian leva les yeux au ciel.

— Voilà pourquoi tu es en colère après moi. Uvel me disait tout ce que je voulais savoir alors qu'il te faisait des cachotteries. Ce n'était pas ma faute non plus. Tout ce que tu avais à faire était de donner de l'attention au vieil homme et dire quel mage intelligent il était. Je ne t'ai pas dit de te laisser dévorer par l'orgueil.

— Je me demande si tu n'en sais pas plus que tu ne le dis, dit Trenton en se penchant. Et si tu avais réellement fait ce que je demandais et avait supplié Uvel de te parler du Cœur de Lumière quand il était affaibli ?

— Il était mourant, je lui donnais du réconfort. C'est tout ce que j'ai fait, répondit Caspian.

— Je suis étonnée que le plus égoïste d'entre nous soit le plus tendre, déclara Dalia.

— Toute émotion qui ne provient pas de l'argent t'étonne, Dalia, répliqua Cynthia. Nous ne voulions pas être entraînés dans vos plans dans le passé, nous ne le voulons toujours pas. Pourquoi ne pas nous laisser tranquilles ?

— Cet emplacement et la capacité de ta forêt à dissimuler la magie m'arrangent bien, dit Trenton. C'est tout ce que tu as besoin de savoir.

— Le risque pour ma famille est trop grand.

— Très bien, dit Trenton en libérant Caspian. J'en ai fini de demander.

Il sortit une amulette de sous ses robes. Elle rayonna fugacement et Trenton sourit.

— J'ai donné des ordres à mes hommes dans la forêt, s'ils remarquent quoi que ce soit de suspect, ils la brûleront.

— Ce qui attirera sûrement l'attention lui fit remarquer Caspian.

— Pas avec mes sortilèges en place.

Trenton étira ses bras.

— Tu peux me montrer ma chambre à présent.

XXXI

Diana secoua à nouveau son miroir en foudroyant Dalia du regard.

— C'est marrant, depuis que vous êtes arrivés tous les trois, tous les miroirs ont cessé de fonctionner.

— C'est une drôle de coïncidence, répondit Dalia. Tu devrais continuer à le secouer, juste au cas où.

— Avez-vous déjà mangé ? demanda Diana d'une voix douce.

— Je vais préparer le petit-déjeuner, dit James. Je n'ai rien d'autre à faire.

Il observait la neige à travers la fenêtre de la cuisine.

— Les routes vont être bloquées pendant des jours.

— Au moins, nous avons été prévenus, il y a plein de nourriture, dit Kraven.

— Oui, cependant nous n'en attendions pas autant, répondit Kevin. C'est une perte de deux semaines.

Démétrius lui adressa un sourire narquois.

— Tu attends aussi impatiemment le printemps que Luke.

— Je pensais que cette peau grisâtre était due au sang d'incube, dit Dalia en haussant les épaules. Il te suffit de vendre une pinte de sang au marché et tu devrais aller mieux.

Pour la première fois, Sebastian vit les yeux de Luke devenir noirs.

— Je serai à l'étage si vous me cherchez, grogna Luke en sortant de la pièce.

— C'est sûrement un sujet sensible, poursuivit Dalia tout en lisant son livre.

— Je vais le rejoindre, annonça Kevin. Appelez-moi quand le petit-déjeuner sera prêt.

Sebastian soupira et partit à la recherche de son père. Peut-être Diana empoisonnerait-elle Dalia en son absence. À l'étage, la porte de ses parents était fermée, Sebastian frappa.

— Entrez, cria sa mère.

Il s'exécuta et trouva ses parents agenouillés sur le sol, une carte de la forêt dépliée.

— Que faites-vous ?

— Rien qui te concerne, répondit Lord Orwell en roulant la carte. Que veux-tu ?

— Dalia est-elle sur le marché des organes ?

— Pourquoi cette question ?

Lady Orwell se leva et alla fouiller dans ses tiroirs.

— Parce qu'elle a parlé de vendre le sang de Luke.

Lady Orwell soupira.

— S'il a un prix, alors elle le vendra.

Sebastian hocha la tête.

— Luke l'a pris au sérieux, Kevin est en train de le calmer.

— Cette neige entrave nos plans, mais nous essayons de les chasser de notre maison, dit Lady Orwell d'un ton sincère.

— Il devient de plus en plus difficile de surveiller Diana quand plus de la moitié d'entre nous a envie qu'elle réussisse, dit Sebastian.

— À vrai dire, j'aimerais aussi pouvoir les tuer, mais Trenton a l'esprit vengeur, il passerait sa colère sur l'un d'entre vous, dit Lady Orwell.

— Trouvez un moyen de nous débarrasser de lui avant que notre agacement l'emporte sur le danger, Père. Nous ne tolérerons pas la manière forte encore longtemps, dit Sebastian.

— Je commence à penser que nous t'avons donné trop de liberté, dit Lady Orwell alors qu'elle ouvrait une carafe et se servait un verre. Essaye de ne pas prouver que Dalia a raison avant que j'aie une chance de la tuer.

— Qu'y a-t-il entre vous ? Je pensais que Diana et vous vous sautiez à la gorge, mais avec Dalia c'est vraiment différent.

Sa mère sourit.

— Cette salope a montré ses griffes et je les lui ai coupées. Maintenant, retourne voir tes frères et sœurs avant qu'ils ne fassent quelque que chose de radical, ordonna-t-elle.

LE CAPITAINE Pembrost regardait son prince faire les cent pas.

— Il a déjà brisé la même promesse auparavant. Pas besoin d'être contrarié.

Le Prince Turren fronça les sourcils tout en continuant de marcher.

— Avez-vous pensé que, peut-être, Sebastian ne ressentait pas la même chose que vous ? Peut-être est-ce seulement de la luxure…

— Cette fois, c'était différent, répondit Turren alors qu'il faisait une nouvelle fois demi-tour. Il le pensait.

— C'est ce que vous avez dit la dernière fois.

— Pas la peine de me rappeler ce que j'ai dit, Pembrost. J'étais là.

— Retourner votre colère contre moi ne changera pas la dure vérité.

— Je découvrirai pourquoi Sebastian ne m'a pas contacté, puis j'en tirerai les conclusions qui s'imposent, dit Turren en cessant d'arpenter la pièce. Je ne pouvais pas être plus clair sur ce que je ressentais.

— C'est un garçon étrange. Peut-être a-t-il besoin de temps.

— Je lui en ai donné. C'est sa réponse.

— Sa réponse à quoi ? s'enquit Pembrost.

— Je sais que vous êtes préoccupé par mon bien-être, mais puis-je rester seul, je vous prie?

Pembrost se leva et fit une révérence.

— Bien sûr, Votre Altesse. Je suis désolé de vous avoir dérangé.

Quand il fut à l'extérieur de la chambre, il s'adossa à la porte et soupira.

— Je n'aurais jamais dû encourager ces deux-là.

LE CAPITAINE Pembrost attendait près de Frederick dans la chambre du roi et de la reine.

— Avez-vous remarqué que Turren agit étrangement? demanda la Reine Anne.

— Oui, mais c'est habituel, répondit le capitaine en haussant les épaules.

— Je pensais que vous aviez déclaré que Sebastian paraissait plus ouvert aux avances de Turren, dit le Roi Harris.

— C'est ce que je pensais aussi, mais Sebastian n'est pas entré en contact avec lui la nuit du Solstice comme il l'avait promis. Turren a été blessé par son manque de considération.

Frederick fronça les sourcils.

— Turren a-t-il tenté de le contacter?

— Sebastian a été catégorique sur le fait qu'il allait le faire, Turren a essayé de respecter ses souhaits, dit Pembrost.

— Persuadez Turren de réessayer et faites-moi un rapport si Sebastian répond, dit Frederick.

Pembrost dévisagea le magicien.

— Que se passe-t-il?

Le Roi Harris se pencha en avant.

— Si je vous révèle une information très sensible, vous ne pourrez pas la répéter à Turren. Dans ces circonstances, vous serez inclus.

Il n'était pas facile de garder le secret de sa charge, mais il ne pouvait pas aider Turren s'il restait dans l'ignorance.

— Cela restera entre nous, accepta-t-il.

— Je communique parfois avec Ophélia, nous avions convenu de nous parler durant le Solstice, dit Frederick. Or cette nuit-là, je n'ai reçu aucune correspondance et je n'ai pas été en mesure d'établir une connexion. Le fait que Turren ne puisse pas non plus atteindre Sebastian est troublant.

— Est-il possible que la forêt interfère avec la connexion? demanda Pembrost.

— Cela n'a jamais été un problème auparavant. Il y a autre chose que nous ne vous avons pas dit. C'est la raison pour laquelle nous sommes inquiets.

— Qu'est-ce?

— L'information selon laquelle Trenton se cache à Larnlyon, révéla la Reine Anne. Nous avons reçu cette information de Sebastian. Il l'a localisé avec l'aide d'Harold et Margaret.

La poitrine de Pembrost se serra.

— Elle nous est parvenue quelques jours avant le Solstice.

— Nous ne pensons pas qu'il s'agisse là d'une coïncidence, nous envoyons un détachement vérifier chez les Orwell, décida la Reine Anne.

— Par tous les dieux, s'il arrive quoi que ce soit à Sebastian, Turren ne se le pardonnera jamais. Pourquoi l'avez-vous laissé faire ?

Harris se mit à rire.

— Repassez-vous cette phrase dans votre tête. Sebastian a fait savoir que pas même Harold ne pourrait l'arrêter, notre intervention aurait averti Trenton. C'était un plan solide, Trenton n'avait aucune idée qui étaient les magiciens responsables. Pas avec quelques-uns des Orwell portant les mêmes cristaux que Margaret utilise à travers le pays.

Pembrost ferma les yeux.

— Et je dois cacher ce savoir à Turren. Il ne me fera plus jamais confiance s'il le découvre.

— Nous ne le tenons à l'écart que jusqu'à ce que nous sachions avec certitude qu'il s'est passé quelque chose.

Le Roi Harris jeta un coup d'œil à sa femme.

— Nous ne voulons pas qu'il soit imprudent.

La Reine Anne fronça les sourcils.

— Pourquoi me regardes-tu ?

Harris détourna le regard.

— Sans raison aucune.

— Je n'étais pas imprudente.

— Je n'ai rien dit.

Anne se tourna vers le mage de la cour.

— Pourquoi ton cousin respire-t-il encore, Frederick ?

— Parce que tu as sauvé ses fesses d'innombrables fois, répondit ce dernier.

— Des décisions téméraires finissent avec la mort du client, dit Anne en tapotant l'abdomen de Harris. Il est sacrément en bonne santé, il a pris du ventre.

— Je n'ai pas de ventre !

— Que tu dis, mon mari, que tu dis.

— LIEUTENANT ADAMS, Sergent Hooper, vous avez reçu vos ordres, dit le Capitaine Pembrost. Des questions ?

Adams leva la main.

— J'en ai deux.

Pembrost lui fit signe de continuer.

241

— Vais-je avoir des ennuis avec le Roi et où est Hooper ?

— Elle prend un congé sabbatique.

Le visage d'Hooper se transforma en celui de la reine.

— Comment avez-vous su que c'était moi ?

— Hooper est droitière, votre épée est du mauvais côté, et vous faites pianoter votre index sur la garde quand vous êtes excitée, répondit Adams.

La Reine Anne sourit.

— Vous aviez raison, Pembrost. Il est plus curieux qu'un farfadet, il est parfait pour ce travail.

Adams soupira.

— C'est une saine curiosité que j'ai envers les gens.

— Eh bien, j'en ai besoin pour flairer ce qui se passe chez les Orwell.

— Je vais revoir ce garçon pénible ?

— Si tout va bien, oui, répondit Pembrost.

— Et si nous le trouvons ?

— Nous le traînerons ici afin que nous puissions le garder sous protection, dit la Reine Anne.

Adams sourit.

— Je vais beaucoup aimer cela, Votre Majesté.

— Ce garçon agace-t-il tout le monde ? soupira Pembrost en secouant la tête.

XXXII

Luke observait par la fenêtre, le visage collé à la vitre.

— Oui, ils sont dans les bois avoisinants, ils tentent de rester hors de vue. Pas de feux de camp ni de tentes, à moins qu'elles ne soient ensorcelées.

— J'espère qu'ils vont se déployer plus loin et nous faciliter le travail, dit Sebastian.

— Pourquoi sont-ils agglutinés de cette façon ? demanda Emily.

— La forêt connaît les émotions de Père et y répond de la même manière. Il n'aura pas besoin de prononcer le moindre mot pour qu'elle tue les hommes de Trenton, répondit Diana.

— Tu vas vraiment aller jusqu'au bout ? demanda Kevin à Sebastian. Et si Trenton conserve le Cœur de Lumière de l'autre côté de nos terres ? Et s'il l'a sur lui ?

— Il ne l'a pas sur lui, répondit Ophélia.

Tout le monde se tourna vers la jeune femme supposée être barricadée dans sa chambre.

— Ce n'est pas une bonne idée d'être là, avertit Sebastian.

— Sebastian, j'aime mes neveux et mes nièces, mais j'ai besoin de temps loin d'eux ou je vais devenir folle.

— Nous ne savons pas combien de temps Trenton et ses laquais seront partis, dit Kevin. Tu vas devoir les supporter un peu plus longtemps. Où est Mernon ?

— Il a disparu quand Trenton est parti, répondit Ophélia.

Kevin fronça les sourcils.

— Je me demande de quoi il retourne.

— Ne t'en fais pas pour ça, répondit Ophélia. Que cherchez-vous dans cette direction ?

Elle désigna l'endroit où Luke avait vu la plupart des soldats.

— Ce ne sera pas un problème, dit Diana en levant les yeux au ciel. Nous pourrions aussi bien abandonner.

Démétrius entra dans la cuisine et regarda tout le monde réuni.

— Vous manigancez quelque chose, les gars ?

— Non, répondit Kevin. Nous discutons de ce que nous allons manger au petit-déjeuner.

— J'imagine que je ne suis pas inclus dans votre complot, hein ? C'est dommage, j'ai vu Père reconduire Dalia et Féroas à la maison.

243

— Maudit imbécile, dit Diana. Kevin, ramène Ophélia à l'étage et fais vite. Sebastian, prends une chaise que j'ai amenée avec moi et mets-la devant toi.

Diana prit une chaise tout en parlant et fit signe à Sebastian de la suivre hors de la cuisine. La porte s'ouvrit alors que Diana passait devant. Dalia percuta la chaise de Sebastian, les emmêlant tous les deux. Sebastian tira, ce qui leur fit perdre l'équilibre, et ils chutèrent. Féroas manqua Diana, mais il dut sauter à l'extérieur pour éviter de lui rentrer dedans.

— Super timing, Père, comme d'habitude, dit-elle en aidant Sebastian à se relever.

Dalia la foudroya du regard et se releva seule.

— Que faites-vous ? demanda Lord Orwell.

— Nous remettons ces chaises dans la carriole. Nous ne mangeons en famille que pour le Solstice, il n'y a aucune raison que je les laisse être cassées alors que nous sommes bloqués par la neige.

— Tes chaises sont parfaitement bien à la maison.

Diana regarda les compagnons de son père.

— J'en doute. Excusez-moi, mais ces chaises sont lourdes.

Elle se fraya un chemin entre les intrus et leur père, suivie de Sebastian.

Quand ils atteignirent l'arrière de la carriole et qu'ils furent hors de vue des autres, Diana posa sa chaise.

— Maintenant, c'est le bon moment pour avouer que tu as plus de magie que tu ne le dis.

Sebastian posa sa chaise à côté de la sienne.

— Et si je le fais ?

— Les racines de la forêt atteignent le dessous de la maison. Je veux que tu leur parles et leur demandes s'il y a des plantes toxiques à proximité. Une plante grimpante qui peut puiser de l'eau.

— Comment sais-tu que je parle à la nature ?

Diana leva les yeux au ciel.

— L'un des plus puissants magiciens t'a pris sous son aile sans que Père en fasse tout un foin. Et ledit magicien travaille avec la magie de la terre. Je ne suis pas idiote, et j'ai déjà vu la forêt te protéger. Elle est attirée par ta magie. Maintenant, fais ce que je dis avant que nous ne soyons repérés.

Sebastian fronça les sourcils et se concentra sur le sol. Il accueillit silencieusement les racines qui menaient sous la maison. Elles étaient heureuses de l'entendre, leur bonheur le submergea. Il secoua la tête pour se reprendre, priant les plantes de se calmer. Il imagina le livre de poisons que sa mère lui avait fait mémoriser et leur demanda si quelque chose leur paraissait familier. Les pages défilèrent dans sa tête, puis les plantes devinrent plus bruyantes dans son esprit alors qu'un Lotus Farer se formait dans sa mémoire. C'étaient de vilains emmerdeurs qui pouvaient tromper d'autres plantes en produisant le même poison qu'elles. *Ce sera parfait pour empoisonner quelqu'un suffisamment lentement pour qu'il n'en remarque pas les effets*, songea Sebastian, envisageant un meurtre de sang-froid.

Diana lui toucha doucement l'épaule.

— Ce que nous faisons est une question de survie. Ils ont tenté de te tuer deux fois, et ils sont entrés par la force chez nous.

Sebastian hocha la tête et dit aux plantes de trouver des spores de Lotus Farer et de les répandre à proximité des sources d'eau.

— Qu'en est-il de Père ?

Diana renifla.

— Il prend probablement deux fois plus d'antidote de poison depuis que Trenton est ici. Je vais également cuisiner sa nourriture au cas où il ne serait pas protégé. Qu'as-tu trouvé ?

— Le Lotus Farer, chuchota-t-il.

Diana siffla.

— Mère serait fière.

— Je pourrais vivre sans.

— Vivre est notre priorité.

SEBASTIAN VERSA une louche de ragoût de poulet dans un bol que Lord Orwell regardait avec méfiance.

— Pourquoi cuisines-tu sans que je t'aie ordonné de le faire ? demanda-t-il.

— Il fait froid aujourd'hui et j'en avais envie. Mangez ou étouffez-vous avec, je m'en moque.

— J'allais te complimenter d'être aussi prévenant.

Lord Orwell lui arracha le bol et l'emporta avec lui à table. Il le renifla, manquant d'y plonger le nez en cherchant un quelconque défaut.

Sebastian secoua la tête.

— Il y a un moyen plus facile de vous le fourrer dans le nez, et je sais qu'au moins la moitié de la famille serait prête à se rendre utile.

Lord Orwell ignora son fils et commença à manger.

Sebastian lui tourna le dos et sourit. *Diana avait raison sur le fait que faire sauter les herbes dans l'huile de truffes tuait l'odeur,* pensa-t-il.

— Ça sent délicieusement bon, dit Trenton par-dessus l'épaule de Sebastian.

— Je ne suis pas un cuisinier de château. Je ne cuisine que pour ma famille, si vous voulez du ragoût, allez chasser vos propres ingrédients.

— Ce n'est pas une façon aimable de traiter les gens.

— Nous ne savons pas quand les routes seront à nouveau dégagées, les provisions sont précieuses. J'aime également mon espace personnel.

Une vague de magie lui donna la chair de poule, Sebastian prétendit être ignorant, comme n'importe qui sans magie.

— Sebastian, donne-lui un fichu bol, grogna son père.

245

— Deux pièces d'argent, dit Sebastian. Cela couvrira le coût.

Le pouvoir de Trenton fut presque comme un mur physique pressant contre lui à cause de la colère du sorcier.

— Je viens de me souvenir que j'avais quelque chose à faire dehors.

Trenton s'éloigna de Sebastian et alla vers Lord Orwell.

— Tu devrais vraiment parler à ton fils des bonnes manières, ou je le ferai.

Il quitta la pièce et Sebastian s'appuya contre la cuisinière.

Lord Orwell repoussa sa chaise et se dirigea vers son fils, l'empoignant par le devant de sa cape quand ils furent face à face.

— As-tu perdu l'esprit ? As-tu la moindre idée comme il était près de te tuer ?

Sebastian gifla la main de son père.

— Mangez ce maudit ragoût. Je ne le contrarierai plus.

Lord Orwell jeta un œil au bol, puis à son fils.

— Qu'as-tu fait ?

— Ce que je devais faire, lui répondit Sebastian, un tremblement trahissant les larmes qui coulaient sous sa capuche.

Trenton méritait de mourir, mais Sebastian ne savait pas si tous ses soldats méritaient le même destin.

— Je vais tirer tout cela au clair, promit Lord Orwell avant de quitter la cuisine.

Au lieu de la cuisine, les Orwell observaient cette fois l'activité extérieure de la fenêtre de Pratchett. Ils avaient une meilleure vue sur le flot d'hommes et de femmes vêtus sans uniformes apparents.

— Probablement des mercenaires, dit Alice. Ils ont l'air habiles.

— J'ai entendu à l'auberge que Trenton avait pris la fuite avec une bonne partie du trésor d'Anerith. Il semblerait que ces rumeurs soient vraies, dit James.

— Même s'ils sont payés, les mercenaires n'aiment pas se tourner les pouces, dit Kevin.

— S'ils savent que Trenton possède le Cœur de Lumière, ce serait une raison suffisante pour rester près de lui après le désastre en Anerith, dit Sebastian. Le poison devrait faire effet d'ici ce soir. Ce sera notre meilleure chance de le voler.

— Ce ne sera pas toi, annonça Kevin.

— Bon sang, c'est mon plan. Personne ne remarquera ma capuche par ce temps.

La neige était lourdement tombée une grande partie de la journée, la visibilité était mauvaise pour quiconque ne possédant pas une vision Fey.

— Nous avons voté que tu prendrais part au plan B, dit Alice.

— Je ne me souviens pas d'un vote, grogna Sebastian.

— Nous avons dû en faire un après que Père nous ait accusés de dissimuler des choses, répondit Kevin. Étonnement, il semblait plus que curieux après t'avoir vu ce matin. Une idée de la raison ?

— Non, murmura-t-il.

— Voilà pourquoi tu n'es pas inclus, ajouta James.

— Qui le fera ? demanda-t-il.

— Les plus sournois d'entre nous, répondit James. Pratchett et Mernon.

Sebastian fronça les sourcils.

— Je n'ai pas vu Mernon depuis des jours.

— Il restait caché pour cette raison, et le fait que tu n'avais aucune idée qu'il était là durant tout ce temps fait de lui la personne parfaite, dit Alice en souriant.

— Cachez-vous quelque chose tous les deux ? demanda Sebastian.

Alice leva les yeux au ciel.

— Ne dis pas de sottises.

— En fait, je me le demandais aussi, intervint Kevin.

— Concentre-toi sur la tâche à accomplir, dit Alice d'une voix sévère. Nous n'avons qu'un seul essai et personne ne va merder avec la vie de mon mari en jeu, est-ce bien compris ?

James leva la main.

— D'abord le puissant talisman entouré par une armée, ensuite nous asticoterons Alice au sujet de ses secrets. Nous devons travailler en équipe pour le moment, alors écrasez toute rancœur jusqu'à demain.

— Que diable est le plan B ? demanda Sebastian.

— Nous avons besoin d'une assurance au cas où Pratchett et Mernon échouent, répondit Kevin. Tu pars discrètement et tu vas retrouver ton prince. Dis-lui n'importe quoi pour qu'il nous envoie une armée de sorciers.

La mâchoire de Sebastian se décrocha.

— Comment suis-je censé passer l'armée de Trenton ?

— Ophélia a apporté quelques petits ajustements à ta cape. Heureusement, elle était déjà ensorcelée, alors nous n'alerterons pas Trenton en lui lançant des sorts plus puissants, dit James.

— Je ne suis pas un enfant, s'indigna Sebastian. Cesse de me protéger pendant que tu fais le travail dangereux.

James enfonça son doigt dans la poitrine de Sebastian.

— Qui d'autre est capable de convaincre un prince d'envoyer de nombreux mages pour stopper Trenton ? Aucun d'entre nous ne couche avec lui et franchement, nous sommes tous trop peu important pour que quiconque se préoccupe de nous, hormis nos époux. C'est toi ou personne, alors, sors-toi la tête du cul.

— C'est stupide, répondit Sebastian. Toute personne donnant l'alerte au sujet de Trenton obtiendrait l'attention du roi.

— Peut-être dans un jour ou deux, mais le Prince Turren laissera tout tomber au moment où tu arriveras en larmes dans ses bras, et tu ferais mieux de pleurer au sujet de ta bien-aimée famille en danger imminent. Insiste bien sur *imminent*, déclara Kevin. Les princes sont des connards arrogants qui aiment les conneries héroïques de ce genre.

Alice renifla.

— Ils sont comme dix Richards enveloppés dans un paquet royal.

Sebastian soupira.

— Cécilia a été la plus intelligente en décidant de rester chez elle. Quelqu'un lui a-t-il parlé avant que les sorts aient augmenté ?

Kevin inspira entre ses dents.

— Elle était sur le point d'exploser la dernière fois que Kraven lui a parlé.

Alice gémit.

— Si nous manquons son accouchement, nous n'avons pas *fini* d'en entendre parler.

Le soupir de James refléta celui de Sebastian.

— Je veux voir ma femme.

— Cesse de pleurnicher. Il y a encore des mois avant que son bébé se joigne à nous, dit Alice.

— Voilà pourquoi tu n'as pas d'amis, répliqua James.

— Pourquoi aurais-je besoin d'amis quand je suis entourée d'une telle famille ? répondit-elle avec amertume.

— Souris sœurette, dit Sebastian en touchant le bout du nez d'Alice. Tu n'auras plus à nous supporter si nous sommes tués.

— Crétin morbide, répondit Alice.

Sebastian haussa les épaules.

— Se moquer de la situation est mieux que d'affronter l'énormité de ce qui est en jeu si nous échouons.

James sourit.

— Richard serait fier.

— Je ne voulais jamais entendre ces mots de toute ma vie, dit Kevin.

XXXIII

ESCALADER LA fenêtre d'Ophélia devient une habitude, pensa Sebastian. Des ombres touchaient la maison et s'étendaient jusqu'à la forêt alors qu'il sortait discrètement. Du sang ensorcelé était confiné dans sa cape de sorte que les soldats ne le verraient pas. À la tombée de la nuit, Pratchett et Mernon passeraient à l'action. Sebastian n'était pas homme de prières, mais aujourd'hui, il souhaitait que sa famille reste saine et sauve. *Ils me rendent fou, mais je ne peux pas imaginer ma vie sans eux.*

Sa cape se mêlait à son environnement, le faisant ressembler à une partie de la propriété. Dès que ses bottes touchèrent le sol, il sprinta jusqu'aux carrioles stationnées, tout en longeant les murs. Caché derrière celle d'Alice, il attendit de n'entendre aucun bruit. Une mercenaire s'arrêta près de lui et se pencha sur la porte latérale. Elle sortit un mouchoir de sa poche pour éponger son front en sueur. Sebastian fronça les sourcils. *Le poison ne devrait pas en être à ce stade.* Alors qu'elle lui tournait le dos, il prit une grande inspiration et courut en direction des arbres. Il jeta un regard en arrière vers la maison, le reste dépendait de ses frères et sœurs.

SEBASTIAN SE cacha derrière un autre arbre, maudissant tous les dieux auxquels il pouvait penser. Partout, les soldats étaient en état d'alerte, et il ne savait pas pourquoi. Il restait du chemin jusqu'à Trellium, ce serait encore long s'il ne pouvait pas franchir les hommes de Trenton. Le chemin avait été dégagé pendant un moment, puis les poursuivants étaient sortis de nulle part. *Pourquoi leur plan tournait-il mal aussi rapidement ?* Qui savait quelles tortures endurait sa famille ? *Je dois le faire pour Turren.* Les buissons bruissèrent sur sa droite, Sebastian plongea au sol. Un homme seul et en sang, une flèche dans la poitrine, s'écroula sur un tas de feuilles. Sebastian resta au sol un instant, évaluant si c'était ou non une mise en scène. L'homme n'avait pas bougé depuis qu'il était tombé, si bien qu'il décida que ce n'était pas une farce. Il rampa prudemment vers l'homme, s'émerveillant de sa capacité à attirer les gens blessés. Il lui frappa doucement l'épaule, l'homme gémit, baragouinant dans l'ancienne langue d'Anerith. Sebastian se pencha en avant et put déchiffrer quelques mots. Il attrapa quelques bribes au sujet du Cœur de Lumière et de fraternité.

— Quelles inepties racontez-vous ? chuchota Sebastian.

249

L'homme s'agita et se tourna sur le côté. Il plissa les yeux et tenta de s'asseoir.

— Pourquoi... êtes-vous... capé? demanda l'homme avec une respiration sifflante.

— C'est le dernier de vos soucis, Monsieur. Vous avez besoin d'aide, mais nous ne sommes pas en bons termes en ce moment.

— Vous êtes l'étrange garçon Orwell.

Sebastian leva les yeux au ciel.

— J'ai un prénom.

— Ils disent que vous ne devriez jamais enlever votre....

Une mauvaise toux l'interrompit.

— Vous devriez cesser de parler, lui conseilla Sebastian. Je ferai ce que je peux, mais vous devez rester tranquille.

L'homme ne possédait plus sa magie et le médecin le plus proche était probablement au sein des hommes de Trenton.

— Je parie que vous êtes magnifique.

L'homme blessé sourit et Sebastian s'immobilisa.

— Vous êtes certainement plus beau que n'importe quel autre homme en vie.

Sebastian s'assit sur ses talons, se préparant à abandonner l'homme s'il faisait quoi que ce soit d'étrange, même dans son état.

— Pourquoi dites-vous cela?

— Parce que votre cœur est pur, et à cause de cette robe.

L'inconnu ferma les yeux et soupira.

— Si je vous regardais, je mourrais instantanément du choc.

— Comment le savez-vous? demanda Sebastian, fatigué des énigmes de cet homme.

— Je ne peux pas... J'ai du mal à respirer... Je... approchez-vous, s'il vous plaît.

S'il n'y avait pas eu ces larmes dévalant les joues de l'inconnu, il aurait ignoré sa demande. Mais cet homme n'allait pas survivre, il pourrait avoir de la famille qui allait devoir être informée de son décès. Sebastian se baissa, mais il saisit un poignard sous sa cape.

— Si vous avez des proches, je vous suggère de me donner leur nom.

— L'amour, l'amour le plus pur, haleta l'homme et quelque chose cliqueta autour du cou de Sebastian.

Il bondit en arrière et toucha son cou. Un collier avec une grosse pierre suspendue y était accroché. Il regarda l'homme, mais ses yeux s'étaient fermés pour toujours.

— Il vaudrait mieux que ça ne soit pas ce que je pense, murmura Sebastian.

L'homme n'aurait pas dû être en mesure de le toucher, encore moins de lui mettre un bijou. Il chercha le fermoir, mais seul le doux métal rencontra ses doigts.

— Merde, merde, merde!

250

Il prit une profonde inspiration et essaya de s'éclaircir les idées. *C'est juste une coïncidence*, songea-t-il. *Peut-être n'était-il pas pourchassé par les mercenaires de Trenton. Peut-être cela n'avait-il rien à voir avec ce maudit collier autour de son maudit cou qui ne voulait pas s'enlever.* Sebastian se mordit les jointures et suça la peau. *Calme-toi, Sebastian, réfléchis, réfléchis. Le plan.* Son frère et Mernon allaient se faufiler dans le camp de Trenton pour un objet qui n'y était plus. *Trellium ou rentrer à la maison?* réfléchit-il. Se souvenant que le pouvoir de Trenton se déployait quand il était en colère, il revint sur ses pas.

PRATCHETT REGARDAIT le mercenaire qui vomissait ses tripes sur le sol.

— Laisse ça, chuchota Mernon derrière lui.

— De quoi parles-tu? demanda Pratchett.

— Tu veux lui prendre son argent. Oublie et avance. Le poison a atteint l'étape finale bien trop rapidement.

Pratchett leva les yeux au ciel.

— Il sera mort dans l'heure, pourquoi en aurait-il besoin?

Mernon se figea.

— La ferme.

— Si tu penses qu'être le mari d'Alice te donne le droit de…

Il s'interrompit après s'être tourné et avoir vu que Mernon avait disparu.

— Où es-tu?

Il se tourna et fut plaqué au sol quand une force invisible le frappa dans le dos. Quand des bottes en cuir brillantes entrèrent dans son champ de vision, Pratchett leva les yeux sur le visage de Trenton. *Au moins, il ne m'a pas surpris faisant les poches de son homme*, songea Pratchett avant qu'une botte se pose sur sa tête.

SEBASTIAN ÉCARTA les rideaux d'Ophélia et sauta par la fenêtre. Démétrius amenait un verre de liqueur à sa bouche et Kevin s'arrêta de parler.

— Que fais-tu ici? demanda James.

Sebastian lui fit signe de cesser de parler et agrippa ses genoux, alors qu'il reprenait son souffle après avoir couru tout le long du chemin.

— N'envoyez pas Mernon et Pratchett.

Les yeux d'Ophélia s'éclairèrent, elle serra sa main sur sa bouche.

— Il est trop tard.

— De quoi parlez-vous? demanda Kevin. Pourquoi es-tu revenu?

Sebastian ouvrit la bouche pour lui répondre, mais des bruits de pas sur le rebord de la fenêtre le distrayaient et il dut s'écarter du chemin de Mernon.

— Où est Pratchett? demanda Démétrius.

— Il a été capturé, répondit Mernon en se tournant vers Sebastian. S'il te plaît, dis-moi que tu as rencontré une bande de mages incroyablement puissants sur la route de Trellium et que c'est pour cela que tu es revenu.

— Non.

— Alors pourquoi es-tu revenu ? hurla Kevin.

— C'est ce que j'essaie de vous dire ! cria-t-il. Le Cœur de Lumière a déjà été dérobé.

— L'as-tu volé alors que nous avions convenu que tu partirais chercher de l'aide ? demanda Démétrius.

— Non, mais il y a une histoire drôle derrière tout cela. Je dois trouver Père.

La porte s'ouvrit et Diana entra.

— Il y a une énorme poussée de puissance qui vient vers nous et qui que ce soit, il est en colère.

— Ce doit être Trenton, dit Mernon.

Diana jeta un œil dans la pièce.

— A-t-il été capturé ?

— Oui, répondit Mernon.

— Ophélia, reste ici et cadenasse la porte. Nous devons réfléchir à un moyen de nous sortir de ce bazar.

Elle sortit à la hâte de la chambre, suivie par la fratrie Orwell.

Sebastian, qui était en toute fin, tira sur l'épaule de Kevin.

— Tu devrais rester aussi dans la chambre d'Ophélia, dit Kevin sans se retourner.

— Non, j'ai quelque chose d'important à te dire.

Quand ils arrivèrent en bas des marches, leurs parents se dirigeaient vers eux.

— Qu'avez-vous fait ? hurla Lord Orwell.

— On n'a pas le temps pour ça, répondit Diana. Il a Pratchett.

— Pourquoi aurait-il Pratchett ? demanda leur mère, le visage pâle.

Avant que Diana ne puisse répondre, la porte d'entrée explosa et Trenton se tenait sur le seuil. Le col de Pratchett pendait à sa main.

— As-tu perdu quelque chose, Caspian ? demanda-t-il en passant la porte détruite.

— Quoi qu'ils aient fait, je vais arranger cela, jura Lord Orwell. Je t'en prie, ne le tue pas.

— Un quart de mon armée est morte et j'ai perdu un temps crucial à faire un antidote pour sauver le reste. Peux-tu remplacer ce nombre en une nuit ?

Lord Orwell regarda ses enfants et secoua la tête.

— Je trouverai un moyen de le faire.

— Où est-il, Caspian ? demanda Trenton.

— Je ne sais pas de quoi tu parles.

— Pour une fois dans ta pauvre vie, je pense que tu me dis la vérité.

Trenton se tourna vers Diana et secoua le corps meurtri et sanguinolent de Pratchett.

— Tu ne sembles pas aussi confuse que ton père. Donne-moi l'amulette et le reste de ta famille pourrait vivre. Aucune promesse pour celui-ci, cependant, dit-il en jetant un regard noir à Pratchett.

— Nous ne l'avons pas, répondit James en se postant près de sa sœur.

— Dommage, répondit Trenton en souriant.

Alors qu'une lueur rouge approchait du visage de Pratchett, Sebastian sut que la magie de son père ne serait pas suffisante pour sauver son frère. Il invoqua autant de magie qu'il put, suppliant la maison et les racines menant à la forêt d'exécuter ses ordres. D'épaisses racines d'arbres et de plantes grimpantes traversèrent le plancher et encerclèrent Trenton.

— Sebastian, non !

Lord Orwell courut vers son fils tandis que les Orwell, abasourdis, reculaient.

La lueur rouge s'affadit un instant, mais s'embrassa de nouveau et brûla ses entraves. Cela ne retiendrait pas longtemps le sorcier alors, Sebastian envoya une petite plante battre en retraite, un nom hurlant dans son esprit : *Harold*. Il n'avait jamais rien envoyé aussi loin, mais c'était leur seule chance.

La dernière plante se désintégrait quand Dalia et Féroas entrèrent par le trou laissé par Trenton.

— Un élémentaire. Je ne vais pas m'ennuyer à feindre la surprise que tes parents aient menti pour autre chose.

Un orbe incolore qui distordait l'air autour de lui apparut dans la main de Trenton et fila en direction de Sebastian. Il ne put l'éviter en raison de sa taille, il fut violemment frappé et vola contre la cheminée. Trenton fut aussitôt sur lui et le secoua avec rage.

— Quelle monstruosité es-tu donc pour que personne ne puisse contempler ton visage ? Hein ? Parle ? ordonna Trenton en le secouant plus fort. Dis-moi quelle créature pathétique Caspian et sa femme supportent alors que la miséricorde aurait été de te tuer à la naissance ? Tu souhaiteras qu'ils aient accompli leur devoir quand tu étais enfant avant que j'en aie fini avec toi.

Lord Orwell sauta sur le dos de Trenton alors que Lady Orwell le tirait par le bras. Trenton leva la main et les envoya heurter leurs enfants. Se penchant, il arracha la capuche de Sebastian et se figea.

Sebastian avait trop mal pour dissimuler son visage. Son dos et sa tête avaient cogné contre les briques et la lumière lui brûlait les yeux. Trenton tendit la main vers lui et Sebastian recula, gémissant de douleur tandis que ses côtes cassées retenaient son attention.

— Chut, chuchota Trenton en levant à nouveau la main.

Sebastian ferma les yeux, mais aucune attaque ne survint. Au lieu de cela, la douleur disparut et il ouvrit les yeux pour voir que Trenton le soignait.

Trenton sortit un mouchoir de sa poche et essuya la suie et le sang que Sebastian ne savait même pas avoir sur le visage. Il se redressa et recula.

— Beaucoup mieux.

Dalia le rejoignit et baissa les yeux sur Sebastian.

— Comment cette sale vermine peut-il faire cela ?

— La magie, se servant probablement du sang Fey de Cynthia pour faire le plus gros du travail. Mais, quelle jolie babiole tu as trouvée ? dit Trenton en regardant son cou.

— Je ne l'ai pas prise, dit Sebastian. Un homme mourant me l'a passée sans avertissement.

Trenton sourit.

— Il a probablement compris ce qui se cachait sous ta capuche et te l'a donnée, comme c'était son devoir.

Sebastian fronça les sourcils.

— Qui était-il ?

— Un membre du culte qui était chargé de protéger la pierre. Chaque objet puissant en a un.

— Trenton, je t'en prie, dit prudemment Lord Orwell en s'approchant du sorcier. Ne l'emmène pas.

— Bien des choses se mettent en place, Caspian. Qui aurait deviné que toutes tes déceptions étaient pour protéger ton fils ? Je n'aurais jamais pensé que tu étais un homme noble, dit Trenton.

— Je t'en prie, supplia également Lady Orwell.

— Rassemblez le reste de votre famille au sous-sol, ordonna Trenton.

— Trenton ! cria Lord Orwell.

— Je vous accorde un sursis. Fais-le ou je les tue un par un jusqu'à ce que tu m'obéisses.

— Il ne peut pas te donner ce que tu veux.

Trenton soupira.

— Pas étonnant que tu te sois donné autant de mal pour détruire la plupart des manuscrits. Une seule petite ligne relative à l'élu magique et j'aurais découvert ton secret.

Il regarda Sebastian.

— Une âme si pure que sa beauté déteint sur la peau et les os. Bien sûr, le collier s'est verrouillé autour de ton cou.

— De quoi parle-t-il, Père ? demanda Diana.

— Un être modelé par la magie, murmura Lady Orwell. La magie par nature n'est pas subtile, elle est comme un enfant créant une personne. Elle le fait avec beaucoup d'indulgence, sans penser aux conséquences. Toi non plus Trenton. Le Cœur de Lumière ne fonctionnera pas selon ta volonté, peu importe ce que tu fais.

— C'est évident, Cynthia, mais il y a des moyens de contourner cela.

Sebastian se leva et rejoignit ses frères et sœurs sans que personne ne l'arrête.

— Pourquoi tout le monde discute-t-il de mon départ ? Je vous donnerais cette maudite amulette si elle se détachait.

— Tu es délicieux, dit Trenton. Malheureusement, le collier ne s'ouvrira pas sans des actions extrêmes et je devrais trouver un autre élu magique. Attendre un demi-millénaire pour qu'un autre naisse est très long, même selon les normes des magiciens.

— Comment allez-vous exploiter sa magie ? demanda Sebastian.

— Par une cérémonie de mariage proche de celles des démons, répondit Ophélia.

Tout le monde se tourna et vit le reste du clan Orwell.

Trenton sourit.

— Je suis heureux que l'oracle voie la sagesse de suivre mes instructions.

— Tu aurais dû rester à l'étage, pesta Diana d'une voix colérique.

Ophélia pointa Dalia du doigt.

— Elle a une scie en os de dragon.

— Si je n'ai pas l'occasion de te tuer, rappelle-moi d'envoyer un message sur le territoire des dragons au sujet de ta collection macabre, dit Lady Orwell. Te regarder brûler vive me procurerait un immense plaisir.

— Quelle charmante discussion ! intervint Trenton. Je vais réunir mes soldats et préparer notre voyage. Mes hommes emballeront tes vêtements et les objets qu'ils estiment nécessaires.

Il sortit de la maison et des sortilèges encore plus puissants qu'auparavant se mirent en place.

— Nous avons un mariage à préparer, nous allons devoir prendre congé, dit Dalia en traversant les sorts sans problème avec Féroas sur les talons.

— Je l'emmerde, lui et la vision d'Ophélia. Si je meurs, cet enfoiré vient avec moi, promit Sebastian.

— J'ai une idée de la raison pour laquelle tout est devenu un tel désastre. Qui a empoisonné les soldats de Trenton, levez la main ? demanda Lord Orwell.

La main de Sebastian se leva en premier puis, celle de Lady Orwell.

— Quel genre de poison avez-vous utilisé ?

— Le Lotus Farer, répondirent-ils en même temps.

Lord Orwell enfouit son visage dans ses paumes.

— Je vous avais dit à tous de ne rien faire.

— Pas étonnant qu'ils vomissaient à droite et à gauche, gémit Pratchett. Dommage que je ne sois pas guéri aussi.

— Cesse de pleurnicher, dit Alice. J'ai un baume dans ma poche.

— C'est facile à dire pour toi.

— Où nous emmène-t-il ? demanda Mernon, deux enfants dans les bras lui bloquant le visage.

— Anerith, répondit Lord Orwell. Il aura besoin d'un prêtre là-bas qui saura comment le lier à Sebastian.

Sebastian fixa son père.

— Tu savais ce que j'étais durant tout ce temps?

Lord Orwell jeta un coup d'œil à sa femme.

— Disons que suffisamment de lignées se mélangent, quelque chose d'étrange en est finalement sorti. C'est la raison principale pour laquelle les Feys ont accepté les Lois d'Asile. D'une certaine manière, tu es le produit final qu'ils ont prévu depuis des millénaires.

Lady Orwell serra les poings contre ses flancs.

— C'est la raison pour laquelle nous avons renforcé les protections sur toi.

— Père, vous saviez que la vision d'Ophélia parlait de Trenton, n'est-ce pas? demanda Kevin. Peut-être que si vous aviez dit quelque chose, nous ne les aurions pas empoisonnés nous-mêmes.

Lord Orwell leva les yeux au plafond.

— Vous êtes tous convaincus que j'ai toujours eu un plan dans ma manche, mais quand j'ai battu en retraite sans protester contre Trenton, vous avez décidé de prendre mes motivations pour argent comptant.

— Que voulez-vous dire? demanda Diana.

— Il n'y avait aucune raison d'empoisonner qui que ce soit, tout ce que vous aviez à faire était d'attendre une semaine.

— Quel grand sortilège allait régler tous nos problèmes? demanda Lady Orwell.

— Il n'y avait aucun sort, répondit Lord Orwell. Tout ce que nous avions à faire était d'attendre que le lierre rampant sangsue fasse effet.

— Il faut des années à ce truc pour arriver à maturité, Père, dit James. Comment en auriez-vous eu assez pour éliminer toute une armée en une semaine?

— Parce qu'il s'est propagé depuis cinq ans, marmonna Lady Orwell.

Sebastian fronça les sourcils.

— N'est-ce pas une plante hautement illégale avec l'avertissement de la brûler sans sommation?

James poussa un lourd soupir.

— Si, ça l'est.

— Qu'auriez-vous fait si les autorités du château l'avaient découvert? demanda Diana.

Lord Orwell haussa les épaules.

— C'est une forêt magique. Je n'y peux rien s'il y pousse des choses étranges, et je ne suis pas autorisé à perturber sa faune et sa flore.

— Ça n'explique pas pourquoi vous n'avez rien dit à Mère. Si elle avait su pour ce maudit lierre, nous ne serions pas dans ce pétrin, lui fit remarquer Alice tandis qu'elle tamponnait les coupures de Pratchett.

— Je me doute que c'est parce qu'il ne voulait pas me dire combien d'or il avait dépensé pour cela. Un peu, vaut mieux que la rançon d'un roi.

Lady Orwell secoua la tête.

256

— Tu es trop arrogant pour ton propre bien.

— As-tu fait porter un message à Turren avant de revenir ? demanda James.

— Non, mais j'ai envoyé une plante à Harold. Il a encore celle que je lui ai donnée donc il peut se diriger avec.

— Ce pourrait être la seule chose qui fonctionne en notre faveur, fit remarquer Lord Orwell.

— La cérémonie qu'il veut accomplir doit-elle être consommée physiquement ? demanda Sebastian d'un ton calme.

Lady Orwell prit son fils dans ses bras pour une rare étreinte.

— Je me fiche de ce que nous devrons faire pour l'arrêter, nous trouverons un moyen de combattre la vision d'Ophélia.

— Je suis désolée, dit celle-ci. Ces stupides sorts assombrissent ma Vision, je ne sais pas ce qui sera utile.

Diana étreignit sa sœur et embrassa le haut de sa tête.

— Tout va bien. Rien n'est de ta faute. Père en porte tout le blâme.

— Si je nous sors de cette situation, j'exige des excuses, dit Lord Orwell.

— Si vous réussissez, je cesse de vous droguer pendant un an.

Lord Orwell secoua la tête.

— Malheureusement, c'est probablement le geste le plus aimable dont tu es capable.

XXXIV

SEBASTIAN ÉTAIT assis dans la calèche, face à Trenton. Sa famille regroupée chevauchait entourée par l'armée.

— Je n'avais jamais envisagé le mariage avant, mais un élu facilite certainement les choses. Ton vieillissement ne tardera pas à prendre fin. Tu seras encore plus beau. Je suis un homme chanceux, dit Trenton

— Je ne me considère pas comme chanceux.

— Si nous arrivons en Anerith avec autant de membres de ta famille que nous sommes partis, alors tu seras immensément chanceux.

— La menace n'améliorera pas ma situation.

Trenton vint s'asseoir à ses côtés et s'installa confortablement alors que Sebastian se déplaçait près de la fenêtre.

— Ma puissance associée à ton sang Fey signifie que nous serons ensemble un long moment. Il est dans notre intérêt que nous parvenions à une trêve.

— Libérez ma famille.

— Un membre après l'autre, et ceci quand tu auras gagné ma confiance.

Trenton se glissa plus près de lui. Il toucha le menton de Sebastian, qui recula.

— Comme dans toute libération d'otage, je suppose que tu voudras que les enfants soient relâchés en premier ?

Sebastian déglutit et fit face à Trenton, l'autorisant à lui prendre le menton. Trenton se pencha et l'embrassa. Au départ, ce fut seulement sur les lèvres, Sebastian pensa qu'il pouvait le tolérer, mais Trenton devint plus avide et poussa sa langue à l'intérieur de sa bouche. Sebastian serra les poings afin de ne pas l'attaquer, mais il se raidit quand le baiser s'approfondit et que les mains du magicien se déplacèrent sur ses hanches.

Trenton recula et sourit.

— Bien que tes yeux brillent de colère, tu es magnifique, dit-il avant de soupirer. Une fois que l'amulette m'obéira, je finirai ce que j'ai commencé ici. Puis je pourrai utiliser les armées d'Anerith et l'amulette pour m'emparer de Larnlyon.

— On dirait que vous avez tout planifié.

À la première occasion, je vous plante un couteau dans la gorge.

LE ROI Harris baissa les yeux vers le Capitaine Pembrost et se frotta les tempes.

— Allez-y, dites-moi ce que je sais déjà.

— Nous avons perdu la trace des deux éclaireurs que nous avions envoyés à la maison des Orwell.

— Et l'autre mauvaise nouvelle, Capitaine. Je m'y attends, car je ne trouve Anne nulle part.

Le Capitaine Pembrost se mordit la lèvre.

— La Reine Anne a utilisé un charme et a pris l'apparence du sergent assigné comme l'un des éclaireurs. Nous sommes toujours en mesure de la tracer, il semblerait qu'elle se dirige vers Anerith.

— Vous travaillez pour nous deux, Capitaine, pourtant vous trouvez toujours le moyen de m'exclure de ces conversations.

— La Reine a de meilleures menaces, marmonna Pembrost.

— En cet instant, je suis certain que je peux être beaucoup plus créatif qu'elle, répondit le Roi Harris de façon inquiétante.

Frederick entra en trombe dans la salle du trône puis claqua les portes derrière lui.

— J'ai de mauvaises nouvelles, cousin.

— Peux-tu surpasser la nouvelle du Capitaine disant qu'Anne manque à l'appel? demanda Harris.

— Harold Bast vient de m'informer au sujet d'une grande pièce de puzzle que nous ne connaissions pas sur le Cœur de Lumière, dit Frederick.

Harris fronça les sourcils.

— En réalité, ce sont de bonnes nouvelles.

Frederick secoua la tête.

— Non, c'est une horrible nouvelle si Trenton détient tous les Orwell.

— Je suis confus, dit le capitaine.

Le magicien se tourna vers lui.

— Quand vous êtes tombés sur Turren et Sebastian dans les bois, avez-vous vu le visage de Sebastian?

Il hésita et regarda le roi.

— Répondez à la question, ordonna ce dernier.

— Oui.

— Beau au-delà de tout ce que vous n'avez jamais imaginé, la peau lumineuse?

— Oui.

— Je ne me serais pas attendu à cela, dit Harris. Pourquoi se couvre-t-il?

— Parce que Sebastian est l'élu, déclara Frederick d'une voix haletante. Si vous m'aviez dit à quoi il ressemblait, j'aurais compris tout cela.

— Je ne sais pas ce qu'est un élu, alors comment aurais-je pu le savoir? demanda Pembrost.

— Calmez-vous, tous les deux.

Harris s'adressa à Frederick.

— Les élus ne sont-ils pas des âmes pures modelées par la magie?

259

— Oui. C'est ça le problème. Je suis presque certain que le Cœur de Lumière réagira à sa magie.

Harris se leva.

— Envoyez un message en Anerith. Nous allons prendre un contingent avec nous.

Il fit signe à Pembrost.

— Vous avez le devoir de mettre Turren au courant.

— J'ai dit des nouvelles, les interrompit Frederick. Quand Sebastian était enfant, Ophélia a eu une vision. S'il épousait une personne qui ne l'aimait pas réellement, il mourrait d'une mort atroce. Sa cape était une protection pour empêcher cela de se produire.

— Ce n'est pas un problème, je sais que les sentiments de Turren sont sincères, répondit Harris.

— C'est un problème, car le seul moyen d'exploiter la puissance d'un magicien est par une cérémonie de mariage, expliqua Frederick.

Les épaules de Harris s'affaissèrent.

— Tes nouvelles sont définitivement pires que celles de Pembrost. Mes ordres restent inchangés, mais tu es un homme déprimant.

— Dois-je raconter tout cela à Turren ? demanda le capitaine.

— Oui ! La prochaine fois, vous choisirez, plus judicieusement lequel d'entre nous vous servez.

— COMME C'EST gentil de la part de Trenton de laisser son nouveau chiot se promener, dit Kevin alors qu'il chevauchait aux côtés de Sebastian.

— S'il dépose une gamelle d'eau, je ne garantis pas que mon comportement soit civilisé.

— T'a-t-il fait quoi que ce soit dans la calèche ?

— Rien que du savon dans ma bouche ne pourra gérer.

— A-t-il… ?

Il fallut un moment afin que Sebastian comprenne à quoi son frère faisait allusion, ce qui le fit frémir.

— Un baiser, seulement un baiser. Grand dieu, je ne veux pas y penser !

— Agir contre ta volonté est suffisant pour justifier ce qu'il prévoit.

— Vous avez un plan pour libérer les enfants ? demanda Sebastian.

— Nous y travaillons. Nous serons bientôt en Anerith.

— Au moins, j'ai retrouvé ma cape. Il ne veut pas que quelqu'un d'autre me regarde.

— Peut-être que ton prince a plus de valeur que son sang et qu'il viendra, dit Kevin.

Sebastian fit rouler l'anneau, qui s'était trouvé dans la doublure de sa cape, dans sa main.

260

— J'espère aussi.

Féoras trotta à leurs côtés et saisit les rênes de Sebastian.

— Vous êtes attendu dans la calèche, sire Orwell.

— Impatient de remettre ses sales pattes sur mon frère ? demanda Kevin.

— Je tiens de source sûre que vous êtes le plus attaché à la voyante, dit Féoras. Elle n'a pas à monter à cheval. Elle peut aussi marcher avec les mains liées devant elle.

Sebastian descendit de son cheval et adressa un sourire à Féoras.

— Si vous touchez à ma sœur, je me servirai de votre corps comme fertilisant et regarderai la terre vous consommer plante par plante.

— C'est un esprit laid qui ne correspond pas à une si jolie apparence.

— Je prie tous les Dieux que vous découvriez à quel point il est laid, répondit Sebastian. Montrez le chemin, chien de course.

Il sentit le regard de Kevin dans son dos, mais son frère ne fit aucun mouvement.

— Vous ferez un bon mari pour le patron. Fort et vicieux.

Sebastian l'ignora alors qu'ils marchaient en direction de la calèche de Trenton. Féoras lui ouvrit la porte. Sebastian monta, se dirigeant vers le siège opposé quand Trenton se racla la gorge.

— À côté de moi, dit-il.

Sebastian le fusilla du regard, mais obéit.

— Ah, dit le magicien avant qu'il ne s'assoie. Mets-toi près de la fenêtre.

— En quoi est-ce important ?

— Il se passe quelque chose. Tu verras dans un moment.

Trenton glissa sur le côté pour lui donner un peu de place, mais encore trop proche qu'il le voulait. Un bras s'enroula autour de sa taille et le tira afin qu'une partie de ses jambes repose sur les cuisses de Trenton.

— Enlève ta capuche.

Sebastian l'ôta d'un geste brusque et lui lança un regard noir. Le magicien sourit et se pencha vers lui. Sebastian n'avait d'autre choix que d'attendre qu'il l'embrasse. Ce fut un léger contact de ses lèvres, Dieu merci, pas de langue. Quelqu'un frappa à la porte, Sebastian soupira de soulagement.

— Entrez, dit Trenton.

La porte s'ouvrit sur Dalia et deux prisonniers enchaînés.

— Nous avons trouvé ces deux-là en chemin. Mon service de renseignements m'informe que tu les connais, dit Trenton tout en lui pressant la hanche.

Le Lieutenant Adams et le Sergent Hooper restèrent pétrifiés par le visage de Sebastian.

— Êtes-vous un ange ? demanda Adams.

Sebastian renifla.

— Je suis tout le contraire.

Adams cligna des yeux.

— Monsieur Grincheux ?

— Quel nom intéressant pour mon fiancé, dit Trenton.

— Fiancé ? répéta Hooper.

— Oui, j'aurais aimé pouvoir vous renvoyer pour annoncer la nouvelle au Prince Turren, mais je ne pense pas qu'il soit homme à entendre raison. La question est de savoir si oui ou non, vous êtes de bons otages. La décision t'appartient, Sebastian. Dois-je les éventrer et les laisser sur la route ou devrais-je les prendre avec nous ?

— Que voulez-vous ? demanda Sebastian.

— Ton attitude a besoin d'un petit ajustement.

Sebastian attrapa le menton de Trenton et l'embrassa durement.

— Content ?

— On y arrive. Jette-les avec les Orwell. Oh, tu as oublié quelque chose, dit-il en souriant à Sebastian.

Sebastian garda un visage neutre et une voix libre d'émotions alors qu'il répondait :

— Merci de les épargner.

— Tout pour mon bien-aimé répondit Trenton en lui attrapant la nuque et plongeant pour un baiser bouche ouverte.

Il appuya sa langue contre celle de Sebastian, la suçant avant de se retirer.

— Il ne te sauvera pas, chuchota Trenton.

XXXV

LE TEMPLE était en vue, Sebastian fut soulagé, car cela signifiait que Trenton allait arrêter de le toucher. Les mains de ce dernier ne cessaient d'errer de plus en plus bas et, otage ou pas, Sebastian n'était pas certain de pouvoir se retenir de le tuer. Il maudit la force qui avait fait de lui un élu, le mettant dans cette situation. Le temple était comme tout autre édifice religieux, s'étirant jusqu'au ciel, un symbole métallique ornant son sommet.

— Les frères de l'ordre de Carsidua résident ici. Ils sont honorables, alors tu vas jouer le marié impatient et non l'homme au supplice. S'ils ont vent que tu es ici par la force, je les ferai accomplir la cérémonie, puis je les tuerai, promit Trenton. Je vais chercher les vêtements appropriés, ajouta-t-il alors qu'il s'éloignait et ordonnait à Dalia d'escorter Sebastian à l'intérieur.

— Avez-vous des papillons dans le ventre, jeune Orwell ? demanda-t-elle.

— Pas encore. Mais si c'était le cas et qu'ils indisposaient mon estomac, je suis certain que je viserai votre visage.

— Charmant, dit-elle en lui saisissant le coude. Allons vous vêtir en joli marié.

— Je suis très bien avec ma cape.

— Vous allez épouser Trenton, pas un paysan que votre père aurait arrangé pour vous. Quelqu'un par ici a probablement volé de luxueux vêtements la première fois que nous sommes venus.

— Et vous ne pouvez pas laisser votre butin inutilisé.

Dalia, ainsi que trois gardes, le conduisit dans une chambre, puis les gardes furent congédiés.

— Leur loyauté à Trenton est indiscutable, mais vous tenteriez les plus fortes volontés, dit Dalia. Ôtez vos vêtements et baignez-vous.

— Aucune chance que vous rejoigniez vos amis à l'extérieur ? demanda Sebastian.

Dalia attrapa un tabouret près du mur et s'assit près de la baignoire.

— Pour que vous trouviez une arme et tentiez de tuer Trenton ? Grimpez dans la baignoire, mon chou, et je promets que je ne ferai que regarder.

— Merveilleux, marmonna Sebastian.

Il tourna le dos à Dalia et se dévêtit. Il l'entendit inspirer quand il baissa son sous-vêtement et leva les yeux au ciel.

263

— Sérieusement, comment se peut-il que Caspian soit responsable de la moitié de cela ?

Sebastian plongea dans l'eau en espérant qu'elle cesserait de parler.

— Vous devez être la plus grande récompense de Cynthia. Blond, ces mêmes yeux verts, sa taille. Ça doit lui briser le cœur de vous regarder vous éloigner d'elle.

La curiosité l'emportant, il demanda :

— Pourquoi tenez-vous tellement à lui faire du mal ?

— La nuit où nous avons quitté Larnlyon, Trenton a tenté de persuader Caspian de partir à nouveau avec lui. Votre mère ne voulait pas. Enceinte de huit mois de son premier enfant et pointant son doigt sur la poitrine de Trenton comme s'il était un banal magicien. Je lui ai dit que si elle s'inquiétait que son bébé ait un foyer convenable, je réglerais le problème sur-le-champ avec mon poignard.

Sebastian fronça les sourcils en regardant Dalia.

— Une question. Aimiez-vous blesser les petits animaux quand vous étiez enfant ?

— Vous êtes drôle, Sebastian. Bien sûr, je ne l'aurais pas fait sans la permission de Trenton, mais cette salope l'a pris comme une menace réelle, continua-t-elle sans répondre à la question. Quand Caspian a suggéré que nous nous calmions avec un thé, j'aurais dû garder un œil sur ma tasse quand votre mère l'a poussée vers moi.

— Langue de Leadman ou racine noircie ? demanda Sebastian.

Dalia plissa les yeux.

— Vous avez empoisonné mes soldats, n'est-ce pas ?

— Personne ne m'a vu dans votre camp, alors bon courage pour le prouver. Qu'est-ce que ma mère a-t-elle glissé dans votre thé ?

— Racine noircie. Elle doit vous avoir bien instruit. Si vous rêvez de vous servir de ces compétences contre Trenton, je massacrerai toute votre famille.

— Vous devriez vraiment parler à un professionnel de ces violentes pensées que vous avez.

— Je suis pleine de pensées heureuses, car même si les lois Feys m'ont empêchée de lui nuire, aujourd'hui je peux lui faire du mal d'une autre manière. Lavez les restes de votre liberté, joli garçon.

Sebastian continua son bain, mais dans son esprit, il s'imagina Dalia crachant du sang noir, ravagée dans d'horribles crampes d'estomac. *Si seulement Mère avait utilisé une plus forte dose.*

— SUPER, TOUT ce que le Prince Turren a envoyé ce sont deux gardes royaux, dit Alice quand ces derniers furent jetés dans la pièce avec le reste de la famille. J'ai du mal à croire qu'il aime Sebastian.

— Nous sommes condamnés, dit Kraven.

— Ne faisiez-vous pas partie de l'escorte de Sebastian quand il est parti de chez Harold ? demanda Kevin.

— Oui, répondit le Lieutenant Adams.

Il jeta un œil aux gardes postés devant la porte.

— Ne sous-estimez pas le prince, il a toutes sortes de trucs dans sa manche.

— Qui est votre compagnon ? demanda Lord Orwell.

— C'est celle qui m'a tordu le bras quand je suis venu voir Sebastian. Si elle met encore une fois ses mains sur moi…, dit Kevin en s'avançant vers elle, mais Lord Orwell lui empoigna l'épaule.

— Tu auras davantage qu'un bras tordu, imbécile, siffla son père.

Il regarda les gardes et chuchota :

— Souviens-toi à quoi elle ressemblait alors et compare-la à maintenant.

Lord Orwell relâcha son fils et fusilla Adams du regard.

— Le Prince me déçoit fortement. Si nous réussissons à nous échapper, je n'autoriserai plus Sebastian à le revoir.

— Vous n'êtes pas raisonnable, mon Seigneur, répondit Adams. Le Prince Turren viendra avec une armée. Vous verrez.

— J'espère que vous avez un plan, chuchota Lord Orwell à Hooper.

— Non, répondit la reine tout en faisant retomber l'illusion et levant la main en direction de la porte.

À la fois, les gardes et la porte furent projetés hors de la pièce alors que les Orwell la fixaient.

— Mon opinion du Prince vient d'augmenter, mais s'il vous plaît, gardez à l'esprit que mes enfants sont répartis dans cet endroit, dit Alice.

— Cela pourrait prendre un certain temps pour les trouver, car beaucoup de gens arrivent, répondit la Reine Anne.

Elle enjamba le trou et ramassa l'une des épées tombées des gardes. Les Orwell la suivirent puis Lord Orwell s'approcha de la reine.

— Trouvez Sebastian, nous allons nous frayer un chemin parmi ces imbéciles.

— Trenton en a des centaines et Sebastian est le seul élémentaire parmi vous.

James haussa les épaules.

— Ce n'est un problème que s'ils nous attaquent tous en même temps. Ce bâtiment possède de nombreux étages, nous pouvons créer suffisamment de dégâts pour les distraire avant que l'aide arrive. Il y a probablement une armée entière à venir puisque vous êtes ici.

— Je vais vous prendre au mot puisque vous êtes les protecteurs de la forêt, répondit la Reine Anne.

Son pouvoir balaya une large bande, frappant les soldats qui venaient dans leur direction.

— Ce devrait être un bon début, dit-elle en courant dans le couloir.

— Ramassez les armes et cherchez tout ce que nous pouvons utiliser pour les sorts, dit Lady Orwell. Qui dit temples dit beaucoup d'herbes pour travailler.

Elle lança un sourire sinistre.

— Nous allons apprendre à ces enfoirés ce qui arrive quand on s'en prend à l'un d'entre nous.

LA CAPE de velours vert était drapée sur une chemise blanche et un pantalon qui moulait le corps de Sebastian. C'étaient les plus belles choses qu'il ait portées, pourtant il voulait les enlever. Même Cécilia ne l'avait jamais habillé comme une poupée. Un prêtre s'avança et lui prit la main.

— Je suis honoré de lier l'âme d'un élu à celle qu'il a choisie. Sera-t-elle le seul témoin ?

— Non, deux autres nous rejoignent, répondit Trenton en décrochant les doigts du prêtre de ceux de Sebastian.

Ce dernier tourna le regard quand les portes s'ouvrirent et que Féroas entra tenant May par la main.

— Je pensais que ce serait bien qu'elle nous remette les anneaux, sourit Trenton.

— Bien sûr.

Sebastian rendit le sourire au magicien, souhaitant qu'il ait rencontré le même destin que ses mercenaires dans la forêt. De toute évidence, il se servait de sa nièce afin de s'assurer qu'il ne ferait pas un dernier effort pour s'échapper. May semblait heureuse alors qu'elle serrait une petite poche contre sa poitrine.

— Quelle enfant charmante, s'extasia le prêtre ! S'il vous plaît, veuillez vous placer l'un près de l'autre et vous tenir la main.

Les deux hommes obéirent et la cérémonie commença.

— Placez une partie de votre aura dans ce bol, demanda-t-il alors qu'il soulevait un récipient rempli d'eau.

Trenton posa immédiatement ses mains autour du bol et ferma les yeux. Son pouvoir rouge ruissela dans l'eau et le prêtre fronça les sourcils à l'apparence de sang du liquide.

Sebastian détourna les yeux du sourire lumineux de May et tendit les mains vers le bol. Cela semblait étrange d'ajouter son aura à quelqu'un d'autre que Turren, mais il invoqua sa magie, qui se déversa dans l'eau. Le vert mélangé au rouge sang se transforma en un hideux brun.

— Maintenant, buvez pour combiner vos magies, dit le prêtre.

Il offrit le bol à Trenton qui but avidement.

Le prêtre se tourna vers Sebastian, qui prit une profonde inspiration avant de boire une petite gorgée de cette mixture sombre et peu ragoûtante. Leurs magies rampèrent dans sa gorge, son goût était pire que n'importe quelle potion qu'il

266

avait avalée. Avec empressement, il rendit le bol au prêtre qui semblait moins enthousiaste qu'au début de la cérémonie.

— Échangez les anneaux, je vous prie. C'est à ton tour, petite, murmura-t-il en adressant un clin d'œil à May.

May ouvrit son sac et en sortit un anneau. D'abord un rubis qu'elle poussa sur le doigt de Sebastian. Elle sortit un second anneau, un péridot ovale, et se rapprocha de Trenton. Celui-ci tendit sa main et May se jeta sur le magicien, plongeant ses dents dans son poignet. Du sang coulait sur son menton alors que Trenton la projetait au sol. Sebastian sauta devant elle avant que Trenton ou Féroas ne puisse l'attraper.

— Vous n'auriez pas dû lui faire faire cela, dit Sebastian alors que May enroulait ses bras autour de sa taille. Je ne laisserai pas ce méchant homme te faire du mal !

— Que se passe-t-il ? demanda le prêtre. Je ne finirai pas à moins de savoir que cet homme est consentant.

Trenton prit un mouchoir et essuya le sang sur son bras après l'avoir guéri.

— Vous allez finir ou je brûlerai ce temple avec vos gens et sa maudite famille à l'intérieur ! Féroas, emmène cette chienne avant que je la tue.

Celui-ci attrapa May par le dos de sa robe tout en la tenant loin de lui.

Trenton coinça l'anneau à son doigt puis fit signe au prêtre.

— Continuez !

Ce dernier regarda Sebastian puis May. Il soupira et poursuivit.

— Trenton Keyes, acceptez-vous de prendre Sebastian Orwell comme époux ?

— Oui.

Le prêtre se tourna vers Sebastian.

— Sebastian Orwell, acceptez-vous de prendre Trenton Keyes comme époux ?

— Pas particulièrement, mais je ne peux pas dire non, répondit-il, ne voyant aucun intérêt à continuer de jouer la comédie.

Des cris et des bruits de course éclatèrent dans le couloir et Trenton serra les dents.

— J'y vais, annonça Dalia. Mes condoléances, sire Orwell, pour le membre de votre famille que vous êtes sur le point de perdre.

Quand elle s'éloigna, Sebastian l'entendit murmurer :

— Grands dieux, faites que ce soit sa mère.

— J'espère que vous mourrez ! cria May du fond de la salle.

Féroas la secoua, mais elle continua :

— J'espère que vos bourses tomberont et que vous attraperez la peste !

— Sebastian ! gronda Trenton.

267

— May, dit Sebastian à sa nièce. Je te remercie d'être courageuse et de tenter de me sauver, mais te voir blesser me rendra plus triste que de me marier avec Trenton.

— Très bien, murmura May. Mais c'est toujours un connard.

— Charmant, dit Trenton.

Quand il eut finalement le silence, le prêtre continua, les épaules affaissées, et bénit leur union, sans conviction.

— Vous êtes à présent liés par le mariage.

Trenton saisit la main de Sebastian, son mari, et le traîna hors de la pièce. Le couloir était dégagé, mais ils entendaient encore crier et davantage de bruit provenant de l'extérieur.

— Où se trouve le lit le plus proche ? demanda Trenton à ses gardes.

— La chambre d'un prêtre est à seulement quelques portes de là, répondit un mercenaire en fixant le visage de Sebastian. Deuxième porte sur la droite.

Trenton empoigna Sebastian qui, bien que sachant le danger qu'encourait sa famille, ne put forcer ses pieds à aller vers cette chambre.

— Arrête ça !

La magie l'enveloppa et il fut jeté dans la pièce. Frappant le sol, il glissa un petit cylindre de métal dans sa main. Heureusement, Dalia ne l'avait pas vu le sortir discrètement de ses vêtements et l'emmener dans la baignoire. Il s'était trouvé avec l'anneau de Turren dans sa poche de pantalon. Trenton le remit sur pieds et l'euphorie déferla sur lui. *Il n'y a rien de mal à être dans les bras de Trenton. May a fait sa mal élevée, comme d'habitude, et j'ai dû la calmer.* Tandis que ces nouvelles pensées envahissaient son esprit, Trenton le mena jusqu'au lit et le poussa sur le matelas. Il s'étendit au-dessus de lui, pressant leurs bouches l'une contre l'autre, glissant ses mains le long de son corps.

Ne le laisse pas trouver l'anneau. Cette pensée brisa le sortilège comme de l'eau l'inondant. Il haleta alors que ses sens lui revenaient, ce qu'apparemment, Trenton prit pour du plaisir et il lui embrassa la clavicule. Sebastian ferma les yeux afin qu'il ne sache pas qu'il était libre et frottât le cylindre dans sa paume. Il s'allongea alors qu'il le faisait tourner, une pointe acérée sortant à son extrémité. Elle était encore petite et avait les moyens de s'effiler alors Sebastian endura Trenton qui capturait ses lèvres et bougeait ses hanches contre les siennes. Sebastian frotta plus vite sans se soucier que Trenton le surprenne. La pointe fine, aussi longue qu'une aiguille à tricoter, atteignit sa pleine longueur et Sebastian saisit l'extrémité. *Poignarder Trenton derrière l'oreille est la seule façon pour moi de vivre.* Il ouvrit les yeux et sourit, faisant bouger ses hanches avec celles du magicien et suçant sa langue. Quand Trenton gémit dans sa bouche, Sebastian fit remonter son autre bras jusque dans le haut de son dos.

XXXVI

— Pourquoi n'êtes-vous pas avec Sebastian ? demanda Lady Orwell à la Reine Anne tout en lançant des flèches et des attaques magiques de l'autre côté de la salle de réception du temple.

La tête de la reine surgit de derrière la table et elle jeta une autre boule de feu bleue sur les soldats de Trenton.

— Je suis tombée sur une chambre gardée et j'y ai trouvé trois enfants. Je pensais que c'étaient vos petits-enfants.

— Trois ? cria Alice. Brennan, May, Terrian, Broden !

Quand seuls trois enfants répondirent, davantage de flèches volèrent en direction des soldats.

— Repliez-vous ! Ce sont des monstres ! cria quelqu'un de l'autre côté.

— La ferme et continuez de vous battre ! ordonna Dalia alors qu'elle lançait un objet fumant vers les Orwell.

Diana leva la main et l'objet fit en embardée avant de retourner vers les soldats. Des cris remplirent l'air tandis que la fumée brûlait tous ceux qu'elle touchait.

— Ce n'est pas la plus brillante des lumières magiques formées.

— Vous les surpassez en nombre, crétins ! hurla Dalia. Écrasez-les et finissez-en avec ça.

Un groupe se rua sur eux, mais Mernon se redressa, dix flèches dans la main, les tirant les unes après les autres sans interruption.

— Mernon Le Noir, le plus grand assassin de Larnlyon ? s'exclama Dalia avant que la hache d'Alice ne lui fracasse le front.

Alice jeta un regard noir à son mari.

— Affaires ou plaisir ?

— Affaires, répondit Mernon. Elle me l'a proposé, mais je trouvais le trafic d'organes dégoûtant. Je veux dire, qui a envie de toucher des globes oculaires et des cœurs toute la journée ? Je me contente de poignarder une personne et de passer mon chemin.

Lorsque Dalia fut tombée, les autres soldats baissèrent leurs armes et s'enfuirent.

James se leva et croisa les bras.

— La partie assassin n'est pas une nouvelle pour toi, Alice.

— Ce n'est en rien tes affaires, James, répondit Alice. Gardez tous le silence à ce sujet.

— Pourquoi t'appellent-ils Le Noir ? demanda Kevin, ignorant sa sœur.

Mernon se gratta la tête.

— Rien de spécial. Tout le monde dans l'Ordre a Le Noir ajouté à son nom.

Lord Orwell fronça les sourcils.

— Suis-tu les règles de la confrérie ?

— Bien sûr. Pas d'enfants ni d'innocents.

Lord Orwell haussa les épaules.

— Ça me va. Personne n'est parfait, asséna-t-il en frappant le dos de son gendre.

— Je ne comprends pas, dit Pratchett. Si tu es un célèbre assassin, pourquoi la laisses-tu te mener à la baguette ?

— Ça s'appelle sauver les apparences, répondit Alice. Personne ne croirait qu'il est un meurtrier quand ils nous voient ensemble.

— Qu'en est-il de ces pipelettes ? demanda Pratchett en désignant les enfants qui étaient à présent accrochés aux jupes de leur mère.

— Nous leur disons que chaque fois que nous nous disputons, nous exprimons notre amour l'un pour l'autre. Personne ne doit le savoir ou les méchants leur enlèveraient leur papa, expliqua Mernon.

Broden se pencha en avant et chuchota :

— Ils viendront aussi si nous ne mangeons pas nos légumes.

La mâchoire de James se décrocha.

— Sérieusement ? demanda-t-il à sa sœur.

— Ne me juge pas, dit Alice. Leurs cheveux et leurs ongles sont aussi brillants que possible.

Pratchett ricana.

— Je suis une horrible personne et je te juge.

Lord Orwell frappa dans ses mains.

— Plus de querelles. Allons trouver le reste de notre famille.

— Par où commençons-nous ? demanda Kevin lorsque sa famille passait prudemment la tête par la porte.

— Voilà ce qui arrive quand des scélérats entravent le véritable amour ! cria une femme à leur droite.

La Reine Anne pointa son épée en direction de la voix.

— Je ne sais pas qui c'est, mais je l'aime bien.

Kevin sourit.

— Emily. Peut-être que mon mari est tout près aussi. Après vous, Votre Majesté.

Kevin et elle coururent dans le couloir tandis que Pratchett secouait la tête.

— Je ne veux jamais tomber amoureux.

270

Les Orwell leur emboîtèrent le pas, mais Kevin et Anne s'arrêtèrent à un angle du couloir. Des flèches volaient de tous les côtés, tandis que dans l'autre couloir, Démétrius et Kraven bourraient frénétiquement des bouteilles de chiffons et y mettaient le feu. Une fois les bouteilles enflammées, ils les jetaient dans le couloir ou à l'extérieur. Ophélia, assise derrière Kraven, leur donnait les instructions afin de les jeter au bon moment. Emily et Rebecca, revêtues d'armures volées, gardaient une entrée du couloir tandis que Luke gardait l'autre.

— Nous pourrions utiliser les flèches, hurla Luke à son mari.

— En route ! cria Kevin.

Il prit l'arc et le carquois d'un mercenaire mort, se tenant à l'extrémité du couloir, Alice dans son dos.

— Je vise haut, tu vises bas, chuchota-t-il.

Alice acquiesça et s'agenouilla à ses côtés. Tous les deux encochèrent les flèches et Kevin décompta silencieusement à partir de trois. À *un*, ils tirèrent d'un côté, reculèrent, puis tirèrent de l'autre côté.

La Reine Anne ramassa deux boucliers sur des morts et courut dans l'angle. Avec les boucliers pointés dans les deux directions des attaques, du feu ondoya de son corps alors qu'elle psalmodiait. Deux chiens de feu bleu se formèrent et s'élancèrent des deux côtés. Il y eut des cris de fuite et des bruits des bottes battant en retraite. Kevin jeta un œil dans le couloir et le vit se vider rapidement.

— Avez-vous trouvé Sebastian ? demanda Kraven alors qu'il lançait une autre bouteille par la fenêtre.

— Non, répondit Lord Orwell. Il doit être à l'étage supérieur. Sur qui jettes-tu cela ?

Il s'avança aux côtés de son fils et regarda par-dessus son épaule. Les soldats de Trenton étaient éparpillés, tentant d'éviter les bouteilles explosives, sans pouvoir atteindre l'entrée.

— C'est intelligemment pensé.

— Je sais, répondit Démétrius. Je ne sais pas comment gagner l'étage. Nous avons besoin de force pour tenir le couloir afin que personne ne nous prenne à revers et nous avons besoin de la reine pour combattre Trenton.

— Démétrius ? appela Kraven. Soit j'ai bu beaucoup trop de liqueur, soit c'est le mari de Cécilia.

Il attira l'attention sur la fenêtre et alors que les Orwell le rejoignaient, une bande de trolls se lançait sur les mercenaires.

— Oui, c'est lui.

— Je ne sais pas combien de temps il leur faudra pour nous rejoindre. Il y a encore une force importante là-bas, dit Lady Orwell.

Des bruits de bottes martelant le couloir les firent courir vers le milieu. En armure brillante, le Capitaine Pembrost menait les nouveaux arrivants et la reine lui fit signe de continuer.

— Nous allons à l'étage, dit Kevin.

— Attendez! cria le capitaine alors que les Orwell se tournaient pour partir. Avez-vous vu le Prince?

Lord Orwell fronça les sourcils.

— Vous venez d'arriver et vous avez déjà perdu le prince? Vous êtes le pire baby-sitter du monde.

Le Capitaine Pembrost grogna de frustration.

— Je n'ai pas le temps pour cela.

Il dépassa les Orwell en courant et monta les escaliers.

LA POINTE de l'aiguille touchait presque le cou de Trenton au moment où Sebastian ajustait sa prise. Juste là, c'était l'endroit idéal. Brusquement, Trenton fut éjecté de lui et Sebastian rangea la pointe dans sa manche. Trenton se tourna et fit face à la porte lorsqu'une partie du mur fut soufflée. Turren entra dans la pièce, son épée dégainée.

— Éloigne-toi de lui, connard!

La tête de Sebastian retomba sur l'oreiller et il se couvrit le visage. *Si près de le tuer et Turren choisissait cet instant précis pour se montrer?* Il s'assit et sauta du lit.

Trenton fronça les sourcils.

— Tu n'es plus sous mon sort.

Sebastian leva les yeux au ciel et sortit l'anneau de sa poche.

— Vos hommes sont nuls pour fouiller les prisonniers.

— Ce n'est pas grave, assura Trenton. Il va mourir, tu n'espéreras plus jamais.

Si je le blesse, Turren et moi pourrions peut-être lier nos magies pour en finir avec lui. Mais pour que cela fonctionne, il avait besoin d'une ouverture.

— Ma famille est-elle saine et sauve? demanda-t-il à Turren, espérant distraire Trenton.

— Ils ont tous été retrouvés. J'ai confié May à l'un de nos magiciens, les autres sont avec ma mère.

Puis il visa Trenton avec son épée.

— Comment avez-vous osé forcer Sebastian à vous épouser! Il est gentil, doux, héroïque, il ne ferait jamais quelque chose d'aussi affreux que…

Sebastian se précipita sur Trenton et le poignarda dans le cou. La pointe n'atteignit pas l'endroit mortel et les yeux de Trenton brillèrent de rage. De la magie pure le frappa, le claquant contre le mur. Il glissa au sol, assommé.

Une puissante masse magique afflua où se tenaient Trenton et Turren. Une lueur rouge emplit la vision de Sebastian.

— Turren, cours, chuchota-t-il.

Une lumière blanche vacilla près de sa gorge, il lutta pour se déplacer. Il toucha l'amulette et une chaleur emplit sa main. Une entité si vaste qu'elle fit

272

chanceler sa respiration envahit son esprit. Elle s'empara de sa magie et au lieu des bois et des plantes avoisinants, ce fut la vie de toutes sortes qui répondit aux magies combinées.

Comme l'homonyme de l'amulette, chaque source de vie de ce château était aux ordres de Sebastian. Il pouvait imprégner les épuisés de pouvoir, ou arrêter n'importe quel cœur de battre. Il leva les yeux, Trenton le fixait, une expression émerveillée sur le visage. *Oh, Seigneur, il le sent aussi.* La longue aiguille abandonna le cou de Trenton et la plaie commença à se refermer. Sebastian tendit la main afin que le pouvoir fasse cesser de battre le cœur du magicien, mais une barrière le bloqua. Malgré son échec, la magie se déversa de l'amulette et, à travers leurs auras liées, il sentit Trenton soumettre la magie à ses ordres. Le magicien pointa le doigt vers Turren et la vie s'échappa du cœur du prince.

Non! Ce n'est pas ce que je veux! Sebastian serra l'amulette, espérant que cette maudite chose l'écouterait. *La mort de Turren est la dernière chose que je souhaite. Tu es autour de mon cou! Fais ce que je dis!*

Une lueur bleue crépita au bout de l'épée de Turren. Comme celle de la Reine Anne, la magie de Turren enflammait son arme, mais les flammes du prince étaient plus larges et plus longues.

— Turren! Baisse cette maudite épée et protège ta vie! cria Sebastian.

Turren se frotta la poitrine en grimaçant, son regard passant de Trenton à Sebastian. Il secoua la tête.

— Il n'a pas le droit de te faire du mal comme ça.

Les flammes moururent et Turren trébucha.

La pièce devint floue alors que Sebastian luttait pour se relever. *Je ne vais pas laisser ce connard arrogant m'enlever Turren. Et tu ne te serviras pas de moi pour le faire.* Sebastian tira sur la chaîne de l'amulette en se moquant qu'elle lui érafle méchamment le cou. *Lâche-moi!* L'étrange entité dans son esprit prit un ton interrogatif, comme un enfant qui ne savait pas ce qu'il avait fait de mal. *Peu importe ce que tu es, tu es en train de tuer l'homme que j'aime!* Quelque chose l'agrippa de l'intérieur, ce fut comme si son esprit était mis à l'arrière d'une calèche tandis qu'une mystérieuse silhouette blanche prenait les rênes de son corps. Durant ce bref instant, elle regarda au travers des yeux de Sebastian et sentit sa haine pour Trenton. Elle sentit aussi son amour pour le prince qui se tenait sur ses jambes tremblantes. Sebastian cligna des yeux et il reprit à nouveau totalement le contrôle de son corps. *Bon sang! Qu'est-ce que…* Il s'effondra à genoux et rejeta la mixture brune d'aura qui le reliait à Trenton. Quand les nausées cessèrent, il saisit l'amulette et déversa l'énergie vitale drainée de Turren.

Trenton lui jeta un regard noir.

— Je vais utiliser ma propre magie pour en finir avec lui.

— Allez vous faire voir! dit Sebastian en levant la main et la dirigeant vers le sorcier.

Comme une bougie qui s'éteint, l'amulette devint noire et la magie du monde au bout de ses doigts disparut. Il cligna des yeux.

— Sérieusement ?

Putain, je veux que tu fonctionnes et tu t'éteins ?

— Sebastian, mon adoré, quand je m'occuperai de toi, tu souhaiteras être toujours sous ce sortilège d'amour, dit Trenton alors que le sol cédait sous la force de son pouvoir.

Alors que Sebastian le fixait, les jambes de Turren se stabilisèrent et il rugit, les flammes de son épée brûlant de nouveau. L'épée embrasée devint un incendie qui bloqua la magie de Trenton. Turren lança sa lame vers le sorcier, une ligne magique jaillissant de l'épée. Les flammes traversèrent Trenton et vinrent s'écraser contre le mur. Il y eut un fort craquement et le mur s'écroula. Trenton tomba au sol en deux morceaux.

— Bastian ! cria Turren en laissant tomber son épée.

Il courut vers lui et s'affala près de lui.

— Tu vas bien ? Je suis désolé, il a failli me vaincre. Tu as heurté le mur si violemment, je ne pouvais plus penser correctement.

Ses yeux parcoururent les cheveux de Sebastian.

— Est-ce que tu vas bien ?

Des larmes emplirent ses yeux, Sebastian soupira.

— Je l'avais, idiot. Pourquoi dois-tu toujours employer les grands moyens ?

Turren sourit d'une oreille à l'autre.

— Tu vas très bien.

Il fronça les sourcils.

— Je crois que j'ai utilisé beaucoup trop de magie.

Ses yeux roulèrent dans leurs orbites et il s'évanouit.

Sebastian chercha rapidement son pouls. Le cœur du prince battait farouchement et pour prouver que son inquiétude était infondée, Turren commença à ronfler. Sebastian secoua la tête, grimaçant quand la douleur lui martela les tempes.

— Comment peux-tu être si idiot ?

Il se pencha et l'embrassa tendrement.

— N'est-ce pas la chose la plus romantique que tu aies jamais vue, James ? demanda Kevin depuis l'encadrement de la porte.

— Le prince et son adorable grincheux, répondit James en hochant la tête. Ils écriront des contes sur ces deux-là.

— La ferme, que quelqu'un vienne me soigner, grogna Sebastian.

— Tout de suite, mon Seigneur, répondit Kevin.

Puis hurlant dans le couloir :

— Sebastian va bien, il partage un moment d'intimité avec le prince !

— Quoi ! cria Alice, outrée.

— Ce n'est rien, maman, dit May. Le prince a battu ce connard alors il a le droit d'embrasser Oncle Sebastian.

— Je me fiche qui il a battu !

Alice pénétra dans la pièce, une flèche encochée, et baissa les yeux sur les deux hommes. Elle leva les yeux au ciel et frappa Kevin à l'arrière de la tête.

Pratchett se fraya un chemin dans la pièce et siffla en voyant le corps de Trenton.

— Il se peut que Sebastian épouse un homme pire que Mernon Le Noir.

— De quoi parles-tu ? demanda Sebastian.

James sourit.

— C'est une conversation que nous aurons en privé. Par ailleurs, Cécilia est là et elle est plus folle qu'un frelon que nous l'ayons tenue à l'écart de l'affaire Trenton.

— Je pensais que le travail aurait commencé maintenant, dit Sebastian.

— Il l'était, répondit Kevin. Mais elle était si inquiète à notre sujet qu'elle a obligé Bérados à ensorceler une calèche afin de les transporter, elle et le bébé, sans les bousculer.

— Je ne sais pas si je dois être flatté ou effrayé.

Pratchett ricana.

— Avec elle, je choisis toujours le dernier.

XXXVII

SEBASTIAN ÉTIRA ses mains au-dessus de sa tête tandis que la Reine Anne transférait son énergie à Turren.

— Merci d'être venue pour moi.

La Reine Anne sourit.

— Mon garçon vous aime éperdument, et je vous apprécie. Nous ne nous le serions jamais pardonné si nous avions échoué aujourd'hui.

— Je ne glorifie pas la mort en temps normal, mais la façon dont Turren l'a fendu en deux me laisse satisfait.

— Le plus ridicule dans toute cette situation c'est que ce lien de l'âme n'aurait pas fonctionné longtemps, dit Lord Orwell d'une chaise à proximité. J'ai tenté de lui dire, mais Trenton n'écoutait que lui-même.

Turren ouvrit les yeux et sourit faiblement.

— Je ne rêve pas. Tu es sain et sauf?

Sebastian lui caressa les cheveux.

— Oui, stupide casse-cou, je vais bien.

— Je ne suis casse-cou que si j'échouais. J'ai réussi, c'est donc de la bravoure.

— Pas seulement brave, dit Lord Orwell. Je craignais qu'aucun de nous ne puisse battre Trenton, mais vous m'avez surpris, jeune homme. Si vos intentions envers mon fils sont honorables, je respecterai vos souhaits.

— Laissez les choses entre nos fils suivre leur cours naturel au lieu de tenter de forcer une union, intervint le Roi Harris.

— La réputation de mon fils est probablement ruinée par ce mariage grotesque. Nous savons peut-être que Trenton a kidnappé ma famille et menacé de tuer les prêtres, mais les autres parleront. Il n'y a pas énormément de milieux notables qui voudraient de mon fils après cela.

— Sebastian est innocent, je ne laisserai pas les rumeurs se propager, dit Turren en se redressant. Mais – il plaça la main de Sebastian dans la sienne – je te donnerai tout le temps dont tu as besoin, parce que je ne te forcerai jamais à m'épouser.

— Je sais, répondit Sebastian.

Il l'embrassa tendrement et fouilla dans la poche de son pantalon. Sa cape n'avait pas été retrouvée, mais ses vêtements étaient avec les affaires des Orwell. Il sortit l'anneau en saphir et le passa à son doigt.

— C'est pourquoi j'accepte ta proposition.

— Attends une minute. Depuis combien de temps as-tu cet anneau ? demanda Lady Orwell.

— Avant que l'ancien ami de Père nous rende visite.

Lady Orwell cilla.

— Tu as reçu une proposition d'un prince et tu avais besoin d'y réfléchir ?

Elle le fixa tout en secouant la tête.

— Pourquoi me dévisagez-vous ?

— J'essaye de découvrir où ton père et moi avons échoué dans ton éducation.

À PRÉSENT qu'ils étaient tous les deux sur pieds, Sebastian devait aller voir Cécilia. Il avait besoin d'une cape pour aller dehors.

— Sebastian ?

— Hum ? marmonna-t-il.

Turren ôta sa robe royale et la posa sur ses épaules.

— Est-ce que cela te dérange ?

Sebastian secoua la tête et Turren noua la robe.

Elle était lourde et bordée de fourrure. Il tira la capuche sur sa tête, Turren attrapa les extrémités. Des symboles dorés apparurent sur le vêtement puis disparurent. Sebastian effleura le sortilège de sa magie, il était identique au travail d'Ophélia.

— Tu n'as rien modifié, tu ne peux toujours pas me voir.

— Le choix de qui peut te voir t'appartient, et bien que j'aie créé le nouveau sort, je devais avoir ta permission. Mais comme je n'ai pas augmenté sa magie, je peux toujours te toucher, dit Turren en lui caressant la joue.

— Ah, voilà mon prince désobéissant.

Sebastian sourit sous sa capuche. Il lui saisit la nuque et l'embrassa, ôtant ainsi le souvenir des lèvres de Trenton.

— Allons rencontrer la dernière des Orwell.

— EUH, SEBASTIAN, que fais-tu ? demanda Turren en regardant par-dessus son épaule alors que celui-ci fouillait les poches des soldats morts dispersés.

— Les mercenaires traversent de nombreux pays, ce qui rend difficile de retrouver les propriétaires de leur butin. Leur trésor est habituellement distribué entre les personnes qui les ont tués.

— Tu n'as jamais semblé intéressé par les bijoux avant, dit Turren.

— Ce n'est pas pour moi, répondit Sebastian en passant à un autre corps. Ah ha !

Il leva un large anneau en émeraude.

— Ça fera l'affaire.

Il se redressa au moment où des bruits de pas pénétrèrent dans le couloir.

— Que faites-vous ici ? demanda Lord Orwell.

Sebastian fronça les sourcils à la vue de son abdomen élargi.

— Pourquoi ne suis pas surpris que vous voliez pour vivre ?

— Je te demande pardon ?

— Ce sont des bouteilles de liqueur et je suis pratiquement sûr qu'elles appartiennent au temple. Ils ont été contraints d'aider Trenton, vous n'avez aucune raison légitime de les voler.

— Si j'en avais une, elles ne rembourreraient pas mon manteau. D'un autre côté, ces scélérats ont beaucoup sur eux pour couvrir les dommages.

Turren les observa et fronça les sourcils.

— Je pense que nous devrions aller voir ta sœur pendant que j'ai encore la possibilité d'un démenti plausible.

— C'est plus sage, répondit Sebastian.

SEBASTIAN FRAPPA à la porte de la calèche et son beau-frère les invita à entrer. À l'intérieur, une faible lueur magique éclairait Cécilia, assise contre le cadre de lit, son bébé dans les bras. Même si peu de temps après avoir donné naissance, elle était magnifique : des yeux violets, des cheveux ébène hérités du côté de leur père et un petit corps qui cachait une personnalité aussi forte que celle de Diana.

— Tu as battu ton record, Sebastian, dit-elle.

— Dix ans sans tentative d'enlèvement, répondit-il en haussant les épaules. Père porte le blâme de cet incident.

— La crapule est devenue un homme.

Elle lui adressa un sourire narquois tout en regardant Turren.

— De larges épaules et tout. Mais mon mari est plus grand.

Bérados tendit la main à Turren par-dessus les jambes de Cécilia sans déranger leur bébé.

— Je suis Bérados, du clan Brog.

Turren la serra chaleureusement.

— Je serai éternellement reconnaissant envers votre clan pour votre parfait minutage. Je ne sais pas si nous l'aurions sauvé à temps.

— Elle était sûre que vous étiez en danger et même si quelques-uns des Orwell peuvent être insensibles, aucun n'aurait manqué son premier accouchement.

Sebastian acquiesça.

— Même Diana a été à tous les accouchements d'Alice.

— Ce qui me ramène à vos fesses. Comment avez-vous osé me laisser dans l'ignorance ? La vision de mort d'Ophélia se réalise et pas un seul fichu message.

Les lèvres de Cécilia tremblèrent.

— Toute ma famille aurait pu être tuée et l'on me laisse penser que Pratchett est trop ivre pour quitter la maison.

Sebastian se pencha et regarda attentivement sa nouvelle nièce. Elle avait les pommettes plus larges qu'humaines et les taches de rousseur de son père.

— Ne sois pas si négative et dis-moi son prénom.

Le sourire de Cécilia réapparut.

— Mabel, comme la tante de Bérados. Ils sont fermés pour le moment, mais elle a les yeux bruns tachetés d'orange de Tatie. Ils me rappellent les pierres près du lac que Diana chipe pour ses potions de guérison. Tant d'heures de travail seule, mais elle en vaut la peine.

Sebastian fronça les sourcils.

— Ils t'ont probablement gâtée, car ils se sentent désolés que nous n'ayons pas été là.

— J'étais sur le point d'être gâtée, mais vous rustres ne répondiez pas aux miroirs, siffla-t-elle et le bébé se réveilla en pleurant.

— Laisse-moi la tenir, dit Bérados en tendant les bras.

— Tu as voyagé sans arrêt depuis des jours puis tu as livré bataille. Sebastian doit prendre ses responsabilités, déclara Cécilia.

— Non, répondit son frère. Nous ne sommes pas dans un moment de quiétude.

— Qu'est-ce qu'un moment de quiétude ? demanda Bérados.

— J'ai été forcé de le faire quatre fois. Bérados a l'endurance d'un troll. Il s'en sortira très bien pour la tenir.

— Sebastian, enlève ta capuche ! ordonna Cécilia alors que les cris de Mabel redoublaient.

— Très bien !

Il ôta sa capuche et Mabel se tut instantanément. Elle fixa Sebastian, émerveillée, et Cécilia poussa un soupir de soulagement.

— Wow, s'exclama Bérados. Je ne l'ai jamais vue se calmer aussi vite.

— Ça dure jusqu'à ce que les enfants aient cinq ou six ans, puis Sebastian devient un oncle comme les autres, expliqua Cécilia. Ça fonctionne encore mieux quand il les tient dans ses bras. Tu peux la prendre, Sebastian, et nous laisser dormir, dit-elle en lui tendant son enfant.

Sebastian soupira et prit prudemment le minuscule bébé.

— Je ne le fais gratuitement qu'aujourd'hui.

Cécilia éclata de rire.

— Oh, non petit frère, tous ces drames méritent au moins une année de moments de quiétude. Et si je devais à nouveau être en travail et que vous tous n'êtes pas là, il vaudrait mieux que la moitié d'entre vous aient des membres en moins. Maintenant que la question est réglée, que m'avez-vous apporté comme cadeau de naissance ?

Turren cligna des yeux.

— Je n'ai rien.

— Fouille dans la poche intérieure de la robe, dit Sebastian.

Turren obéit et sortit la bague en émeraude.

— Oh !

XXXVIII

— Ses cheveux sont bien, Cécilia. Cesse de les tripoter, dit Kevin tandis qu'ils apposaient la touche finale à Sebastian.

— Je n'ai pas besoin des conseils de quelqu'un qui se coupe les cheveux à ras juste parce qu'il est trop fainéant pour s'en occuper, répondit-elle avant d'à nouveau faire face à Sebastian. Maintenant, souviens-toi, lève les mains lentement, tiens le haut de ta capuche quelques secondes puis abaisse-la. Je veux que tout le monde meure d'impatience.

— C'est un mariage, pas un carnaval, répliqua Kevin.

— Ce sera la seule fois où Sebastian se révélera devant une si grande foule, dit Lord Orwell. Ne sois pas rabat-joie.

— Père, pourquoi ne dites-vous pas la raison pour laquelle vous voulez que tout le monde soit excité ? demanda James.

— Je vais faire taire tous ceux qui nous appellent escrocs et disent que mes enfants sont banals. C'est une occasion spéciale.

James leva les yeux au ciel.

— Plus les gens seront excités, plus ils parieront d'argent. Qui sait combien d'or sera en jeu, au moment où tu remonteras l'allée, en prenant out ton temps, tu ajoutes les paris tardifs.

Sebastian regarda son père.

— Vingt pour cent.

— Quoi ? cria Pratchett. C'était mon idée !

Lord Orwell foudroya James du regard.

— Toi et ta grande bouche.

— Pourquoi devrais-tu avoir vingt pour cent ? demanda Rebecca. Tu vas marcher en ligne droite alors que nous faisons tout le travail.

— C'est mon visage, il y a pas mal d'ivrognes riches là-bas. Qui sait combien ils sont prêts à perdre.

— Quand je parie sur les courses de chariots, je ne reverse pas une partie de mes gains aux pilotes si mes paris rapportent.

— Et tu as déjà ton prix, ajouta Démétrius. Un prince et une vie de château.

— Je peux passer la tête par la porte là toute de suite, comme ça, le résultat sera juste pour tout le monde, dit Sebastian.

— Nous sommes plus nombreux et je peux t'attacher plus vite que tu ne peux utiliser tes plantes, dit Lord Orwell.

— Je me fiche de ce que vous faites, mais si ses vêtements ou ses cheveux sont froissés, vous allez tous le payer, promit Lady Orwell. Sebastian, prends quinze pour cent et comporte-toi bien.

— C'est encore trop, dit Pratchett.

— C'est à prendre ou à laisser, répondit leur mère. Je ne conseillerai jamais à mes enfants de jeter l'argent par les fenêtres même s'ils épousent la royauté.

— Nous acceptons le marché, dit Démétrius. Mais tu ferais mieux de le faire convenablement.

Sebastian sourit.

— Je sais ce que je fais.

Cécilia ajusta une nouvelle fois les robes de Sebastian et plaça soigneusement la capuche sur sa tête. Parfait, assura-t-elle.

— Pas encore.

Lady Orwell tendit ses mains en coupe et les posa sur le torse de son fils.

— Quelque chose d'emprunté.

Elle enleva ses mains et sa broche d'apothicaire fut cousue sur la robe blanche immaculée.

— C'est du plus bel effet, dit Cécilia.

Alice appela ses enfants qui tenaient compagnie à Mabel et Bérados.

— Alignez-vous devant la porte.

Les enfants se rassemblèrent et May les battit à la course pour prendre une place devant. Tous les quatre agissaient en tant que pages, jetant des pétales de fleurs.

Il y eut un coup à la porte.

— Êtes-vous prêt, monsieur pas-si-grincheux-aujourd'hui ?

— Vous n'allez pas continuer à m'appeler par ces surnoms loufoques quand j'aurai épousé Turren, si ? demanda Sebastian.

— Si, répondit Adams sans aucune hésitation.

Sebastian soupira.

— Oui, je suis prêt.

— Je vais leur dire de démarrer la musique.

Ils entendirent des bruits de pas précipités et Démétrius secoua la tête.

— Ses taquineries te rappelleront quand tu étais à la maison. Tu sais que nous te manquerons.

— Bonne chance pour me le faire admettre, répondit Sebastian.

Il se leva et attendit que Kevin attrape l'extrémité de sa longue robe.

Les trompettes résonnèrent et Alice ouvrit la porte.

— Merde, murmura-t-elle.

Elle courut vers Sebastian et le serra dans ses bras.

— Bonne chance, petit con.

Elle embrassa le côté de sa capuche et retourna derrière ses enfants.

— Wow, qui aurait deviné qu'elle avait une âme ? demanda Pratchett et Diana le frappa à l'arrière de la tête.

— La ferme, dit-elle.

Les yeux de Kevin et James étaient écarquillés, mais les deux hommes ne dirent rien, ils ne voulaient pas être frappés eux aussi.

Un par un, les Orwell sortirent dans le couloir où ils retrouvèrent le reste de la famille. Ophélia se devait d'être en compagnie de sorciers élevés au rang de chevalier pour une si grande occasion, tout comme Ellie, qui berçait sa petite prophétesse contre sa poitrine.

— Notre garçon a-t-il déjà pris peur ? demanda-t-elle en passant le bébé à James.

— Un peu nerveux au début, mais je l'ai distrait en arrachant l'argent des mains de Père.

Ellie rengaina son épée et chercha un faux pli dans sa plus belle robe d'aubergiste.

— Que c'est gentil de ta part.

Elle se dressa sur la pointe des pieds et embrassa son mari.

— Cela fait une éternité que nous n'avons pas montré le réel pouvoir de la Rangée des Magiciens.

Elle se tourna vers les trois autres aubergistes qui mettaient eux aussi les dernières touches.

— C'est l'heure de la magie !

Les quatre aubergistes invoquèrent leur magie.

— James et Ophélia, au centre.

Ils formèrent un carré autour des deux Orwell et marchèrent derrière Alice.

Rebecca tendit son bras et Emily enlaça leurs coudes. Les deux femmes portaient des épées d'escrimeuses à leurs côtés, mais Emily avait un masque décoratif attaché à sa garde. Elles s'avancèrent, Diana et Démétrius suivirent. D'un air abattu, Kraven rejoignit Pratchett, qui lui tapota le dos.

— Allez. Démétrius est tout le temps largué, ne le prends pas personnellement. Tu n'y peux rien si maintenant, tout le monde pense que tu es un fou suicidaire qui s'attaque à des magiciens maléfiques. C'est la faute de Père, il a exagéré les rôles de chacun.

— J'ai même promis de ne jamais me retrouver à nouveau pris dans une aventure, mais elle a dit que c'était ce que disaient tous les faiseurs de veuves.

— Ne t'inquiète pas. La vie continue, tu prouveras à tout le monde que tu es aussi ennuyeux que jamais et tu tomberas amoureux d'une personne encore plus ennuyeuse que la première.

— Pratchett, je pense que la raison pour laquelle je ne te déteste pas n'est pas parce que tu es de mon sang, mais parce que, honnêtement, c'est plus fort que toi.

— Tout comme je te pardonne d'être ennuyeux.

Pratchett sourit et traîna Kraven dans le couloir.

— Allez, souris ! Je te paierai les meilleurs verres ce soir avec mes gains.

Bérados s'inclina devant sa femme et tendit son bras. Cécilia lui adressa une révérence d'une seule main, Mabel gloussant à la descente. Cécilia se redressa et Bérados la serra dans ses bras.

— Ne trébuche pas, dit-elle par-dessus son épaule alors qu'ils s'éloignaient.

Sebastian inspira et son souffle vacilla.

— Tout va bien se passer, assura Lady Orwell. Ignore ceux qui diront le moindre mot sur toi, comme toujours, et concentre-toi sur le gentleman royal qui, je le sais, est tout aussi nerveux.

— S'il ne l'est pas, je ne lui pardonnerai jamais.

— Et si penser au prince ne fonctionne pas, pense à la quantité d'or que nous allons escroquer à ces bouffons aujourd'hui, ajouta Lord Orwell.

— En fait, votre avidité habituelle est vraiment réconfortante, dit Sebastian.

Kevin se racla la gorge.

— Je ne sais pas si je te l'ai dit déjà, mais… je te l'avais dit.

Sebastian adressa un regard noir à son frère de sous sa capuche.

— La ferme.

Il leva ses coudes et Lady et Lord Orwell en saisirent chacun un.

— Vers l'or et un prince très têtu.

Il s'avança. Les gardes et les magiciens dans leurs plus beaux atours étaient alignés dans les couloirs. *C'est étrange que je sois à présent suffisamment important pour être assassiné.* Il ne savait pas ce qu'il ferait après le mariage. Une librairie était hors de question, qui savait s'il pourrait encore rendre visite à Harold quand l'envie l'en prendrait. Soupirant alors que ses pieds devenaient de plus en plus lourds, il souhaita ne pas porter autant de robes. Les vêtements avaient été ensorcelés pour l'empêcher de transpirer, mais une moiteur se répandait sur sa peau. *Ce n'est pas le stress, ce sont ces maudites robes*, songea-t-il.

Le carrelage était peint de vertigineuses formes en diamant entrelacées. *Quelqu'un aurait-il pu penser à une conception moins nauséeuse ?* Sebastian leva les yeux, ils se tenaient devant les doubles portes menant à la grande salle où un tas de gens se levèrent à son arrivée. Quelques-uns des clients d'Harold avaient reçu une invitation, mais il ne put repérer aucun visage familier. *Oh ! attends*, pensa-t-il alors que le sinistre Earl Grenwish découvrait ses dents dans un sourire bien à lui. Évidemment, ce connard serait présent. Le comte fit tomber une pièce dans la main d'un domestique, puis il adressa un sourire authentique à Sebastian. Il rit à ce que lui dit le domestique puis les deux hommes frissonnèrent en regardant dans sa direction. *Cet imbécile parie que je suis hideux.* Sebastian sourit sournoisement sous sa capuche. Sur le podium, le prêtre et Turren attendaient, le Roi Harris et la Reine Anne à leurs côtés. En dessous d'eux se trouvait toute sa famille. Alors qu'il approchait des marches, il s'arrêta comme durant la répétition et étreignit sa mère. Elle l'embrassa sur les joues puis grimpa pour se tenir à l'opposé de la royauté.

283

Lorsque les bras de Lord Orwell se refermèrent dans son dos, Sebastian chuchota :

— Éloignez-vous aussi lentement que possible et baissez la tête en signe de défaite.

Lord Orwell étreignit son fils un peu plus fort.

— Ça, c'est mon garçon.

Dissimulant son bonheur à la perspective de plus de pièces, les épaules de Lord Orwell s'affaissèrent comme si un inévitable embarras allait se produire.

Sebastian attendit encore un peu puis agrippa son ventre, feignant le stress qu'il avait ressenti plus tôt. Enfin, il monta lentement les marches, redressant les épaules de fierté quand Turren lui tendit la main. Si quiconque lui demandait plus tard, il dirait que cela faisait partie du spectacle, mais prendre la main de Turren le remplissait de chaleur.

— Tu vas bien ? chuchota Turren.

— Je remplis les poches de ma famille d'argent supplémentaire.

— Ils ont commencé ce pari stupide, pas vrai ? Pas étonnant que je ne puisse pas éradiquer les paris.

Sebastian sourit.

— Ton noble geste n'a fait que les attiser davantage.

— Comment ta famille peut-elle parier sans avertir les gens ? demanda Turren.

— Tu serais surpris, d'à quel point personne ne remarque Luke quand il fait paraître sa peau humaine.

Quelqu'un se raclant la gorge les interrompit, ils levèrent les yeux pour voir le prêtre leur faire signe d'avancer. Sebastian ne lâcha pas la main de Turren alors qu'ils se déplaçaient vers leurs places finales.

— Nous sommes tous réunis pour assister à l'union bénie du Prince Héritier Turren et du noble héros, Sebastian Orwell. Deux hommes qui se sont chamaillés étant enfants, mais qui ont combattus ensemble comme des hommes, débuta le prêtre.

Celui qui a donné cette information sur notre enfance va le payer, pensa Sebastian.

— À présent, ils sont réunis dans l'expression la plus véritable de leur amour, et je suis honoré de les lier pour l'éternité, poursuivit le prêtre.

Il radota pendant une heure sur les mariages passés du royaume et les vertus qui avaient aidé ces derniers à réussir.

L'engourdissement lui picotait les jambes quand le prêtre aborda le sujet de la confiance et du sacrifice. Ses yeux se fermèrent, comme s'ils tentaient de se reposer durant le discours, mais s'ouvrirent brusquement quand le prêtre tint leurs mains jointes.

— Larnlyon m'a suffisamment entendu, alors s'il vous plaît, déclamez-vous votre amour. Le Prince Turren a demandé à commencer.

Le Prince Turren acquiesça tout en maintenant les mains de Sebastian plus haut.

— Je me tiens ici en pensant que tout ceci est un rêve, le rêve d'épouser l'homme que j'aime de tout mon cœur. Je suis bien conscient de tout ce qui m'a été accordé à la naissance. C'est pourquoi je chéris le lien que nous avons construit plus que toute autre chose que j'ai accomplie. J'aime ton courage, ta force, celle de sauver un homme que tu avais toutes les raisons de haïr. Mais je la crains aussi et je souhaite rester à tes côtés afin de faire face aux obstacles ensemble. Je veux me réveiller chaque matin et entendre ton souffle, te regarder étreindre mon torse et sentir l'odeur de cannelle des douceurs dont te gâte Margaret. Je ne peux penser qu'un jour j'en serai lassé, parce qu'un seul jour sans toi me briserait le cœur.

Un chœur de 'Ohhh' et quelques reniflements emplirent la salle. Le cœur de Sebastian s'emballa aux paroles de Turren, ça et le fait qu'il allait ouvrir son âme devant des milliers de personnes.

Les yeux du prêtre brillaient quand il se tourna vers Sebastian.

— Ma parole. Et maintenant, vos vœux, sire Orwell.

Sebastian prit une profonde inspiration et se lança.

— Quand tu es à nouveau entré dans ma vie, je t'ai méprisé. Je te pensais arrogant, gâté, un prince jouant au chevalier en armure étincelante.

De nombreux halètements emplirent la pièce, mais il poursuivit.

— J'ai été cruel envers toi juste afin que tu me laisses tranquille, mais tu ne l'as pas fait. Tu continuais de parler de romance, d'amour, et je pensais que seul un fou tenterait de capturer mon cœur. Au lieu de cela, jour après jour, j'ai réalisé que tu n'étais pas fou, mais que je l'étais. Car quand je t'ai finalement accordé l'amour et la confiance en retour, pas une fois je ne l'ai regretté. Tu m'as montré que la sincérité et le sérieux existent, et quand tu t'es dressé contre Trenton, tu n'étais en rien un héros de pacotille.

L'image de Turren entouré du pouvoir de Trenton et sa peur pour le prince surgirent dans son esprit. Sebastian serra les mains de son homme pour les bannir.

— Mais tu ne referas jamais quelque chose comme ça. Tu ne peux pas m'apprendre l'amour puis mourir. C'est inacceptable !

Le sourire de Turren fut si lumineux que la pièce se troubla, mais Sebastian refusa d'admettre qu'il pleurait. Pour aggraver les choses, des larmes dévalaient le long des joues du prince.

— Je te le promets, déclara Turren avant de tendrement embrasser ses jointures.

Des sanglots éclatèrent dans la foule, la Reine Anne étreignit son mari.

Le prêtre se racla à nouveau la gorge, tout le monde se tut.

— Échangez les anneaux, s'il vous plaît.

Alice poussa Broden vers l'autel et il y eut davantage de 'Oh'. Il ouvrit la petite poche et tendit délicatement un anneau en or à Sebastian et un autre en or cerclé de rouge à Turren. Ils se les passèrent au doigt avant de faire à nouveau face au prêtre.

— En vertu des pouvoirs qui me sont conférés, je scelle cette union devant les dieux et vous déclare mariés jusque dans la mort et pour la vie suivante. Vous pouvez vous embrasser.

Sebastian leva lentement les mains comme lui avait ordonné Cécilia. Plusieurs mains volèrent vers les bouches dans sa vision périphérique. Les doigts sur le bord de sa capuche, il l'abaissa rapidement. Turren se pencha tandis que des cris éclataient dans la grande salle et l'embrassa.

— Tu n'apportes que des ennuis, murmura Turren quand leurs lèvres se séparèrent.

Il tint fermement Sebastian et soupira.

— Ils vont parler de cela pendant des années. Hé, d'où provient cette lumière ?

— Hum ?

Comme Sebastian avait fermé les yeux, il les rouvrit sur une vive lumière blanche devenant de plus en plus brillante. Il baissa le regard. L'amulette qui refusait toujours de se détacher pulsait de pouvoir. Des racines magiques se propageaient hors de lui, comme s'il était un arbre, lui montrant que chaque vie de cette énorme pièce était à sa merci d'une simple pensée.

— Cette chose n'a pas autant scintillé depuis le combat avec Trenton. Pourquoi s'active-t-elle maintenant ?

Turren cligna des yeux avant de sourire d'une oreille à l'autre.

— Qu'est-ce qui rend une âme pure encore plus pure ?

— Je ne sais pas. Je n'ai rien mangé de bizarre aujourd'hui.

— Comment te sens-tu en ce moment, à propos de moi ?

— Heureux et… s'interrompit Sebastian. Cette maudite chose fonctionne sur l'amour pur, n'est-ce pas ?

L'amulette devint encore plus brillante. Les racines disparurent, les laissant à nouveau tous les deux seuls. *C'est le jour de mon mariage, reste tranquille !* ordonna Sebastian à l'amulette. Elle sembla l'écouter partiellement, se contentant de les illuminer. *C'est bon signe, mais je la briserai quand même dès que je trouverai quelque chose d'assez fort pour le faire.*

— Sebastian, tu me fais rougir, dit Turren.

— La ferme ! Comment est-ce que je l'arrête ?

— Ça ne m'intéresse pas pour le moment.

Turren l'attrapa par la taille et le rapprocha de lui.

— Tu es juste avide, dit Sebastian.

— Oui.

Turren lui embrassa le menton avant de se déplacer vers sa bouche impatiente.

— Vilain chiot, eut-il le temps de répondre avant que la bouche de Turren ravisse la sienne.

ÉPILOGUE

LADY ORWELL les mena plus profondément dans les bois et Turren cligna des yeux de confusion. *Il n'est vraiment pas habituel que tout le monde soit si gentil l'un envers l'autre.* C'était le seul jour de l'année où ils étaient aimables et emplis d'égards. Aucune insulte durant la matinée, pas de coups bas envers leurs parents, aucune plainte quelconque. Aujourd'hui, ils appréciaient la vie. Quand les pierres tombales furent en vue, Turren regarda Sebastian alors que la prise de conscience naissait dans son regard.

— C'est le jour de la mort de Richard, n'est-ce pas ?

— Oui, répondit Lord Orwell. Nous venons ici chaque année pour lui rendre hommage.

En ce jour de l'année, la mère de Sebastian marchait avec hésitation. Plus ils approchaient des tombes, plus elle tremblait de chagrin. Elle s'agenouilla devant la pierre d'un grand étalon cabré et effleura le nom de Richard inscrit sur la plaque.

— Mon doux, doux garçon, chuchota-t-elle.

— Kevin et moi allons installer les couvertures, dit James.

Ils rassemblèrent la nourriture, les paniers, et étalèrent le tout au sol.

— Nous venons ici chaque année et passons la journée avec lui, de sorte qu'il ne soit pas seul, là où il est, dit Sebastian sans son pragmatisme habituel.

— C'est une très jolie façon d'honorer la mort, répondit Turren.

— Et cette année, nous devons te présenter à lui, ajouta Ophélia.

— Moi ?

Sebastian sourit.

— Chaque nouveau membre de la famille doit transmettre ses salutations.

— Je suis honoré de perpétuer la tradition.

Lady Orwell tendit la main et lui fit signe de venir à côté d'elle.

— Voici le Prince Turren. Je sais, c'est un bon parti. Tu étais probablement le seul hormis Ophélia qui pensait que Sebastian ne mourrait pas seul.

Lady Orwell se mit à rire sans essuyer ses larmes.

— Turren me fait un peu penser à toi. Si entêté et aventureux. Je suis sûre que vous vous seriez bien entendus.

— Et il fait prendre des risques à notre sérieux Sebastian. Ce garçon est trop vieux pour son propre bien, dit Lord Orwell, qui se tenait près de l'épaule de Lady Orwell.

Turren rougit.

— Eh bien, Sebastian m'apprend à prendre moins de risques idiots alors nous nous aidons mutuellement.

— Comme tout couple le devrait, dit Lady Orwell.

— Le poulet est prêt ! cria James.

— Très bien, mangeons et partageons nos souvenirs de Richard, dit Lord Orwell.

SEBASTIAN ET Diana observaient la famille alors qu'ils finissaient leur tarte et discutaient gaiement les uns avec les autres.

— Pourquoi ne pouvons-nous pas être aussi aimables tous les jours ?

— Parce que nous ne pouvons nous supporter qu'une seule journée. Quelqu'un ruinera tout avant la fin de la soirée, promit Diana.

— Mais nous ne cherchons pas à être gentils le reste de l'année, dit Sebastian.

— Vous pouvez à peine tenir une journée entière en compagnie des autres, vous deux, les interrompit Lady Orwell. Vous êtes à part, comme d'habitude.

Diana croisa les bras en signe de défi.

— Vous nous avez trouvés rapidement, c'est que nous ne nous sommes pas suffisamment éloignés.

— Quand vas-tu emmener un compagnon rencontrer Richard ? Engagea Lady Orwell puisque sa fille avait rompu la trêve tacite.

— Une rencontre avec vous ne ferait que chasser les sains d'esprit.

Lady Orwell soupira.

— Ce qui signifie jamais.

Diana regarda sa mère d'un air pensif.

— Quand l'un de nous mourra, allez-vous autant prendre soin de nous que vous le faites avec Richard ?

Sebastian écarquilla les yeux.

— Attends, je pense que c'est un peu dur.

— Évidemment, Sebastian. Tu as épousé la royauté, tu es magnifique. Tu seras certainement celui qui lui manquera le plus. Peut-être James en second, mais le reste d'entre nous – Diana secoua la tête – je me le demande.

Lady Orwell se mit à rire.

— Puisque c'est notre jour d'honnêteté, je vais vous révéler quelques secrets. J'aimais Richard, mais ce n'était pas mon préféré.

Elle jeta un œil au reste des Orwell, assis et appréciant leur compagnie.

— La raison pour laquelle j'ai épousé votre père était pour ce genre de vie. Chez moi, on attendait de moi que je fasse tapisserie et que j'aie de beaux enfants.

— Je suis désolée que nous t'ayons déçue, la coupa amèrement Diana.

— Tu te trompes, mon enfant. Je suis heureuse que la plupart d'entre vous s'avèrent ressembler à votre père. Je détestais chez moi et ses attentes. Je détestais tout ce qui me le rappelait.

Lady Orwell tourna ses identiques yeux verts vers Sebastian.

— La raison pour laquelle j'étais absente durant tes jeunes années était parce que je t'en voulais. Honnêtement, je ne pensais pas pouvoir t'aimer quand tu m'as été présenté la première fois. Tout ce que je voyais quand je te regardais était mes origines.

La poitrine de Sebastian se serra bien qu'il se soit constamment dit qu'il ne recherchait pas l'approbation de ses parents. Il ne s'était pas attendu à ce que sa mère le haïsse.

— Mais alors, la chose la plus étrange s'est produite : de tous mes enfants, tu t'es avéré être celui qui ressemblait le plus à ton père.

Sebastian haleta.

— Je ne lui ressemble en rien !

Lady Orwell sourit.

— Un jeune garçon féru de livres qui se faufilait dans la bibliothèque de son père à quatre heures et n'en ressortait qu'à douze.

Elle se mit à rire.

— Tu complotes même pour maintenir la famille ensemble comme il le fait. Je ne voyais aucune raison de ne pas t'aimer, tu es devenu mon second favori.

Lady Orwell se tourna vers Diana.

— La chose que je crains le plus est l'ennui et avec toi, il n'en est rien. Depuis ta naissance, tu es fougueuse, tu me rappelles ce qui m'a donné le courage de défier mon clan. Je gagnerai notre bataille de volonté en te révélant mon plus grand secret. Toi, Diana, tu es l'enfant que j'ai toujours aimé le plus.

Lady Orwell se pencha et l'embrassa sur la joue.

— Tu es la fille qui est entièrement mienne sans une touche de Fey en toi, je ne voudrais pas que tu sois différente.

Elle quitta ses deux enfants abasourdis afin de rejoindre le reste des Orwell.

— Je ne suis pas comme Père, chuchota à nouveau Sebastian.

— Je suis… je ne suis pas comme elle ! renifla Diana et Sebastian regarda sa sœur, sous le choc.

— Est-ce que tu pleures ?

— Non ! gémit-elle avant de s'enfuir.

Lady Orwell sourit au-dessus de sa seconde part de gâteau tandis que Sebastian secouait la tête.

— Elle se bat encore plus déloyalement qu'un dragon blessé. Grands dieux, pourquoi m'avez-vous mis dans cette famille de fous ?

SAM ARGENT est une auteure de fiction spéculative et de romance qui vénère la boite à images magique et le chocolat. Vous pouvez la trouver dans le sud profond de l'Amérique, penchée sur un ordinateur portable, à essayer d'imaginer d'étranges positions sexuelles. Ses contes se distinguent par des histoires d'amour sans restriction de genre, d'autres mondes où le mariage est le dernier des soucis, et des personnages qui aimeraient qu'elle cesse de les torturer dans ses aventures.

Site internet : samargent.wordpress.com
Twitter : @ACuriousChaos

Par SAM ARGENT

Mensonges de famille: Sebastian

Publié par DREAMSPINNER PRESS
www.dreamspinner-fr.com

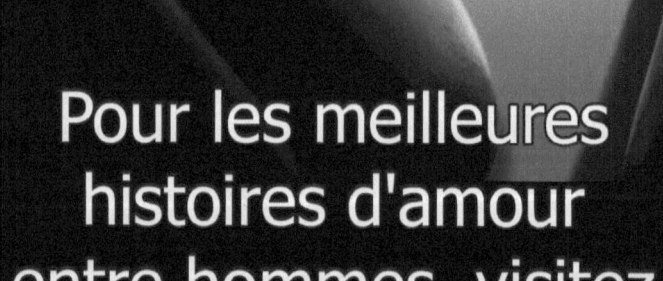